UN AMOUR DE DRACULA

DU MÊME AUTEUR

CHEZ POCKET

LE DOSSIER HOLMES-DRACULA
UN VIEIL AMI DE LA FAMILLE
LES CONFESSIONS DE DRACULA

COLLECTION TERREUR
dirigée par Patrice Duvic

FRED SABERHAGEN

UN AMOUR DE DRACULA

suivi d'une postface de
JACQUES GOIMARD

POCKET

Titre original :
THORN

Traduit de l'anglais par
Michel Pagel

ISBN 2-266-07407-5

PROLOGUE

La fugueuse courait avec grâce au sein du tunnel blanc. La lumière stroboscopique des spots brillant dans la pièce qu'elle fuyait éclaboussait son corps nu d'adolescente. Une musique rock tonitruante la poursuivait également, palpitant au même rythme que la lumière et, comme elle, ne perdant que partiellement sa violence quand on s'éloignait de son origine.

La musique parut rattraper sa proie au beau milieu d'une enjambée, et la course gracieuse se changea soudain en danse — mais une danse qui emportait toujours la jeune fille vers la grande pièce blanche, au bout du tunnel.

C'était une longue salle dépourvue de fenêtres, qui n'eût pas déparé un musée. Une épaisse moquette immaculée couvrait le sol. Aux murs étaient suspendus nombre de tableaux, de dessins, de sérigraphies et de gravures sur bois, à peine visibles dans une obscurité que seul venait combattre l'étourdissant arc-en-ciel lumineux, de l'autre côté du passage. Des statues de toutes tailles se dressaient ici et là. La fugueuse évoluait parmi elles comme si elle avait cherché une issue, mais il ne semblait pas en exister d'autre que le tunnel.

Le spectacle qu'elle offrait n'était destiné à personne. Son visage, un masque adorable, dépourvu de rides, encadré par de longs cheveux bruns, sales et emmêlés, paraissait très juvénile et bien trop tranquille pour appartenir à une danseuse. Ses paupières sombres étaient mi-closes, ses lèvres pleines, entrouvertes sur des dents blanches un peu irrégulières. Sa peau de bébé luisait légèrement dans l'étrange lumière changeante, comme si, malgré la fraîcheur de l'air, elle avait transpiré. Ses pieds minuscules, maculés de poussière, foulaient le sol en silence, avec aisance.

La musique entraînante s'accordait de moins en moins avec la danse. Son tempo ralentissait, devenait presque solennel. Soudain, alors que la jeune fille se trouvait au beau milieu d'une pirouette, ses yeux s'écarquillèrent. Son équilibre jusqu'alors parfait se brisa d'un seul coup et elle tomba un genou en terre sur la luxueuse moquette blanche, étourdie.

Un long moment, elle regarda droit devant elle, les yeux exorbités. Puis ses épaules nues se soulevèrent sous l'effet d'un long soupir, et elle tourna lentement la tête. Elle osait à peine tenter de retrouver ce qu'elle avait aperçu l'instant d'avant.

Le tableau était là, au milieu d'une centaine d'autres. Des émotions conflictuelles luttèrent sur le visage de la fugueuse — lequel finit par retrouver une certaine quiétude, différente de celle qu'il avait connue auparavant. Elle demeura dans la position où elle était tombée, presque aussi immobile que les statues l'environnant. Bientôt, même son souffle parut s'interrompre.

— Ah, te voilà !

L'homme qui s'approchait bredouillait plus qu'il ne parlait, et sa voix, quoique joyeuse, trahissait une certaine hostilité. Son ombre obscurcissait partiellement l'étrange tunnel blanc. Il arriva dans le champ de vision de la jeune fille, qui l'ignora. Aussi nu qu'elle, il paraissait plus âgé de quelques années. Vingt-deux ou vingt-trois ans. Des cheveux roux ondulés tombaient sur ses épaules musclées, semées de taches de rousseur. À peine plus grand que sa compagne, il avait le souffle court, comme si lui aussi avait récemment dansé ou effectué quelque autre exercice physique.

La fugueuse conservait un genou en terre. Elle avait retrouvé une attitude gracieuse mais était par ailleurs restée immobile. Ses yeux ne quittaient pas l'œuvre dont la découverte avait provoqué sa chute.

L'arrivant suivit son regard. Il ne distingua qu'une série de vieux tableaux, la plupart encadrés, pendus sur le mur blanc et, comme tout ce qui se trouvait dans la pièce, à peine discernables. Les toiles ne retinrent pas son attention : il avait l'habitude de côtoyer des gens qui regardaient dans le vague. La jeune fille ne parut pas avoir conscience de sa présence quand il arriva auprès d'elle. Pas même lorsqu'il lui empoigna les cheveux d'une main puissante et tira.

— Hé ! dit-il, tentant de l'obliger à se tourner vers lui.

Comme il ouvrait la bouche, la musique qui résonnait dans l'autre pièce s'interrompit d'un coup. La lumière folle, en revanche, continua de palpiter dans le tunnel.

Brusquement, la fugueuse leva un bras menu pour repousser le jeune homme. Ce dernier, qui ne possédait pas un équilibre de danseur, tituba en arrière et percuta une grande statue de marbre, laquelle vacilla sur sa base avant de se stabiliser. Marmonnant quelque chose, il tenta de se rattraper, griffa un mur, puis tomba assis sur la moquette qui étouffa le bruit de la chute.

La lumière multicolore fut une nouvelle fois masquée par des ombres. Un second homme nu venait de quitter l'autre pièce. Les jambes qui le portèrent à travers le tunnel courbe étaient de véritables piliers d'os et de muscles, tout à fait adaptés à son poids. Le torse qui les surmontait avait naguère été impressionnant, mais l'âge le rendait flasque. Pourtant, le visage rasé de frais, au menton hautain, demeurait alerte, calme, impérieux. Seule, une couronne de cheveux blancs ornait la tête massive ; des poils gris poussaient dru sur la poitrine, le ventre et les bras lourds, encore puissants.

Le gros homme fit quelques pas dans la salle

d'exposition puis s'arrêta, contemplant la scène avec contrariété.

— Il y a des objets extrêmement précieux, ici, annonça-t-il d'une voix de basse, et vous êtes tous les deux complètement flippés, ou défoncés à mort, ou quel que soit le mot en vogue cette année. En conséquence, je ne vous permets pas de jouer dans cette pièce. C'est compris ?

Il laissa traîner ses derniers mots, remarquant enfin l'extrême fixité du regard de la jeune fille et l'étrangeté de sa posture figée. Le bras dont elle s'était servie pour repousser son compagnon était toujours tendu, sa tête toujours tournée pour regarder par-dessus son épaule gauche.

On n'entendait que le souffle oppressé du jeune homme, assis par terre, qui la contemplait désormais avec colère.

— Si ce tableau te plaît, petite fille, tu as du goût, reprit le vieillard. Plus que bien des gens entrés ici tout habillés et censé être en possession de leurs facultés mentales. Eh bien, j'en ai, moi aussi. Tu ignores sans aucun doute ce que tu contemples, et j'aime bien ton petit cul tout rond. En fait, parmi tous les orifices disponibles, il est possible que je choisisse d'y terminer ma nuit. Mais je veux le faire à côté. Alors, lève-toi.

Trois autres silhouettes nues approchaient derrière lui, précédées par une tapisserie d'ombres intriquées. En tête, venait un homme aux muscles fins d'environ trente-cinq ans. Son corps bronzé portait la marque pâle du maillot de bain. Juste derrière lui marchait un garçon auquel on pouvait donner quinze ou seize ans. Petit, fluet, il avait les cheveux clairs et le regard vide. Ses paupières ne cessaient de cligner. Tous les deux ou trois pas, il s'appuyait d'un bras frêle à la paroi concave du tunnel. Lorsqu'il pénétra dans la salle d'exposition et que le mur devint plat, il s'y adossa pour ne pas tomber. Derrière encore, une autre fille aux cheveux sombres entra d'un pas décontracté. Par sa taille, sa morphologie et son système pileux, elle ressemblait énormément à la première. Ses yeux bruns étaient attentifs — mais focalisés sur le néant, un mètre devant elle, à la hauteur du visage. Elle ne semblait voir personne. Ses lèvres pleines remuèrent sans bruit, puis elle sourit.

Le rouquin assis par terre n'avait d'yeux que pour la danseuse. Un sourd grondement de rage et d'humiliation naissait dans sa gorge, gonflait. Il lui fallut s'y reprendre à deux fois pour se remettre sur ses pieds. Sa main se tendit vers un objet en métal argenté, de petite taille mais très lourd, qui reposait sur un présentoir blanc cubique. Le brandissant de la main droite, il courut vers la jeune fille accroupie pour le lui abattre sur le crâne.

Le vieil homme fut seul à tenter de prévenir la fugueuse, mais son hurlement arriva trop tard, en même temps qu'un bref cri d'agonie.

L'adolescent maigre demeurait appuyé contre le mur, las. Ses yeux clignaient encore, complètement perdus, fixés sur l'autre bout de la pièce obscure. La fille qui avait traversé le tunnel en sa compagnie se tenait auprès de lui. Pensive, elle explorait d'un doigt l'intérieur de sa propre bouche, comme pour s'assurer que toutes ses dents s'y trouvaient. Elle n'avait nullement remarqué ce qui venait de se passer à quelques mètres d'elle.

L'homme mûr, alerte, rapide, avait déjà dépassé d'un pas le colosse vieillissant. Là s'arrêta toutefois son élan. Stupéfait, inquiet, il comprit que son intervention arrivait trop tard — et il n'avait aucune envie de marcher dans le sang frais.

Le vieillard était lui aussi abasourdi. Habitué aux soudains accès de violence, lesquels ne le bouleversaient pas particulièrement, et doté d'un esprit rapide et pénétrant, il fut aussitôt frappé par un détail encore plus étonnant que ce meurtre brutal. Une inspiration rare fit son apparition dans ses yeux bleus. Il posa une main massive sur l'épaule de son musclé compagnon.

— Gliddon, dit-il, sur le ton prudent qu'on emploie pour éveiller un dormeur sans le faire sursauter.

— Quoi ?

L'attention de l'athlète était toujours absorbée par le drame. *Au mieux, ça va va être un sacré bordel à nettoyer*, songeait-il, incertain. L'assassin, debout, oscillait lentement d'avant en arrière, comme en transe.

— Ces deux gosses, derrière nous, Gliddon, je veux que tu les fasses sortir d'ici. Ils sont complètement défoncés et je ne crois pas qu'ils aient enregistré quoi que ce soit. À mon avis, ils ne se souviendront de rien — mais, de toute façon, nous verrons ça en temps utile. Pour l'instant, emmène-les et mets-les au lit quelque part. Je vais m'occuper de ça.

Il désigna d'un signe de tête le spectacle écarlate, devant eux.

— Mais...

— Tu pourras nettoyer plus tard. Pour le moment, contente-toi de veiller sur ces deux-là.

Le vieil homme, avec une expression digne du découvreur d'un nouveau continent, s'avançait lentement, regardant tour à tour l'assassin étourdi, couvert de sang, et sa victime mutilée.

— Je veux me charger de ça tout seul. J'ai mes raisons.

I

Je ne sache pas devoir aux légions de ceux qui respirent des explications sur mes affaires ni des excuses pour un quelconque chapitre de mon existence. Je considère en outre que cela s'applique particulièrement au rôle que je jouai dans la récente disparition, fort médiatisée, d'une des plus nobles œuvres d'art du monde. Que les vivants désargentés qui se prétendent des droits sur ce tableau le retrouvent s'ils le peuvent, ou qu'ils s'en passent s'ils en sont incapables. Je ne considère pas non plus qu'il me revienne d'interpréter pour eux les événements étranges et violents qui enserrent l'escamotage de la peinture telles des parenthèses écarlates, et qui mystifièrent tant de gens. En toute justice, c'est plutôt moi à qui le monde des mortels doit des comptes, moi qui ai droit d'exiger réparation...

Bah. À mon âge, je ne devrais plus entretenir de telles illusions. D'ailleurs, je ne les entretiens pas. Je ne demande rien.

Il est une seule chose sur laquelle je me dois d'insister : je couche cette histoire sur le papier presque uniquement dans le but de me faire plaisir. Presque, notez bien. Mina, mon amour, délice de mes nuits depuis presque un siècle, je te prie d'accepter ces pages comme l'humble effort que je fais pour expliquer certaines choses qui t'ont intriguée ; et sois sûre, ma chère, qu'aucune des vivantes mentionnées ici n'eût pu avoir plus d'importance pour moi qu'un seul regard de tes yeux, un seul frôlement de ta douce main. En outre, j'aime à croire que quelques autres lecteurs seront capables d'apprécier mon récit en tant que tel, tandis que je le raconterai à ma manière, à mon rythme. Je tirerai une partie de mon plaisir en exerçant mon imagination et mes connaissances afin de recréer pour ces lecteurs avisés certaines scènes durant lesquelles je n'étais pas présent et où je ne pouvais donc jouer aucun rôle. Je vous avertis — s'il n'est déjà trop tard — que, dans ces scènes, il m'amuse parfois de me montrer tout à la fois exact et trompeur. Il vous appartient d'accepter ou non ces portions du récit. En fait — ai-je besoin de le rappeler ? —, vous pouvez bien penser de tout cela ce que bon vous semble.

J'ai décidé de commencer par certaine douce nuit de printemps, guère éloignée. Une nuit embaumée de fleurs d'orangers, charme de l'Arizona. Plus de cinq cents ans s'étaient écoulés durant lesquels je n'avais pu contempler mon trésor. Le temps avait marqué ce chef-d'œuvre que je cherchais depuis si longtemps, et j'avais moi aussi changé... beaucoup changé. Pourtant, sa simple vue éveilla en moi bien des souvenirs... un seul regard et je fus de retour dans la Cité des Fleurs, où les hivers sont trop froids pour les orangers et les palmiers, mais où l'atmosphère estivale humide était néanmoins chargée, et le reste aujourd'hui, des fragrances mêlées de mille fleurs...

C'est elle, signore *Ladislao. Un excellent portrait, si c'est bien ce que vous désirez. Grâce à cela, vous la reconnaîtrez. Prions Jésus et San Lorenzo que vous la rameniez en sécurité...*

Un excellent portrait, certes oui. Quand je retrouvai enfin ce panneau de bois polychrome en Arizona, je ressentis ses craquelures séculaires comme un réseau de cicatrices douloureuses sur ma propre peau. Je crus un instant que mes yeux allaient s'emplir de larmes. Mais qui croirait cela de moi, aussi solennellement que je puisse l'écrire ?

Il est temps, ce me semble, d'entamer mon récit.

Imaginez Phoenix, Arizona. Imaginez, pour être plus précis, Scottsdale, banlieue aisée, telle qu'en cette récente nuit printanière. Des palmiers de toutes tailles et de toutes variétés se mêlaient aux omniprésents orangers. Au crépuscule, les rues étaient animées, en partie en raison de l'habitude estivale locale de repousser autant que possible affaires et plaisir jusqu'au coucher du soleil. Un touriste présent lors de la soirée qui nous occupe approuvait de tout cœur cette pratique. Il s'était inscrit dans un hôtel du centre de Phoenix sous le nom de Mr. Jonathan Thorn, domicilié à Oak Tree, Illinois.

Au crépuscule, un taxi l'emmena à Scottsdale. La rue dans laquelle Mr. Thorn quitta le véhicule était large, peu encombrée, et bordée des deux côtés par des boutiques de luxe — aux enseignes discrètes, de petite taille. Des véhicules de grand prix étaient garés en épi devant les immeubles bas. Les trottoirs de bois, isolés de la rue par des imitations de poteaux d'attache pour chevaux, étaient protégés du soleil par d'autres planches formant auvent. Derrière ces véritables cloîtres s'élevaient les magasins, de conception moderne, quoique partiellement construits avec d'authentiques adobes.

L'immeuble dont approchait Mr. Thorn était typique du style local, avec d'épais barreaux de fer forgé noir devant toutes les fenêtres. La porte d'entrée s'ouvrait régulièrement pour admettre quelques personnes élégantes, quoique légèrement vêtues. Comme il dépassait le poteau d'attache planté devant la boutique, Mr. Thorn remarqua l'incongruité d'une vieille conduite intérieure Ford, en très mauvais état, garée entre une Mercedes et une Jeep de luxe dernier modèle. Il la remarqua, je le répète, mais n'y accorda guère d'attention : il avait d'autres sujets de préoccupation.

Juste derrière la porte, un agent de sécurité en costume et cravate inspecta l'arrivant, l'estima convenable, et lui adressa un signe de tête ainsi qu'un petit sourire. Thorn se retrouva dans une salle assez vaste, à air conditionné, où une douzaine de personnes — la plupart d'âge moyen et, à première vue, assez aisées — flanaient ou occupaient des chaises pliantes. Près de l'entrée, sous des lumières vives, de longues tables en bois accueillaient déjà les pièces les plus anodines de la collection Delaunay Seabright. La décoration des lieux évoquait indéniablement les États du Sud-Ouest, avec les poutres apparentes massives, taillées à la serpe, et les tapis navajos pendus aux murs blancs crépis. Face aux tables se trouvaient bien plus de chaises pliantes qu'il n'en serait sans doute nécessaire. En théorie, cette exposition préalable à la vente aux enchères était ouverte au public, mais ce dernier semblait assez peu pressé de s'immiscer dans ce passe-temps de riches. Un mois plus tôt, le meurtre récent de Delaunay Seabright et de sa belle-fille eût probablement encore attiré une foule assez nombreuse, mais la date de la vente aux enchères avait été fixée avec soin. En cette soirée de printemps, le spectaculaire fait divers disparaissait déjà de la mémoire populaire.

Seules deux personnes pouvaient être à la recherche de sensations fortes : un couple d'allure prolétarienne, surveillé avec une discrète appréhension par les commissaires priseurs — des individus élégants, en costume, qu'on eût jurés venus de New York pour l'occasion. Mr. Thorn, remarquant cette vigilance, observa lui aussi le couple.

Au bout de la dernière rangée de chaises était assise Mary Rogers — dont Thorn ne devait apprendre le nom qu'un peu plus tard. Ses longs cheveux couleur sable étaient un peu ondulés, ébouriffés. Elle avait vingt et un ans, un joli visage constellé de taches de rousseur, et un caractère irascible. Son corps harmonieux, non dépourvu de force, était parfaitement adapté au labeur et à la maternité. Un artiste eût trouvé là un modèle idéal de solide paysanne — quoique Mary n'eût pas fait une très bonne paysanne, ni d'ailleurs un très bon modèle. Elle comptait utiliser sa force d'une autre manière, en vouant toute sa vie au service de l'humanité. Une humanité qui, j'en suis persuadé, prenait pour elle le visage de jeunes gens éternellement opprimés. Ma foi, il y a des milliards de jeunes dans le monde, et tous sont plus ou moins opprimés. Il y en avait peut-être même quelques-uns à Scottsdale. Dans cette salle des ventes, toutefois, il ne s'en trouvait aucun. La présence de Mary devait avoir une autre raison.

Les commissaires priseurs, ainsi que je l'ai dit, ressentaient une certaine gêne vis-à-vis de ce jeune couple, habillé de manière assez pauvre. Ce qui les dérangeait n'était pas que Mary portât un jean, car c'était aussi le cas de plusieurs autres femmes. Le sien, cependant, était de mauvaise qualité et ne devait pas sa couleur délavée à la volonté du fabricant mais à des lavages répétés. Les experts en œuvres d'art sont parfois étonnamment sensibles aux subtiles différences de teinte et de texture, aussi bien en ce qui concerne leurs marchandises que leurs clients.

Je crois néanmoins que c'étaient le visage de Mary et celui de son compagnon qui tranchaient au milieu de la petite réunion. Leur expression n'était nullement marquée par le désir d'obtenir les trésors exposés (pour le moment encore assez communs) ni par le calcul d'une stratégie d'enchères. Il était évident, en voyant la jeune femme, qu'elle avait un but bien déterminé — mais de quoi pouvait-il s'agir ? Qu'elle tentât d'acheter quoi que ce fût, compte tenu du fait que les enchères seraient certainement très disputées, semblait très improbable. Si son compagnon et elle étaient en fait de riches excentriques aimant à se vêtir comme la plèbe, à qui donc appartenait la vieille Ford, devant le bâtiment ? Toute personne excentrique au point de conduire une telle voiture eût été plus susceptible de rester enfermée chez elle, au milieu d'ordures empilées et d'un millier de chats.

Quelles que fussent les craintes des commissaires

priseurs au sujet de Mary — tentative de vol insensée, ou manifestation publique encore plus vaine, dans un but politique —, elles devaient être à tout le moins adoucies par l'aspect et l'attitude du jeune homme barbu assis auprès d'elle. Les bras croisés sur son humble chemise de sport à carreaux, le regard dépourvu de fanatisme mais empli d'une loyauté embarrassée, il semblait bien se préparer à repousser un assaut — mais pas sous la forme de coups de fusil, seulement d'ennui et de gêne.

Ellison Seabright, lui aussi présent, occupait une position diamétralement opposée dans la considération des commissaires priseurs. Lorsqu'il avait franchi la porte, quelques minutes après Mr. Thorn, on lui avait souhaité la bienvenue aussi chaleureusement que possible sans attirer sur son arrivée une attention malvenue. La réception d'une célébrité qui se trouve momentanément un peu trop à son goût sous les feux des projecteurs.

Seabright avait la cinquantaine et, pour Mr. Thorn, évoquait fortement Rodrigo Borgia. Il pesait environ cent trente kilos, et s'il y avait la moindre exactitude dans les rumeurs qui circulaient sur sa fortune, il eût pu mettre de côté son poids en or massif et demeurer assez riche pour acheter n'importe quelle peinture ou sculpture lui faisant envie. D'après la publicité qui suivit l'enlèvement et la mort étrange de son frère, l'envie de posséder des œuvres d'art était un trait de caractère répandu dans la famille.

Ellison Seabright, tout en discutant à voix basse avec les commissaires priseurs, jeta un ou deux coups d'œil contrariés en direction de Mary Rogers, comme s'il l'avait connue — ce qui était intéressant. Mr. Thorn, depuis sa chaise du premier rang, ne sut dire comment la jeune femme réagissait à ces regards — si elle y réagissait.

Les autres acheteurs potentiels luisaient tous d'une aura assez uniforme de richesse matérielle. Les commissaires priseurs, tandis qu'ils conféraient en privé (du moins, le croyaient-ils) dans la pièce voisine, avaient émis l'espoir d'établir un record local. Ce soir-là, ils osaient se comparer à Christie's ou à Sotheby Parke Bernet. Même en laissant de côté des trésors relativement mineurs tels que vasques étrusques et jades chinois, ils avaient un Verrocchio réputé authentique à mettre en vente.

Mr. Thorn se trouvait sans doute parmi ceux sur qui ils comptaient pour faire monter les enchères lorsque commencerait officiellement la vente, le lendemain soir. Bien qu'ils ne l'eussent jamais vu et n'eussent jamais entendu parler de lui, il était évident à leurs yeux experts que son costume sombre avait été coupé par un des meilleurs tailleurs de Londres, et que ses chaussures étaient bien assorties. Il portait au majeur de la main droite un anneau d'or ancien, érodé par les ans, et était dans l'ensemble tout aussi élégant que Mr. Seabright.

Les deux hommes avaient à peu près la même taille — un peu au-dessus de la moyenne. Le poids de Thorn était nettement plus faible, quoique pas autant qu'il y paraissait. Son âge semblait inférieur de dix ou quinze ans à celui de Seabright, mais ce point était lui aussi trompeur. Tous deux avaient un visage marquant : celui de Seabright par son arrogance massive, celui de Thorn... par une arrogance un peu moins massive. Quant à leurs fortunes respectives... Mais Mr. Thorn n'était pas venu à Scottsdale pour enchérir.

— Non, je suis sûre que c'est Ellison qui va l'emporter, chuchotait Mary Rogers à son jeune et maussade compagnon. Ce vieux salaud a plus de fric que tous les autres réunis. Et il veut le tableau, je le sais. Au point où il en est, il ne se laissera pas arrêter par une question d'argent.

La pièce bourdonnait des autres conversations, et Mary s'exprimait avec nettement plus de discrétion — jusqu'à présent le mot clef de la soirée — que ne l'avait laissé prévoir son apparence. En conséquence, ses propos ne furent-ils entendus que de son voisin et d'un Mr. Thorn à l'ouïe très aiguisée — lequel était en outre incapable d'ignorer les deux femmes présentes qu'il jugeait authentiquement séduisantes.

La seconde, mince et brune, avait entre trente et quarante ans et était moulée dans une robe du soir qu'on eût dite spécialement conçue pour l'inspection de riches œuvres d'art. Elle faisait plus jeune que son âge, mais pas autant qu'elle l'eût voulu ou qu'elle tentait de le paraître. Nul ne jugeait surprenant qu'elle s'accrochât au bras d'Ellison Seabright. À certains détails de son attitude, Thorn estima qu'elle s'y accrochait afin d'éviter d'avoir à dériver plus loin. Son massif compagnon, sur la droite du premier rang, discutait avec le commissaire priseur en chef et un homme qui devait être un autre collectionneur : un vieux gentleman barbu, vêtu lui aussi d'un costume new-yorkais. Seabright ne cessait de regarder autour de lui, irrité.

— Où est donc Gliddon ? demandait-il à la cantonade, quoique sa voix ne fût guère qu'un murmure — une voix totalement américaine, qui n'évoquait en rien Borgia. Il m'a accompagné jusqu'à la porte, et ensuite...

Un garde du corps encore plus grand que Seabright et presque aussi large, qui se tenait non loin de lui, se dressait de temps à autre sur la pointe des pieds. Il n'était guère voyant et s'acquittait fort bien au moins des aspects passifs de son travail. La femme brune nouée au bras de Seabright souriait largement, et semblait boire ses moindres paroles tout en souhaitant être ailleurs. Mr. Thorn avait l'espoir de bientôt découvrir son nom.

— Alors, tu pourrais aussi bien laisser tomber, non ? murmurait à l'oreille de Mary Rogers son jeune compagnon. (Sa voix abritait le tranquille désespoir d'un être qui sait tous ses efforts inutiles mais considère cependant de son devoir de les poursuivre.) Tu crois qu'il sera sensible à la moindre requête, à présent ?

— Non.

Ce monosyllabe résonna de manière très inquiétante.

— Alors pourquoi diable sommes-nous venus ici ? Je croyais...

À cet instant, les autres conversations s'interrompirent. Le silence se fit.

Entre-les deux grandes tables, un rideau masquait un passage que franchirent deux hommes armés, en uniforme. Ils poussaient un présentoir mobile, couvert d'un drap blanc dissimulant un objet rectangulaire. Ce dernier avait environ la taille d'une table de cartes, au casino — et était un peu plus grand que dans le souvenir de Mr. Thorn. Lequel se rappela le cadre. D'après les informations dont il disposait et le catalogue de la vente, le tableau avait été encadré, probablement au XVIIIe siècle.

Une fois le présentoir au milieu de l'estrade, entre les tables, les deux gardes se figèrent chacun d'un côté de l'œuvre, attentifs. Un commissaire priseur vint les rejoindre et posa sa main pâle sur le drap, dans une attitude de bateleur, tandis qu'il faisait de sa voix basse une annonce aussi brève que scrupuleusement exacte.

— Mesdames et messieurs, comme la plupart d'entre vous le savent, Verrocchio a signé cette œuvre. Toutefois, à l'époque, dans son pays, une telle signature ne signifiait souvent que l'approbation par le maître du tableau d'un apprenti. Ce qu'on peut affirmer, c'est que cette peinture provient de l'atelier de Verrocchio et qu'elle est exécutée dans le style de sa maturité. Demain soir, les enchères débuteront à deux cent mille dollars.

D'un coup sec, la main du bateleur fit choir le drap.

Mr. Thorn oublia jusqu'à la vie et à la chair adorables des deux femmes qui l'avaient séduit. Se levant, comme en transe, il s'avança pour observer l'œuvre de plus près. Cette dernière représentait bien entendu Marie-Madeleine, non pas telle qu'elle apparut au Christ mais telle qu'elle dut se relever devant lui, après l'absolution de ses péchés. Exécutée dans le style de Verrocchio, oui, certes. Mais par un imitateur —

quoique le mot transfiguration convînt mieux qu'imitation à ce qu'avait réalisé le peintre. Comment tous ces gens ne voyaient-ils pas la vérité ?

Et bien entendu aussi, le visage était celui du modèle qui l'inspira, cette jeune fugitive d'il y a un demi-millénaire. *Un excellent portrait, si c'est ce que vous désirez...*

Les larmes qui naissaient dans les yeux de Mr. Thorn furent arrêtées par des cris aigus. Une autre sorte de liquide, projeté par-derrière, lui aspergea l'épaule. Des gouttes écarlates giclèrent près de son oreille pour aller maculer la joue et les cheveux de Marie-Madeleine.

Il se retourna en grimaçant. La jeune femme au jean démodé, debout, tenait en main un petit sac en plastique presque vide d'où dégoulinait encore un liquide rouge. Son visage était marqué d'une expression de triomphe vengeur. Plus près de Thorn, Ellison Seabright avait été repeint en rouge sang de la tête aux pieds. Rodrigo Borgia écorché vif, il demeurait immobile, abasourdi, incrédule. Son garde du corps, alerté trop tard, s'élançait, furieux. Hommes et femmes en uniforme surgissaient des murs et des lambris pour entourer Mary, s'apprêtaient à se saisir d'elle.

— Vous êtes en état d'arrestation, criaient-ils.

L'instant d'après, ils allaient lui passer les menottes.

II

Très tôt, bien avant que notre longue colonne n'approchât de Buda, on fit sauter les verrous de mes chaînes, qu'on retira de mes poignets. Mes chevilles furent également libérées et on me donna un meilleur cheval. À mon sens, tout cela confirmait la sûreté de mon jugement quand j'avais décidé de m'en remettre à la justice du roi Mathias. Bien entendu, avec les Turcs sur mes talons et la rapide dissolution de ma propre armée, je n'avais pas réellement eu le choix.

Mathias, lorsqu'il avait accepté ma reddition, avait eu bien des choses à me reprocher, principalement du fait de certaines accusations fausses, de lettres mensongères rédigées par mes ennemis afin qu'il les interceptât — toute une chaîne de circonstances trompeuses qu'il n'entre pas dans mes intentions de détailler ici. À l'évidence, Sa Majesté avait très vite compris la vérité. Je n'eus pas l'occasion de lui reparler durant le voyage, mais ses officiers devaient avoir reçu l'ordre de bien me traiter. Quand nous atteignîmes Buda, je fus enfermé au sommet de la forteresse, dans une cellule plus propre et mieux ventilée que bien des maisons d'hommes libres.

La nourriture qu'on me donnait était de qualité, compte tenu de l'époque et du lieu, et largement assez abondante. Comprenez que ces événements se déroulaient plus de douze ans avant que je ne tombasse sous les épées traîtresses de mes assassins, que je ne cessasse de respirer et ne devinsse soumis à mon régime alimentaire actuel. Quand les temps froids arrivèrent, on m'autorisa du feu. Les gardes m'emmenaient chaque jour faire quelques pas dans une cour intérieure. Là, il m'arrivait de passer sous les yeux de légats du pape — une fois, je reconnus Nicolas de Modrusa —, d'ambassadeurs venus des quatre coins du monde, et d'autres seigneurs importants ou dames curieuses que je n'identifiai pas. Ces personnes ne m'adressèrent jamais la parole, se contentant de m'observer en silence depuis des balcons où, généralement, elles demeuraient à demi dissimulées. Même alors, sachez-le, ma réputation commençait à grandir, à cause de mes ennemis allemands, qui s'employaient à détruire la vérité avec une opiniâtreté digne de Goebbels. À présent, pour les invités importants de Sa Majesté, à Buda, il était de bon ton d'aller voir le monstre en cage. J'appréciais mes promenades en dépit des observateurs, et peut-être ne devrais-je pas leur garder de rancune. Certains éprouvaient sans aucun doute de la sympathie pour ma cause et devaient exprimer leurs sentiments à Mathias. Quoi qu'il en fût, je demeurai un an dans cette première cellule.

De temps à autre, le roi m'accordait une brève audience, mais il se contentait de m'observer avec attention et de s'enquérir de ma santé. Mathias n'était alors âgé que de vingt ans, mais il en avait déjà passé quatre sur le trône de Hongrie. Il avait plus ou moins été mis au pouvoir par la *vox populi* et commençait à justifier la confiance de ses sujets.

Au bout d'un an, je fus déplacé d'environ cinquante kilomètres en amont du Danube, jusqu'au palais de Visegrad, où Mathias passait alors beaucoup de temps. Il y engloutissait une bonne partie de l'argent qu'il arrachait impitoyablement aux riches propriétaires terriens de son royaume — et dont la totalité n'était pas employée à nourrir et équiper sa formidable armée. Érudits et artistes venus de toute l'Europe s'y rassemblaient sur son invitation. Déjà, ils commençaient à réunir la magnifique bibliothèque qui serait connue sous le nom de Corvina. À peine quelques années plus tard, le palais abriterait la première imprimerie de toute cette région d'Europe... mais je m'écarte de mon sujet.

À Visegrad, je fus de nouveau incarcéré. Comme vous le diront les livres d'histoire du XXe siècle, pour une fois exacts, ma cellule — ou devrais-je dire : ma chambre ? — se trouvait dans la tour de Salomon et était encore plus confortable que la précédente, mes conditions de détention encore moins strictes. L'idée d'échapper à Mathias ne m'avait jamais paru très bonne et, à présent, les vagues doutes que j'entretenais à ce sujet disparurent totalement. Tout contribuait à m'assurer que ma confiance instinctive dans le roi était bien inspirée. Une évasion, même réussie, n'eût pu me mener très loin, car je n'avais littéralement nulle part où aller. La patience, en revanche, me révélerait dans quels projets ce prince sage et juste désirait me voir jouer un rôle.

J'étais de plus en plus persuadé que ces projets, quelle qu'en fût la nature, me rapporteraient plus qu'un simple emprisonnement, aussi dorés que fussent les barreaux de la cage. Je n'avais été l'ennemi de Mathias que fortuitement. Sa colère contre moi résultait plus des intrigues de mes ennemis que de mes actes. En outre, j'étais trop précieux pour être gaspillé, si j'ose ainsi m'exprimer sans fausse modestie. Tôt ou tard, le roi déterminerait de quelle manière m'utiliser, et ne manquerait pas, alors, de me rendre une position officielle honorable.

Comme vous allez le constater, mon raisonnement en la matière était en grande partie correct. Même si jamais, dans mes fantasmes les plus fous, je n'eusse deviné à quelle place comptait me hisser Mathias.

Les livres d'histoire vous apprendront que la tour de Salomon constitua ma prison durant onze ans. Les historiens, qui donnent par ailleurs l'impression d'être des gens sérieux, affirment qu'on m'accorda souvent l'insigne faveur d'apporter de petits animaux dans ma cellule, afin que je pusse m'amuser à les torturer et à les empaler sur des pieux miniatures. Cet étrange comportement dut tellement impressionner l'humaniste Mathias qu'à cette époque, il décida de mon mariage avec sa sœur. Au même moment, pour la punir de fréquenter une bête telle que Drakulya, il fit disparaître son nom des archives familiales — il est exact que les historiens ne possèdent désormais d'elle d'autre trace que le simple fait de son existence et notre mariage. Onze ans après la cérémonie, Mathias décida pour des raisons inconnues qu'il était temps de changer les choses. Il me tira brutalement de ma prison — que ma femme y eût ou non été incarcérée avec moi est laissé à l'appréciation du lecteur — et finit par me rendre mon titre de prince de Valaquie.

À présent, je vous le demande. Est-il besoin de longues réflexions et d'une intelligence pénétrante pour supputer que le scénario ci-dessus est quelque peu inexact ? Que certaines corrections ne pourraient que lui profiter ?

Il est difficile d'atteindre à la vérité. Qu'on me permette pourtant de rendre un peu de bon sens à ce récit. Après mon déplacement à Visegrad, Mathias me reçut plus souvent. Durant chaque audience, il me scrutait avec attention de ses jeunes yeux inquisiteurs, auxquels les affaires de l'État conféraient rapidement une sagesse précoce. Il me posait en outre de nombreuses questions. Que me semblait de tel problème militaire ? Premier conseiller du roi, qu'eussé-je recommandé pour vaincre telle difficulté politique ? Que préparaient George de Podebrady et les Allemands ? Devait-on encourager les femmes à lire et à écrire ? Il m'interrogeait sur des sujets philosophiques ou moraux, désirait mon opinion sur des questions théologiques ou artistiques. Je m'efforçais toujours de lui répondre honnêtement, aussi faibles que fussent mes connaissances en bien des domaines. Je désirais apparaître à Sa Majesté comme ni plus ni moins que ce que j'étais :

loyal, capable, mais sujet, étant homme, à l'imperfection humaine.

Notre conversation décisive eut lieu par une journée ensoleillée, au début du printemps 1464, alors que j'étais à Visegrad depuis environ six mois. Mes gardes, dont la courtoisie croissante avait nourri mes espoirs, allèrent ce jour-là jusqu'à s'incliner devant moi lorsqu'ils vinrent me chercher dans ma cellule désormais fort bien meublée. Je fus escorté dans une partie du palais que je n'avais encore jamais visitée, à travers des salles où œuvrait la légion sans cesse grandissante d'artistes et de rats de bibliothèque rassemblée par Mathias. Le roi lui-même m'attendait dans une grande pièce à l'ameublement magnifique. De longues étagères y accueillaient plus de livres — tous copiés à la main, bien entendu — que je n'en avais jamais vu dans mon existence de guerrier.

Lors de cette audience, mon souverain donna pour la première fois congé à tous ses gardes. Nous nous retrouvâmes littéralement seuls, puisque ne demeuraient en vue, au bout d'une longue galerie, que deux chercheurs à la barbe grise qui employaient leurs derniers jours à trembloter sur des manuscrits.

Le sourire du jeune roi étirait légèrement ses lèvres, faisant ressortir sa mâchoire proéminente.

— Il est arrivé à nos oreilles, Drakulya, que vous ignoriez la peur. De fait, nous ne vîmes jamais en vous la moindre espèce de crainte, même en ce jour où vous vous tîntes pour la première fois devant nous, enchaîné.

À ma grande surprise, Sa Majesté ne s'exprimait ni en hongrois ni en roumain, nos idiomes habituels, mais en italien. Son élocution lente et mécanique me fit songer qu'elle avait appris ce petit discours par cœur.

Perplexe, je m'inclinai et me fis un devoir de répondre dans la même langue.

— J'avais épuisé toute ma part de peur avant d'avoir du poil au menton, Majesté.

Souriant, à l'évidence satisfait de ma réponse, le roi se détendit et reprit la parole en hongrois.

— La prison turque, oui. Eh bien, à présent, ce sont les Turcs qui vous craignent, *Kaziklu Bey*. Il nous souvient fort bien des sacs qu'il vous plaisait de nous envoyer, Seigneur Empaleur. Ils puaient comme trente-six diables quand nous les recevions, emplis de nez et d'oreilles turques... mais laissons cela pour le moment. (Il marqua une pause.) Certains chrétiens vous redoutent également.

— Il y en a qui ont de bonnes raisons pour cela, Majesté, mais ce ne sont pas les plus nombreux.

— Par ailleurs, nous nous sommes demandé pourquoi, durant nos entrevues, vous ne nous avez jamais rappelé l'amitié que vous portait notre père. Comment un prisonnier a-t-il bien pu se dispenser de pareille manœuvre ?

Je m'inclinai à nouveau.

— Il ne m'est jamais venu à l'esprit que votre Majesté eût pu oublier pareille amitié.

— Ah ! Et il y en a pour dire que vous n'êtes pas diplomate. Bien. (Mathias me contempla, pensif, de ses yeux gris acier au-dessus de ses joues encore quasi imberbes, comme seuls savaient contempler les rois de cette époque de rois.) Nous disposons pour le moment d'assez de diplomates. Et d'assez d'officiers également, semble-t-il. Même si la rumeur affirme que le Sultan a l'intention de mener lui-même ses armées en Bosnie, cette année, tout comme je compte mener la mienne contre lui... Vous voyez : je vous confie un secret militaire. Si c'en est encore un. Oh, vous êtes un excellent capitaine, Drakulya, mais si nous vous donnions un commandement, de vieilles jalousies renaîtraient, de vieilles inimitiés seraient attisées. L'Armée noire compte énormément d'Allemands, vous savez. Si nous lui ajoutions un grand capitaine, vous-même, nous serions sûr d'en perdre plusieurs autres, d'une manière ou d'une autre... Non, notre armée n'est pas pour vous. Pas pour l'instant. Pourtant, il nous déplaît de vous voir perdre votre temps dans une cellule.

Je pris alors impulsivement la parole.

— Mes gardiens m'ont rapporté que le Saint-Père prêche une nouvelle croisade, Sire, et qu'il compte la mener en personne. Que l'Empereur et Philippe le Bon lui ont déjà tous deux apporté leur soutien. Si Votre Majesté me libérait, peut-être secrètement...

— Vous suivriez le pape? s'exclama Mathias, immédiatement intéressé, ce qui redoubla mes espoirs.

— À défaut d'être catholique, je suis chrétien. Le pape a droit à mon respect. S'il veut de moi, je le suivrai. Toute attaque menée contre les Turcs devrait se révéler profitable à Votre Majesté, au moins indirectement.

J'avais toutefois mal interprété l'intérêt du roi, lequel n'était pas alors centré sur les Turcs.

— Serait-il dans le domaine du possible, Drakulya, que, pour des raisons suffisantes, vous abjuriez votre foi orthodoxe et embrassiez le catholicisme?

J'ignorais pourquoi il me demandait cela, mais je me rendais compte qu'il était extrêmement sérieux. Bien entendu, ce n'était pas là une question à laquelle on pouvait répondre à la légère. Après avoir médité quelques instants, toutefois, j'acquiesçai.

— Si c'était là pour moi le meilleur moyen de servir mon roi... ce ne serait pas impossible.

Mathias enserra mon bras d'une main ferme.

— Notre cœur se réjouit de votre loyauté, Drakulya! Ces messages interceptés qui ont créé entre nous une telle inimitié et provoqué votre emprisonnement... nous voyons à présent qu'ils étaient ce que vous avez dit : une vile ruse de vos ennemis. Nous allons sans plus tarder vous révéler nos vœux en ce qui concerne votre avenir immédiat.

Il s'interrompit, les yeux plongés dans les miens. Avec peut-être encore plus de joie que lui au cœur, j'attendis l'exposé de ses projets.

Lorsqu'il continua, il pesait à l'évidence ses paroles avec la plus grande attention.

— Le service que nous avons à l'esprit requiert un homme bien-né, totalement loyal et doté du plus solide jugement. Il doit être capable de... comment dire? d'inspirer le respect. Il doit également savoir obéir. Tenir sa langue. Se montrer totalement impitoyable si nécessaire. Et il doit en outre être habile au maniement des armes... Oui, voilà qui pourrait se révéler important.

— Votre Majesté, je suis honoré que vous me jugiez...

— Mais pas dans cette prétendue croisade, qui est une véritable folie. Les rumeurs que vous transmettent vos gardiens déforment la vérité, alors que nous sommes informés par d'avisés observateurs, de par toute l'Europe. Nul ne suivra le pape. Ce que nous vous réservons, Drakulya, est d'une tout autre nature. Il ne s'agit pas seulement d'une importante affaire d'État. Cela concerne aussi notre propre famille.

Me faisant signe de le suivre, le roi se mit à aller et venir, ainsi qu'il le faisait souvent lorsqu'il avait une décision importante à prendre. Je demeurai à son côté. Sa voix se fit murmure, si bien que je dus me pencher pour l'entendre.

— Savez-vous combien j'ai de sœurs, Drakulya?

Tout le monde connaît ce genre de détails au sujet de son souverain. Avant que je ne pusse commencer à nommer ses frères et sœurs, toutefois, Mathias m'imposa silence d'un doigt levé. Soudain, il n'était plus tant le roi qu'un jeune chef de famille inquiet.

— Je possède une sœur cadette, Helen, dont le nom n'a pas été prononcé à la cour depuis deux ans. Elle est désormais âgée de dix-sept ans. Lorsqu'elle en avait quinze, elle fut fiancée à un Sforza, avec lequel nous espérions convenir d'une alliance profitable. Elle se conduisit toutefois avec une telle folie que les fiançailles durent être rompues. Aussi incroyable que cela paraisse, plutôt que d'épouser l'héritier d'une des plus grandes maisons d'Italie, elle s'enfuit avec un artiste. Quand on la retrouva, nous la fîmes enfermer dans un couvent italien, jusqu'à ce que nous puissions prendre une décision à son sujet. Toutefois, il appert que nous choisîmes un établissement à la discipline si laxiste qu'elle n'eut aucun mal à en sortir et à s'enfuir derechef.

« Voilà quelques mois, des marchands au service des Médicis nous apportèrent de ses nouvelles. Des nouvelles fort déplaisantes. Ils furent assez diplomates pour ne pas nous les transmettre de vive voix, évitant ainsi de nous contraindre à nous intéresser publiquement au scandaleux comportement d'Helen. Leur rapport la disait à Venise. Vous pourrez et devrez entendre ultérieurement tous les détails sordides de l'affaire, et nous vous les révélerons nous-même si vous estimez être l'homme dont nous avons besoin. Comme nous croyons que vous l'êtes. Il nous faut quelqu'un pour restaurer l'honneur de notre couronne et de notre famille... d'une manière ou d'une autre...

III

— C'est un immonde assassin et je veux que le monde entier le sache. Voilà pourquoi j'ai fait ça. J'ai attendu que le tableau arrive, pour que l'attention des gardes se relâche. Je savais qu'il ne porterait pas plainte : il ne tient pas à s'attirer plus de publicité.

L'indignation et la joie se mêlaient étroitement dans la voix de Mary Rogers, qui semblait en connaître de longue date les saveurs combinées. Installée sur un siège peu confortable, dans la suite luxueuse de Mr. Thorn, à Phoenix, elle sirotait une boîte de bière. Ses jambes musclées, croisées, étaient moulées par son jean.

Le soir tombait. Presque vingt-quatre heures s'étaient écoulées depuis le scandale provoqué par la jeune femme. À Scottsdale, la vente aux enchères devait commencer. Mr. Thorn allait la manquer, ce qui ne l'ennuyait nullement. Il avait vu la toile et était quasiment certain de l'identité de son futur acheteur. En outre, même si Marie-Madeleine revenait contre toute attente à quelqu'un d'autre, il lui serait aisé d'apprendre à qui. Elle ne lui échapperait pas.

Il estimait donc avoir le temps de satisfaire sa curiosité au sujet de Mary et de ses mobiles. Chaque fois qu'un événement bizarre se produisait dans son entourage, il avait tendance à croire que cela lui était destiné. Le plus souvent, il ne se trompait pas.

Par la fenêtre, il contempla à travers ses nouvelles lunettes polarisantes les derniers effilochements pastel d'un coucher de soleil sanglant. Comme en un décor de cinéma, les nuages étaient suspendus au-dessus d'un lointain désert, parsemé de quelques montagnes hollywoodiennes. Du vingtième étage, le regard portait bien plus loin que l'étendue métropolitaine enfumée.

— Vous pouvez être sûr que moi, je n'avais aucune idée de ce qu'elle allait faire.

C'était là la voix de Robinson Miller, l'homme qui avait accompagné Mary à la salle des ventes et s'était révélé être son avocat. Thorn avait appris que tous deux s'étaient rencontrés sur une piste de la jungle judiciaire où la jeune femme avait été parachutée par ses rapports accidentels avec la fameuse affaire Seabright. Ils n'avaient ensuite cessé de faire plus ample connaissance.

— C'est une conduite totalement irrationnelle, ajouta Miller en transperçant sa compagne d'un regard sévère qui démentait ses sentiments.

D'après ce que Thorn savait de Mary, il était difficile de dire si elle avait plus besoin d'un ami ou d'un avocat.

La veille au soir, tandis qu'elle donnait à la police son nom, son adresse et son numéro de téléphone, Thorn s'était trouvé là, bien qu'elle ne l'eût pas vu. Il l'avait appelée le jour même — c'était Miller qui avait répondu — et l'avait invitée dans sa suite pour une conversation vespérale, affirmant qu'ils devaient s'entretenir de certaines choses susceptibles de leur apporter un bénéfice mutuel. Oui, certainement, elle avait tout à fait le droit d'emmener un ami jusqu'à la tanière hôtelière du mystérieux inconnu. Si bien que son conseiller juridique, et amant probable, était à présent assis auprès d'elle, dans un fauteuil du même modèle, aux angles durs, en train de siroter une bière au gingembre sur glace tout en fumant une pipe à large fourneau.

— Ce que j'aurais voulu, en fait, c'est du vrai sang, annonça Mary.

Mr. Thorn, qui ne lui prêtait qu'une attention distraite, oublia le paysage et ôta ses lunettes pour lui jeter un regard intense. Il lui fallut un certain temps pour comprendre ce qu'elle voulait dire.

— Au début, je comptais utiliser du sang de bœuf, mais finalement, j'ai compris que jeter sur ce type-là quoi que ce soit de réel n'aurait pas été approprié. À part peut-être du véritable acide. (Elle eut un rire joyeux.) Alors, c'était juste le truc qu'ils utilisent dans les films. Inoffensif. J'ai un ami qui travaille dans un studio et qui m'en a procuré.

— Le blanchisseur a trouvé ça intéressant, commenta Mr. Thorn. Un type de tache qu'il n'avait encore jamais rencontré. Toutefois, il ne reste plus aucune trace sur mon costume.

— Votre ?... (En un instant, l'expression de Mary se modifia, reflétant l'horreur et le regret.) Je suis désolée ! Je ne m'étais pas rendu compte que vous aviez été touché. C'est pour ça que vous vouliez me voir ? Non, bien sûr, non. Écoutez, je suis réellement désolée.

— J'accepte vos excuses. N'y pensez plus. Je n'ai pas été blessé, et par chance, le tableau n'a pas non plus subi de dégâts.

— C'est une chance, en effet, approuva l'avocat. (Ôtant de sa bouche sa pipe recourbée, il s'en servit pour exécuter des passes d'escrime.) Vous n'aviez pas parlé de questions d'intérêt commun ?

— Si, tout à fait. (Thorn leur sourit à tous les deux, puis s'adressa principalement à Mary.) Il est dans mon intérêt d'en apprendre plus au sujet de Mr. Ellison Seabright. Il pourrait être dans le vôtre de m'aider.

— Qui représentez-vous ? s'enquit vivement Miller, avant que Mary ne pût répondre.

Thorn se tourna vers lui.

— Moi seul. En conséquence, tout renseignement que vous pourriez me confier n'ira pas plus loin. (Il marqua une pause.) Et vous pouvez avoir la certitude que rien ne sera utilisé dans l'intérêt de Mr. Seabright.

Ses visiteurs échangèrent un regard prudent, puis haussèrent légèrement les épaules.

— Que désirez-vous savoir ? demanda alors Mary.

Mr. Thorn se rapprocha un peu de ses hôtes et s'assit en face d'eux, sur un sofa, croisa ses fines mains devant lui.

— Pour commencer, qui accusez-vous Mr. Seabright d'avoir assassiné ?

— Mary ! prévint Robinson Miller, tout en agitant la barbe en direction de la jeune femme — laquelle but une nouvelle gorgée de Coors et l'ignora.

— Il a assassiné son demi-frère, Delauney. Et Helen, la fille de sa propre épouse. Vous avez dû en entendre parler. Ça a fait la une des journaux dans tout le pays. Oh, je n'affirme pas qu'il les a tués de ses mains, mais soyez sûr qu'il est responsable.

Thorn se permit un froncement de sourcils sceptique.

— La police n'est-elle pas convaincue qu'Helen a été abattue par les hommes qui avaient enlevé Delauney pour obtenir une rançon ? objecta-t-il doucement. Et que Delauney lui-même est mort de manière quasi accidentelle, alors qu'il se trouvait aux mains desdits inconnus ?

Mary repoussa en arrière sa chevelure indisciplinée.

— Je parie que, pour Ellison, ce ne sont pas des inconnus. J'étais là-bas, cette nuit-là, quand Del et Helen ont été tués — j'y étais bel et bien. Je sais ce que j'ai vu. Et je sais qu'Ellison ne vaut rien.

— Allons, Mary, reprocha Miller, sans espoir.

— Quand j'ai appris votre nom, dit Thorn à la jeune femme, je me suis bien sûr rappelé que vous étiez l'otage évadé dont avaient parlé les actualités. Mais vos accusations à l'encontre d'Ellison me surprennent. Vous avez des preuves ?

— Si vous voulez parler de quoi que ce soit d'utilisable au tribunal, non, répondit Mary avec un geste vague. Vous connaissez la famille ?

— Seulement par les journaux.

— Eh bien... (Mary regarda enfin l'avocat, puis se retourna vers son interlocuteur.) Excusez-moi, mais qu'est-ce que tout ça va vous rapporter ?

Thorn ne le savait pas lui-même, mais il était intéressé.

— Je me trouve en position de rivalité avec Mr. Ellison Seabright. En conséquence, je désire apprendre tous les faits importants le concernant. Si, comme vous l'affirmez, il est réellement mêlé à une affaire de meurtre, il s'agit sans conteste d'un fait important.

— Vous êtes son rival en tant que collectionneur ?

— Exactement. À présent, pourriez-vous m'expliquer ce qu'il comptait retirer de la mort de son frère ? Ou de celle de la fille ?

— Son demi-frère, corrigea Mary, comme si elle avait estimé cette distinction significative. Il en a retiré l'occasion de racheter la collection de Delauney — à tout le moins les pièces qu'il désire. C'est ce qu'il est en train de faire à Scottsdale en ce moment même. Il faut savoir que ce pauvre vieux Del détestait Ellison. Il ne lui aurait pas donné un os à ronger... En conséquence, d'après son testament, tout devait revenir à Helen, le seul membre de sa famille pour lequel il éprouvait de l'affection. Sa propre femme était morte des années plus tôt, et ils n'avaient pas eu d'enfant.

— Vous dites qu'il laissait tout à Helen. La belle-fille de son demi-frère.

— Oui. J'imagine qu'elle n'était pas au courant. Il se montrait toujours gentil avec elle, mais je crois qu'elle ne l'appréciait pas beaucoup. En certains domaines, j'admets qu'Helen pouvait se conduire comme une petite garce trop gâtée. (Cette remarque avait été formulée avec plus de tendresse que de colère. Mary aspira bruyamment une gorgée de bière.) Elle était toujours mineure, dix-sept ans, si bien que tout devait être placé sous le contrôle d'un trust privé en attendant sa majorité. C'est ça, Robby ? Et si elle mourait avant Del, ou environ au même moment, ce qui a été le cas, toutes les pièces de la collection devaient être vendues aux enchères, et les bénéfices versés à une organisation caritative créée par Delauney. Toutes sauf une...

La voix de la jeune femme se brisa sur un soupir aussi désespéré qu'inattendu. Miller secouait à nouveau la tête.

— Quoi donc ? encouragea Thorn.

— Le Verrocchio, dit la jeune femme. En fait, il m'appartient.

— Je pense qu'elle a raison, intervint vivement l'avocat. Je veux dire que je la crois. Mais bien entendu, une nouvelle fois, d'un point de vue judiciaire...

— Voyez-vous, Mr. Thorn, l'interrompit Mary, j'ai vécu chez les Seabright pendant deux mois avant les meurtres. Deux semaines avant sa mort, Delauney Seabright m'a emmenée au beau milieu de sa collection et m'a dit que le Verrocchio m'appartenait. Je ne savais pas quoi répondre, ni comment réagir. Ensuite, il est tombé malade, si bien que la donation officielle a été retardée — et de toute évidence, il n'en a parlé à personne avant de mourir. Ou du moins, personne ne veut l'admettre.

Thorn ne tenta pas de dissimuler ses doutes.

— Vous affirmez qu'il vous a tout simplement fait présent du Verrochio ?

— Je sais qu'une telle générosité n'est pas chose facile à croire. « Il vous appartient, à présent, Mary. Je veux qu'il soit à vous. » Telles ont été ses paroles.

— Vous en avez parlé à la police ?

La jeune femme jeta un nouveau coup d'œil à Robinson Miller.

— Oui, j'ai essayé. Pour ce que ça m'a rapporté. Nous n'avons jamais entamé d'action en justice, puisque je ne dispose d'aucune preuve pour étayer mes dires.

Thorn ignorait si elle se berçait ou non d'illusions, mais il avait la certitude qu'elle n'était pas tout simplement en train de lui mentir.

— Qu'auriez-vous fait du tableau, s'il était entré en votre possession, Mary ? demanda-t-il par curiosité.

Elle eut un rire d'une étonnante bonne humeur.

— Je l'aurais accroché au-dessus du sofa de l'Armée du Salut de Robby. Non, je l'aurais vendu, bien sûr. J'aurais espéré le céder à un musée où tout le monde aurait pu venir le voir, pour changer... Del n'aimait pas les musées. Il jugeait les conservateurs arrogants et cupides. Vous avez vu la peinture de près ? Elle est vraiment magnifique.

— Je suis d'accord. (Il y eut un silence.) Puis-je vous apporter autre chose à boire ?

— J'ai connu Del parce que je suis venue en aide à sa nièce quand elle a fait une fugue, expliqua soudain Mary. J'ai rencontré Helen à Chicago, alors qu'elle était prête à abandonner ses errances. À l'époque, j'étais une sorte d'assistante sociale.

— Tu étais religieuse ! s'exclama son avocat.

Elle lui jeta un coup d'œil agacé.

— Je n'avais pas prononcé mes vœux définitifs. Quoi qu'il en soit, j'ai un peu aidé Helen à remettre de l'ordre dans sa tête. Delauney m'en a su gré et, à sa requête, j'ai passé deux mois avec eux, à Phoenix. Sur ses instances, les parents d'Helen sont venus également. Le vieil homme m'était reconnaissant d'avoir secouru sa nièce et c'est tout ce qu'il y a jamais eu entre nous.

— Je vois.

Mr. Thorn contempla la silhouette opulente de Mary, les veines gonflées de sa gorge. Il ne savait trop s'il devait envier le jeune homme de loi avec qui elle vivait désormais, se désoler pour ce vieillard disparu qui n'avait fait que prouver sa gratitude, ou bien les deux. L'image de l'autre femme rencontrée à la salle des ventes, fine et sombre, s'insinua dans son esprit. Stephanie Seabright, respectivement mère et belle-sœur des victimes. Une femme qui voulait désespérément conserver sa jeunesse, peut-être tout recommencer, d'une manière ou d'une autre.

Mary s'était interrompue pour reprendre son souffle.

— Excusez-moi, Mr. Thorn, mais il me semble que vous n'êtes pas américain ?

— En effet. Quoique je réside en Amérique depuis un an. J'aime beaucoup votre...

— Nous avons dans ce pays un problème grave, tragique, d'adolescents, parfois d'enfants, qui jugent leur foyer totalement insupportable. D'ailleurs, on peut parfois à peine parler de foyer. En conséquence, ils s'enfuient en stop, comme ils peuvent, et une bonne partie d'entre eux, plus qu'on ne pourrait le croire, finit sous les coups de meurtriers. Personne n'a encore effectué d'étude assez sérieuse sur le sujet pour qu'on connaisse le chiffre exact. (Mary eut un sourire radieux. Appréciait-elle l'absence de cette enquête cruciale, ou la perspective de lire un jour ce qu'elle révélerait ?) Les autres, ceux qui ont de la chance dans leur malheur, se font violer, dévaliser, tabasser. Ils finissent en prison, ou bien sombrent dans la drogue et la prostitution.

Elle continuait de sourire, sans aucun doute inconsciemment.

— Je comprends, acquiesça Mr. Thorn. Ce n'est pas neuf.

Plusieurs étages en dessous, la radio diffusait en sourdine une complainte où, si ses vieilles oreilles ne le trompaient pas, il était question du destin d'un cowboy salutaire. Très peu de choses parvenaient encore à le surprendre.

— Il existe bien sûr des moyens légaux de s'attaquer au problème. Tribunaux, organismes gouvernementaux, maisons de correction. Tous font de leur mieux, mais ce n'est pas suffisant. J'avais l'intention de vendre le tableau et de fonder un refuge pour fugueurs.

— Ah ? (Mr. Thorn parut méditer intensément sur cette idée, puis il acquiesça.) Ce projet me semble tout à fait digne d'intérêt.

Mary, qui ne s'était sans doute pas attendue à un accord aussi rapide et aussi complet, cligna des paupières. Son débit se ralentit.

— Je ne vois rien qui soit plus nécessaire.

— Amen, approuva Robinson Miller.

— J'espère que l'idée n'a pas été abandonnée, dit Thorn.

— Non, pas du tout. Nous avons été obligés de retarder les choses, mais...

— En ce cas, vous accepterez bien une contribution ?

La joie innocente qui brilla soudain dans les yeux de la jeune femme révéla en partie la beauté que masquait souvent son habituel sourire hardi.

— Nous pourrions à tout le moins ouvrir un compte..., dit-elle à Miller. Je vous suis très reconnaissante, Mr. Thorn.

Seulement reconnaissante.

— Je me demandais si vous aviez la moindre raison de retourner chez les Seabright, demanda Thorn en sortant un carnet de chèques. Je suppose que vous en avez déménagé.

— Je n'y suis pas retournée depuis cette nuit-là, sauf pour la reconstitution du meurtre. Mais j'y ai encore quelques affaires, si Ellison ne les a pas brûlées. J'imagine qu'il faudra tôt ou tard que j'aille les chercher.

— Pourrai-je vous accompagner ?

— Pourquoi ? interrogea brutalement Miller.

Thorn ouvrit le carnet de chèques sur ses genoux osseux et tira un stylo de sa poche de veste.

— J'ai tenté d'avoir un entretien avec Mr. Seabright. J'ai téléphoné à plusieurs reprises au domicile de son frère défunt, mais on m'a répondu qu'il ne recevait personne. Il ne m'a pas rappelé. Je souhaite donc obtenir une invitation à franchir le seuil de cette demeure. Rien de plus.

Miller jeta un coup d'œil à Mary, ouvrit la bouche, puis la referma. Ses yeux revinrent au carnet ouvert, au stylo immobile au-dessus du premier chèque. Enfin, il répéta une des questions de sa compagne.

— Vous êtes son rival... en matière d'œuvres d'art ?

— Oui, précisément. J'adorerais jeter un coup d'œil à sa collection.

— Il y a peu de chances pour qu'il accorde une visite guidée à un de mes amis, déclara Mary, sceptique. En fait, je crois qu'il ne nous laissera pas entrer. Il est plus probable qu'il fasse jeter mes affaires devant la grille de la propriété. Et nous avec.

— Je vous demande juste de faire votre possible pour m'aider à franchir le seuil de cette demeure. Ensuite, je me débrouillerai seul. Sommes-nous d'accord ?

— D'accord, dit la jeune femme, sans perdre son scepticisme.

— Quant à votre institution charitable... (Thorn rédigea un chèque, le détacha et le lui tendit.) Disons qu'il s'agit d'une avance. J'espère pouvoir à nouveau soutenir le projet lorsqu'il se sera concrétisé.

Quand Mary découvrit la somme, ses yeux s'écarquillèrent.

— Merci ! Je ne sais pas quoi vous dire. Oh, Rob, on va pouvoir commencer. Commencer vraiment.

Miller regarda à son tour le chèque, plissa les lèvres comme pour siffler, puis leva vers Thorn un regard étonné.

— Quelle générosité ! Merci. Vous devez avoir un véritable amour des causes perdues.

IV

Le Vicaire du Christ agonisait sous une tente, sur la plage d'Ancône battue par la pluie, où il s'était fait porter afin de guetter personnellement les navires. Dans son esprit enfiévré, de fantasmagoriques armées de croisés s'étaient embarquées, et il ne voulait pas manquer de les voir apparaître ici, au lieu de rendez-vous qu'il avait choisi — l'ost de l'Empereur, la cavalerie de Philippe le Bon.

Quand j'arrivai par voie de terre, je trouvai le port infesté d'hommes d'Église. Comme je m'y étais attendu, en revanche, je ne découvris pas trace d'une force militaire ou navale importante. Un garde suisse m'escorta jusqu'à la tente du pape et attendit à mon côté qu'on nous annonçât la volonté du Saint-Père de me recevoir. À l'intérieur, deux moines en robe grise s'occupaient distraitement du vieil homme adossé contre des oreillers.

Sa Sainteté, qui paraissait pour le moment avoir les idées assez claires, me fit signe d'approcher.

— Soyez le bienvenu, dit-elle en italien, comme je m'agenouillais pour baiser son anneau. Et vos compagnons ? Vos hommes d'armes. Combien en avez-vous emmenés ?

J'avais la certitude que Pie me connaissait de réputation mais cela ne paraissait pas l'alarmer.

— Je suis seul, Votre Sainteté, répondis-je, obéissant lorsqu'il me fit signe de me relever.

Bien entendu, ma présence en ces lieux n'avait rien à voir avec l'appel à la croisade lancé par le pape. La piste de la sœur égarée du roi Mathias m'avait entraîné à Venise, où j'avais appris son départ pour Ancône. D'après mon informateur, elle s'était embarquée — on ignorait en quelle qualité — sur l'une des deux galères de volontaires vénitiens que la ville avait envoyées participer au fiasco papal. Les bateaux étaient désormais ancrés dans le port. Mon premier souci, en arrivant, avait été d'interroger des membres de leurs équipages — lesquels m'avaient assuré que nulle femme, noble ou roturière, répondant à la description d'Helen, ne s'était trouvée à bord. Leur ayant offert de l'or pour me confirmer sa présence, j'étais bien forcé de croire à leurs dénégations contrites.

— Je suis venu seul, Saint-Père, mais je vous apporte les salutations du roi Mathias. Il regrette que des affaires d'État vitales ne l'empêchent de se joindre à cette entreprise sacrée, mais il prie de tout son cœur pour votre succès.

Je pensais pouvoir mettre sans trop de risques ce message dans la bouche du roi. Mathias eût certainement accueilli avec joie une campagne papale réussie contre les Turcs. Cependant, les véritables croisades dataient de plusieurs siècles. Mathias combattait les Turcs parce qu'il les trouvait sur le pas de sa porte, mais aucun prince chrétien de la fin du XVe siècle n'allait perdre des années en opérations militaires à l'étranger, décimant son armée et vidant son trésor, tandis que, chez lui, des conspirateurs travailleraient à lui voler son trône. Onze années de relative stabilité avaient émoussé le choc causé à tout le continent par la chute de Constantinople. Les Turcs étaient pour le moment plus ou moins contenus, quoique l'Empire ottoman débordât en Europe jusqu'au-delà du Danube.

Le pape s'avachit peu à peu sur ses coussins. Mes paroles le décevaient énormément et ses lèvres remuaient en une prière silencieuse. Il était à présent difficile de se représenter ce qu'avait été cet homme au temps de sa jeunesse. J'avais ouï dire qu'il avait passé de longues années de débauche et de libations, qu'il ne s'était tourné vers Dieu qu'à l'âge mûr. Toutefois, rien de tout cela n'avait plus d'importance. Les mourants, vieux et vidés de leurs forces, se ressemblent tous un peu. Je vis qu'il serrait légèrement le poing, afin que l'Anneau du Pécheur ne glissât point de son doigt ratatiné.

Son regard las s'insinua par l'ouverture de la tente pour scruter une nouvelle fois en vain l'horizon, puis revint se poser sur moi.

— Mais vous, vous êtes là. Il a dû vous falloir bien du courage pour venir seul, mon fils. J'ai entendu parler de vous.

Ce maudit scribouillard compulsif avait aussi écrit à mon sujet, colportant pour la postérité les ragots honteux rapportés de Buda par son trop loquace légat, Nicolas. À l'époque, toutefois, j'ignorais que Pie écrivît et j'avais pitié de lui.

— Votre Sainteté n'a probablement rien entendu de bon à mon sujet.

— Mais vous êtes là alors que les rois catholiques m'ont tourné le dos. Vos péchés vous seront remis. J'aimerais vous bénir.

N'ayant pas le cœur de révéler à ce triste vieillard la vérité sur ma présence, je m'agenouillai à nouveau et inclinai la tête. Il rêvait de conduire une armée, de voir les bannières voler au vent, d'écraser l'infidèle, de reprendre Constantinople. Au lieu de cela, il avait peine à attirer l'attention d'un des moines lorsqu'il voulait un bassin pour pisser. Ce vieil homme, néanmoins, me conféra une bénédiction dont je garde encore le souvenir. Ce fut la dernière qu'il donna jamais.

Ensemble, nous regardâmes l'obscurité recouvrir l'horizon. Ni l'un ni l'autre n'avions la moindre idée de l'immensité des océans. Nous ignorions que l'Amérique, encore à découvrir, s'étendait au-delà. Côte à côte dans le port, mouillaient les deux galères vénitiennes, où brillaient des lanternes jumelles. Leurs capitaines tenaient sans doute déjà conférence pour décider du moment où ils pourraient abandonner cette farce et mettre à la voile afin de rentrer chez eux. Le souffle du pape devenait plus sonore, plus oppressé. Je demeurai sous la tente sans qu'on me posât de question, presque sans qu'on remarquât ma présence, tandis que médecins et prélats, recrutés Dieu sait où dans cette petite ville, commençaient à s'assembler.

Une dernière fois, Pie m'appela à son côté.

— Vous irez loin, mon fils. Vous mènerez une vie longue et étrange, en des contrées lointaines. Vous irez plus loin que...

Je me penchai afin d'en entendre plus, mais le reste fut étouffé par les efforts que faisaient ses vieux poumons pour respirer ainsi que par le chant funèbre qu'entonnèrent alors les moines. Sa Sainteté mourut aux environs de minuit. Les dignitaires religieux de sa suite s'éparpillèrent alors, fébriles, pour être les premiers à rentrer à Rome.

V

Mr. Thorn n'aimait pas l'automobile. En fait — à l'exception des machines volantes de toutes sortes, qu'il appréciait énormément —, il avait toujours jugé les mécaniques complexes perverses et indignes de confiance. Il détestait par exemple les armes à feu. Lorsqu'il y était obligé, il savait cependant s'accommoder d'une paix armée avec la mécanique. Il en était même récemment arrivé à la regrettable conclusion que conduire soi-même présentait plus d'avantages que d'inconvénients. Ainsi donc, deux jours après que Mary Rogers eut aspergé Ellison Seabright de faux sang, le lendemain de sa visite en l'hôtel de Thorn, ce dernier se trouvait-il au volant d'un véhicule de location qui l'emmenait retrouver Marie-Madeleine. Du moins l'espérait-il.

Sa persistance téléphonique avait fini par porter ses fruits, et il avait obtenu l'invitation qu'il souhaitait. Sa persistance et l'habileté avec laquelle il avait fait parvenir aux oreilles de Mr. Seabright certains renseignements fragmentaires auxquels, il en était sûr, le nouveau propriétaire du prétendu Verrocchio ne saurait résister. Il ne s'était évidemment pas trompé.

La maison s'élevait au cœur de ce qui était probablement la banlieue la plus riche de la métropole. Le haut mur qui délimitait plusieurs hectares de propriété était en grande partie constitué de véritables adobes.

En l'observant, Mr. Thorn estima que certaines portions, près de la villa, étaient assez vieilles pour avoir subi des raids d'Indiens hostiles. Il connaissait peu l'histoire de ce continent mais comptait l'étudier un jour, ce qui, il le soupçonnait, serait ardu. S'il n'aimait pas les machines, il jugeait l'histoire passionnante. Il en avait cependant lui-même vécu trop de chapitres pour accorder le moindre crédit aux archives officielles.

Dès que l'allée menant à la villa faussait compagnie à la route, elle franchissait une grille de fer, pour le moment fermée, devant laquelle Thorn arrêta sa Blazer. Ayant constaté qu'une forte proportion des indigènes possédait un quatre-quatre, il supposait que ce n'était pas sans raison et suivait cet exemple. Un individu de type hispanique apparut derrière la grille, qui coulissa sur ses rails quand Thorn eut baissé sa vitre et décliné son identité.

Dans le parc, l'allée de gravillons sinuait parmi d'immenses pelouses qui profitaient pour le moment de leur arrosage du soir, grâce à un système automatique. Des citronniers embaumaient l'air. La villa apparut derrière une masse de verdure — impressionnante, pour l'époque et la région, mais différente de celles qu'avait visitées Mr. Thorn. Tout comme son mur d'enceinte, elle participait de plusieurs styles, et certaines de ses portions les plus anciennes paraissaient particulièrement vénérables. De nombreux ajouts, au fil des décennies, certains fort récents, en avaient fait un bâtiment imposant.

Alors que l'arrivant garait sa Blazer et s'approchait du grand perron, les vibrations d'un plongeoir suivi du bruit léger d'un corps svelte plongeant dans une piscine retentirent de l'autre côté de la bâtisse. Un bruit qui, bizarrement, avait une nette consonance féminine. Thorn, en l'entendant, visualisa aussitôt la femme brune qui accompagnait Seabright deux jours plus tôt. Stephanie, qui avait perdu sa fille unique deux mois auparavant. Stephanie qui ne semblait pas se lamenter mais palpiter de désirs. Et qui, si c'était bien elle, faisait de la natation.

À la porte d'entrée, le visiteur fut accueilli par un majordome ressemblant fort au garde du corps qui veillait sur Seabright à la salle des ventes, quoique un peu plus mince et un peu plus jeune, donc sans doute un peu plus rapide.

— Entrez, monsieur, vous êtes attendu. Par ici, je vous prie.

— Merci.

Mr. Thorn considérait toujours comme un événement le simple fait de franchir pour la première fois un seuil, et celui de cette maison lui inspirait un intérêt tout particulier. Une fois à l'intérieur, où régnait l'air conditionné, il suivit son guide à travers une large entrée carrelée de dalles mexicaines, puis dans un hall gigantesque qui faisait paraître la bâtisse encore plus grande que de l'extérieur. Le plafond, environ à hauteur de deuxième étage, était soutenu par des poutres colossales et rappela aussitôt à Thorn le hall de l'aéroport d'Albuquerque, où il avait récemment passé une longue après-midi, entre deux avions — agressé par le soleil, les yeux plissés derrière ses lunettes noires, recherchant sans répit des ombres plus épaisses. Jamais il n'avait rencontré de salle aussi grande que ce hall ailleurs que dans des palais.

Ayant poussé une porte massive en bois sculpté, son cicérone s'effaça avec déférence. Au milieu d'un bureau aux murs tapissés de livres, Rodrigo Borgia était assis à sa table de travail, débarrassé de la moindre tache rouge et vêtu comme pour un safari touristique.

— Ravi de vous revoir, Mr. Thorn, s'exclama Ellison Seabright d'une voix tonitruante en se levant. Ce sera tout, Brandreth. (Après ces derniers mots, adressés au majordome, il s'avança vers Thorn comme vers un vieil ami et lui tendit la main.) Il est regrettable que nous n'ayons pas eu l'occasion de discuter davantage, l'autre soir. (En fait, ils n'avaient pas discuté du tout.)

Maudite bonne femme... Vous aimeriez voir la collection, c'est bien ça ? Naturellement. Alors, descendons. Nous pourrons parler en bas.

Il avait la voix chaude et décontractée, typiquement américaine. Thorn, qui l'imaginait aisément en présentateur vedette des actualités télévisées, murmura quelque chose en guise de réponse. Son hôte se remit à bavarder d'un ton badin, tandis qu'une main massive posée sur l'épaule osseuse du visiteur le guidait hors du bureau pour lui faire retraverser le hall, au fond duquel un petit ascenseur ouvrait sa porte de bronze. La cabine accepta sans le moindre grincement le poids des deux hommes.

Des différents niveaux figurant sur le panneau de contrôle, deux semblaient s'étendre en sous-sol. Seabright pressa le bouton correspondant au dernier. Durant leur brève descente, il discourut du climat de l'Arizona et de la nécessité d'entretenir en permanence des conditions atmosphériques convenables dans les pièces accueillant une collection. Il observait également son invité, et si son regard n'était pas impoli, la plupart des gens l'eussent jugé intimidant. L'ascenseur s'arrêta en souplesse, dans un silence total. On pourrait bien hurler, ici, songea Mr. Thorn, amusé, personne n'entendrait rien.

— Ah, Stephanie ! s'exclama Seabright, surpris, alors que la porte s'ouvrait.

Ils se trouvaient au seuil d'une pièce immense évoquant le salon d'un grand hôtel, où régnait une agréable fraîcheur. Au fond, sur l'un des six tabourets chromés qui flanquaient le bar, était perchée la femme de la salle des ventes — la mère éplorée. D'ici quelques années, il lui faudrait renoncer aux mini-bikinis tels que celui qu'elle portait à présent, mais elle tirait le meilleur parti du temps qui lui restait. Par-dessus ces lambeaux d'étoffe, elle avait enfilé symboliquement une courte cape translucide, faite d'un hybride de tissu et de plastique. Thorn remarqua aussitôt qu'il n'y avait pas de miroir derrière le bar, mais une fresque représentant jeunes gens et jeunes filles, dans un style pseudo grec vaguement pornographique. Quand Stephanie se tourna vers les arrivants, il constata que sa chevelure noire était trempée au point de dégouliner et reconnut le sourire diplomatique qu'elle avait arboré deux jours plus tôt. Sur le bar, juste au bout de ses doigts, un grand verre abritait un peu de liquide sombre et de la glace pilée.

— Mr. Thorn, mon épouse. Steff, tu dois te rappeler avoir vu Mr. Thorn, de Chicago, avant-hier, à la salle des ventes ? Maudite bonne femme...

Thorn prit la main bronzée que lui tendait la maîtresse de maison et parut sur le point de s'incliner pour la baiser. Toutefois, il n'alla pas jusque-là. Le regard de Stephanie croisa le sien, gêné. En surface, la main était fraîche, détendue, mais elle recelait en profondeur un léger tremblement, une plus grande chaleur.

— Toutes mes condoléances, madame, pour le décès de votre fille.

— Merci. Tous ceux qui ont connu Helen disent que c'était une jeune fille remarquable.

Voilà qui sonnait comme une phrase apprise par cœur, sûrement prononcée très souvent durant les dernières semaines. Stephanie ne soutint pas très longtemps le regard de Thorn, ce qui n'avait rien d'exceptionnel. Pourtant, il sentit que, comme l'autre fois, elle eût aimé être ailleurs. Peut-être en un lieu qui n'existait pas en dehors de son imagination.

— Je vous sers un verre, Thorn ? Non ? En ce cas, passons à la visite. Par ici.

En quittant la pièce, le visiteur eut la vision inattendue de la jeune femme couverte d'humidité, dans un miroir à demi dissimulé au fond d'une niche. Toujours assise sur son tabouret, Stephanie contemplait avec un vague étonnement la surface réfléchissante. Peut-être avait-elle remarqué que celle-ci ne renvoyait pas l'image de l'homme qui venait de lui presser la main, d'une manière qu'elle eût estimée troublante si elle avait fait l'effort d'y réfléchir.

Selon Thorn, il était cependant plus probable qu'elle eût noté un détail étrange sans en comprendre la nature. L'expérience lui avait prouvé depuis beau temps que les gens attribuaient en général ce genre d'absence de perception à une aberration momentanée de leurs propres sens. Il était bien sûr possible que le miroir eût été placé là délibérément. Seabright avait pu y jeter un coup d'œil afin d'inspecter son invité. Thorn lui-même était bien entendu capable de reconnaître un vampire sans avoir recours à de tels subterfuges, mais les vivants connaissaient parfois des difficultés en la matière.

Heureusement pour lui.

Les deux hommes, cependant, avaient traversé un curieux tunnel courbe, aux parois incurvées, et pénétré dans une sorte de musée miniature aux murs blancs et à la moquette brune flambant neuve. Pour autant que Thorn put en juger, Seabright songeait à tout autre chose qu'aux vampires.

— Certaines des pièces exposées ici m'appartiennent, commença le gros homme sur un ton satisfait. Je veux dire que c'était le cas même avant la vente d'hier soir. Je n'ai jamais eu assez de place, chez moi, à Santa Fe, pour entreposer toute ma collection. Que pensez-vous de ça ?

Ça, c'était un gracieux bateau en argent, aux détails minutieux, posé sur un cube assez bas. Thorn ignora le geste généreux de son hôte, qui l'invitait à prendre en main l'objet. Si ses doigts touchaient la coque métallique, la surface polie mettrait en évidence leur absence de reflet. Il se contenta de se pencher et de contourner le bateau, l'observant avec attention.

— Allemand... certainement du XVIe siècle. Il y a longtemps que je n'avais vu une nef de cette qualité chez un particulier.

L'œuvre n'était pas si admirable, mais un rien de flatterie judicieuse ne pouvait faire le moindre mal.

Il avait apparemment passé l'examen, ou du moins répondu correctement la première question, car Seabright se détendit un peu et se remit à bavarder, toujours inquisiteur, faisant de son mieux pour s'informer habilement. Il devait être persuadé d'avoir appris bon nombre de choses sur son visiteur sans trop se dévoiler. Thorn était de plus en plus enclin à croire que la position du miroir, derrière le bar, était accidentelle. Il doutait de plus en plus des assertions de Mary Rogers, selon qui le gros homme était un machiavélique meurtrier. Seabright ne semblait tout bonnement pas assez malin pour exécuter avec succès pareille machination.

La collection exposée en ces lieux recelait une ou deux œuvres très respectables — outre celle qui intéressait Thorn au premier chef et devant laquelle ils n'étaient pas encore passés. Elle en renfermait également plusieurs qui frôlaient la pornographie — ou faisaient plus que la frôler. Les deux jeunes femmes, allongées sous une couverture froissée, avaient les yeux clos mais ne jouissaient pas simplement d'un sommeil paisible. Le moine sculpté qui se tenait derrière un jeune choriste n'était, tout bien considéré, guère intéressé par la musique. Ces exemples et d'autres, plus explicites, constituaient pour la plupart des imitations victoriennes de maîtres antérieurs. Peut-être les œuvres érotiques avaient-elles toujours appartenu à Ellison Seabright, car il les présentait à satiété et semblait tirer une grande fierté de leur exposition. Son hôte ne les jugeait pas réellement à son goût, mais il savait se montrer poli.

Les murs de ces pièces souterraines étaient très épais, dans leur enveloppe de terre. Bien qu'il n'en vît que les surfaces externes, le visiteur en sentait la masse tout autour de lui, quasi impénétrable, telles les parois d'un abri anti-atomique ou d'une salle des coffres. Un climatiseur efficace, que même Thorn entendait à peine, maintenait dans la salle un silence de musée, une agréable fraîcheur et un taux d'humidité équilibré.

Pourtant, l'air vibrait d'un inaudible écho de mort et de violence. De mort récente. Le fameux meurtre-enlèvement, bien entendu. D'après les articles de journaux, toutes les péripéties s'en étaient cependant déroulées dans les niveaux supérieurs de la villa.

Échangeant des avis parfois intéressants sur la Renaissance, les deux hommes s'enfoncèrent dans la galerie d'art. Mr. Thorn s'immobilisa soudain, avec un sursaut. Il venait de découvrir l'emplacement bien éclairé, au centre d'un mur, où Marie-Madeleine s'était à l'évidence trouvée. Elle n'y n'était plus. Seuls les contours du cadre marquaient encore la place d'honneur désertée.

Malgré son envie d'obtenir rapidement l'explication de cette absence, il ne la demanda pas. Plus déçu qu'il n'était raisonnable, il poursuivit les commentaires admirateurs qu'on attendait de lui sur les pièces mineures qui l'entouraient. Il en reconnaissait plusieurs pour les avoir vues dans la salle des ventes. On les avait rapportées ici. Mais pas *elle*.

Cessant enfin de discourir, il se posta avec ostentation devant l'espace inoccupé. Seabright eut un grand geste théâtral.

— C'est là qu'était le Verrocchio, bien sûr. Je suis curieux de savoir ce que vous vouliez dire quand vous en avez mentionné l'origine à mon secrétaire, au téléphone. J'espère que vous n'allez pas jeter le doute sur son authenticité? Je détesterais apprendre que ce tableau ne constitue pas l'investissement que j'espère.

— Soyez sans crainte, sourit Thorn. Il a énormément de valeur.

— Je suis ravi que vous l'admettiez. À présent que nous avons eu une petite conversation, je prends très au sérieux vos opinions en matière d'art, vous savez. Vos idées sur la Renaissance me paraissent assez osées, sans vouloir vous offenser, mais j'admets volontiers qu'en certains domaines, vous savez de quoi vous parlez. (Le gros homme émit un petit rire calculé.) Revenons à l'origine du tableau. J'ai déjà entendu une théorie très fantaisiste à ce sujet. J'espère que vous n'allez pas la cautionner. Toutefois, je suis injuste envers vous, Thorn. Vous devez avoir des choses intéressantes à dire sur le sujet. Peut-être même avec les preuves afférentes.

Il s'interrompit, interrogateur, empli d'espoir, semblant attendre des révélations. Thorn hésita.

— Comme je l'ai dit à votre secrétaire, j'ai effectivement quelques idées sur la question. Quant aux preuves... Avant tout, Mr. Seabright, pourriez-vous me dire combien de temps le tableau est demeuré ici ?

— Dans cette pièce ? Depuis 1953. C'est à ce moment-là que mon frère l'a rapporté d'Argentine. Un nazi qui avait senti le vent tourner l'y avait expédié en 1944. Il est évident que, pendant la guerre, une des équipes de collecteurs de Goering l'avait, disons, « libéré » d'un château en Normandie. Combien de temps il était resté dans ledit château, où il s'était trouvé avant cela, nous n'avons jamais pu le découvrir. Seulement un ou deux indices frustrants. Les chefs-d'œuvre ont souvent une histoire remarquable, n'est-ce pas ?

Seabright essuya son front bronzé d'un revers de main. Thorn lui jeta un coup d'œil, puis se retourna vers le mur désert.

— Tout à fait. Ils ont aussi l'habitude de se faire voler.

— Aviez-vous déjà vu Marie-Madeleine avant l'autre jour ? Je suppose que vous n'en aviez pas eu l'occasion.

— Au contraire. Je l'avais vue plusieurs fois. Il y a des années.

Ce n'était pas là la réponse que Seabright attendait. Il agita les bras à la manière d'un vendeur de meubles s'ennuyant sur son stand.

— Vous l'avez vue ici ? J'en déduis que vous connaissiez mon frère.

— Non, je regrette, mais je ne le connaissais pas. J'ignorais même qu'il fût en possession du tableau... C'était en Europe.

Seabright fit le décompte les années en remuant légèrement les lèvres, puis secoua une tête dont l'épaisseur devenait de plus en plus apparente.

— Vous deviez être très jeune.

Thorn s'était adossé à l'emplacement de l'œuvre disparue, les bras croisés. Il regardait les objets exposés à l'autre bout de la pièce.

— Oui... Je suppose que je l'étais. Jeune et turbulent. Quoique à l'époque je fusse sûr de ma puissance, de ma sagesse, et il ne manquait pas de gens pour me flatter. Le tableau...

Il s'interrompit, se demandant ce qu'il devait révéler à cet imbécile. Discuter avec Seabright avait son utilité, d'une certaine manière, tout comme discuter avec un enfant. Mais qui d'autre risquait de l'entendre ?

— Le tableau est associé pour moi à des choses bien précises. Il possède un sens qu'aujourd'hui encore, je m'explique mal. (Thorn contempla le visage interloqué de son hôte — lequel, pour la première fois, eut un mouvement de recul.) Je me suis bien longtemps demandé où il se trouvait. (Son ton se radoucit et il sourit.) Ma propre collection remonte à la Renaissance.

— Ah ? (Le gros homme cligna des paupières.) En ce cas, nous avons des goûts communs. Pardonnez-moi, Mr. Thorn, mais je juge assez étrange que votre nom ne soit jamais parvenu à mes oreilles auparavant. Je pensais connaître toutes les collections importantes du monde.

— Je suis sûr que vous les connaissez presque toutes.

— Presque. Oui, je vois. Mon frère et moi n'avons jamais beaucoup apprécié non plus la publicité. Et je suis sûr que votre collection est importante.

— Merci, oui, je le crois. Vous avez raison : elle est assez peu connue. Et également incomplète, hélas.

Seabright laissa échapper un rire vulgaire et spontané, le rire d'un homme qui se moque de l'opinion qu'on a de lui.

— Quel véritable collectionneur est jamais satisfait ? Vos pièces sont dans ce pays ?

— Très peu.

— Je vois. Eh bien, je ne veux pas être indiscret, mais je suis toujours à la recherche d'articles précieux. À titre d'investissement, même s'ils ne correspondent pas précisément à mes goûts. Quand c'est possible, je préfère que la transaction demeure confidentielle. Je n'ai pas besoin de vous parler des impôts et de ce genre de choses : je suis sûr que vous connaissez le problème. Je pratique l'échange aussi bien que l'achat, et il m'arrive parfois de vendre. Tiens, Stephanie... Tu te joins à nous ?

Son épouse, pieds nus, était entrée en silence, toujours vêtue de son minuscule maillot et de sa cape de plage. Ses cheveux sombres, en séchant, perdaient leurs ondulations. Presque sans regarder les deux hommes, elle adopta une attitude de top-model, assez répétée pour devenir une seconde nature, devant la pâle cicatrice indiquant l'ancien emplacement de Marie-Madeleine.

— Ce tableau me manque, annonça-t-elle. C'est sans doute idiot, avec tous les autres... mais il me manque.

— En ce cas, vous avez du goût en matière de peinture, déclara Mr. Thorn, en marquant une pause quasi imperceptible après le mot « goût ».

Stephanie se tourna vers lui.

— Personnellement, je ne trouve pas Verrocchio assez sensuel, déclara Seabright.

— Ça ne se discute pas, admit Thorn. Ainsi, vous avez payé une fortune un prétendu Verrocchio qui ne déchaîne pas votre enthousiasme ?

Il contemplait toujours Stephanie, dont les yeux semblaient dire : *Aidez-moi. J'aimerais beaucoup échapper à tout ça. Parfois, il me semble que je ne puis plus attendre.*

Qu'attendez-vous ? eût-il aimé lui demander. Il lui était cependant impossible de poser une telle question pour le moment. Il saurait se montrer patient.

— C'est un investissement, mon ami, rappelez-vous, répondit Seabright. Mais vous parlez de « prétendu Verrocchio » ? Vous allez donc bien m'offrir de supposées révélations le concernant ?

— Est-ce qu'on va l'apporter ici aujourd'hui ? s'enquit brusquement Thorn. J'aimerais beaucoup le revoir.

— Ici ? (Seabright joua la surprise.) Non, pas du tout. Je compte l'installer chez moi, à Santa Fe. (Il consulta sa montre-bracelet.) En fait, il est déjà en route dans mon avion privé. La plus grande partie du reste suivra, le moment venu. Je suis en train de faire bâtir une nouvelle salle, mais je veux le Verrocchio tout de suite.

Thorn se redressa, s'éloigna du mur.

— Ah, dit-il. En ce cas, j'espère le contempler un jour à Santa Fe.

Il avait le sentiment d'avoir été mis échec et mat. Mais ni par cet individu stupide ni par cette femme préoccupée. La stupéfaction l'envahissait. Son véritable adversaire, semblait-il, n'était pas même sorti de l'ombre.

— Pourquoi pas ? répondit Seabright, faussement jovial. Appelez-moi donc si vous passez dans le coin. Ç'a été un vrai plaisir de m'entretenir avec quelqu'un qui sait de quoi il parle. Et maintenant, quelle est votre idée à propos de l'origine du tableau ?

Mr. Thorn n'avait pour le moment rien à dire sur le sujet. Il n'eût de toute façon pas eu le temps de parler très longtemps. Il entendit s'ouvrir la porte de l'ascenseur, puis quelqu'un approcher rapidement — un homme jeune et fort inquiet, à en juger par ses pas précipités.

Un individu correspondant à cette image apparut dans la courbe du tunnel, chemise blanche, cravate, coupe de cheveux impeccable — et expression éloquente. Un désastre, une calamité quelconque, était suspendu au-dessus de leurs têtes, tel un nuage d'obscurité compact.

— Mr. Seabright ? On vient d'avoir un coup de fil de Santa Fe.

L'interpellé pivota vers son employé perturbé, tournant le dos à Thorn.

— Eh bien, quoi ? Vas-y, crache !

Le jeune homme postillonna, comme s'il avait tenté d'obéir littéralement, puis il parvint à articuler :

— L'avion a presque trois heures de retard, maintenant. Et on n'arrive pas à joindre Mr. Gliddon par radio.

VI

Au XVe siècle, pour des raisons parfaitement valables, on considérait comme hasardeux de voyager dans une bonne partie de l'Europe. Une ou deux zones géographiques faisaient à cette règle d'heureuses exceptions, sur lesquelles je m'étendrai plus tard. En général, on n'entamait toutefois pas seul un grand voyage si on pouvait trouver des compagnons dignes de confiance — voire modérément douteux. Au sortir d'Ancône, je m'attachai donc à des marchands employés par les Médicis, qui regagnaient Florence après avoir rempli une mission dans le sud de l'Italie. La dernière rumeur digne de foi concernant Helen avait rapporté sa présence dans le nord de la botte et je ne pouvais imaginer meilleur endroit que la Cité des Fleurs, ce centre nerveux de toutes les communications, pour tenter de retrouver sa trace. Quant aux marchands, lorsqu'ils eurent lu les lettres d'identification et de recommandation que m'avait remises mon roi, ils furent ravis d'ajouter mon épée à leur escorte. Le brigandage est l'un des rares crimes dont on ne m'ait jamais accusé. Si ma réputation avait atteint mes compagnons de voyage, et s'ils m'avaient reconnu malgré l'ambiguïté que laissaient planer les lettres sur mon nom, cela n'avait dû les rendre que plus anxieux de m'avoir en leur compagnie.

Lors du deuxième jour de voyage, nous rencontrâmes une autre caravane d'honnêtes négociants, qui partaient vers le sud, avec des chariots chargés d'étoffes florentines. Nous leur apprîmes la mort du pape et reçûmes en retour des nouvelles que mes compagnons jugèrent au moins aussi cruciales. Échangeant des regards graves, ils ordonnèrent à leurs serviteurs de se préparer à une marche forcée. Cosimo de Médicis, chef de la grande famille de marchands et souverain *de facto* de la cité-État de Florence, était parti pour son dernier voyage — avec un fort chrétien stoïcisme, de l'avis général — tout juste treize jours avant que Pie ne s'éteignît dans sa tente solitaire.

Mes compagnons n'étaient pas réellement surpris par la mort de Cosimo, qui déclinait depuis beau temps. Ce qui les inquiétait, tandis que nous remontions en selle et reprenions notre route, c'était la suite des événements. Quel effet ce décès allait-il produire sur leurs affaires ? Les voyageurs en partance vers le sud nous avaient dit qu'à Florence, on considérait comme avéré que Piero, le fils aîné de Cosimo, un homme d'âge mûr, prendrait la place de son père à la tête de la famille. Il deviendrait également le souverain sans titre mais pratiquement sans rival de Florence. Les conséquences qu'aurait ce changement de gouvernement pour la ville et le monde étaient difficiles à estimer, mais il était urgent d'aller aux nouvelles.

Moi-même soucieux de ne pas perdre de temps, je m'associai volontiers à la marche forcée et, quelques jours plus tard, contemplai Florence pour la première fois. La ville nous apparut d'un coup, splendide, toute proche, lorsque nous franchîmes un sommet de colline. C'était alors une des plus grandes métropoles d'Europe, qu'entourait une haute enceinte de cinq kilomètres, renforcée de soixante tours carrées. Vue des collines alentour, Florence était réellement impressionnante, semée de clochers, avec ici et là de riches palais, s'élevant parmi des hectares de plus humbles bâtiments. L'Arno divisait la cité en deux parties inégales. Ses flots, mi-boue mi-arc-en-ciel, charriaient les teintures de la Guilde des Tailleurs et les eaux usées de soixante-dix mille personnes. Comme nous franchissions les murailles, je vis que les artisans de la guilde semblaient occuper toutes les berges et tous les ponts du fleuve. Les rues puaient, comme dans toutes les villes de l'époque, mais l'air était également empli de splendeur. La population étant encore réduite en raison de l'épidémie de peste du siècle précédent, de grands espaces délestés de leurs constructions par le feu et la dégradation s'étaient mués en jardins où poussaient un million de fleurs, ainsi que des carrés de fruits et légumes.

Tout comme beauté et laideur se mêlaient dans ses eaux, puanteur et parfum dans son air, ses palais côtoyaient ses masures en ce qui m'évoqua tout d'abord une totale confusion. Pourtant, la chose n'était pas dépourvue de logique. Chaque famille florentine, aussi riche ou pauvre qu'elle pût devenir, continuait par tradition d'habiter son quartier ancestral. Il n'y avait ni enclave dorée ni ghetto où parquer les pauvres. Les plus grandes et les plus belles maisons abritaient leurs propres entrepôts, leurs écuries, et parfois même des boutiques — la classe supérieure de Florence ne dédaignait pas le contact de l'argent ni le commerce. Ces magasins se trouvaient bien entendu au rez-de-chaussée, tout comme jardins, halls et cours intérieures. Les quartiers d'habitation s'étendaient le plus souvent juste au-dessus — les étages supérieurs abritant de petits appartements plus exposés que ceux du premier à la chaleur de l'été et au froid hivernal, qu'occupaient serviteurs, parents pauvres et invités d'importance secondaire. Le jour de notre arrivée, le temps était assez chaud, et mes compagnons se demandèrent à haute voix si les principaux chefs du clan Médicis ne se trouvaient pas dans une des villas familiales éparpillées au cœur des collines toscanes toutes proches, plutôt qu'à Florence. Il finit par s'avérer qu'ils demeuraient en leur palais, toujours occupés à maîtriser l'ouragan de questions financières soulevé par la mort de Cosimo.

Le palais des Médicis, un bâtiment en pierre massif, aussi rectangulaire qu'un immeuble moderne et décoré avec un art ne m'inspirant alors qu'une quasi-indifférence, s'élevait près de l'église San Lorenzo. Les murs du rez-de-chaussée consistaient en de simples blocs de pierre dressés. La maçonnerie du premier étage était de style dorique, celle du second de style corinthien. Toutefois, je le répète, ces merveilles échappaient alors au rude soldat barbare que j'étais. Une fois au sein de la première cour intérieure, mes compagnons de voyage mirent pied à terre et se hâtèrent de s'isoler pour faire un rapport confidentiel à quelque responsable des affaires familiales. Après avoir contemplé un moment le statuaire, je descendis moi aussi de cheval et fus courtoisement escorté jusqu'à une pièce, où un autre responsable examina mes lettres de recommandation. Je savais que, pour mener à bien mon projet à Florence, il me fallait partir d'un bon pied avec les Médicis.

Les préparatifs de ma mission ayant été aussi soigneux que secrets, les lettres étaient rédigées en plusieurs langues, dont bien entendu l'italien. J'y étais désigné sous le nom assez ambigu de *signore* Ladislao — une traduction correcte de mon prénom — et le roi y assurait de sa gratitude quiconque me prêterait assistance.

Les marchands ayant voyagé en ma compagnie s'étaient sans doute interrogés sur la nature de ma mission pour Mathias, mais ils avaient accepté les documents sans commentaire. L'employé des Médicis, lui, après une première lecture, me les emprunta poliment et donna des ordres afin qu'on m'apportât les rafraîchissements qui s'imposaient après un long voyage. Il faisait chaud. On m'escorta jusqu'à une table ombragée, dans une cour à ciel ouvert.

À tout moment, dans cette maison, on pouvait rencontrer des gens en train de banqueter. Quoique mon intérêt pour la plupart des nourritures ait disparu depuis beau temps, j'ai bonne mémoire... Il était de coutume, en Europe, de se goinfrer chaque fois qu'on en avait l'occasion. Rien de tel dans la délicate Florence. Ce fut là que, moi, le rude soldat, je vis pour la première fois une fourchette — quoique pas en ce premier jour. En ce premier jour, je combattis à mains nues saucisses, tranches de melon, chapon bouilli et pâtisseries élégantes dont je n'avais jamais rêvé l'existence. Je fus instantanément conquis.

Au bout de quelque temps, certains des hommes qui avaient fait route avec moi vinrent me rejoindre en souriant. Tandis qu'ils s'employaient à répondre à mes questions sur l'histoire et les us de la ville, un jeune homme fit son apparition. Il portait des vêtements neufs mais assez simples, taillés dans les plus fines étoffes. D'une voix éraillée, avec une courtoisie triste et une gravité qui démentait sa jeunesse, il me salua en m'appelant *signore* Ladislao et me souhaita la bienvenue dans la maison des siens. Un de mes anciens compagnons de voyage me le présenta sans cérémonie, entre deux bouchées. C'était bien entendu le fils aîné de Piero, Lorenzo, qu'on appellerait plus tard le Magnifique. Quand son heure viendrait de gouverner subtilement Florence, il disposerait de plus de puissance que bien des rois couronnés et sa munificence en tant que patron des arts dépasserait celle de Mathias lui-même.

En ce jour de la fin d'été 1464, toutefois, Lorenzo de Médicis n'avait que quinze ans — même si, par moments, son visage mat, ses yeux graves, le rude duvet qui couvrait ses joues et les rides naissantes de son front lui donnaient l'air d'en avoir trente-cinq. Ses aînés commençaient à lui confier de petites missions diplomatiques. Près de lui, se trouvait son frère cadet, Giuliano, qui n'avait que dix ans mais apprenait déjà à être un Médicis. Pour le moment, il était aussi sérieux qu'un comte allemand. À l'époque, l'enfance était chose rare, à quelque classe qu'on appartînt.

Quoique précoce, Lorenzo n'avait pas reconnu mon nom. Il avait en revanche lu mes lettres et en avait compris l'importance. S'asseyant auprès de moi, il se mit à manger un fruit tandis qu'en diplomate confirmé, il commençait à me sonder par une discussion sur des sujets relativement neutres : la mort du pape, le triste état des routes italiennes. Au bout d'un certain temps, son père nous rejoignit. Puisqu'il était le souverain, je me levai. Sa main noueuse me fit signe de me rasseoir. Il me rendit mes lettres et m'invita à demeurer dans sa maison aussi longtemps que je le désirerais.

Lorenzo s'était lui aussi levé, afin que son père pût prendre sa place. Piero, lui, connaissait mon identité. Je le lus dans ses yeux lorsqu'il s'installa à mon côté sur le banc, avec un gémissement.

— Est-il possible que nous nous soyons déjà rencontrés, Signore Ladislao ? Auriez-vous par hasard vécu à Targoviste ?

Ma vieille capitale valaque. Je doutais que Piero lui-même eût traîné ses jambes goutteuses aussi loin de son domicile, mais je n'en avais pas la certitude. En outre, les Médicis y avaient certainement envoyé des marchands. Dans le monde connu, il n'existait guère d'endroits où ils n'en envoyaient pas. J'admis avec prudence que j'avais habité Targoviste.

— En ce cas, peut-être y étiez-vous il y a environ huit ans, quand un incident conduisit un des plus sûrs représentants de commerce de ma famille à nous faire un étrange rapport, continua Piero. Malgré sa bonne réputation, certains trouvèrent son récit difficile à croire.

« Il semble qu'à la suite d'un fort malheureux concours de circonstances, il se retrouva seul, sans escorte, et chargé d'une forte somme en or, si bien que le premier regard de voleur à se poser sur lui eût à tout le moins signifié sa ruine.

« Il venait de pénétrer sur les terres du jeune seigneur de la guerre Drakulya, que certains considéraient comme un prince d'une férocité et d'une cruauté sans précédent — j'ignore quel crédit accorder à ces rumeurs. Quoi qu'il en soit, notre marchand terrifié, qui n'avait peut-être jamais entendu les bruits les plus inquiétants, osa aller trouver Drakulya en personne et sollicita une escorte pour protéger son bien tandis qu'il traverserait la Valaquie.

« Le prince se contenta de le regarder froidement.

« — Vous prétendez donc que mes braves sujets sont des voleurs ?

« — Il y a des voleurs dans tous les pays.

« — Pas ici. Je ne les tolère pas.

« Le marchand avait vu des squelettes de brigands empalés au bord de la route — ou à tout le moins des squelettes auprès desquels se trouvaient des panneaux les accusant, entre autres crimes, de brigandage — et il évita de discuter. Le prince finit par lui ordonner de choisir au hasard un coin de rue obscur, au sein de la capitale, et d'y laisser tous ses biens sans surveillance pendant la nuit. Mon employé, bien sûr, n'eut d'autre choix qu'obéir. Résigné à la ruine, il passa une nuit d'insomnie dans sa chambre, au palais. Le lendemain matin, s'attendant au pire, il retourna là où il avait laissé son or. De jour, ses biens ressemblaient à ce qu'ils étaient : des sacs emplis de pièces, nullement gardés. Nul n'y avait touché. Les passants de toutes conditions, riches ou pauvres, qui vaquaient à leurs occupations matinales se contentaient de les contourner.

À ce moment, Piero s'interrompit, me contemplant d'un regard interrogateur.

— J'ai entendu la même histoire quand j'habitais la ville, répondis-je. Il est possible, signore Piero, que vous m'ayez déjà vu et me reconnaissiez. D'un autre côté, il est fréquent qu'on me confonde avec un grand scélérat présentement incarcéré au palais de Sa Majesté, à Visegrad. Il serait bien sûr totalement saugrenu qu'un tel homme fût chargé d'une mission confidentielle par le roi Mathias, mais notre ressemblance est si frappante qu'elle me cause parfois quelque gêne.

Piero sourit.

— N'en dites pas plus, bon signore Ladislao. Je n'ai

nul désir de vous plonger dans l'embarras chez moi. N'en dites pas plus.

Il se leva et s'inclina devant moi. Ainsi fut scellée son offre d'hospitalité et d'amitié.

Quand j'eus satisfait mon appétit — que je modérai quelque peu pour me conformer à la coutume locale —, on m'escorta jusqu'à ma chambre, une pièce de bonne taille, au premier étage. Demeuré seul, je contemplai avec stupeur ce qui m'entourait, me demandant par quelle sorcellerie ces gens d'humble naissance en étaient venus à posséder un logis digne d'un roi. Par comparaison, mon ancien palais de Targoviste ressemblait à un barbare corps de garde. Le lit était de bois incrusté d'or, les couvertures, le baldaquin et les oreillers de velours vert. Un miroir byzantin mural, au cadre doré ciselé de chérubins, reflétait la fresque de grande beauté peinte sur la paroi d'en face. J'y contemplai mon sombre et fin visage de soldat — mon incompatibilité avec les miroirs ne se manifesterait que des années plus tard —, et me demandai combien cette maison comptait de pièces similaires, voire plus luxueuses, m'étonnai de ma piètre connaissance du monde.

Comment pourrais-je décrire, même aujourd'hui, ce qu'était alors la maison des Médicis? Cela m'est impossible. Il me faut néanmoins mentionner un ou deux détails. Dans un sens, l'endroit était semblable à un hôtel particulier luxueux — aristocratique, devrais-je dire. Des marchands d'autres compagnies y demeurèrent durant mon séjour. Des religieux d'importance diverse, des agents, des banquiers, des soldats, des voyageurs respectables de toutes sortes y entraient et en sortaient quotidiennement. Le récent trépas de Cosimo avait bien entendu augmenté la fréquentation de la maison, que je connus à son apogée. Ainsi, quoique je fusse bienvenu et même choyé, je n'étais qu'un invité parmi tant d'autres.

Mes hôtes m'accordèrent toutefois ce qui me parut être une considération particulière. Parmi les invités au dîner, ce soir-là, se trouvait un homme en qui je reconnus l'ambassadeur de Mathias auprès du gouvernement officiel de Florence — un conseil dont les délibérations n'attiraient guère l'attention du public. Peu après que Morsino et moi-même eûmes été présentés, on nous donna poliment l'occasion de discuter seul à seul. Dès qu'il le put, l'ambassadeur m'interrogea délicatement sur ma mission. De même que ses camarades hongrois envoyés en divers États italiens, il avait reçu des instructions secrètes l'informant qu'un agent du roi arriverait bientôt en Italie pour affaires urgentes. On ne leur avait pas dévoilé la nature de ces affaires, quoique certains l'eussent peut-être devinée, mais tous avaient reçu l'ordre exprès de m'apporter leur aide.

Il y a un temps pour le secret absolu et un temps où la franchise s'avère nécessaire. Je jugeai cette deuxième phase arrivée, et appris sans détour à Morsino que j'avais été envoyé à la recherche d'Helen Hunyadi, la sœur fugueuse de notre jeune roi. Je n'abordai pas le sujet de ce que je ferais lorsque je l'aurais retrouvée, et Morsino ne me posa pas la question. Il exprima en revanche le soulagement que lui inspirait mon arrivée. Quatre jours plus tôt, il avait entendu de deux sources différentes la nouvelle suivante : il y avait à Florence une femme qui parlait l'italien avec un fort accent pouvant fort bien être hongrois, et qui affirmait appartenir à la haute noblesse de Hongrie. Si les rumeurs concernant la conduite discutable de cette personne étaient ne fût-ce qu'en partie exactes, et si les siens caressaient des prétentions à la respectabilité, ne fût-ce que comme petits fonctionnaires, ils risquaient d'avoir des problèmes.

Quelle conduite discutable ? m'enquis-je naturellement. Morsino regarda autour de lui pour s'assurer que nous étions bien seuls. D'après ses informations, une jolie jeune femme, de petite taille, était récemment arivée de Ravenne en compagnie d'une troupe de comédiens, d'un artiste itinérant ou d'individus de basse extraction du même type. Morsino admettait que la célèbre attitude libérale des Florentins en matière de statut social l'avait parfois contaminé, mais même à Florence, il existait des limites. Dès son arrivée en ville, la personne en question avait, disait-on, commencé à se prostituer. Avant Ravenne, affirmait une des versions de l'histoire, elle s'était trouvée à bord d'une galère vénitienne, maîtresse de quelque aventurier — peut-être un des mercenaires étrangers qui, au xve siècle, vivaient sur l'Italie telles des puces sur un chien. Quel qu'il fût, cet homme était devenu nerveux en apprenant l'identité de sa compagne, et il s'était débarrassé d'elle.

— À votre avis, *signore* Morsino, appartient-elle bien à la noblesse hongroise ?

— Je ne l'ai pas vue, et j'ignore quel crédit accorder à toutes ces rumeurs... mais à dire la vérité, *signore* Ladislao, d'après le récit qui m'a été fait, l'aventurier a pris peur quand cette femme a affirmé être la sœur légitime de notre bienheureux roi Mathias.

— Il a dû juger cette affirmation convaincante.

— À l'évidence.

— Et où se trouve à présent la jeune personne ?

Morsino haussa les épaules.

— Je ne sais. Toutefois, j'estime probable qu'elle soit encore à Florence. Dès que son arrivée m'est venue aux oreilles, j'ai demandé à mes agents d'en apprendre le plus possible à son sujet. Ils ont cependant été incapables de retrouver sa trace.

Je demandai ensuite à l'ambassadeur à quel point nous pouvions, selon lui, nous confier aux Médicis. Après réflexion, il estima que je devais leur en dire autant que je le jugeais possible : à Florence, la jeune femme pourrait se cacher de Morsino et de moi-même, mais elle n'aurait aucun moyen d'échapper aux Médicis. Si elle n'y était plus, ils pourraient en outre fort bien apprendre où elle s'était rendue. La bonne volonté du roi Mathias étant sans nul doute importante pour de tels marchands et banquiers internationaux, aussi n'avais-je aucune raison de ne pas croire nos hôtes disposés au mieux à mon égard.

Plus tard, dans la soirée, j'eus l'occasion de discuter en privé avec Piero et Lorenzo, auquel je révélai pratiquement toute la vérité : la femme que je cherchais était liée à la maison royale hongroise; j'avais été envoyé pour la ramener en son pays le plus discrètement possible. Piero hocha la tête, pensif, et accepta de m'aider. Lorsqu'il me demanda à quoi ressemblait la fugitive, toutefois, je fus bien en peine de lui répondre. Les aînés de Mathias, décidés à chasser Helen de la famille, s'étaient montrés quelque peu excessifs, brûlant ses rares portraits et effaçant son nom de toutes les archives.

— Elle est de petite taille, *signore* Piero, et possède une silhouette fine. On dit son visage magnifique, d'un teint modérément coloré.

Piero sembla reconsidérer son appréciation de mon intelligence. On ne m'avait cependant pas donné de description plus précise, si bien que je ne pouvais en fournir.

La nuit même, des enquêteurs partirent discrètement en mission. Le lendemain, en milieu de matinée, leur rapport fit état de ce qu'on appellerait aujourd'hui une piste sérieuse. Une jeune femme parlant une langue qui pouvait fort bien être le hongrois avait été vue trois jours plus tôt en train de poser dans l'atelier d'un jeune artiste prometteur, Verrocchio — dont on était en droit d'attendre l'entière coopération, puisqu'il devait l'essentiel de son succès à la protection des Médicis.

Je tins une conférence rapide avec Morsino. Nous estimâmes préférable qu'il ne m'accompagnât pas chez Verrocchio, afin de ne pas dévoiler l'intérêt que le gouvernement hongrois portait à cette femme. Lorenzo, en revanche, se porta volontaire pour venir avec moi, et la chose était parfaitement naturelle. On le savait déjà mécène, il avait visité l'atelier et en connaissait le maître. Pour tout le monde, à l'exception de Verrocchio lui-même, Lorenzo et moi ne viendrions qu'afin d'examiner les œuvres exposées et, peut-être, d'en acheter une. Le sujet de la Hongroise, qu'elle fût encore là ou non, surgirait comme par accident dans la discussion.

Nous sortîmes à pied et sans escorte, ce qui semblait être le mode de déplacement usuel des Médicis — quoique Piero, en raison de sa goutte, prît souvent une litière. À chaque pas, me sembla-t-il, Lorenzo était salué par des gens de tous les milieux et, la plupart du temps, il s'arrêtait pour échanger quelques mots ou bons vœux.

— Pensez-vous que la personne que nous cherchons soit la maîtresse du peintre ? demandai-je, lorsqu'il me sembla avoir un moment de libre pour entamer une conversation.

Lorenzo s'immobilisa au milieu d'une venelle, souriant, et, avec un geste théâtral, invita une vieille femme chargée d'un panier de légumes à passer devant lui. On m'avait répété sur tous les tons que ces riches marchands, mes hôtes, étaient aussi les dictateurs de Florence. Je n'avais encore jamais vu de dictateurs se conduire ainsi.

— Je ne crois pas, me répondit-il quand nous fûmes à nouveau seuls. Je connais les goûts d'Andrea... non, je ne crois pas.

L'atelier était moins vaste et plus pauvre que je ne m'y étais attendu. Une grande salle, bien éclairée par verrières et fenêtres, occupait l'essentiel d'un bâtiment de bois grossier. Quelques portes permettaient d'accéder à des pièces plus petites, à l'arrière, ainsi qu'à une cour. Tout y était aussi primitif que dans une étable, ou peu s'en fallait. Verrocchio, le maître, paraissait lui aussi mal dégrossi : c'était un homme trapu, d'une trentaine d'années, au visage vulgaire, vêtu d'habits d'ouvrier tachés. Il accueillit Lorenzo chaleureusement et nous assura que sa pauvre maison était nôtre. Il devint nerveux quand mon compagnon lui dévoila à l'oreille le véritable motif de notre visite.

Au milieu de la salle, sous une verrière ouverte sur le clair ciel florentin, un vieil homme aux yeux chassieux posait dans un habit flottant évoquant les récits bibliques, tandis qu'un apprenti barbu l'esquissait au graphite sur une toile. Après avoir balbutié quelques salutations à notre endroit, tous deux retournèrent à leur travail. Par la porte d'une des autres pièces, on apercevait une servante âgée en train de récurer une marmite.

Lorenzo et moi nous assîmes quelque temps dans un coin de l'atelier, jouant le rôle de clients, tandis que le maître nous exposait ses projets immédiats. Ou, plus exactement, les exposait à son jeune mécène, lequel évoquait assez un parrain de la Mafia des siècles futurs, tandis que j'écoutais et prenais l'air inspiré. À tout le moins intéressé. Ensuite, guidé par Lorenzo, j'achetai une petite chaîne en or, tout juste fabriquée.

Mon compagnon déclara alors qu'il avait en tête une commande importante. Pour cette prétendue discussion d'affaires, Verrocchio nous conduisit dans l'intimité de sa propre chambre à coucher. La pièce était petite, ses murs tapissés d'esquisses sur papier. Étant le plus âgé, je me vis offrir l'unique chaise. Lorenzo se percha sur une malle, tandis que le maître occupait le lit défait, le seul autre meuble substantiel disponible.

Oui, *signori,* cette jeune femme, bien entendu. Elle était partie depuis deux jours et Verrocchio ne savait pas plus où elle était allée que d'où elle venait auparavant. Quelques semaines plus tôt, un des apprentis l'avait amenée à l'atelier, expliquant qu'il désirait l'utiliser comme modèle et qu'elle était disposée à poser aussi pour les autres. Elle l'avait fait, allant jusqu'à se déshabiller sans la moindre gêne, ce qui avait convaincu le peintre qu'il s'agissait d'une prostituée. Elle s'était cependant révélée bon modèle. Il l'avait nourrie, lui avait donné un endroit où dormir, avec les domestiques, et une ou deux fois de l'argent. Elle parlait assez mal l'italien, avec un fort accent qui n'était pas l'accent grec, si commun à Florence depuis qu'y avaient afflué les réfugiés de Constantinople. En dehors de cela, et d'une certaine beauté de visage, il ne l'avait pas jugée différente des centaines d'autres gueuses qu'on pouvait rencontrer dans les rues et les tavernes. Oui, un peu plus belle que la plupart, voilà tout. Si nous voulions la voir, une ou deux esquisses d'elle, exécutées par les apprentis, étaient accrochées au mur.

Je les observai avec intérêt, mais une seule montrait clairement le visage du modèle — et en distordait les traits en une expression de félicité divine tellement artificielle que je jugeai le dessin impropre à l'identification. Je ne fis pas de commentaire..

Verrocchio continua de s'expliquer, nerveux. Il avait vaguement caressé le projet de peindre lui-même la jeune femme — il y avait en elle une étincelle d'authentique beauté, *signori* — mais elle avait disparu sans crier gare et nul ne savait où la trouver.

— Qui est l'apprenti qui l'a amenée ici ? demandai-je. Ce barbu, là-bas ?

— Oui. Aimeriez-vous lui parler, messieurs ?

Nous rentrâmes dans la grande pièce. Lorenzo, avec sa bonne humeur habituelle, s'approcha de l'élève. Accepterait-il de décider du vainqueur d'un pari ? La jeune femme qui se trouvait ici quelques jours auparavant, quelle langue parlait-elle, en dehors de son mauvais italien ?

Le pseudo prophète aux yeux chassieux put se détendre un peu. L'apprenti reposa ses outils. Gêné d'être interrogé, il en fit tomber quelques-uns. Il bredouilla qu'il ne savait pas réellement, qu'il doutait de pouvoir nous apprendre grand-chose.

Je lui fis une démonstration de hongrois. Oui, répondit-il, c'était peut-être ça, mais il n'en était pas vraiment sûr. Il n'avait jamais beaucoup parlé au modèle et ignorait son nom. Oui, il l'avait trouvé dans une taverne et l'avait ramené ici mais, vous savez ce que c'est, messieurs — excusez-moi, vous l'ignorez peut-être —, mais on n'apprend pas toujours leur nom. Non, il ne savait pas où la jeune femme se trouvait à l'heure actuelle. Elle avait paru insatisfaite, et elle était partie...

Il me semblait qu'on eût pu tirer autre chose de cet homme, mais il ne m'appartenait pas de le questionner à mon aise. Il s'agissait probablement d'un ouvrier de valeur. Peut-être plus tard...

— Posons la question aux domestiques et aux autres apprentis, décida Lorenzo, qui jouait toujours sans effort la comédie du pari.

Nous fîmes rapidement le tour des serviteurs, auquels je permis de s'en tirer, au moins pour le moment, en prétendant ne rien savoir. Quant aux élèves, Verrocchio nous informa qu'il n'en avait à l'heure actuelle que trois. Le second, un garçon un peu plus jeune et moins laid que celui avec lequel nous nous étions déjà entretenus, fut appelé de la cour où il s'employait à mélanger des pigments. Guère malin, il se contenta de pouffer et de jeter un regard nerveux à son maître quand je lui demandai s'il avait bien connu la jeune femme. Il confirma cependant que mon hongrois ressemblait à la langue qu'elle employait lorsque, bouleversée, elle parlait toute seule.

— Qu'est-ce qui la bouleversait ?

Il eut des deux bras un geste éloquent, qui semblait englober le monde entier.

— Je n'ai plus qu'un autre apprenti, messieurs. Il habite chez lui mais doit arriver d'un instant à l'autre. Me ferez-vous l'honneur de l'attendre ?

— C'est nous que votre compagnie honore, *maestro*, répondit Lorenzo, avant de se rasseoir pour une conversation badine au sujet de l'Art.

Élèves et serviteurs se remirent au travail. Le garçon que nous attendions ne tarda pas à arriver. Quoique très grand et très bien bâti, il ne me parut pas avoir plus de douze ans. Il était mieux vêtu que ses deux collègues.

Lorenzo, qui commençait à l'interroger, s'interrompit au milieu d'une phrase.

— Il me semble vous connaître. Votre père n'est-il pas *ser* Piero, le notaire ? Oui, bien sûr. Comment va-t-il ?

— Père va très bien, *signore*.

Une nouvelle fois, nous posâmes nos questions. Puisqu'il connaissait le garçon, ce fut Lorenzo qui mena l'essentiel de la discussion.

— Peut-être la jeune femme vous a-t-elle parlé d'elle ? Votre bon maître, ici présent, affirme que vous avez passé plus de temps que les autres à la dessiner et à la peindre.

— Oui, elle a posé pour moi plusieurs jours, mais nous n'avons pas beaucoup discuté.

— N'auriez-vous pas un dessin, ou à tout le moins une esquisse, un bon portrait d'elle que vous pourriez me montrer ? suggérai-je, comprenant que la fiction du pari était désormais trop éculée pour nous être utile. Puisque vous dites avoir travaillé des heures avec elle. Savez-vous bien dessiner ?

Le garçon tourna les yeux vers moi. Il y avait en lui quelque chose d'intrinsèquement froid, dissimulé.

— Je sais dessiner. J'ai jeté une partie de mes esquisses, mais je crois avoir encore quelque chose. Je vais voir.

— Restez, ordonna Lorenzo. Il y a plus important : savez-vous où elle se trouve à l'heure actuelle ?

— Oui, *signore,* c'est possible. (Nous le fixâmes tous avec stupéfaction.) Au *palazzo* Boccalini.

Voilà qui disait à l'évidence quelque chose à Lorenzo et à Verrocchio, qui échangèrent un regard.

— Comment le sais-tu ? demanda le maître à son apprenti.

— Je l'ai vue dans la rue, il y a deux jours, en train de se disputer avec deux jeunes Boccalini. Ils commençaient à la tirer par les bras, en riant. Elle, elle ne riait pas. Et elle n'est pas revenue ici depuis.

Verrocchio regarda tout autour de lui, comme s'il avait cherché quelqu'un à prendre à témoin de cette étrange conduite.

— Pourtant, tu n'as rien dit de tout cela à personne. Pourquoi ?

— On ne m'avait pas encore posé la question.

Le peintre nous jeta un coup d'œil, puis chassa le garçon d'un geste. Quand il fut parti, Lorenzo se tourna vers moi.

— Les Boccalini ne sont pas alliés à ma famille. Ce qu'a dit le garçon peut fort bien être vrai, car ils ont la réputation d'abuser des femmes sans défense. Si elle les a accompagnés, il est possible que ce soit contre son gré. Je pense que les aînés de la famille sont toujours dans leur villa d'été, ce qui laisse les jeunes galants en ville sans chaperons. Nous ferons ce que nous pourrons pour nous assurer de sa présence chez eux.

Verrocchio s'était éloigné de quelques pas, en se mordant la lèvre inférieure. Il n'avait guère envie de prendre part à ces intrigues. À ce moment, le jeune garçon revint, portant un panneau de bois de bonne taille.

— Je n'ai plus une seule esquisse, commenta-t-il, laconique.

Son maître lui prit le tableau et le posa à la verticale sur une table, en pleine lumière. C'était un enfant de douze ans qui avait peint *cela* ? Telle fut ma première réaction, aussi étranger que je fusse aux difficultés de l'art. Pour une fois, il me sembla que le jugement de Lorenzo rejoignait le mien : il murmura quelque chose, abasourdi. Verrochio, qui connaissait déjà la toile, poussa un léger soupir où perçait de la jalousie. S'emparant d'un petit pinceau, il apposa vivement sa signature dans un coin inférieur de l'œuvre, où une partie du décor restait inachevée.

— Oui, c'est bien elle, *signore* Ladislao, soupira-t-il à nouveau. Un excellent portrait. Grâce à cela, vous la reconnaîtrez. Si elle se trouve là où le garçon prétend qu'elle est, prions Jésus et San Lorenzo que vous la rameniez en sécurité... Si c'est bien là ce que désire Votre Honneur.

Lorenzo s'émerveillait toujours en silence.

— C'est vraiment ce garçon qui a peint ceci? demanda-t-il.

Le maître acquiesça.

— C'est lui, *signore* Lorenzo. Je l'ai vu de mes propres yeux.

Ce qui m'impressionna le plus, mon jugement en matière d'art étant alors des plus primitifs, fut bien entendu le merveilleux caractère réaliste du visage — lequel, comme l'essentiel de la silhouette, était achevé. Une partie du décor, comme il me semble l'avoir mentionné, manquait encore. Avec un tel portrait, il me semblait que je reconnaîtrais le modèle immédiatement si jamais je posais les yeux sur lui. Ce raisonnement me conduisit à une autre conclusion : cette ressemblance absolue, si l'œuvre demeurait en ces lieux, pourrait un jour servir aux ennemis du roi Mathias de preuve que sa sœur s'était trouvée ici et avait posé pour des peintres.

— J'aimerais conserver ce tableau, dis-je en portant une nouvelle fois la main à ma bourse. Quel en est le prix ?

Cette fois, le maître des lieux refusa mon or.

— Je vous en prie, *signore,* faites-moi l'honneur d'accepter cette babiole en cadeau.

Verrocchio fit cette proposition avec un grand naturel. Il estimait, j'imagine, que ce geste lui vaudrait l'amitié renouvelée des Médicis et lui profiterait à long terme. En outre, en 1464, le présent n'était pas de très grand prix, même si, quelques décennies plus tard, la valeur des œuvres d'art provenant des ateliers florentins allait s'accroître considérablement.

— Ce n'est qu'une œuvre de novice, *signore,* bien qu'il possède plus de talent que... (Verrocchio s'interrompit en s'apercevant que le garçon était toujours auprès de nous, silencieux, attentif.) Retourne au travail, maintenant, Leonardo.

VII

Bien.

Certains de mes lecteurs, dotés d'une bonne mémoire ou ayant lu récemment un ouvrage d'histoire de l'art, avaient peut-être anticipé la petite révélation de la page précédente. Avant de trop s'en féliciter, toutefois, qu'ils se demandent pourquoi aucun des experts présents lors de la vente aux enchères n'avait prononcé ce nom éblouissant. Pourquoi, en dehors d'un d'Ellison Seabright allusif, nul n'avait jamais suggéré une telle possibilité. Deux points si vous trouvez la bonne réponse. Nous y reviendrons. Qu'il suffise de dire que le lecteur en sait désormais autant que Mr. Thorn en au moins une matière : Marie-Madeleine n'était absolument pas un Verrocchio, lequel eût valu environ le quart de million de dollars que l'avait payé son actuel propriétaire ; c'était au contraire un authentique Léonard de Vinci, jusqu'alors inconnu des experts en tant que tel, et qui vaudrait facilement vingt fois plus cher pour peu que son origine fût reconnue.

L'annonce du retard de l'avion obligea Thorn à écourter sa visite chez Seabright dès qu'il le put sans être impoli. Compte tenu de l'agitation qui y régnait, ce ne fut pas très long. Il prit congé sans proposer à son hôte d'autres révélations sur le tableau. Il n'avait de toute façon aucune intention de fournir d'authentiques informations à ce criminel vulgaire et presque idiot. Tous deux convinrent de se revoir, sans fixer de date, et en restèrent là.

Tandis qu'il engageait sa Blazer dans les quartiers plus populaires de la ville, Mr. Thorn se sentait malheureux pour plusieurs raisons. *Primo*, le tableau était à nouveau hors de sa portée, en un endroit où il ne pouvait pas même l'admirer. *Secundo* — mais peut-être, en fait, *primo* —, l'instant où l'on commence à se rendre compte qu'on a sous-estimé un adversaire est toujours une expérience douloureuse. Cet instant où la proie qui broute paisiblement se retourne soudain, dévoilant ses propres crocs, sortant ses propres griffes... *Tertio*, et surtout, il se demandait s'il n'était pas finalement devenu vieux, s'il n'avait pas péché par excès de confiance.

Toujours déterminé à mettre la main sur Marie-Madeleine, mais réalisant qu'il ignorait jusqu'à l'identité de son véritable adversaire, il eût aimé revenir deux jours en arrière, dans la salle des ventes, tout recommencer. Même lui, toutefois, n'était pas capable d'un tel prodige. Il choisit donc de se rabattre sur ce qu'il pouvait faire de mieux : reprendre les choses le plus près possible de leur début.

Avisant une cabine publique, il s'arrêta pour passer un coup de téléphone. Vingt minutes plus tard, il sonnait à la porte d'une maison modeste dans une tout aussi modeste rue de Phoenix.

Robinson Miller, les yeux emplis de suspicion, lui ouvrit et le fit entrer. À ses pieds, un petit chien jappa en sentant pour la première fois l'odeur du visiteur, puis se tint tranquille. Derrière l'avocat, dans le salon, se trouvait le sofa dont Mary avait parlé, et qui donnait bel et bien l'impression d'avoir longuement séjourné dans une boutique de l'Armée du Salut. Mary elle-même venait d'en quitter les coussins affaissés. Ce soir-là, elle avait troqué son jean contre un short, qui révélait des jambes aussi belles que Thorn les avait imaginées. Elle portait une veste en vinyle bleu, sans aucun doute parce qu'elle n'avait pas de soutien-gorge sous son T-shirt. Avec son enthousiasme habituel, elle accueillit le visiteur plus chaleureusement que ne l'avait fait Miller.

— C'est une surprise, Mr. Thorn. Ravie de vous revoir. Il s'est passé quelque chose, n'est-ce pas ?

— Oui, encore que je ne sache pas exactement quoi.

Thorn accepta le fauteuil qu'on lui désignait, une place d'honneur où l'on profitait mieux qu'ailleurs du conditionneur d'air poussif. Il déclina des offres bien intentionnées de bière ou de café et observa calmement le petit chien qui s'approchait de lui pour lui offrir sa soumission. Aux humains, il relata l'essentiel de sa visite à la villa Seabright.

Mary fut bouleversée d'apprendre la disparition de l'avion, quoique son inquiétude eût un motif plus noble que celle de Thorn.

— L'avion est tombé ? C'est terrible. Combien y avait-il de passagers ?

— Oh, je suis sûr qu'à l'heure actuelle, il est au sol, mais j'ai cru comprendre que seul le pilote était à bord. Un nommé Gliddon. Les recherches doivent commencer dans la matinée.

— Gliddon, grimaça la jeune femme. Je ne l'aimais pas beaucoup. (Cette inimitié ne semblait pas diminuer son inquiétude.) Quand j'habitais chez Delaunay, il ne cessait d'aller et venir, mais je n'ai jamais su ce qu'il faisait. Sans doute travaillait-il pour Ellison.

— Dois-je comprendre qu'à votre avis, l'avion n'a pas réellement eu d'accident ? demanda Robinson Miller.

— Corrigez-moi si je me trompe, répondit Thorn, mais je crois que la région qui nous sépare de Santa Fe n'est pas très peuplée.

— Huit cents kilomètres de vide intégral, approuva l'avocat.

— Des montagnes, des déserts, quelques forêts, corrigea Mary. À la fin du printemps dernier, deux avions de l'armée qui venaient de la base d'Alamogordo se sont perdus. Ils se sont écrasés en pleine nature et, malgré des recherches intensives, il a fallu des mois pour retrouver les épaves. Au moins, on n'est pas en hiver. J'imagine que si Gliddon a survécu, il a une chance de s'en tirer.

— Je ne sais pas pourquoi, mais je doute assez peu de sa survie, dit Thorn.

La jeune femme semblait perplexe. Elle ne comprenait pas encore.

— Je suppose que Seabright a piqué une crise, dit Miller. Mais bien entendu, pas à cause de son employé perdu.

Le visiteur acquiesça.

— Il s'est comporté comme un homme qui, ainsi que vous le dites, pique une crise en raison d'une perte financière. Aboyant des ordres, téléphonant ici et là, exigeant des explications, des actes. Mais je... j'ai eu l'occasion d'observer des êtres humains en diverses situations difficiles, et il m'arrive de reconnaître l'hypocrisie. C'est d'ailleurs la raison pour laquelle je me trouve ici ce soir : il m'a semblé que Mr. Seabright n'était pas réellement surpris par la perte de son chef-d'œuvre, de son avion et de son pilote. En fait, je crois qu'il m'a invité chez lui pour disposer d'un observateur neutre, qui pourrait témoigner de sa stupeur et de son affliction.

Mary retrouva une partie de son enthousiasme farouche. Elle abattit la main sur l'accoudoir du vieux sofa.

— Je vous crois ! s'exclama-t-elle. Il est encore en train de nous jouer un tour ! Et ça va encore marcher.

Miller fronçait le sourcil, secouant la tête.

— Vous vous dites que Seabright a fabriqué de toutes pièces un accident d'avion afin de mettre secrètement le tableau en lieu sûr ? Mais il venait de l'acheter dans les règles. Pourquoi irait-il donc se voler lui-même ?

Thorn avait son idée sur la question mais il ne l'exposa pas immédiatement.

— Pour toucher l'assurance ! supposa Mary.

Son avocat continuait de secouer la tête.

— Non, je ne crois pas. On ne se tire pas facilement de ce genre de choses.

— D'un meurtre non plus, et il a pourtant tué Del et Helen.

— De toute façon, étant donné que le tableau se trouvait dans un avion privé, je doute que l'assurance paye une fortune. (Le regard de Miller revint sur le visiteur.) Vous ne travailleriez pas pour une compagnie d'assurances, Mr. Thorn ?

— Non, répondit patiemment l'intéressé. Je suis collectionneur, comme Seabright.

À quelques pas de là, dans la cuisine, le téléphone se mit à sonner. Miller se leva pour répondre.

— Pourquoi Delaunay vous a-t-il donné ce tableau, Mary ? demanda Thorn en regardant intensément la jeune femme.

Cette attention ne la dérangea pas.

— Pourquoi ? Je vous l'ai dit. Par gratitude, parce que j'avais aidé Helen. C'était bien son genre. Il savait que je vendrais son cadeau, j'en suis sûre. Il voulait juste que j'aie de l'argent, pour en faire bénéficier d'autres jeunes.

— Vous dites qu'Ellison était au courant de cette donation ? Comment pouvez-vous en avoir la certitude ?

Mais Mary regardait en direction de la cuisine. Miller, sur le pas de la porte, évoquant quelque interviewer armé d'un micro, lui tendait le combiné jaune au bout de son fil en spirale. Son regard était celui d'un homme en état de choc, et Thorn se leva.

— Qui ? Quoi ? demanda vaguement la jeune femme en le levant à son tour.

L'avocat s'humecta les lèvres.

— C'est... quelqu'un qui prétend être Helen.

L'espace d'une seconde, tous demeurèrent interdits, puis Mary se précipita. L'instant d'après, elle pressait le téléphone contre sa chevelure broussailleuse.

— Qui est à l'appareil ? Je vous préviens que si c'est une plaisanterie, elle n'est pas...

À l'autre bout du fil, une voix féminine lui répondit. Une voix calme, formée par une connexion imparfaite. Tout d'abord, Mr. Thorn ne comprit pas ce qu'elle disait. Mary comprenait, elle, et l'effet fut immédiat. Son visage perdit ses couleurs et sa main serrée sur le combiné se mit à trembler.

— Pardon ? demanda-t-elle faiblement.

La voix de sa correspondante se fit plus forte. À présent, les deux hommes l'entendaient assez bien pour en saisir les paroles.

— Ce n'est pas une plaisanterie, Mary, c'est bien moi. Je ne peux pas revenir pour le moment : c'est trop dangereux. De toute façon, je n'en ai pas vraiment envie. Les choses me conviennent fort bien telles qu'elles sont. Mais je voulais te parler. Tu es ma meilleure amie.

Mr. Thorn, qui écoutait avec attention, jugea la voix décalée, comme si elle avait récité le texte d'une pièce de théâtre.

— Qu'est-ce que tu veux dire par dangereux, Helen ? interrogea Mary, hébétée. Pourquoi ? Où es-tu ?

— Tu sais pourquoi. Si je reviens, il va encore essayer de me tuer. Écoute, je voulais te dire que je suis désolée de m'être encore enfuie après tout le travail que tu as accompli avec moi, mais je ne pouvais pas faire autrement. N'essaie pas de me retrouver. Cette fois-ci, je suis partie pour de bon.

— Si c'est vraiment toi, ma puce... tu ne veux pas que je te cherche ? Comment peux-tu me demander une chose pareille ?

— Tu as toujours dit que tu voulais que je sois heureuse, un jour. Maintenant, je vais l'être, alors laisse-moi tranquille.

Miller se tenait auprès de Mary, qui s'était laissée tomber sur une chaise de la cuisine. Il se penchait lentement vers elle, approchant de plus en plus l'oreille du téléphone, les yeux plissés, comme pour chercher un objet lointain. Thorn, qui attendait sans bouger sur le pas de la porte, écoutait lui aussi la conversation.

La jeune femme commençait à se remettre du choc initial.

— Écoute, si tu es bien Helen... si tu es bien Helen, qui est-ce qui a été tuée ? À qui était le corps que j'ai vu ?

— Il y avait une fille que tu ne connaissais pas, à la maison, cette nuit-là. Une certaine Annie, une fugueuse, qui ne comptait pas. Seul oncle Del savait qu'elle était là, et il a été tué aussi. Mais je ne veux plus parler de ça, Mary. J'ai retrouvé quelqu'un que je croyais avoir perdu à jamais. On va faire des trucs super et tout ira très bien. Grâce à lui, je ferai du vrai cinéma. Un de ces jours.

— Du vrai cinéma ? Qu'est-ce que ça veut dire : j'ai retrouvé quelqu'un ? Qui ça ? Où es-tu ? Ça ne peut pas être toi, Helen.

— C'est bien moi. Rappelle-toi ce que tu m'as raconté, une fois. Tu disais n'en avoir jamais parlé à personne d'autre. À propos de ton petit ami, en Idaho. Tu veux que je te le répète ?

— Mon Dieu. (Mary pâlit encore.) C'est bien toi, ma puce.

— Je ne suis pas ta foutue puce. (La voix lointaine s'emballa, toujours déformée par un mauvais contact.) Laisse-moi tranquille, s'il te plaît. Je vais être tellement heureuse !

Mr. Thorn avait des doutes à ce sujet.

— Dis-moi où tu es, Helen.

— Adieu, Mary.

C'était une plainte, l'adieu d'un fantôme.

— Non, Helen, attends. Où es-tu ? Helen ?

Un cliquetis. La communication fut coupée. Durant quelques secondes, Mary parla dans le vide, agita le combiné, puis elle ne put que raccrocher à son tour. Elle leva un visage rêveur vers les deux hommes.

— Vous avez entendu. C'était elle. Qu'est-ce qu'on fait ?

Miller paraissait perplexe.

— Ça sonnait un peu comme sa voix, admit-il,

quoique je ne lui aie pas parlé beaucoup, mais... (Il dut s'interrompre pour se racler la gorge.) Si c'était vraiment elle, si elle est toujours en vie, vous savez ce que ça signifie? Le chef-d'œuvre que vient d'acheter Ellison Seabright est toujours sa propriété. (Surprenant le regard de Mary, il se hâta d'ajouter :) Légalement, bien entendu.

— Même si Seabright a payé? interrogea Thorn.

— Absolument. Sans conteste. Il y aura un terrible écheveau judiciaire et financier à démêler, mais la peinture devra être conservée pour Helen, ainsi que le spécifiait le testament de Delaunay. En supposant que lui soit bien mort. (Il se tourna vers le visiteur.) Eh bien! Et le tableau était dans cet avion.

— Voilà qui éclaire la question, commenta Thorn.

L'avocat hocha lentement la tête.

— Si Helen est vivante et si Seabright le sait, il a une bonne raison de faire disparaître la peinture. Il compte peut-être la vendre secrètement. Il se trouverait des collectionneurs pour l'acheter.

Mary, affaissée sur sa chaise, défigurée, n'était pour une fois guère disposée à discuter de crimes et délits.

— Est-ce qu'on doit appeler la police pour parler du coup de fil, Rob? Comment la retrouver sans ça?

— Comment la retrouver, que nous prévenions ou non la police? ajouta Thorn.

— Vous nous conseillez de ne pas le faire? demanda l'avocat.

— Je vous conseille de commencer par réfléchir. Qu'avons-nous à dire aux autorités et que croiront-elles? Nous avons tous trois entendu quelqu'un à l'autre bout du fil, mais qui d'entre nous peut affirmer qu'il s'agissait d'Helen? Certainement pas moi, qui n'avais jamais entendu la voix de miss Seabright.

Miller avait sorti sa pipe mais semblait l'avoir oubliée.

— Moi, je l'avais entendue une ou deux fois, mais je ne pourrais jurer de rien. Et toi, Mary?

La jeune femme avait le visage enfoui dans les mains.

— Peut-être... je ne sais pas. J'ai vu Helen par terre, chez les Seabright, morte. Taillée en pièces par des balles.

— Vous l'avez reconnue ? interrogea Thorn.

— Elle n'avait presque plus de bouche, de mâchoire inférieure. Je n'avais jamais réalisé qu'une arme à feu pouvait faire de tels dégâts. Ses cheveux... ils ressemblaient à ceux d'Helen, alors j'ai supposé que c'était elle. Tout le monde en a fait autant. Il ne m'est jamais venu à l'esprit qu'il pouvait s'agir de quelqu'un d'autre, parce que j'ignorais totalement qu'il y avait une inconnue dans la maison. « Annie. » La personne au téléphone l'a appelée Annie. Vous avez entendu ?

Thorn et Miller acquiescèrent.

— C'est dingue, continua Mary. Je ne connais aucune Annie et je ne crois pas qu'il y ait eu une deuxième fille. Elle portait la robe de chambre d'Helen.

— N'est-ce pas au moins possible ? s'enquit Thorn. Quelque fugueuse, peut-être, à laquelle on aurait donné asile, seuls Helen et son oncle étant au courant...

La jeune femme hésita.

— S'il avait fait une chose pareille, Delaunay me l'aurait dit. Laissez-moi réfléchir. Je suppose que ce n'est pas totalement impossible.

Miller inspectait à présent sa pipe comme s'il s'était agi de quelque fascinant artefact extraterrestre.

— Supposons que nous rapportions le coup de téléphone aux flics et que nous nous arrangions pour qu'on nous croie. Normalement, il serait possible d'obtenir du tribunal un ordre d'exhumation à des fins d'identification. Empreintes, archives dentaires et ainsi de suite. Mais Helen — si c'est bien elle qui est morte — a été incinérée.

— C'est exact, murmura Mary, tournant la tête comme pour exercer les muscles engourdis de son cou, c'était la tradition familiale. (Elle semblait s'être totalement reprise.) C'est affreux... plus j'y pense, plus je suis sûre que c'était bien Helen, tout à l'heure. Cette morte dans la maison... il pouvait très bien s'agir de quelqu'un d'autre, mais j'ignore qui. La fille du téléphone a mentionné une chose qui m'est arrivée en Idaho. (Elle soupira et regarda Miller comme pour implorer son pardon.) Une chose que je sais n'avoir confiée qu'à Helen.

— Elle aurait pu le répéter, suggéra le visiteur.

— Eh bien...

— La fille du téléphone disait qu'« il » tenterait de la tuer à nouveau si elle revenait, coupa Thorn.

Ni l'un ni l'autre des deux jeunes gens ne fit de commentaire. Il y eut un silence.

— Qui que ce soit, elle a mentionné autre chose que j'ai trouvé étrange, reprit enfin Mary. À propos de faire du « vrai cinéma », si j'ai bien compris.

— C'est exact, approuva Thorn. Et elle a dit avoir retrouvé quelqu'un qu'elle croyait perdu à jamais. Qui Helen avait-elle perdu à jamais ?

La jeune femme ne répondit pas immédiatement. Miller avait rangé sa pipe et lui massait la nuque, les épaules. Elle s'appuya au dossier de sa chaise, se laissant faire.

— Je ne sais pas, murmura-t-elle enfin. Elle s'est enfuie... ce sera la même chose que la dernière fois, j'en ai peur.

— Qu'est-ce qui s'est passé, la dernière fois ? demanda le visiteur, patient.

Mary leva les yeux vers lui, agitant la tête au rythme du massage.

— Elle est allée jusqu'à Chicago. Là, un salaud l'a fait tourner dans des films pornos. Pourtant, ce n'était pas du tout son genre.

— Je vois. Vous croyez que ce salaud, comme vous l'appelez, est l'amant perdu qu'elle a désormais rejoint.

— Oh non, pas lui, jamais. Elle ne se déteste pas à ce point-là. Toutefois, elle m'a parlé d'un autre garçon, rencontré sur la route, auquel elle tenait vraiment. Il s'appelait Pat. Je ne sais pas s'il était mêlé ou non à cette histoire de porno, mais elle a dû le connaître à peu près à la même époque.

— C'était aussi un fugueur ?

Mary réfléchit avant de répondre.

— D'après ce que m'a dit Helen, j'ai l'impression qu'il était plus vieux qu'elle — au moins un peu. Ce n'était plus un fugueur mais un adulte. Non : adulte n'est pas le mot qui convient à ceux qui ont grandi comme ça, sur la route. J'en ai connu pas mal. Des paumés, en général. Des isolés. C'est ce qu'ils deviennent, le plus souvent, en supposant qu'ils survivent.

— Maintenant que j'y pense, il me semble bien avoir entendu Helen évoquer un nommé Pat, qu'elle semblait regretter, intervint Miller.

— O'Grandison ! s'exclama soudain la jeune femme. C'était son nom de famille. Oh, Rob, ça devait bien être Helen au téléphone. Ma pauvre puce. Je me rappelle, à présent. Elle disait que Pat voulait lui faire tourner de bons films, ou à tout le moins souhaitait qu'elle en tourne.

Soudain, à la surprise des deux hommes, elle fondit en larmes. Miller, qui la massait toujours tendrement, tenta de prendre les choses avec légèreté.

— Mère Mary, plaisanta-t-il.

— Ne te moque pas de moi.

— Je ne me moque pas de toi. (Il lui pressa une nouvelle fois les épaules et se tourna vers Thorn.) Votre avis ?

— Je pense qu'en ce qui concerne les films répugnants de Chicago et ce Mr. O'Grandison, je réussirai peut-être à apprendre quelque chose. Je ne suis pas un enquêteur officiel, je le répète, mais quand on mène une vie active, on se crée des contacts.

VIII

Mes contacts avec les Médicis ne pouvaient m'être d'aucune utilité pour apprendre si la femme que je cherchais se trouvait bien entre les murs du *palazzo* Boccalini. En fait, si notre alliance parvenait aux oreilles des Boccalini, elle aurait l'effet inverse, car les deux familles, rivales, s'opposaient dans bon nombre d'affaires florentines. Mes amis Médicis étaient bien entendu les plus forts, mais je ne pouvais m'attendre qu'ils utilisent ouvertement leur puissance. Leur emprise sur la ville était subtile, fondée sur le maintien de l'harmonie entre les factions ; quoique la gratitude de Mathias dût être profitable à leur négoce, elle ne vaudrait pas de détruire un équilibre politique déjà menacé par la mort de Cosimo. Lorenzo m'assura que l'aide de sa famille m'était toujours acquise mais m'en fit également comprendre les limites. Si je voulais me montrer patient, il serait sans doute possible, d'ici quelques jours, de soudoyer un domestique des Boccalini, voire d'introduire un espion dans leur maisonnée.

J'étais toutefois d'une nature impatiente, et il me semblait ne pas pouvoir me permettre d'attendre. Si Helen n'était pas chez les Boccalini, je perdais mon temps ; si elle s'y trouvait, en revanche, sa vie était peut-être en danger, et son identité risquait d'être découverte à tout instant. J'affirmai donc à Lorenzo qu'il me fallait agir vite, si bien que, quelques heures après notre départ de l'atelier de Verrocchio, mon jeune bienfaiteur et moi nous accordâmes sur un autre plan.

Il se trouvait à Florence un établissement appelé la *Taverne de l'escargot*. Je pense que le bâtiment est encore debout aujourd'hui, près du Mercato Vecchio. Cet *Escargot* était assidûment fréquenté par les héritiers aventureux des grandes familles — en particulier les Boccalini. En conséquence, nous estimions raisonnable de parier qu'un ou deux de ces derniers y viendraient dans la soirée — au pire durant une des deux suivantes. Il s'avéra que nos attentes les plus optimistes étaient justifiées.

Lorenzo plaça quelques hommes de confiance en embuscade sur la route qu'allaient probablement emprunter nos proies. Lui-même, bien entendu, ne se joignit pas à eux : il ne pouvait se permettre de dévoiler le rôle qu'il avait joué dans cette affaire et n'avait de toute façon aucun talent pour le combat. Je devais attendre patiemment dans les environs, dissimulé. Dès que les prétendus brigands auraient déclenché leur piège, il me faudrait quitter ma cachette, hurler à la garde et me ruer sur eux l'épée au clair.

Ainsi que je l'ai dit, nous fûmes heureux la première nuit et tout se déroula à merveille. L'un des spadassins, qui jouait fort bien son rôle — rien n'est plus facile que de réduire à néant ce genre de ruse par manque de conviction —, me résista avec opiniâtreté. Je lui transperçai le bras de mon épée, touche d'authenticité à laquelle il ne s'attendait sans doute pas. Dès que le sang eut coulé, on ne vit plus les assaillants et l'on n'entendit d'eux que le bruit de leur fuite éperdue.

Mes yeux s'étaient depuis beau temps accoutumés à la faible luminosité, si bien que je pus observer à loisir les deux Boccalini. Ils avaient réussi à se poster dos à un mur, côte à côte, et venaient tout juste de se détendre. Tous deux, l'arme tirée, haletaient, juraient, et l'un saignait légèrement. En dehors de nous, la rue était déserte, l'heure du couvre-feu étant dépassée depuis longtemps. Les jeunes turbulents dotés d'une grande puissance politique, tels que ceux-ci, n'accordaient toutefois que peu de respect à la loi. Non loin de là, des chiens aboyaient bravement, leur courage canin fortifié par les murs de pierre qui les séparaient de nous.

Je me rapprochai prudemment des deux silhouettes grises.

— Êtes-vous blessés, messieurs ? Ces porcs se sont enfuis.

Les Boccalini grimaçaient, gémissaient, maudissaient le Destin, le monde en général, leurs assaillants et moi-même. Enfin, le plus petit des deux se redressa et m'offrit quelques paroles de gratitude. D'après les descriptions de Lorenzo, il me sembla reconnaître en lui l'aîné de la jeune génération, Sandro.

Nous remîmes tous trois nos lames au fourreau et nous présentâmes de manière informelle. Il apparut que le frère de Sandro, Guilio, avait une mauvaise blessure au poignet. Une tentative pour la bander à l'aide d'un lambeau d'étoffe ne suffit pas à étancher l'hémorragie, si bien que les deux jeunes gens décidèrent d'oublier la taverne pour faire retraite en leur domicile. Peut-être se demandaient-ils si le mobile de l'embuscade n'avait pas été l'assassinat plutôt que le vol. Leur famille n'était pas dépourvue d'ennemis, et des assassins seraient plus susceptibles que des voleurs d'organiser un deuxième assaut. Quoi qu'il en fût, ils me convièrent à les accompagner. J'acceptai, ravi de ne pas devoir passer des heures en leur compagnie à la *Taverne de l'escargot* avant d'obtenir cette invitation.

Leur demeure, guère éloignée et telle que Lorenzo me l'avait décrite, était une version plus petite, plus ancienne et moins bien bâtie du palais Médicis. Une grande porte s'ouvrit en réponse à nos cris, à nos coups, et un flot de serviteurs abasourdis surgit aussitôt pour s'occuper de Guilio. Je suivis toute cette agitation au travers d'un hall et d'une petite cour, jusqu'à une pièce où le blessé put s'allonger. En chemin, j'ouvris grands les yeux et remarquai plusieurs jeunes filles ou jeunes femmes vêtues non pas en servantes mais avec une vulgarité évoquant un bordel. J'eus beau scruter chaque visage, je ne reconnus pas ma Marie-Madeleine.

À peine eûmes-nous déposé Guilio sur sa couche que, dans un nouveau tourbillon, nous fûmes entourés par trois autres membres de la famille : un frère et deux cousins de mes compagnons des rues. Durant l'heure suivante, on se fût cru à l'opéra. De grands serments de vengeance résonnèrent entre les vieux murs du palais. Une rage et une douleur extravagantes s'exprimèrent par cris et par gestes. Des épées furent agitées en direction des gredins inconnus responsables de l'agression. Puisqu'ils étaient absents, les lames nues ne mettaient guère en danger que la domesticité. Il fut décidé unanimement, et à plusieurs reprises, qu'une expédition punitive partirait cette nuit même, quand Guilio serait correctement bandé — on avait envoyé chercher un médecin et on rassemblait des toiles d'araignée pour faire office de cicatrisant. Ce sur quoi on ne put s'accorder, cependant, ce fut la cible de cette juste colère, si bien que la discussion n'aboutit à rien, comme je l'avais subodoré. Au matin, les jeunes devraient se montrer raisonnables et informer leurs aînés à la villa d'été. Pour le moment, il n'y avait d'autre chose à faire que vérifier la fermeture de portes et fenêtres et poursuivre la débauche nocturne. Guilio, une fois que le médecin l'eut pansé, ne se sentait pas assez mal pour s'abstenir de cette dernière. En tant qu'allié et sauveur tombé du ciel, je fus fort civilement convié à m'y joindre.

Peut-être n'ai-je pas assez insisté sur le fait que, dès mon entrée au palais, et en dépit de tout ce qui réclamait leurs exclamations, mes jeunes hôtes m'avaient souhaité la bienvenue avec force remerciements et compliments, me témoignant une courtoisie des plus extravagantes. Tout comme les Médicis, leurs rivaux dans la Guilde des Banquiers, les Boccalini employaient des étrangers vivant par l'épée, et tous faisaient preuve d'un grand respect envers de tels hommes.

— Encore un peu de vin, cousin Ladislao ? Je puis vous appeler cousin, n'est-ce pas ? Vous avez prouvé cette nuit que vous étiez plus qu'un ami. Du vin, et peut-être une ou deux femmes ? Dans cette maison, il n'en manque pas.

Elles y étaient de fait nombreuses, toutes jeunes et bien faites — sinon belles. Une dizaine se trouvaient alors avec nous, attirées par l'agitation. Deux d'entre elles faisaient des mamours à Guilio, tandis que les autres, assises alentour, bavardaient gaiement entre elles, prouvant ainsi qu'elles n'étaient pas d'ordinaires servantes. Certaines portaient de riches habits, et leur confinement en ces lieux, si confinement il y avait, paraissait obéir à des lois fort lâches. Il ne fait aucun doute que, pour elles, la vie au *palazzo* était bien plus agréable que celle qu'elles avaient connue dans la rue. Je n'en vis aucune qui pût passer pour victime d'un enlèvement. Et aucune qui eût le visage de Marie-Madeleine.

— Par la barbe de saint Pierre, je suis sûr qu'il y a ici plus de drôlesses qu'à la taverne, commentai-je. (Je tendis la main et pinçai une fesse passant à ma portée, fesse dont la propriétaire se figea brièvement pour m'adresser un sourire nerveux. Je bus un peu de vin — pas trop.) Mais je suis difficile à satisfaire, messieurs. Sans vouloir déprécier le moins du monde votre hospitalité, j'avoue que ces filles m'évoquent autant de vaches gonflées de lait. À un homme tel que moi, elles n'inspirent rien. Il me faut du feu.

J'émis un rot sonore et très peu florentin. Il s'agissait, je le confesse, d'une tentative délibérée pour afficher une nature quelque peu rugueuse.

Mes hôtes avaient en moyenne une quinzaine

d'années de moins que moi, et j'étais loin d'être un vieillard. Très impressionnés, ils s'interrogèrent du regard.

— Ainsi, vous voudriez quelque chose de plus sauvage que ces filles ? minauda Sandro.

— Quelque chose de différent, à tout le moins, répondis-je avec un geste hautain.

Un cousin authentique mais obèse, Allessandro, haussa le sourcil, hoqueta et fit une suggestion.

— Il y a ici un garçon d'écurie qui, dit-on, joue le rôle de la fille avec...

— Bah !

Sandro, visiblement, venait de prendre une décision.

— Non, mon cher cousin Ladislao, venez avec moi. Si c'est du feu que vous voulez, une véritable femelle en furie, alors je crois pouvoir vous promettre un régal.

Les autres, comprenant ce qu'il voulait dire avec un retard proportionnel à leur degré d'ivresse, éructèrent et approuvèrent bruyamment. Sandro se leva et, avec un grand geste théâtral, prit un chandelier sur la table. Il me fit signe d'en faire autant. Gesticulant derechef, il m'invita à le suivre.

Nous montâmes plusieurs escaliers successifs, jusqu'aux combles étroits, où le toit conservait une partie de la chaleur de la journée. Les poutres m'obligeaient à me baisser à chaque pas. Tandis que nous grimpions, je me répétai que si le régal promis n'était pas celui que j'attendais, il me faudrait tout de même l'apprécier, ou du moins en avoir l'air. Demeurer en bons termes avec les Boccalini me permettrait de découvrir tôt ou tard ce qui était arrivé à Helen. S'ils l'avaient bien enlevée. Avec ma chance, songeai-je, elle était sans doute d'ores et déjà en route pour Naples, l'Angleterre ou la cour du Sultan.

Ma chance, toutefois, n'était pas si mauvaise. Nous arrivâmes devant une lourde porte, dont Sandro ôta la barre. Il me précéda avec sa bougie dans une pièce où lui-même ne pouvait se tenir sans se baisser — minuscule, dépourvue de fenêtres, plus misérable que ma propre cellule dans la tour de Salomon, et surchauffée. Une jeune fille gisait là, dans l'ombre, si petite que ma première pensée fut qu'on m'offrait une enfant. Lorsqu'elle s'assit sur le plancher couvert de paille, toutefois, je discernai les douces proportions d'un corps adulte sous son unique vêtement, une chemise grossière. Je remarquai alors qu'une de ses chevilles était reliée par une chaîne fine et élégante à la poutre verticale qui soutenait le toit.

Mon guide leva son chandelier afin que je pusse mieux observer la captive.

— Elle est là depuis deux jours et n'a cessé de nous insulter, expliqua-t-il, tel un médecin détaillant les symptômes d'un mal mystérieux à un spécialiste en visite. Aussi doux que nous puissions nous montrer, elle ne veut rien nous accorder...

Le visage de la jeune femme, quand je l'aperçus enfin sous une cascade de cheveux emmêlés, était aussi sale que contusionné. Pourtant, je formai ma certitude au premier regard.

— Pourquoi l'avez-vous amenée ici ? demandai-je.

Sandro n'entendit pas cette question — ou choisit de ne pas y répondre.

— Il y a deux nuits, elle mordait et griffait comme un chat sauvage, mes frères et moi-même en témoignons. Elle a tout le feu que vous pouvez désirer, mon ami. Cela dit, moi-même, je ne suis pas remonté ici depuis, et peut-être est-elle un peu plus faible, à présent. Je ne crois pas qu'elle ait été très bien nourrie.

La prisonnière, qui avait tout d'abord plissé les yeux sous le pauvre assaut de la bougie, les gardait désormais bien ouverts. Elle possédait l'allure résignée et détachée du monde d'une captive courageuse. Je lui glissai la main sous le menton avec prudence et le lui relevai afin de voir encore mieux son visage.

— Elle va vous mordre, m'avertit Sandro.

Elle ne le fit pas. Oui, ma première impression avait

été correcte. C'était bien là le modèle du précoce Léonardo — mais une Marie-Madeleine qui semblait avoir perdu le pardon divin. Elle eût bel et bien aimé me mordre ou me cracher au visage. Toutefois, elle n'osait plus. Les Boccalini lui avaient sans trop de peine appris cette leçon en deux jours.

Je posai mon propre chandelier à terre.

— Je vous remercie, cousin. C'est exactement ce qu'il me fallait. Je vous verrai dans la matinée.

— Je vous souhaite une bonne nuit de sommeil, ricana Sandro.

Il s'éclipsa après m'avoir salué, emportant sa chandelle et laissant la porte entrouverte.

Je l'entendis descendre l'escalier. Pour autant que je le susse, la jeune femme et moi étions désormais seuls au dernier étage de la grande bâtisse. Avec un soupir las, je m'assis sur le plancher poussiéreux, près de mon chandelier, puis, dans un remords, me détournai soudain pour crier à Sandro :

— Faites-nous monter de l'eau et du vin ! Et de la nourriture !

Quelques paroles indistinctes me parvinrent en réponse.

En attendant, je contemplai la captive et songeai à elle en silence. Adossée à la poutre où était fixée sa chaîne, elle maintenait à deux mains les pans de sa chemise déchirée et me contemplait comme si j'avais été quelque outil inanimé avec lequel on allait la torturer.

Un cadenas fixait une boucle de chaîne à la poutre. Une autre emprisonnait pareillement la cheville de la captive, encore plus fine que mon poignet. La petite pièce puait. Dans un angle éloigné se trouvait un pot de chambre en grès. Une assiette et un gobelet, tous deux vides, reposaient plus près de la porte, à travers laquelle un peu d'air commençait à filtrer.

Peu après, une servante — de celles qui travaillaient réellement — apporta les provisions réclamées. Dès qu'elle nous eut laissés, je poussai la vaisselle en argent vers Helen et me reculai. Après m'avoir jeté un coup d'œil rapide, elle s'empara du gobelet luisant et but avidement, puis se mit à dévorer biscuits et saucisses. Bien qu'elle fût affamée, elle maîtrisa parfaitement son appétit, comme si elle avait su l'effet que produit une trop grande quantité de nourriture sur un estomac rétréci. Les coups d'œil qu'elle me jetait entre de petites bouchées se faisaient calculateurs.

Helen fit des pauses de plus en plus longues dans son repas, et je mangeai moi-même une partie des mets restants. S'accroupissant, elle me regarda dans les yeux.

— Et maintenant ?

Elle avait parlé en mauvais italien. Je lui répondis dans son hongrois natal.

— Maintenant, vous allez sortir d'ici. Avec moi.

Ce fut un véritable choc. Jusqu'à présent, je crois qu'elle n'avait vu en moi qu'un nouveau violeur. Son expression se modifia vite, la surprise remplacée par la compréhension, puis par le soulagement — un soulagement mêlé d'amertume, mais néanmoins intense.

— Que Notre Dame soit remerciée d'avoir entendu mes prières, dit-elle en hongrois. Je n'hésiterai même pas à retourner auprès de mon frère pour sortir d'ici.

— Je m'en doutais.

La ramener en Hongrie ne faisait pas partie des deux options que me laissaient les ordres royaux de son frère, mais je me gardai de le lui apprendre.

Je m'approchai d'elle en tirant mon poignard. Les maillons polis avaient cruellement écorché sa fine cheville quand elle avait tenté de s'en défaire. Lorsque je maintins ladite cheville et la chaîne contre le plancher, je sentis un léger frisson envahir la jambe de la jeune femme, puis tout son corps. Ma lame, une solide arme du Nord, trancha le métal en silence. Il ne me fallut qu'un instant pour séparer de la poutre l'autre extrémité de la chaîne.

Le poignard retrouva son fourreau. Helen tremblait toujours, soulagée de sa terreur. Elle me confia plus tard avoir été persuadée que les Boccalini ne la laisseraient jamais repartir vivante après ce qu'ils lui avaient fait subir. Elle avait probablement raison. Nul n'eût vraiment remarqué ni ne se fût longtemps rappelé la disparition d'une fille des rues. En revanche, une survivante racontant son histoire eût pu infliger de petits accrocs à la réputation de la famille auprès de ses partenaires commerciaux et de l'Église.

— Il n'est pas vraiment cruel, me dit Helen en frottant sa cheville libérée. (Je crus tout d'abord qu'elle parlait de Sandro.) Mais c'est le roi. (Elle leva les yeux et, un instant, j'y vis briller une parcelle de sa propre royauté.) Votre nom ?

— Ici, on m'appelle Ladislao. À la cour de Sa Majesté, Wladislaus.

Je constatai que cela ne lui inspirait rien. Bonne chose, songeai-je. Si la dame m'avait connu de réputation, ma tâche eût fort bien pu devenir encore plus compliquée.

Elle l'était déjà bien assez comme cela.

L'une des possibilités que m'avait laissées mon souverain était de lui rapporter avoir vu de mes propres yeux sa sœur morte dans l'anonymat. Choisir cette voie m'eût permis d'éviter à sa famille d'autres taches. Avec le temps, les scandales d'ores et déjà provoqués seraient oubliés.

J'avais une alternative : tenter de civiliser la fugitive — ce qui exigerait bien entendu que j'en fisse ma femme.

Aussi étonné que j'eusse été quand le roi m'avait exposé son projet, j'avais eu le temps de méditer assez pour en comprendre le bien-fondé. Je devais reconnaître qu'il présentait l'avantage de rendre au moins possible un dénouement positif.

Réfléchissez. Mathias devait à tout prix mettre un terme aux escapades d'Helen, qui le menaçaient de devenir la risée du monde entier. Un monarque à qui cela arrive a fort peu de chances de conserver sa couronne, encore moins d'obtenir la position de souverain mondial qu'ambitionnait le roi de Hongrie. Il fallait donc tuer la jeune femme, l'apprivoiser, ou l'envoyer dans un couvent. Ayant déjà subi une déconvenue avec un de ces établissements, Sa Majesté n'était pas disposée à leur donner la préférence. Apprivoiser la rebelle était bien plus séduisant : Mathias hésitait toujours à gaspiller des gens qui pouvaient encore lui servir. Si elle devenait mon épouse, Helen m'attacherait au service de son frère et pourrait même produire de vigoureux neveux susceptibles d'aider la cause royale. En outre, sa réapparition publique en tant que noble dame tendrait à infirmer les histoires extravagantes qui circulaient sur son compte. Sa disparition définitive, au contraire, les confirmerait.

J'étais assez avisé pour comprendre qu'un tel mariage ne serait pour moi, au mieux, qu'une demi-bénédiction, en dépit de l'alliance royale. Telle une position militaire difficile, il devrait être défendu constamment, sans parler du temps et des efforts qu'il me faudrait fournir pour maîtriser ma femme elle-même.

— Si vous choisissez de l'épouser, Drakulya, nous ne vous permettrons pas de la cacher. Est-ce clair? Tant qu'elle vivra, à partir du moment où vous serez mariés, elle devra apparaître en public à votre bras, honorée de tous et méritant ces honneurs. Nous ne tolérerons plus le moindre scandale et comptons bien vous avoir tous les deux à la cour quand le temps aura prouvé que l'arrangement fonctionne.

Abattre la jeune femme discrètement à Florence ne me poserait pas grand problème — pas de problème immédiat, en tout cas. Si les Boccalini la trouvaient morte dans le grenier, au matin, ils exprimeraient leur désapprobation — mais ni trop fort ni trop violemment. Ils s'assureraient que ce meurtre perpétré chez eux soit efficacement passé sous silence. Les Médicis finiraient sans aucun doute par l'apprendre, mais tant que le roi Mathias ne leur enverrait pas de lettres angoissées réclamant des nouvelles de sa sœur, ils se tiendraient cois également.

Quel sentiment m'empêcha donc de commettre ce crime ? Fut-ce mon ambition, mon désir de fournir à mon souverain la meilleure solution possible ? N'y avait-il en moi aucune pitié pour la vulnérabilité d'Helen ? Si je me fie à mes souvenirs, je pense qu'il y en avait, quoique je ne fusse pas réputé pour ma compassion et que ces temps fussent dans l'ensemble durs et impitoyables.

N'étais-je pas attiré par la beauté d'Helen, que la dépravation n'avait pas encore détruite ? Une nouvelle fois, oui — et pourtant, je pense qu'il y avait plus.

Il me semblait savoir ce que Mathias désirait au fond de lui-même, aussi fermement qu'il m'eût autorisé à tuer sa sœur dès que je l'aurais retrouvée. Il ne mentait certes pas en m'affirmant que j'en avais le droit. Si je lui rapportais la mort d'Helen, il me récompenserait, mais ensuite... oui, ensuite et à jamais, qu'éprouverait-il envers le loyal serviteur ayant exécuté un tel ordre ? J'avais moi-même été frère et prince, si bien que je devinais aisément la réponse. Tôt ou tard, un homme aussi loyal deviendrait indispensable aux premiers rangs d'une bataille. Même si l'Armée noire ne l'abandonnait pas et s'il survivait, il y aurait d'autres occasions.

En dépit de toutes ces bonnes raisons d'épargner Helen, je persiste à croire qu'il y avait encore autre chose. La pitié dont je fis preuve dans ce petit grenier avait un but que j'ignorais encore.

J'avais discuté avec Lorenzo des possibilités d'un mariage. Déjà rompu aux intrigues les plus retorses, il n'avait pas épilogué ni posé de question, mais fait procéder sur l'heure aux préparatifs. Il ne me restait plus qu'à sortir Helen du *palazzo* Boccalini et à la mettre en sécurité sans l'aide officielle des Médicis.

Tandis que ma future épouse, inconsciente de l'être, consommait les dernières miettes de nourriture qui reposaient sur le plat en argent, je me demandai en silence ce que seraient les réactions de mes cousins d'adoption si je me contentais de descendre avec elle et de demander à ce qu'on nous ouvrît la porte. Nous ne pourrions le faire nous-mêmes sans nous faire remarquer : la nuit, le palais était barricadé comme une véritable forteresse. Si Sandro décidait qu'il ne voulait pas me voir emporter cette femme... eh bien, je ne serais ni assez fort pour l'enlever ni assez riche pour l'acheter.

Je me levai, m'étirai autant que je le pus sous le toit trop bas, puis regardai dans le couloir. Tout était sombre et j'estimai que nul ne pouvait nous entendre. Il était de toute manière probable que nul ne parlât hongrois.

— Vous pouvez marcher, Helen ?

— Oui.

Elle se leva également et s'étira à son tour, mais pas de la même manière que moi. Ses mouvements étaient furtifs, sinueux.

— Courir ?

Retenant toujours d'une main sa chemise déchirée, elle boitilla sur quelques mètres, puis se retourna vers moi.

— Si j'y suis obligée, je le pourrai. Ainsi, tout n'a pas été préparé avec soin ? Je suis prête à n'importe quoi pour sortir d'ici, mais je dois savoir.

— Nous avons fait des préparatifs, mais peut-être pas avec soin, et pas avec les membres de cette maisonnée, qu'il va nous falloir surprendre. Pliez les genoux, agitez les bras, dégourdissez-les.

Elle suivit mon conseil, s'échauffant autant que le lui permettait la petite pièce.

— Je pourrai courir.

— Excellent. À présent, je vais vous enchaîner les mains — ou plus exactement, enrouler la chaîne autour de vos poignets, de manière que vous puissiez vous en débarrasser à volonté. Après, nous descendrons et, je l'espère, nous sortirons dans la rue. Si on fait la moindre difficulté pour nous laisser partir, feignez de n'en avoir guère envie. Avancez lentement, comme si vous étiez à peine capable de marcher —

oui, parfait. Quand nous serons dehors, dès que je tirerai à deux reprises sur la chaîne, défaites-vous-en et courez à toutes jambes. Droit vers les ténèbres, dans la direction que je vous indiquerai. Normalement, de l'aide devrait nous y attendre. (Je l'espérais : ainsi les choses avaient-elles vaguement été prévues.) Courez jusqu'à ce qu'on vous attrape et priez Jésus pour que ce soit un ami qui le fasse.

IX

Une voix mâle à l'accent du Midwest et au ton ennuyé, à l'autre bout du fil, l'informa que le lieutenant Keogh était occupé et lui demanda s'il désirait attendre un peu. Quand Thorn répondit par l'affirmative, on l'abandonna avec un minimum de courtoisie, ne lui laissant pour toute distraction qu'un vague brouhaha de travail de bureau. Durant ce long intervalle, il songea qu'il eût pu passer ce coup de téléphone la veille au soir et obtenir le bon lieutenant chez lui plutôt qu'au poste de police. Cela dit, la veille au soir, il avait lui-même été très occupé.

Enfin, à Chicago, on reprit l'appareil.

— Lieutenant Keogh.

Thorn reconnut la voix du policier, bien qu'elle fût pour l'heure chargée d'une lassitude officielle qu'il ne lui avait jamais connue.

— Oui, lieutenant. Ici Jonathan Thorn. Je suis à Phoenix, Arizona. En ce qui concerne les marchandises que vous tentiez de retrouver, je pense avoir très bientôt l'information qu'il vous faut. Pourriez-vous me rappeler à mon hôtel, quand vous aurez le temps ?

Il y eut à l'autre bout du fil une pause silencieuse qui se conclut par un soupir et un juron murmuré. Thorn entendit des pas, puis la fermeture d'une porte, ce qui mit un terme au brouhaha.

Quand le lieutenant reprit le combiné, il ne paraissait pas plus heureux qu'avant, mais du moins l'ennui avait-il disparu de sa voix.

— Nous pouvons parler, à présent. J'imagine qu'il s'agit de quelque chose de très important.

— Bien entendu, Joe.

Thorn sourit et s'allongea, se détendit. Un sac en plastique blanc, de la longueur du matelas mais aussi étroit qu'une couchette, avait été déplié sur le couvre-lit d'un vert éclatant. Assez mince pour loger dans une valise, il était en partie empli d'une matière qui crissait légèrement au moindre contact — un bruit évoquant sans conteste de la terre sèche.

— Bien entendu, répéta Thorn. Je ne vous dérangerais pas pour une broutille. Après tout, la famille de votre épouse n'a pas fait venir le Dr. Corday de Londres avant que la situation ne l'exige[1]. À ce sujet, comment se porte la charmante Kate ? Et ses chers parents ?

— Très bien, très bien. (La voix lointaine demeurait prudente.) Son frère et sa sœur également. À ce sujet, si vous cherchez Judy, elle est à l'école. Mais j'imagine que vous le savez.

Ce commentaire était teinté de désapprobation et de fatalisme. Thorn se fit apaisant.

— Vous saluerez Kate de ma part. Non, Joe, je ne cherche pas Judy, et je ne veux rien vous demander qui risque de vous mettre dans l'embarras. Ma chère Mina serait très malheureuse si je causais ce genre d'ennuis à un membre de la famille. Par ailleurs, je suis assez surpris — agréablement, bien sûr — que vous soyez encore dans la police.

— J'aime mon travail et je suis trop jeune pour prendre ma retraite. (Joe paraissait toujours tendu.) Kate fait énormément de bénévolat et ma capacité de subvenir à mes besoins me vaut le respect de son vieux... Dites-moi donc ce que vous voulez.

1. Lire *Un vieil ami de la famille*, même auteur, même collection.

— J'aimerais des renseignements sur deux personnes. Tout d'abord une certaine Mary Rogers. (Thorn en donna une brève description.) Elle dit qu'elle a été religieuse, au moins novice, dans la région de Chicago, où elle s'occupait de jeunes fugueurs. Elle...

— Attendez, attendez. Mary Rogers, c'est un nom qui me dit quelque chose. Est-ce qu'elle n'a pas été kidnappée, prise en otage, pendant l'affaire Seabright, à Phoenix ?

— Oui, je me préparais à vous en parler.

— Sans blague ? Vous êtes mêlé à ça ?

— Ce n'est pas directement ce crime sordide qui m'occupe, mais si je devais trouver quoi que ce soit susceptible de l'éclairer, je ne manquerais pas de vous en faire part. En tant qu'informateur anonyme. Cela vous conviendrait-il ?

— Eh bien, oui, naturellement, n'importe quel indice serait le bienvenu. Si vous me le communiquiez à moi plutôt qu'à la police locale, et que ce soit concluant, ça ne ferait pas de mal à mon avancement. Qui est votre deuxième personne ?

— Un jeune homme. Patrick O'Grandison. (Thorn épela ce nom de la manière qui lui semblait la plus probable.) Si j'ai bien compris, ce garçon travaille dans le cinéma, sans doute pornographique. Il est probable qu'il ait résidé à Chicago durant les derniers mois. J'aimerais avoir un entretien avec lui.

— À quel sujet ?

— Affaires privées.

— Je sais à quoi peuvent ressembler vos entretiens privés. Je ne voudrais pas vous aider à trouver ce type, en supposant que j'y arrive, pour apprendre ensuite qu'il lui manque un membre, ou quoi que ce soit de ce genre.

— Oh, Joe, répondit Thorn sur un ton de reproche, tel un vieil oncle peiné. J'ai simplement dit que je voulais lui parler. Ce qu'il me dira pourra naturellement influer sur ma conduite, mais pour le moment, je n'ai rien contre lui.

— Sur votre honneur ?

La question avait été posée avec gravité. Elle fut reçue de même, comme Joe Keogh avait prévu qu'elle le serait. Lentement, souplement, Thorn quitta son lit de terre, les yeux plissés, fixés sur le ciel brûlant à travers la fenêtre teintée.

— Oui, Joseph, sur mon honneur.

— Très bien, capitula à regret la voix lointaine. (Les crissements d'une plume sur le papier annoncèrent que le lieutenant Keogh prenait des notes.) Je vais voir ce que je peux découvrir. Donnez-moi votre numéro : je vous rappellerai.

— J'attendrai. Une dernière chose, Joe : pourriez-vous essayer de savoir si la jeune femme a jamais séjourné en Idaho ?

Thorn raccrocha puis reprit le combiné en main et forma le numéro de la réception.

— Y a-t-il eu des appels pour moi ?

— Un seul, monsieur, il y a environ une demi-heure. Une dame, qui n'a pas laissé son nom.

— Merci.

Une demi-heure auparavant, il dormait encore. Faisait plus que dormir. Il avait à présent tout son temps. Il s'approcha à pas lents de la grande fenêtre afin d'observer la lumière du jour derrière le verre teinté et les volets à lattes. Un véritable enfer, qu'il contemplait comme on contemple un haut fourneau. Il allait passer le reste de l'après-midi à se reposer, puis sortirait au crépuscule. Sa position élevée évoquait des images de vol, d'ailes battantes, ce qui l'aida à chasser de son esprit certains événements du passé ne pouvant jamais être changés. Pourtant, sans qu'il sût pourquoi, depuis quelque temps, ils revenaient le tourmenter. Probablement parce qu'il avait enfin revu le tableau. Il observa le paysage embrumé par la pollution jusqu'à ce que même la lumière filtrée commençât à faire naître une vague douleur derrière sa cornée. Il ferma alors les rideaux et se détourna.

Pourquoi était-il donc surpris, et à ce point troublé,

par le fait que deux fugueuses, à un demi-millénaire de distance, eussent porté le même prénom ? Un million d'autres, au cours des siècles, avaient dû le porter également durant leurs errances, leur grande migration ignorée des bardes, à travers l'Europe, l'Amérique et Dieu seul savait combien d'autres lieux.

Apparemment, elles partageaient aussi certains traits physiques — mais là encore, c'était le cas de plus de jeunes filles que même Dieu n'en eût pu compter. Arrête immédiatement, s'ordonna Thorn, impérieux. Helen, ta seconde épouse, est morte et repose depuis cinq cents ans dans quelque tombe anonyme. Ce n'est qu'au jour du Jugement dernier, au mieux, que tu la reverras. Et que tu entendras à nouveau sa voix — que Leonardo n'a pu préserver.

Celle de la femme ayant téléphoné à Mary Rogers, Thorn ne l'avait en tout cas jamais entendue auparavant. Il était au moins sûr de cela. Aussi sûr qu'on pouvait l'être de quoi que ce fût en ce triste monde aliéné...

Dieu et damnation ! Il était entré dans une salle des ventes et y avait contemplé un vieux tableau, entouré par des inconnus. Des larmes avaient perlé au coin de ses yeux. De ses yeux à lui. Qu'allait-il se produire à présent ?

Cela lui rappelait en tout cas que même lui n'était pas immunisé contre le changement — ce qu'il savait depuis un certain temps.

Helen n'avait pu connaître le même destin que lui. Impossible. Il l'eût fatalement appris. Étant donné tout ce qu'ils avaient partagé à l'époque où il respirait encore, si l'existence de son épouse s'était poursuivie, même altérée, il eût dû en prendre conscience depuis des siècles. Il n'avait aucune raison de penser qu'une telle chose fût arrivée. Ce genre de métamorphose ne se produisait qu'une fois sur dix ou cent millions.

Lui-même était en train de changer. Des portes s'ouvraient autour de lui, et il tentait de lire les symboles qui y étaient inscrits.

La nuit précédente, il avait rôdé secrètement pendant des heures dans la villa Seabright. Là, il avait franchi de véritables portes pour découvrir de véritables secrets. Il avait observé les occupants des lieux sans se laisser voir, les avait écoutés sans se laisser entendre. En privé, ces gens-là étaient en général aussi banals que n'importe qui. Malgré toute son attention et sa tendance nouvelle à découvrir les significations les plus subtiles, il n'avait appris étonnamment que peu de chose.

Durant l'essentiel de sa visite, maîtres et domestiques dormaient. Il les avait écoutés murmurer des paroles incohérentes dans leur sommeil. Il les avait étudiés avec soin, bien qu'il sût depuis beau temps très ennuyeux la plupart des secrets de chambre à coucher — tels les films réalisés par des chercheurs, dont la caméra patiente enregistre les mouvements de volontaires en pyjama, endormis, qui se tortillent et génèrent des ondes cérébrales importantes quand ils commencent à rêver.

Lui-même rêvait encore. Parmi ceux qui le connaissaient, bien peu eussent deviné que l'après-midi même, sur ce lit d'hôtel, à peu près au moment où une inconnue tentait de le joindre, il avait vu un bébé pendu au sein de Mary Rogers — une petite fille qui avait tourné vers lui les yeux disparus depuis cinq cents ans d'Helen Hunyadi. Qu'il avait ensuite vu Guilio Boccalini, souffrant de plusieurs coups d'épée et se faisant appeler Gliddon, aider Marie-Madeleine à pousser un petit avion accidenté sur un flanc de montagne escarpé, couvert de pins.

Les rêves pouvaient parfois se révéler très utiles, mais il ne croyait pas que celui-ci eût recelé quoi que ce fût de véridique.

Il s'assit auprès du téléphone pour attendre l'appel de Joe. L'âge enseignait la patience. Lorsqu'il était seul, Thorn ne faisait aucun effort pour paraître autre chose que ce qu'il était. Sa poitrine ne se soulevait pas. Ses yeux étaient fixes, vides, n'observant peut-être que le néant, et ses paupières ne clignaient pas. Tout son corps était immobile, hormis sa main gauche, qui jouait avec l'anneau d'or cerclant le majeur de la droite.

La nuit précédente, à la villa Seabright, Thorn avait atteint une lourde porte verrouillée non loin de la galerie d'art souterraine. Il avait naturellement enquêté, et découvert au-delà un assez grand laboratoire. Il n'avait eu nul besoin d'être technicien pour reconnaître un équipement photo et vidéo très complet. Des vitres dépolies donnaient sur le grand bar, si bien que tout ce qui s'y déroulait pouvait être enregistré en secret. L'endroit recelait aussi d'autres appareils, que Thorn n'avait pas identifiés, bien qu'il leur eût trouvé une allure vaguement médicale. Le laboratoire comprenait une antichambre évoquant presque une cellule, meublée d'un lit de camp métallique, pour le moment plié, d'une table et d'une chaise. Une petite pièce voisine accueillait des toilettes et une douche, lesquelles n'avaient pas été utilisées depuis plusieurs jours.

Dans le laboratoire proprement dit, un coffre mural masqué par un tableau de qualité moyenne s'était révélé assez grand pour accueillir la totalité du corps de Thorn quand celui-ci avait altéré sa forme et s'était glissé par la porte quasi étanche. À l'intérieur, il n'y avait pas de véritable lumière, mais suffisamment d'infrarouges pour lui permettre de distinguer le contenu — qui consistait surtout en cassettes vidéo et bobines de film en boîtes. L'intrus avait ouvert une de ces dernières et examiné la pellicule qu'elle recelait. Malgré la faible luminosité, il avait distingué trop de corps nus entremêlés en d'orgiaques étreintes pour avoir le moindre doute sur le genre du film.

Bien. Seabright possédait sa fabrique de pornographie. Voilà qui n'avait rien de bien surprenant une fois qu'on avait rencontré l'individu. Il s'agissait sans nul doute d'une opération privée : la famille n'eût pas financé un tel projet.

Revenu devant le coffre, Thorn avait remis le tableau en place d'une main tout juste solidifiée.

N'était-il pas exagéré, à la fin du xxe siècle, de prendre tant de précautions pour dissimuler du simple porno ? Ces archives secrètes recelaient-elles autre chose, avaient-elles un autre but ? Le chantage ? Voilà qui paraissait passé de mode. Il y avait décidément là matière à réflexion. S'il concluait que c'était important, il pourrait toujours revenir plus tard et s'informer davantage.

Il avait fermé les yeux. Tout comme le reste de la maison, le laboratoire avait accueilli bien des gens par le passé. Il ne pouvait en déterminer le nombre exact mais le sentait étonnamment élevé. Il avait soudain compris qu'on avait introduit ici de nombreuses personnes, une à la fois, à des jours, des semaines ou des mois d'intervalle, durant plusieurs années. Des jeunes, pour la plupart. Voilà qui évoquait le parfum du *palazzo* Boccalini...

Montant au premier étage, il avait traversé un couloir silencieux, bordé d'un côté de fenêtres dont les rideaux filtraient l'éclat des lampes de sécurité du parc. Il s'était arrêté devant chaque porte close, tentant de deviner quelle chambre avait été celle d'Helen Seabright. Derrière l'une d'elles, il lui avait semblé détecter l'aura de Mary Rogers. Les ronflements sonores d'Ellison dénonçaient avec éloquence l'endroit où il dormait.

Ici... dans cette pièce, une jeune femme qui n'était pas Mary avait passé beaucoup de temps quelques mois auparavant. Thorn s'était glissé entre porte et chambranle. La chambre était dépouillée de son ameublement, mais il y demeurait cependant bien des choses : des échos d'insouciance juvénile, de peur et de chagrin... une trace infime de vieux parfum.

L'ancienne occupante des lieux n'était pas quelqu'un que Thorn connût. Et certainement pas non plus un vampire.

Il s'était introduit dans une nouvelle chambre, sans nul doute celle de Delaunay Seabright — désormais inutilisée. Thorn s'était planté en son centre, sous forme humaine, repassant dans son esprit les photographies du défunt parues à la suite de l'enlèvement et des meurtres, quand les journaux avaient mentionné pour la première fois le tableau comme appartenant à la collection privée Seabright. Delaunay ressemblait beaucoup à son demi-frère Ellison, quoique celui-ci fût plus jeune de dix ou quinze ans.

Les meubles demeuraient, peut-être parce que, très massifs, ils possédaient une sorte de grandeur antique. En revanche, les crochets à tableaux, sur les murs, étaient désormais nus. De légères différences de couleur dans la poussière qui recouvrait certaines étagères montraient les endroits d'où on avait récemment retiré d'autres pièces. Ellison devait d'ores et déjà jouer les charognards. Tous les biens matériels qui eussent pu aider Thorn à comprendre la personnalité de l'ancien occupant des lieux avaient déjà disparu. Cette personnalité paraissait plus difficile à cerner que celle de la morte d'à côté. Il ne restait qu'un peu de poussière, de grands meubles impersonnels et des ombres.

Thorn, lui-même semblable à une ombre, était repassé dans le couloir du premier étage et avait pénétré dans la chambre d'Ellison Seabright. Il s'agissait en fait d'une chambre d'amis, que le collectionneur avait faite sienne. Un monticule ronflant, vêtu d'un kimono en soie décadent, flottait solitaire sur un vaste waterbed. L'intrus ne s'était pas attardé devant ce spectacle, se hâtant de franchir la porte de communication avec la pièce voisine. L'excitation avait fait battre son cœur plus vite tandis qu'il pénétrait dans la chambre qu'il avait conservée pour la fin.

Le lit défait de Stephanie était inoccupé. L'épouse de Seabright, nue, occupait un fauteuil douillet installé devant un miroir à trois faces qu'éclairait une lampe tamisée. Un instant, Thorn avait cru qu'elle savait, qu'elle sentait sa présence, qu'elle l'attendait. Comme il se contentait cependant d'observer, il avait fini par comprendre que l'attention de Stephanie n'était focalisée que sur elle-même.

Un peignoir de belle facture gisait froissé à ses pieds, sur le tapis blanc. Un petit verre d'où montait une odeur d'alcool fort reposait devant elle, sur la coiffeuse, non loin d'une bouteille de vodka.

La jeune femme s'était levée brusquement, renversant son fauteuil, et Thorn avait constaté qu'elle était terrifiée. Mais pas par lui : elle n'avait toujours pas remarqué sa présence — pas consciemment, du moins. Il ne s'agissait pas d'une terreur soudaine mais d'angoisses anciennes qui ne cessaient de croître. Son regard demeurait fixé sur ses reflets.

C'était le vieillissement qui la terrifiait.

Le vieillissement, aidé par un excès de soleil en quelque été insouciant, il y avait peu, commençait lui à rider la peau. À l'aisselle, quand le bras était baissé. Au coin des yeux. Il serait bientôt temps d'envisager la chirurgie esthétique et ses suites. Les seins, quoique petits, s'affaissaient déjà un peu. La peau des cuisses n'était plus parfaitement lisse, se parsemait de cellulite.

Thorn eût alors pu se matérialiser dans une attitude rassurante, si bien que Stephanie n'eût pas crié. Il savait comment procéder. L'expérience plus que l'orgueil lui assurait que la séduction eût été aisée et il pouvait en visualiser chaque étape. Au bout d'une heure, il eût goûté le sang de sa compagne... laquelle eût peut-être commencé à entrevoir les siècles de jeunesse qu'il pouvait lui offrir... Elle lui eût dit tout ce qu'elle savait sur le tableau.

Ce qui, malheureusement, n'eût sans doute pas été grand-chose.

L'adversaire inconnu du visiteur le connaissait-il ? Cet ennemi invisible mais bien présent avait-il prévu qu'en cette nuit, le prince Dracula séduirait Stephanie Seabright ?

L'homme qui se faisait désormais appeler Thorn percevait, toute proche de lui, aussi bien dans le temps que dans l'espace, quelque erreur qu'il ne devait pas commettre, quelque corde tendue sur laquelle il ne devait pas trébucher. Un demi-millénaire d'une existence mouvementée lui avait conféré un sens aigu du danger et appris à se fier à son instinct. Il devait être prudent, extrêmement prudent. Il n'en savait pas plus, mais un péril considérable le menaçait. Un piège, posé ou non à son intention, l'attendait sur son chemin et il devrait l'identifier, le contourner. Cette corde fantôme l'avait retenu, l'empêchant aussi bien d'apparaître à Stephanie que de rentrer dans la pièce voisine et d'interroger brutalement Seabright.

Il avait passé de longues minutes en compagnie de la jeune femme, invisible, attentif, cherchant un signe. Jusqu'à ce que la fatigue et la vodka eussent raison d'elle, qu'elle remît son peignoir et se laissât tomber en pleurant sur son lit.

À présent, dans sa propre chambre, Thorn passait et repassait dans son esprit cette visite singulièrement décevante. Des pensées décourageantes et dépourvues d'intérêt pratique ne cessaient de lui venir. Il avait regardé les actualités : on n'avait pas trouvé trace de l'avion disparu. Des recherches de grande envergure étaient en cours, mais on savait les chances de succès plutôt minces.

La corde était toujours là, il le sentait. Être immunisé à la peur lui permettait souvent de percevoir le danger avec une froide clarté, et l'avenir proche en recelait, bien qu'il ignorât encore quand et où il le rencontrerait.

Son instinct séculaire pouvait-il le tromper, pour une fois ? N'affrontait-il que des ombres ? Si une peinture lui tirait des larmes...

Quand le téléphone sonna enfin, Thorn sortit de sa rêverie avec un sursaut très humain. À travers les grandes fenêtres, le feu du soleil s'était considérablement amoindri. Consultant sa montre, il se rendit compte que plusieurs heures s'étaient écoulées.

Il décrocha.

— Thorn.

— À l'archevêché, j'ai appris que Mary Rogers a bien travaillé ici, à Chicago, comme vous l'affirmiez, dit la voix de Joe Keogh. Elle n'a jamais eu de casier judiciaire en Illinois, ni ailleurs. Si c'était le cas, nous le saurions, puisqu'on a fait sur elle une enquête approfondie après les meurtres de Phoenix. On en a fait une sur toutes les personnes mêlées à l'affaire. En ce qui concerne l'Idaho, elle y a vécu un mois ou deux, dans un couvent, il y a environ deux ans. C'est tout ce que j'ai pu apprendre.

— Je vois. Merci. Et Mr. O'Grandison ?

— Lui, c'est autre chose. Pas vraiment une réussite. Il a un casier en Illinois : consommation de marijuana et de cocaïne ; aucune preuve qu'il en ait jamais trafiqué. D'après les registres, il a vingt et un ans et il n'a pas cessé de faire la navette entre les maisons de correction et les hôpitaux psychiatriques depuis l'âge de douze ans. On ne lui connaît aucun lien avec l'industrie du cinéma porno, mais bien sûr ça ne veut pas dire qu'il n'en ait pas. Il y a six mois, il a été accusé d'incitation à la délinquance sur la personne d'une fille de quinze ans, qui disait s'appeler Annie Chapman. Elle a cependant disparu du centre de détention avant que l'affaire ne passe en procès, si bien que l'accusation a dû être abandonnée.

— Annie Chapman.

— Vous la connaissez ?

— Je ne crois pas, Joe. *Une certaine Annie, une fugueuse, qui ne comptait pas.* Continuez, je vous en prie.

D'après le ton de Joe, Thorn estimait que des nouvelles importantes restaient à venir.

— J'ai parlé à un agent de police, ici, qui se rappelle O'Grandison. Il dit que ce type se trouvait au bon endroit au bon moment pour rencontrer Helen Seabright pendant sa fugue. Rien ne prouve que ça se soit produit, mais il était sur les lieux, ou pas très loin.

— Annie Chapman aussi ?

— Nous ne savons pas d'où elle venait, ce qu'elle

faisait, ni où elle est allée. Il s'est de toute évidence produit une erreur au centre de détention : on l'a tout simplement laissée sortir.

— Vous avez l'air intéressé, Joe. Excité, même.

— L'affaire Seabright fait beaucoup de bruit par ici, sans parler du trésor disparu. J'espère que vous êtes toujours disposé à me donner des indices quand vous en aurez.

— Hmmm. Et où se trouve à présent Patrick O'Grandison ?

Joe retrouva sa prudence.

— Pourquoi tenez-vous à lui parler ?

— J'ai dit ne lui vouloir aucun mal, Joe. (Thorn sourit légèrement.) Vous ai-je déjà menti ?

— Bien sûr que oui. Ne me prenez pas pour un gamin.

Le sourire disparut.

— Vous ai-je déjà menti après vous avoir donné ma parole ?

Il y eut un soupir à l'autre bout du fil.

— Non, je vous l'accorde. Et vous m'avez aussi sauvé la vie, ainsi qu'à Kate... Très bien. Mon informateur dit que le petit Pat se trouve toujours à Chicago. Vous venez ?

— Peut-être plus tard, pas tout de suite. Considérez si vous voulez que je vous en donne ma parole. D'autres affaires m'occupent.

— Ecoutez. (La voix de Joe avait changé.) Kate m'a dit que Judy était dans le Sud-Ouest, près de Santa Fe, en colonie ou en camp, je ne sais pas trop comment ça s'appelle. Montagne, équitation, opéra sous les étoiles et ainsi de suite. Je vous en parle parce que je vous suppose déjà au courant. J'imagine qu'il ne servirait à rien de vous donner mon opinion au sujet de Judy, même compte tenu de sa jeunesse.

Judy, de fait, venait d'avoir dix-huit ans. Thorn lui avait envoyé un discret cadeau d'anniversaire. (Ah, Mina, tu dois comprendre. Il ne pouvait faire moins en retrouvant les traits familiaux après quatre générations — en voyant autant de toi en elle.)

— Vous êtes réellement un type bien, Joseph. (Thorn ne l'appelait que rarement ainsi.) Merci, vous m'avez été extrêmement utile.

Il raccrocha. Ce que Joe, comme de nombreux autres vivants, ne parvenait pas à comprendre, c'était à quel point toutes les femmes — ces créatures si désirables — étaient jeunes, du point de vue d'un être ayant plus de cinq cents ans. Certaines différences apparaissent entre dix-huit et trente-six ans, puis entre trente-six et soixante-douze, mais elles ne sont pas aussi importantes que le croient les mâles qui respirent. Ce sont des différences d'une délicieuse subtilité, le sang âgé possédant son propre bouquet, de même que celui de la femme mûre, tandis qu'on trouve chez la jeune fille la douceur de l'élixir de jouvence.

Et pourtant, Joe a parfaitement raison, songea Thorn en regardant naître la nuit par les fenêtres. À dix-huit ans, on est bel et bien fort jeune en cette époque moderne. Il tenta de se contraindre à songer sérieusement au problème.

Parfois, il se disait qu'il ne vivrait jamais assez longtemps pour maîtriser sa propre existence.

X

Helen descendit devant moi l'escalier du grenier, les mains derrière le dos, les poignets entourés de la fine chaîne dont je tenais l'autre extrémité. En conséquence, sa chemise déchirée bâillait sans pudeur. On eût dit la jeune femme en route pour son exécution.

Sur la deuxième volée de marches, nous croisâmes le gros cousin, Alessandro, chandelier en main. Il se figea, nous considérant d'un regard inquisiteur. De toute évidence, il avait été mû par la curiosité des jeux que je pouvais pratiquer avec mon présent.

— Il m'est venu l'idée d'un petit divertissement qui nécessite de la place, lui dis-je pour répondre à son regard interrogateur.

— Dans la cour, suggéra-t-il.

— Elle n'est pas assez grande. (Nous n'étions pas au palais Médicis.) Il nous faudra aller dans la rue.

Allessandro, bien qu'interloqué, se tut et nous accompagna au rez-de-chaussée. Quand nous y arrivâmes, je hélai le premier valet que j'aperçus et lui ordonnai à haute voix d'ouvrir la porte d'entrée. Les maîtres de maison s'assemblaient déjà, s'interrogeaient du regard. En les voyant, le serviteur hésita. Helen, toutefois, qui jouait son rôle à la perfection, paraissait terrifiée d'être emmenée au-dehors — le grand étranger avait dû lui faire entrevoir ce qui l'attendait —, et mes cousins adoptifs furent vite conquis par mon idée.

— Allons ! rugis-je. Au diable la garde et le couvre-feu. Vous n'allez tout de même pas les laisser vous empêcher de vous amuser ?

Une fois la question posée en ces termes, des jeunes gens au sang chaud ne pouvaient donner qu'une seule réponse. Jusque-là, les choses avaient presque été trop faciles. Dans la rue, la nuit était noire comme de la poix, hormis pour la faible torche que portait sans enthousiasme un domestique.

— Plus de lumière ! exigeai-je, espérant une diversion, ou à tout le moins un petit délai, pour permettre aux éventuels agents des Médicis de se préparer à l'action.

Un serviteur retourna chercher des torches, ce qui réduisait à peine les risques. Je n'attendis pas son retour. Dès que j'eus placé Helen face à la direction que je désirais lui voir emprunter — où elle trouverait, à défaut d'aide, assez d'espace pour courir, je tirai à deux reprises sur la chaîne. L'instant d'après, la jeune femme avait dégagé ses mains des boucles lâches et s'enfuyait à toute vitesse, dans un silence désespéré.

Observant la surprise des hommes qui m'entouraient, je comptai mentalement jusqu'à trois puis, le premier, me lançai à sa poursuite. Je comptais faire mine de la pourchasser au moins jusqu'à ce qu'il devînt nécessaire d'aller plus loin.

Helen courait plus vite que je ne l'avais espéré. Sa silhouette blanche conservait sur moi une avance que mes longues jambes ne parvenaient pas à combler. Mon épée tirée me ralentissait quelque peu. J'avais retiré mon baudrier en pénétrant dans la maison, comme un visiteur du XXe siècle eût pu ôter son chapeau, mais je l'avais naturellement rebouclé en sortant.

Avant que je n'eusse fait dix pas, des cris déchirèrent la nuit. Un grand concert de voix avinées, où dominait encore l'amusement, beuglant qu'on apporte d'autres torches. Tout le monde, hélas, n'attendit pas ces dernières. L'écho de deux paires de pieds résonnait déjà derrière nous, et l'un des poursuivants arrivait trop près pour que je me sentisse à l'aise. Helen perdait de la vitesse. La peur donne des ailes, mais les chaînes et le jeûne ne constituent pas le meilleur régime de l'athlète.

Il ne servait plus à rien de retarder l'inévitable. M'arrêtant, je me retournai brutalement et frappai le premier chasseur aux jambes. Ma lame toucha un os et l'homme s'effondra avec un grand cri. Lorsqu'il arriva à ma hauteur, mon deuxième poursuivant, l'épée tirée, était prêt à m'affronter. C'était à l'évidence un combattant professionnel. Il parvint à me retarder magistralement, tandis que nos lames se croisaient dans le noir, presque invisibles, et qu'il appelait à l'aide. Mais ses alliés traînaient toujours, exigeant leurs précieuses torches.

Je touchai enfin mon adversaire au torse et pus me remettre à courir. Derrière moi, s'élevaient les cris de ma dernière victime, stridents, mêlés à de nouveaux aboiements de chiens en sécurité derrière leurs murs de pierre. Il n'y avait plus moyen d'éviter une poursuite en bonne et due forme. Je dus cependant très vite ralentir ma course et appeler la jeune femme aussi fort que je l'osai. J'ajoutai dans sa langue les apaisements qui me vinrent aux lèvres, priant qu'elle eût eu l'intelligence et le courage de m'attendre, ou que des serviteurs des Médicis fussent venus à son aide.

Comme je l'appris plus tard, il n'y avait en fait aucun agent des Médicis sur les lieux. Leur seul espion présent était prudemment demeuré en un endroit d'où il pouvait tenir à l'œil les Boccalini. La chance et les saints, cependant, nous souriaient. La voix d'Helen, un doux murmure spectral, répondit enfin à l'un de mes chuchotements les plus angoissés. Sa petite main sortit de l'obscurité pour toucher la mienne. Je la pris après avoir rengainé mon épée.

— Pourriez-vous retrouver le chemin de l'atelier du peintre Verrocchio ? chuchotai-je.

— Oui... (Elle s'interrompit, surprise.) Oui, je crois.

Après s'être orientée, elle m'entraîna à sa suite.

Helen était en ville depuis plus longtemps que moi, s'y était nettement plus déplacée, et en connaissait donc bien mieux les rues. D'autres chiens s'éveillèrent derrière les murs environnants. L'ennemi continuait de s'organiser, soupçonnant peut-être quelque piège, peu soucieux de se ruer aveuglément dans la nuit.

Nous changeâmes plusieurs fois de direction. Les éclats de voix diminuèrent, puis s'évanouirent. Je commençai à respirer un peu plus aisément.

— Pourquoi allons-nous chez Verrocchio ?

— Là-bas, on nous connaît et on nous aidera. Tout est arrangé.

Helen n'ajouta rien mais me guida à travers ruelles et venelles jusqu'à ce que nous émergions dans une rue plus large, presque devant l'atelier, sans avoir croisé qui que ce fût. Je dus frapper durant une minute avec la garde de mon poignard pour obtenir une réponse, encore plus longtemps pour que le maître s'éveillât tout à fait et vînt à la porte. Dès qu'il fut là, cependant, il se hâta de nous ouvrir. Verrocchio, une chandelle à la main, ses traits épais marqués par l'angoisse et son corps flasque enveloppé dans une fine robe de chambre, nous fit signe d'entrer sans tarder. Après avoir jeté un dernier regard peureux à l'extérieur, il referma le battant derrière nous.

— Faites prévenir que nous sommes ici, lui ordonnai-je, estimant superflu de lui spécifier qui il devait avertir. (Me tournant vers les serviteurs et les apprentis bouche bée, j'ordonnai :) Qu'on apporte sans tarder des vêtements décents à cette dame.

Tous se hâtèrent de s'éloigner, enveloppés dans les couvertures ou les vêtements qu'ils avaient empoignés à la hâte quand l'alarme avait été donnée. Le plus jeune des élèves dut tirer le barbu par le bras pour le contraindre à bouger. Leonardo, qui dormait chez lui, était bien sûr absent. Helen, pendant ce temps, demeurait à mon côté, calme, attendant la suite des événements.

— Que s'est-il passé ? me demanda Verrocchio,

quoique son expression fît penser qu'il ne tenait pas à le savoir. (Il se retourna vers son personnel.) Perugino, tu vas aller porter un message.

Sans me préoccuper de lui répondre, je pris la chandelle de ses mains tremblantes et la posai sur une table, à laquelle je m'assis. Helen, sur un signe de moi, m'imita.

L'apprenti barbu revint quelques instants plus tard, tout habillé. Comme il ôtait la barre de la porte, prêt à sortir, je le retins pour lui recommander la prudence. S'il avait la malchance d'être pris par la garde et accusé de briser le couvre-feu, il devait affirmer être porteur d'un urgent message commercial destiné aux Médicis et exiger d'être escorté jusqu'à leur palais. S'il s'avérait nécessaire d'en dire plus, il pouvait ajouter que ledit message concernait un tableau représentant Marie-Madeleine. Il me jeta un regard où se mêlaient frayeur et désespoir, et sortit dès que je lâchai sa manche.

Verrocchio et moi barrâmes à nouveau la porte. Quand je me retournai, Helen était partie — dans une autre pièce, afin de se changer, m'assura une vieille servante. Je me rassis pour l'attendre. Deux minutes plus tard, elle était de retour et, comme elle faisait son apparition à la lumière de la chandelle, je me levai sans même m'en apercevoir. On lui avait donné la robe même dans laquelle elle avait posé pour le tableau.

— C'est tout ce que nous avons qui lui aille vraiment, monsieur, murmura la vieille femme, un peu perturbée par ma réaction.

— Aucune importance... c'est très bien... très joli. À présent, apportez-nous à boire et à manger. Des biscuits, du vin, ce que vous avez.

Helen, ma fiancée qui s'ignorait encore, reprit place à ma table. La robe, magnifique dans la pénombre, ne l'était pas autant de près. Délavée, un peu effilochée, salie par endroits, déformée par les chairs de nombreux modèles.

Les sujets de tableaux, empilés dans des présentoirs

le long des murs, nous regardaient de leurs yeux pâles. Verrocchio, toujours nerveux et vêtu de sa fine robe de chambre, nous rejoignit lorsque je lui fis signe. On nous apporta des biscuits et du vin épicé, coupé d'eau, dans de la belle vaisselle et des coupes en cristal ne devant à l'ordinaire servir aux peintres que d'accessoires. Je bus un peu de vin, mais je n'avais finalement pas très faim. Helen, privée depuis deux jours, n'allait pas négliger l'occasion de se rattraper. En remarquant son appétit, je songeai que j'allais commencer dès le lendemain à le brider. Je n'avais que faire d'une épouse obèse.

Ce fut seulement quand mes pensées confuses m'eurent inspiré cette banale conclusion que je réalisai avoir pris sans y songer une décision de la plus haute importance.

— Qu'attendons-nous ici ? me demanda Helen entre deux petites bouchées de son second biscuit.

— Des amis. (Je me demandai que dire de plus, puis soupirai. Il me faudrait bien la mettre au courant et je ne pouvais plus guère tarder.) L'un d'entre eux est prêtre.

À ces mots, elle me fixa, abasourdie. Je jetai un regard éloquent à Verrocchio, qui se leva, visiblement soulagé, et quitta la table, puis la pièce. La jeune femme et moi demeurâmes seuls avec les tableaux aux yeux pâles.

Je soutins son regard interloqué.

— Le prêtre vient pour nous marier, l'informai-je.

Je n'oublierai jamais le spectacle qu'offrait Helen en cette première nuit, assise à cette table grossière. (Mina, mon amour, tu comprendras.) La robe, souillée par l'usage, à l'image des femmes l'ayant portée, qui conservait un peu de beauté dans son riche brocart. Les doigts fins qui brisaient un biscuit. Le visage tuméfié, bouleversé, et tellement jeune. Les pieds nus écorchés par les pavés de Florence et les routes de la moitié de l'Europe. Les cheveux sales et emmêlés. C'est cette nuit-là qu'il eût fallu la présence de Leonardo. Et celle de Goya.

Tandis que la compréhension se faisait jour par degrés dans les yeux de la jeune femme, ils quittèrent les miens pour contempler le mur, derrière moi. Helen leva une main sale et se mordilla l'ongle du pouce. Paraissant encore plus jeune qu'elle ne l'était, elle se mit à pleurer doucement. Les larmes tracèrent de grandes traînées sur ses joues.

Je pouvais difficilement considérer cette réaction comme un compliment. Il ne s'agissait toutefois pas non plus d'une insulte calculée et je fus presque surpris de m'apercevoir que je n'en étais pas fâché. J'étais assez intuitif pour comprendre qu'elle pleurait sur l'ensemble de sa vie gâchée, dont je n'étais pour le moment qu'un élément minime. Je me contentai donc d'attendre en silence qu'elle fût prête à m'adresser la parole.

Enfin, ses larmes cessèrent et, peu après, ses sanglots silencieux. Ses yeux cherchèrent à nouveau les miens. Quand elle parla, ce fut d'une voix parfaitement maîtrisée.

— Mathias ne me laisse pas d'alternative.

Quoique prononcée platement, cette phrase était en fait une question. Je haussai les épaules.

— Bien entendu, il est presque toujours possible de se tuer. Mais si ce chemin vous avait attirée, vous l'auriez déjà emprunté.

Ma première épouse, elle, l'avait fait au cours d'une crise de démence, deux ans auparavant, avec pour point de départ le toit de mon château. Je pensais savoir reconnaître les signes avant-coureurs de ce comportement. Je ne les voyais pas en Helen.

Mon commentaire brutal avait encore modifié la vision qu'elle avait de moi. Comprenez que je n'avais nulle intention d'être cruel. La cruauté m'était familière : j'étais hélas passé maître dans l'art d'infliger la douleur, aussi bien que de la supporter, et l'eussé-je voulu que j'eusse pu me montrer bien plus dur. Non, ma rudesse apparente était en fait destinée à aider la jeune femme, et je reste persuadé qu'elle lui fit plus de bien qu'une compassion réelle ou feinte. Pour elle, j'étais un solide rocher surgi du hasardeux marécage de l'existence, un rocher qui ne s'écarterait pas devant elle mais qui lui offrait sécurité et assistance. Elle pouvait s'y accrocher, au moins le temps de reprendre son souffle, sans crainte de le voir sombrer. En outre, il ne l'attaquerait jamais par traîtrise. Il ne serait jamais plus dur ni plus cruel qu'il ne le paraissait.

Helen baissa les yeux sur le pain et le vin qui lui avaient été remis à ma demande. Elle les leva ensuite vers les poutres rustiques mais solides du refuge où je l'avais emmenée. Elle frotta les traces de la chaîne sur sa cheville et resserra un peu la robe autour de sa taille.

— Que vous a promis Mathias pour que vous acceptiez de me prendre pour femme ?

— Rien de précis. Il est convenu tacitement entre nous que j'obtiendrai une position honorable, quelque part.

J'espérais du moins que le roi avait sur la question les mêmes idées que moi.

— Et moi ? Serai-je renvoyée au couvent dès notre mariage ? Quels sont les termes de l'arrangement ?

— Pas de couvent. Et il n'y a pas d'arrangement, au-delà du fait que vous devez m'épouser. (Je la contemplai, pensif.) La cérémonie aura lieu ici. Immédiatement après, nous serons escortés jusqu'à une fort belle maison, toute proche, où vous pourrez prendre un bain. (Les bains, contrairement à une croyance répandue au XXe siècle, étaient tout aussi populaires à l'époque qu'aujourd'hui, du moins chez les gens aisés.) Ensuite, je suppose que nous demeurerons là-bas un jour ou deux. Si je connais bien nos hôtes, nous y bénéficierons de la plus courtoise des hospitalités. (Helen me contemplait avec une certaine incrédulité. Je poursuivis :) Après cela... eh bien, je n'ai pas encore décidé de tout. Je puis cependant vous promettre qu'en tant qu'épouse, vous serez traitée avec respect. Je pense aussi pouvoir assurer qu'à partir de maintenant, vous serez bien nourrie.

Je désirais encore lui dire plusieurs choses importantes, mais je jugeai que cela pouvait attendre la fin de la cérémonie.

C'était à son tour de me jauger. Sous la saleté qui la recouvrait, c'était néanmoins une fille et sœur de roi qui contemplait un prince.

— En ce cas, vous êtes de bonne naissance. J'aurais dû savoir que, malgré tout, mon frère ne me marierait pas à un roturier. Eh bien, seigneur Wladislaus le Roumain, ou quel que soit votre nom... — mais il n'est pas roumain, n'est-ce pas ? —, j'espère que vous obtiendrez la juste récompense de tous les efforts et les sacrifices que vous consentez afin de satisfaire mon frère.

Son ton laissait entendre qu'à son avis, j'obtiendrais peu. Avec audace, elle plongea longuement son regard dans le mien, tentant de me percer à jour. Je continuai de l'étudier dans le même but. J'ignore pourquoi, mais je sentais de plus en plus que j'avais pris la bonne décision. Quand Verrocchio jeta enfin un coup d'œil dans la pièce, je lui fis signe que nous n'avions plus besoin d'intimité. Après une hésitation, il se joignit à nous.

Avant qu'il ne pût poser la moindre question, toutefois, des chevaux se firent entendre dans la rue, juste devant sa porte. Une autre garde de poignard frappa bientôt le battant. J'allai cette fois ouvrir moi-même et accueillis joyeusement Lorenzo. Helen était à Florence depuis assez longtemps pour connaître de vue le jeune marchand, et ses yeux s'écarquillèrent.

L'héritier des Médicis, souriant, frais et d'excellente humeur, alors qu'il était trois heures du matin, me prit aussitôt à part et entendit de ma bouche le récit complet de notre escapade. Il ne chercha pas à dissimuler sa satisfaction quand j'en arrivai à décrire les combats : que plusieurs de ses rivaux en affaires eussent subi la morsure de lames acérées ne lui causait pas le moindre chagrin. Dès que fut achevé notre bref entretien confidentiel, il retourna ouvrir la porte de la rue. Quelques instants plus tard, nous étions rejoints par un prêtre ensommeillé, tout juste descendu de cheval, qui se grattait le bas du dos. Une dizaine de montures étaient assemblées devant la porte et j'entendis les voix de plusieurs hommes. Lorenzo ne fût jamais parti pour une telle mission au milieu de la nuit sans une bonne escorte.

Le religieux posa peu de questions et ne montra aucune surprise, à l'évidence expérimenté en matière d'intrigues. Preuve du discernement des Médicis, il était venu armé des dispenses sacrées, des permis civils, des registres et des bénédictions nécessaires, tout un arsenal spirituel et bureaucratique qui eût permis de marier deux singes de Barbarie en un temps record pour peu qu'une telle union parût désirable. Il n'était soucieux que d'un détail, et je lui assurai sans tarder que ma conversion de la religion orientale à la romaine avait été accomplie avant mon départ de Hongrie.

L'apprenti barbu avait réussi, Dieu sait comment, à rassembler une brassée de fleurs au beau milieu de la nuit. Il s'avança pour les offrir à Helen — qui en parut très touchée. Le plus jeune lui avait enfin trouvé une paire de chaussures convenables, presque à sa pointure, ce dont je le remerciai. Verrocchio semblait se demander que nous offrir comme cadeau de mariage. S'il demeurait muet par la suite, songeai-je, ce serait bien suffisant. Il finit par nous faire présent à chacun d'un anneau d'or, s'assurant que Lorenzo vît son geste. Finalement, ma fiancée et moi-même nous tînmes devant le prêtre, tous domestiques renvoyés, avec pour témoins un Verrocchio inquiet et un Lorenzo-le-futur-Magnifique qui hochait la tête, bienveillant.

Helen prenait fort bien la chose, remarquai-je avec un optimisme croissant. Elle prononça à tout le moins les paroles requises d'une voix claire et ferme.

— Moi, Helen Hunyadi, de la famille et de la maison de Mathias, roi de Hongrie...

Puis ce fut à mon tour.

— Moi, Vlad, fils de Vlad Drakulya, prince de Valaquie...

J'avais une nouvelle fois surpris Helen. Sans quitter le prêtre des yeux, je la vis tourner le regard vers moi.

XI

— C'est vraiment très gentil à vous de m'aider, dit Mary Rogers, en contemplant Thorn de ses yeux bleus emplis de franchise, tandis qu'il lui ouvrait la portière de la Blazer.

Elle s'installa souplement dans le véhicule, pliant ses jambes robustes que moulait un jean usé.

— Robby a été obligé de prendre la Ford, ajouta-t-elle quand son compagnon fut monté au volant.

— Je comprends.

Thorn boucla sa ceinture de sécurité — ses conflits parfois féroces avec la mécanique n'étaient jamais dus à l'inattention — puis il mit le contact. Peu après, il descendait la rampe sinueuse du garage de l'hôtel et, les yeux plissés derrière ses lunettes noires, s'engageait dans la rue que baignait un ardent éclat de fin d'après-midi. Le soleil lui-même, il l'avait vérifié, avait déjà disparu derrière les immeubles et ne remonterait pas avant le lendemain. Robinson Miller, simple employé du défenseur public [1] local, travaillait tard, ce soir-là. Il rendait visite en heures supplémentaires à des clients ayant grand besoin de ses services. Deux heures plus tôt, Mary avait reçu un coup de téléphone d'une domestique des Seabright, Mrs. Dorlan, dont elle avait

1. Qui fournit les avocats commis d'office aux clients n'ayant pas les moyens d'en engager un. *(N.d.T.)*

fait la connaissance pendant son séjour à la villa. On lui avait appris qu'elle pouvait passer chercher ses derniers bagages.

— Elle avait l'air assez pressée. D'un seul coup, ils sont tous très anxieux de se débarrasser de mes affaires. J'imagine qu'ils nettoient la maison. Je me sentirai quand même plus rassurée si je ne vais pas là-bas tout seule. Et comme vous vous étiez proposé...

— C'est exact.

Thorn avait bien entendu fait cette proposition avant sa première visite à la villa, quand il cherchait une invitation de n'importe quel type à en franchir le seuil. Il accueillait toutefois avec plaisir toute occasion de se trouver seul avec Mary.

— Je suppose qu'ils auront tout empilé devant la porte, dit la jeune femme. Il n'y a pas grand-chose.

Thorn adressa une grimace à une Wolkswagen égarée.

— J'ai cru comprendre que vous n'aviez pas mentionné cet étrange coup de téléphone à la mère d'Helen.

— Stephanie n'est pas une très bonne mère. C'est dur à dire, mais c'est la vérité. De toute manière, je ne crois pas qu'elle voudrait me parler. Je pourrais lui écrire, mais elle ne me croirait jamais.

Thorn ne discuta pas ce point.

— Je suppose qu'en ce cas, vous n'avez pas non plus averti la police.

— Non, répondit Mary. Vous aviez parlé de contacts officiels. J'aimerais savoir ce que vous avez appris.

— Peu de chose. La confirmation de ce que vous m'aviez déjà dit. Aucun indice suggérant qu'Helen soit encore vivante.

Cette dernière phrase résonna dans son esprit longtemps après qu'il l'eut prononcée. Il croyait pourtant avoir réglé ce problème.

— Merde, lâcha la jeune femme, visiblement déçue, inquiète. Eh bien, cette personne n'avait de toute façon pas l'air d'être en danger immédiat. Si c'était Helen, j'imagine qu'elle téléphonera chez elle quand elle le souhaitera. Si ce n'était pas elle... je ne vois pas qui ça pouvait être. Ni pourquoi on me ferait une farce pareille.

Ils n'ouvrirent quasiment pas la bouche durant le reste du trajet. Ce soir-là, aucun gardien n'était posté derrière les grilles de la propriété — lesquelles n'en étaient pas moins verrouillées.

— Je ne comprends pas. Ils savent que je viens.

Au bout d'une demi-minute de klaxon intermittent, un petit homme habillé en jardinier arriva en courant de la villa masquée par les arbres.

— Oh, c'est Dorlan, s'exclama Mary, qui lui fit un signe de la main.

L'arrivant semblait lui aussi bien la connaître, car il se dispensa de salut formel.

— Je n'avais pas reconnu la voiture, expliqua-t-il, avant d'ouvrir manuellement la grille.

— Mr. Dorlan, je vous présente Mr. Thorn, un ami qui vient me donner un coup de main pour mes affaires.

Le domestique, que Thorn n'avait pas vu durant ses deux visites précédentes, acquiesça d'un air bourru.

— Vous allez m'emmener jusqu'à la villa et je vous ferai entrer.

— Vous nous ferez entrer? répéta Mary, surprise.

— Ils sont tous partis, annonça Dorlan.

Il y avait dans son attitude une sorte de gravité, de timidité. Ses yeux évitaient ceux des visiteurs. Il referma et reverrouilla la grille dès que Thorn eut fait avancer la Blazer.

— Partis? lui demanda Mary quand il monta en voiture.

— Moi et la bonne femme, c'est tout ce qui reste, et on s'en va demain matin. Les autres ont touché leurs gages et ont été licenciés. Mr. et Mrs. Seabright sont partis pour Santa Fe.

Thorn émit un petit sifflement, presque un soupir. Il

ne fit par ailleurs aucun commentaire. Dorlan perché sur le petit siège arrière, la Blazer suivit l'allée de gravillons. Mary contemplait la villa apparaissant derrière son écran de palmiers et de citronniers. Il n'y avait rien sur le perron.

— Mes affaires ?

— Toujours dans votre ancienne chambre. On m'avait dit de les sortir avant votre arrivée, mais je n'ai pas eu le temps.

Thorn se gara devant la maison. Le soleil couchant se reflétait encore dans les fenêtres du premier étage.

— Le déménagement est définitif ? demanda-t-il.

— Pour autant que je le sache. Ils font suivre tout leur courrier et la maison va être condamnée. Pourtant, j'ai entendu dire que Mr. Ellison en était à présent propriétaire.

Mary ouvrit la portière et descendit vivement de voiture.

— J'aime autant ça. Je n'avais pas envie de le revoir. Ni aucun d'entre eux.

Thorn descendit à son tour, suivi d'un Dorlan qui, à présent, le contemplait intensément, comme fasciné malgré lui. Le domestique, soudain, bâilla.

— Je suis crevé, se plaignit-il. J'ai bossé toute la journée et, dans l'après-midi, il n'y avait plus d'air conditionné. On a déjà coupé le courant.

— C'est très fatigant, admit Thorn. Vous allez être heureux de dormir.

Il tendit la main, paume vers le haut. Mary le contemplait avec une stupéfaction croissante.

— Eh bien..., soupira Dorlan, avant de détacher maladroitement le trousseau de clefs qui pendait à sa ceinture par une chaîne et de le confier à Thorn.

Il bâilla à nouveau et tituba jusqu'au perron, où il s'adossa à une imitation de colonne dorique. L'instant d'après, il s'asseyait, les yeux clos.

— Mon Dieu ! s'exclama Mary.

Puis elle se tut, oubliant ce qu'elle s'était préparée à dire.

Un dogue anglais qu'elle savait méchant, dangereux, venait d'apparaître à l'angle de la maison. Il considérait les visiteurs d'un regard fixe. Un grondement bas vibrait dans sa gorge.

— Du calme, souffla Thorn.

Mary crut qu'il s'adressait à elle mais le chien cessa aussitôt de grogner. Il se pencha en avant, comme pour charger, ou s'effondrer, dans leur direction, puis il changea d'idée et regarda ailleurs, les oreilles basses. Humant l'air du crépuscule, il tourna deux fois sur lui-même, se gratta une oreille et se coucha paisiblement.

Un léger ronflement monta de Dorlan, toujours assis contre sa colonne. Mary contemplait tour à tour les deux phénomènes, semblant chercher que dire. Visiblement, elle ne trouvait pas.

Les clefs tressautèrent sèchement dans la main de Thorn.

— Venez. Je voudrais voir la chambre que vous occupiez.

Il déverrouilla la grande porte d'entrée et la poussa. Tel un courtisan d'antan, il s'inclina pour laisser passer Mary — qui se surprit à accepter cette révérence comme parfaitement naturelle.

La villa était emplie d'une chaleur qui paraissait artificielle. C'était tout simplement celle du soleil, qui avait franchi des défenses abattues, mais Mary la trouvait néanmoins étrange en des pièces où elle n'avait connu qu'une agréable fraîcheur. Par habitude, elle manœuvra un interrupteur dans le grand hall. Rien ne se produisit. Il restait cependant assez de jour pour révéler qu'on avait couvert les meubles, préparant la maison à une longue période d'abandon.

Thorn à son côté, Mary traversa le grand hall silencieux, ignorant l'ascenseur pour rejoindre le large escalier principal. Quand elle l'atteignit, elle s'immobilisa.

— Je n'avais pas remis les pieds ici depuis... cette nuit-là. Si : une fois, avec la police, pour la reconstitution, mais...

— Mais tout vous revient plus clairement en ce moment.

— Oui, c'est exact.

Elle frissonna.

— Bien. Très bien. Nous montons ?

La jeune femme eut envie de protester que tout n'allait pas très bien, qu'elle avait de plus en plus peur, mais elle ne voulut pas faire preuve de lâcheté. Elle allait prendre les affaires qu'elle était venue chercher, si possible avant que la nuit ne tombât tout à fait. Elle commença à monter l'escalier obscur. Les pas de Thorn, qui la suivait de près, étaient légers au point d'être inaudibles.

Tandis que je montais ces marches-là
Je vis un homme qui n'y était pas...

Que disait donc le poème ? Quelque chose comme ça, en tout cas. Quoi qu'il en fût, elle était heureuse de cette imposante présence silencieuse. Ce n'était pas de son compagnon qu'elle avait peur. Elle n'avait pas encore réalisé — ou bien avait oublié — que lorsqu'elle vivait ici, elle avait réellement eu peur de certains autres occupants des lieux. Elle revoyait à présent Ellison Seabright, au sommet de l'escalier, comme elle l'avait vu cette nuit-là, les yeux fixés sur elle... et derrière lui, une autre silhouette, véritablement terrifiante, qui apparaissait et disparaissait sans qu'elle la reconnût. Peut-être sans qu'elle *voulût* la reconnaître.

Arrivée presque en haut des marches, elle trébucha. La main de Thorn vola vers son coude pour la soutenir.

— Merci, murmura-t-elle. Oui, vous aviez raison. Tout me revient clairement.

— Votre chambre devait donner sur ce couloir, devina Thorn au bout d'un moment.

— Oui. Comment le savez-vous ?

Il s'éloigna un peu sans répondre, ouvrit une porte, mais demeura dans le couloir, inspectant la pièce obscure, pensif.

— Ce n'était pas la mienne.
— Celle de Delaunay ?
— Comment pouvez-vous le savoir? (Mary arriva auprès de lui. La chambre était si sombre qu'on n'y distinguait strictement rien.) Oh, bien sûr : les magazines ont publié des plans de toute la maison, n'est-ce-pas ? Il y a eu tellement de publicité. Je suis heureuse que ça commence enfin à s'apaiser.
— Quel genre d'homme était Delaunay ?
Thorn continuait de fixer l'obscurité, comme pour déchiffrer les ombres elles-mêmes.
— Gros. Pas tout à fait autant qu'Ellison, et plus âgé de cinq ans, mais ils se ressemblaient beaucoup. Physiquement, je veux dire. Del était un vieillard aimable, qui n'aimait pas faire parler de lui. À tout le moins, il a toujours été bon avec moi. Il est venu d'Australie très jeune. Il lui restait une pointe d'accent australien, par moments. Ellison et lui avaient le même père, pas la même mère.
— Comment la famille s'est-elle enrichie ?
— Je ne sais pas trop. Je crois que ça remonte à une ou deux générations et que Del a consolidé la fortune. Il ne m'a jamais fait l'effet d'être du genre nabab agressif, arriviste, mais peut-être l'avait-il été dans sa jeunesse.
Mary sembla sur le point d'ajouter quelque chose puis changea d'avis. Thorn songea que, pour une fois, elle n'en disait pas assez.
— Oui ? l'aiguillonna-t-il.
— Je... je ne devrais pas dire ça, mais parfois, je me posais des questions à son sujet.
— Ah ? De quel genre ?
— Eh bien... je me disais qu'il ne pouvait pas être aussi gentil avec tout le monde qu'avec moi. Il en faisait vraiment trop. C'est horrible de penser ça après la générosité dont il a fait preuve, mais... vous voyez ce que je veux dire ?
Thorn hocha la tête, encourageant.
— Peut-être, oui.

Une fois le premier pas accompli, Mary se jeta à l'eau.

— Je connais une ou deux personnes, des religieux, que je considère comme de véritables saints. Ce n'est pas très courant, même au sein de l'Église, mais il y en a un ou deux dont la canonisation ne me surprendrait pas. Ils sont réellement bons, et il y a en eux une sorte de joie que je n'ai jamais perçue chez Del. Il faisait tout son possible pour paraître irréprochable, au moins en ma présence, pour jouer ce rôle de charmant vieillard, mais...

Mary eut un geste d'impuissance, incapable de trouver les mots justes.

— Mais il pouvait s'agir d'une comédie, acheva Thorn pour elle.

La jeune femme poussa un soupir et s'enfonça plus avant dans le couloir, d'un pas de plus en plus rapide.

— Je ne devrais pas parler comme ça. Il m'a vraiment donné le Verrocchio.

— Vraiment ? En ce cas, où est-il ?

Mais Mary ne l'écoutait plus. À dix pas de son ancienne chambre, elle s'était progressivement déportée sur la gauche, sans paraître en avoir conscience.

Thorn la reprit par le bras, la contraignant à s'arrêter.

— Où avez-vous trouvé la jeune fille assassinée ?

Mary s'adossa à la paroi en contemplant le sol, à ses pieds. Sa voix n'était plus qu'un murmure.

— Elle avait les jambes étendues dans ce sens-là. Comme si elle s'était fait tirer dans le dos en pleine course et qu'elle était tombée en avant. Mais elle avait dû tourner la tête pour regarder derrière elle, parce que le visage avait été touché, complètement dévasté... Je n'aurais pas pu l'identifier, personne ne l'aurait pu. Mais pour le reste, elle ressemblait à Helen. Elle portait son peignoir blanc, et il n'y avait pas d'autre fille dans la maison. Du moins à ma connaissance.

— Annie Chapman ?

Mary tenta de déchiffrer le regard de Thorn, qui

avait enfin ôté ses lunettes de soleil, mais la pénombre l'en empêcha.

— C'est le nom que... qu'a mentionné la fille du téléphone. Je vous jure que je ne l'avais jamais entendu avant ce coup de fil dément. Je n'ai pas arrêté de fouiller mes souvenirs mais ça ne me rappelle rien du tout. Cela dit, depuis, j'ai bien réfléchi...

— Oui ?

— Eh bien, peut-être Delaunay n'était-il pas aussi parfait qu'il voulait me le faire croire. Je savais qu'il s'occupait de fugueurs. À tout le moins, il affirmait s'en occuper...

— Qu'essayez-vous de dire, Mary ?

— En temps ordinaire, Helen ou lui m'auraient prévenue qu'ils donnaient asile à quelqu'un d'autre. Mais peut-être que... peut-être qu'il avait juste une fille dans sa chambre pour la nuit.

— Ça n'aurait rien de surprenant. (Thorn semblait un peu amusé.) Bien des hommes d'excellente réputation ont fait des choses encore plus perverses ou encore plus surprenantes.

— Je sais, admit Mary à contrecœur. (Elle contempla à nouveau le tapis.) La fille, qui que ce soit..., était allongée à peu près ici. Ils ont réussi à effacer toutes les traces de sang. Le peignoir qu'elle portait s'était ouvert, et j'ai vu qu'elle n'avait rien en dessous. Helen m'avait dit avoir pris l'habitude de dormir nue pendant sa fugue.

— J'aimerais entendre toute l'histoire de cette nuit-là de votre bouche, Mary. D'après les actualités... Les reportages étaient-ils exacts ?

— En grande partie, je crois.

L'assurance de la jeune femme ne cessait de décroître. Elle avait désormais presque une voix d'enfant.

— D'après les journalistes, vous avez entendu du bruit, vous êtes sortie de votre chambre et vous avez découvert la morte. Que s'est-il passé ensuite ?

— Je... ça m'est pénible d'en parler...

— Recommencez au début. Vous dormiez.

La nuit qui s'infiltrait par les fenêtres dissolvait les motifs du tapis, les noyant de ténèbres. Mary ne voulait pas que les dessins réguliers disparaissent. Ses yeux s'y accrochèrent désespérément, tandis qu'elle résistait à la voix de Thorn.

— Je veux que vous retourniez en arrière, Mary, que vous recommenciez tout. Retournez en arrière...

Brusquement effrayée, elle se tourna vers lui, joignit les mains comme pour prier, ou pour plonger en eaux profondes. L'instant d'après, elle pressait son visage contre le torse de son compagnon.

— Serrez-moi, murmura-t-elle.

Il obéit. Ses mains étaient chaudes. Sa voix impérieuse.

— Retournez en arrière. Vous dormiez.

Je ne peux pas. Elle ne douta pas que cette protestation muette mais véhémente eût été entendue.

— Je vous aiderai. Vous êtes désormais sous ma protection. Je n'exigerais pas de vous une telle chose si ce n'était très important. Ne voulez-vous pas m'aider à trouver la vérité au sujet d'Helen ?

Mary n'osait ouvrir les yeux. Si elle le faisait, ils pourraient rencontrer ceux de Thorn.

— Vous allez revivre ces événements avec mon aide et, ensuite, tout sera terminé. Ce sera la fin des cauchemars qui vous torturent presque toutes les nuits.

Surprise, Mary leva les yeux.

— Comment le savez-vous ?

Elle avait peine à distinguer les yeux de Thorn. Pourtant, il lui fut encore plus difficile d'en détacher les siens.

— Non, dit-elle, sachant que ses protestations faiblissaient.

Mary dormait profondément, vêtue de son confortable pyjama de religieuse. Dans son sommeil, il lui semblait — quoiqu'une portion d'elle-même, à l'activité intermittente, sût que c'était faux — que Thorn n'était pas réel, que cette conversation dans la villa obscure n'était qu'un rêve commençant à s'évanouir. Un rêve d'où elle allait s'éveiller dans sa chambre inondée de soleil, voisine de celle d'Helen. Elle allait s'éveiller à l'orée d'une matinée joyeuse, entourée et défendue par les richesses de la famille Seabright...

Soudain, tel un poing déchirant son sommeil, la détonation d'un fusil de chasse déchira la nuit. L'onde de choc fit vibrer sa porte, l'éveillant instantanément. Ses yeux s'ouvrirent dans une nuit noire seulement combattue par le pâle cadran du réveil, sur la table de chevet.

Quel qu'eût été ce bruit affreux, il devait signifier quelque chose de terrible. Le cœur battant, Mary bondit hors de son lit et tendit la main par réflexe vers la robe de chambre rouge qui reposait sur une chaise voisine. Un bras passé dans une manche, s'efforçant d'enfiler l'autre, elle ouvrit à la volée la porte de sa chambre et se précipita dans le couloir. Là, l'obscurité était moins épaisse ; une pâle luminosité provenait des fenêtres : l'éclat filtré des lampes de sécurité entourant la maison. Dehors, le dogue anglais et un autre chien de garde aboyaient futilement.

À quelques pas de là, dans le couloir, gisait une forme blanche. Mary courut vers elle, mais s'immobilisa quand un de ses pieds nus rencontra une substance chaude et gluante.

Elle avait vaguement conscience de l'odeur familière de la poudre. La chose blanche, sur le sol, lui apparaissait désormais avec clarté. Pourtant, en état de choc, elle ne parvenait pas encore à croire que cette pauvre fille assassinée pût exister ailleurs que dans un cauchemar. Des voix impérieuses, non loin de là, disaient... elle ne savait quoi. Ce fut à peine si elle leva les yeux. Elle n'avait toujours pas bougé quand trois silhouettes indistinctes apparurent dans l'obscurité, deux à droite, une à gauche. Cette dernière appartenait à un homme portant une cagoule de ski, qui lui pointait une arme à long canon sur la poitrine. La jeune femme sentit son estomac se contracter.

Delaunay Seabright, lui aussi en robe de chambre par-dessus un pyjama, chaussé de pantoufles, se tenait sur sa droite. Un deuxième homme encagoulé lui appuyait sur la nuque le canon d'une autre arme, plus courte.

— Faites ce qu'ils vous disent, Mary, lança le vieil homme, d'une voix calme et mesurée, à peine tremblante.

— Oh... euh...

— Écoutez-moi, Mary. Maîtrisez-vous.

Elle réagit enfin, hocha doucement la tête.

Comme s'il n'avait attendu que cela, l'inconnu qui pointait un pistolet sur la tête de Del parla enfin.

— Avancez.

Son complice fit un geste à l'intention de Mary et la poussa en direction de l'escalier. Après avoir descendu quelques marches, elle se retourna brièvement, pour constater qu'Ellison et Stephanie, sortis de leur chambre, observaient la scène. Ils s'étaient immobilisés, paralysés à la vue des hommes armés. L'un de ceux-ci, qui s'était lui aussi retourné, leur fit signe de suivre le mouvement — pour les garder en vue, songea la jeune femme, loin des téléphones.

Comme Ellison obéissait, il passa dans une poche de lumière provenant d'une fenêtre et Mary vit son visage. Elle le vit même très bien.

Le canon du fusil s'enfonça une nouvelle fois dans son dos, et elle continua de descendre l'escalier.

Au pied des marches, dans le grand hall, était assemblée une partie des domestiques. L'inconnu qui tenait Mary en joue éleva la voix afin que tous pussent entendre son petit discours.

— Nous vous donnerons des nouvelles de Delaunay Seabright. Le récupérer vous coûtera beaucoup d'argent. Quant à cette femme (le fusil toucha une nouvelle fois Mary), elle nous sert uniquement d'assurance-vie. Maintenant, écoutez bien ! Je ne veux pas voir de voitures de police nous suivre — sinon, elles rouleront sur la cervelle de la fille. Je ne veux pas entendre d'hélicoptères au-dessus de nous : ils nous verront la balancer du camion à cent vingt à l'heure. On dispose également d'explosifs très puissants : si les choses en arrivent là, on se fera sauter, et ces deux-là avec. On détient tous les atouts. On a laissé une fille sur le carreau, là-haut, parce qu'elle a couru, qu'elle a refusé de s'arrêter, et pour vous montrer qu'on ne plaisante pas.

« C'est bien compris ? Vous vous rappellerez ? N'oubliez pas de tout répéter à ces porcs quand vous les préviendrez. »

Mary tourna légèrement la tête. Ellison Seabright comprenait, oui. Il ne comprenait que trop bien. Oh, certes, il faisait de son mieux, mais on voyait tout de même qu'il savait. Peut-être était-il effrayé, mais ni surpris ni terrorisé. Quand l'un des ravisseurs l'interrogea du regard, il hocha la tête à deux reprises. Ce fut là l'unique preuve objective de sa complicité que Mary put plus tard citer à la police. Il est probable que d'autres personnes acquiescèrent. Pourtant, en l'observant, la jeune femme sentait grandir en elle la certitude de sa culpabilité. Il avait toujours su que son frère serait kidnappé cette nuit-là : sa joie se devinait sous sa peur.

Mary et Delaunay, impuissants, achevèrent de descendre les marches et passèrent au milieu des domestiques immobiles pour rejoindre la porte d'entrée. Dans une alcôve, à l'autre bout du hall, un majordome fut surpris en train de décrocher un téléphone.

— Raccroche ça ou on la descend tout de suite et on emmène un d'entre vous à la place.

L'interpellé obéit.

Captifs et ravisseurs sortirent sur le perron. Les grands chiens déchiraient toujours l'air de leurs cris, enfermés (par accident, serait-il établi plus tard) derrière des clôtures qui les empêchaient d'intervenir. La nuit était très chaude pour le début du printemps. Dans l'allée de gravillons attendait un pick-up dernier modèle, avec une vaste cabine pourvue d'une banquette arrière. Le véhicule, aussi haut qu'une Blazer, était équipé de pneus tout-terrain aux sculptures proéminentes, bien qu'il eût le droit de circuler sur route. On poussa Mary à l'arrière, et on la força à s'accroupir entre la banquette et les sièges avant. Tout son corps se retrouva coincé dans l'espace étroit où les passagers avaient de la peine à caser leurs jambes. La cabine était large. Trois personnes tenaient à l'avant, dont le massif Delaunay. Un drap fut jeté sur la jeune femme. Les portières claquèrent. L'un des ravisseurs se retourna ensuite en une position inconfortable et appuya sans passion le canon d'un fusil sur les fesses relevées de Mary.

— Pas de blagues, Seabright, c'est bien compris ? Sinon, je lui fais sauter le cul !

— J'ai compris.

Le moteur du petit camion démarra en rugissant. Les pneus projetèrent des graviers contre les garde-boue. Quelques instants plus tard, le pick-up rejoignait une route goudronnée après avoir franchi la grille ouverte. Mary perdit presque tout de suite le sens de l'orientation. Les pneus crissaient sur divers types de revêtements, mais elle ne réfléchissait pas assez sainement pour comprendre ce que cela signifiait. Au bout d'un moment, ils durent prendre une route importante, car leur vitesse se fit constante. Les rudes amortisseurs du véhicule utilitaire faisaient paraître accidentée une chaussée pourtant en bon état. Chaque cahot plaquait contre le corps de Mary l'obscène organe métallique de la mort. De temps à autre, les trois hommes échangeaient quelques mots. La jeune femme les entendait murmurer mais le rugissement des pneus et du moteur l'empêchait de comprendre leurs paroles.

La peur au ventre, elle récita des prières, ou des fragments de prières, qu'elle eût été incapable de se rappeler la veille. Le camion filait à bonne allure ; il n'y avait guère de circulation aux premières heures de la matinée et, autant que Mary put le dire, ils n'étaient pas poursuivis.

La première fois, elle avait trouvé le trajet impitoyablement long, chargé d'assez de terreur pour plusieurs existences. Quand elle le revécut, il fut nettement raccourci. Tandis qu'elle se tortillait prudemment pour prévenir une crampe, elle se rendit compte que le canon du fusil s'était éloigné d'elle. Tournant la tête, sous le drap, elle constata que l'aube filtrait dans la cabine. Le pick-up avait un peu ralenti sa course folle. Il cahotait désormais sur un chemin de terre, à cinquante kilomètres-heure.

Le véhicule prit un brusque tournant. Le conducteur ralentit, rétrograda, puis tourna à nouveau. Les trois hommes étaient silencieux depuis un long moment. Mary sentit que le camion s'inclinait : la route devait grimper assez sec. Ils la suivirent durant une nouvelle période difficile à estimer, changeant plusieurs fois de direction. Le jeune femme fut totalement prise de court quand les freins se bloquèrent en grinçant et que le moteur fut coupé.

Elle ne tenta pas immédiatement de bouger, ignorant si elle en serait capable. La portière s'ouvrit, derrière elle, et un air froid s'engouffra dans la cabine, en même temps que la lumière du jour nouveau-né. Le drap fut retiré. Mary tenta en gémissant de se soulever sur ses bras et ses jambes engourdis.

Elle était seule dans le camion. Les hommes, déjà sortis, se tenaient à proximité. Del avait la tête baissée, les cheveux gris en bataille. Le véhicule, garé en travers d'une pente assez raide, semblait presque en danger de culbuter sur le flanc. Le chemin était primitif, tellement raviné qu'il n'eût pas autorisé le passage d'une voiture ordinaire. De tous côtés poussaient de grands arbres. Leurs branches sombres, chargées d'aiguilles, tranchaient sur la blancheur du ciel matinal. Un des hommes masqués empoigna Mary par un bras dès qu'elle se fut à demi redressée sur ses membres engourdis. Il la tira à l'extérieur plus qu'il ne l'aida à sortir.

L'autre demeurait immobile, patient, le fusil pointé

sur le torse de Delaunay, dont les mains avaient été liées derrière le dos. Le vieillard avait relevé la tête, la regardait. Elle eut le sentiment qu'ils se trouvaient chacun d'un côté d'un formidable gouffre.

L'inconnu qui tenait Mary par le bras l'entraîna loin du camion. Elle ne marchait qu'à grand-peine. Au milieu d'un bouquet d'arbres assez clairsemé, tout juste une clairière, ils arrivèrent devant une cabane éprouvée par les intempéries. La jeune femme ne la vit que lorsqu'ils en furent à cinq mètres.

— Ne vous en faites pas, lui lança Del d'une voix caverneuse. Vous allez vous en sortir.

Elle se tourna brièvement vers lui mais ne sut que répondre. Un de ses pieds nus se posa sur une plaque de neige gelée. Ils se trouvaient quelque part dans les montagnes, du côté de Flagstaff. La cabane était presque invisible sous les grands sapins. Sa porte grinça bruyamment dans l'air immobile quand l'homme qui tenait Mary l'ouvrit. À l'intérieur, l'obscurité régnait, si bien que, lorsque le battant se referma derrière elle, la malheureuse se retrouva dans une nuit totale. La rude bâtisse ne semblait posséder aucune fenêtre, aucune autre issue que la porte. La captive tituba sur un sol de terre battue, tentant de refaire fonctionner ses jambes, de ramener un peu de vie dans ses bras. Près d'un mur, ses pieds heurtèrent des pierres évoquant les restes d'un foyer. Elle se pencha et, à tâtons, découvrit une sorte de cheminée. L'ouverture en était bien trop petite pour qu'elle songeât à s'y infiltrer.

Brusquement, la porte s'ouvrit à nouveau, laissant entrer un peu de lumière. Un des ravisseurs entra, un pistolet sous l'aisselle, un couteau de chasse et un rouleau de corde en main. Il n'ouvrit pas la bouche. Réprimant son envie de lutter, de hurler sans espoir, elle se laissa attacher les mains derrière le dos, puis lier les chevilles.

Quand l'homme eut terminé, il ressortit et disparut à sa vue, laissant la porte ouverte. Debout au milieu de la cabane, la jeune femme ne distinguait que l'arrière du camion, le reste lui étant masqué par un arbre aux troncs jumeaux, près duquel se tenait Delaunay. Sa robe de chambre était ouverte, si bien que, seulement vêtu de son pyjama, il devait avoir froid. Ses mains étaient toujours liées derrière son dos, et on lui avait aussi entravé les chevilles. Lorsqu'il s'avança vers la cabane, ce fut donc à pas lents, traînants. Le second démon, posté derrière le vieil homme, regardait par-dessus l'épaule de ce dernier.

— Tout va bien, Mary ? appela Del, d'une voix où vibrait une anxiété non feinte.

— Pour l'instant, oui, parvint-elle à répondre.

Dans les conditions présentes, des problèmes aussi triviaux qu'articulations douloureuses, membres engourdis, frissons et épuisement nerveux ne méritaient pas d'être mentionnés.

L'homme qui se tenait derrière Del le poussa à l'aide de quelque chose, l'obligeant à se pencher en avant. Le vieillard fit quelques pas mal assurés vers la cabine. Il s'éclaircit la voix.

— D'après ce qu'on m'a dit, voilà ce qui va se passer, Mary. On va vous laisser ici, attachée mais indemne. Ils vont téléphoner aux flics pour leur dire où vous trouver. Ils vous rendent votre liberté pour prouver que je retrouverai moi aussi la mienne sans avoir été molesté dès que la rançon sera payée. Les instructions pour le paiement seront fournies très bientôt. C'est ça ? (Il se détourna pour poser cette question. La cagoule s'inclina.) Ni vous ni moi n'avons vu leur visage, Mary, et nous les avons à peine entendus parler. Nous serions incapables de les identifier, si bien que je crois qu'ils me laisseront partir aussitôt l'argent touché. Je veux que vous le fassiez bien comprendre à tout le monde dès que vous aurez été secourue. Vous le ferez ?

Secourue. Mary n'entendit et ne comprit guère d'autre mot que celui-ci. Del la contemplait d'un air étrange. Au prix d'un effort considérable, elle parvint à refaire fonctionner son cerveau. Et sa langue.

— Dire à tout le monde que vous pensez être relâché quand la rançon sera payée. Oui, oui, je le ferai.

— N'oubliez pas, Mary. Ils disent aussi qu'ils me tueront si on ne leur verse pas l'argent et je les crois également. C'est tout ?

Les deux encagoulés se tenaient à présent auprès de Del. Il les interrogea l'un après l'autre du regard mais obtint un unique acquiescement. Il eut un signe de tête en direction de la jeune femme.

— Donnez-lui quelque chose pour la protéger du froid. Elle va passer plusieurs heures ici.

Un des ravisseurs disparut derrière le grand arbre, ouvrit puis referma une portière, et revint chargé de plusieurs couvertures brunes évoquant des surplus de l'armée. Il les enroula sans un mot autour des épaules de Mary, par devant et par derrière. Tant qu'elle ne ferait pas de mouvements brusques, elle resterait couverte.

L'inconnu ressortit et, aidé de son compagnon, empoigna Del. Ils l'entraînèrent vers le pick-up, hors de vue. Les derniers mots qui parvinrent à la jeune femme furent :

— Il va faire de moins en moins froid, Mary. Tenez bon. Les secours vont arriver.

Se pouvait-il qu'elle n'eût même pas dit au revoir au vieillard ? Qu'elle n'eût pas même accordé quelques mots d'encouragement à l'homme qui avait tant fait pour elle ? Elle entendit à nouveau les portières du camion s'ouvrir et se refermer. Puis, quelques instants plus tard, une explosion totalement inattendue.

Mary s'effondra en gémissant sur la terre battue. Il se passait à nouveau quelque chose de terrible, mais au début, elle ne comprit pas quoi. Une brève grêle de débris sur le toit de la cabane la poussa à demeurer accroupie. Un des impacts fut si violent que de la poussière et de petits éclats tombèrent du plafond grossier. La jeune femme demeura ainsi immobile durant une éternité, dans un état de stupéfaction proche de la démence.

De l'autre côté de la porte maintenue ouverte par

une branche, il faisait de plus en plus clair. Le jour était officiellement levé. Les oiseaux commençaient enfin à chanter. Mary sentait le feu et, si elle prêtait l'oreille, elle en entendait les crépitements. Si la forêt n'avait pas été humide, ses branches chargées de neige printanière, elle eût pu s'enflammer instantanément. De l'essence brûlait, ainsi que du caoutchouc et d'autres choses encore. La brise en apportait l'odeur en chassant la fumée vers la cabane.

Quand Mary osa enfin regarder dehors, le pick-up n'existait plus en tant que tel. Seuls des débris, des fragments de tout et de rien, impossibles à identifier, gisaient çà et là.

La prisonnière se redressa avec peine, abandonnant quelques couvertures dans la manœuvre, et s'approcha du seuil — d'où elle distingua plus de détails. Un pare-chocs solitaire reposait au milieu du chemin. Une roue avait été projetée contre le mur du petit bâtiment.

Il lui fallut encore quelque temps pour oser lever les yeux. De l'autre côté de la clairière, la robe de chambre de Del, drapée entre les plus hautes branches d'un sapin, pendait tel un hamac. On ne voyait pas trace de mains, de pieds ou de tête, mais le vêtement n'était certes pas vide...

Cette scène de désolation commença à s'évanouir, clignota à l'instar des lumières d'une maison qu'on dépasse en voiture, la nuit, derrière les arbres plantés au bord de la route.

Une route. La nuit. Rouler sur une route écartée. Laisser s'enfuir les cauchemars, lentement mais sûrement.

Rouler au milieu d'un désert, la tête sur une épaule procurant un extraordinaire sentiment de sécurité.

Elle était revenue dans le camion.

Non, ce n'était pas le camion, cette fois, Dieu merci, c'était la Blazer. Mary occupait le siège du passager. Devant elle, les phares transperçaient la nuit, tandis que la voiture cahotait sur une route étroite et mal pavée, bordée de hautes herbes et de cactus. Dans le paysage nocturne, aucune autre lumière n'était visible.

Elle était allée reprendre ses affaires à la villa Seabright, en compagnie de Thorn...

Thorn.

Il était au volant. Quand la tête de la jeune femme quitta son épaule, il lui jeta un coup d'œil affectueux.

Mary prit une inspiration rapide.

— Doucement, Mary. Tout va bien. Vous étiez en train de vous rappeler des choses très déplaisantes.

— J'étais... j'étais là-bas.

— Non, pas cette nuit. J'avais pris la direction de la cabane, de l'endroit où s'est produite l'explosion, mais finalement, je n'ai pas eu besoin de vous y emmener : vous m'avez tout dit en chemin. Nous retournons donc à Phoenix. Cette lueur que vous voyez dans le ciel, ce sont les lumières de la ville. Nous y serons d'ici deux heures.

Deux heures. Mary avait hâte de retrouver la belle cité. Elle se sentait faible, comme convalescente. La désorientation, la solitude et la nuit la submergeaient. Jamais, elle ne s'était sentie aussi loin de chez elle. Avant cet instant, elle n'avait pas vraiment compris ce que ressentaient les fugueurs.

Sa faiblesse la rapprochait de l'enfance. Elle n'avait pas été sage, aussi se mit-elle à pleurer — sur tous les péchés de son existence. S'être laissé ensorceler et avoir fait l'amour, dans l'Idaho. Avoir rompu ses vœux. Vivre en concubinage avec Robby, ce qui mettait en danger son âme immortelle. Ne pas se marier, avait été l'idée du jeune homme ou la sienne ?

Thorn lui jeta un nouveau coup d'œil.

— Vous subissez en ce moment le contrecoup de l'expérience que vous venez de vivre. Ça va passer. Vous allez vous sentir mieux très bientôt.

— Quelle expérience ai-je vécue ? Qu'est-ce que vous m'avez fait ? demanda-t-elle en reniflant.

— Très peu de chose. Ah, nous y voilà. Il me faut prendre un peu d'essence.

Une minute plus tard, les phares révélèrent dans la profonde invisibilité de la nuit une petite station-service qui semblait presque abandonnée. Thorn eût difficilement pu l'apercevoir avant qu'elle n'apparût, aussi Mary le supposa-t-elle familier de cette route. Quoi qu'il en fût, l'établissement était visiblement fermé, désert et plongé dans les ténèbres.

Le conducteur quitta néanmoins la route, s'approcha des pompes et coupa son moteur avec autant d'assurance que s'il avait vu courir vers lui de souriants pompistes pour publicités télévisées. Quand les phares s'éteignirent, Mary constata qu'un épais croissant de lune s'était levé, conférant un aspect fantomatique au paysage désertique.

— J'en ai pour un instant, déclara Thorn en descendant du véhicule, avant de claquer sa portière d'un geste insouciant.

Mary renonça à tout commentaire sur les difficultés qu'il y aurait à obtenir de l'essence ici, en pleine nuit. Pas à lui. Et pas en ce moment. Avec un grand soulagement, elle retrouvait un peu de sérénité. Certes, elle avait fait un certain nombre d'erreurs dans sa vie, mais rien de si terrible. Comme elle fermait à nouveau les yeux, le visage de Thorn lui apparut. Lui n'était pas responsable de ce qu'elle ressentait. Il la comprenait. Il ne voulait pas la voir pleurer, ou souffrir.

Sans qu'elle sût pourquoi, ce qu'il voulait était soudain devenu très important pour elle. Encore plus que... que... était-ce vraiment l'amour qu'elle connaissait avec Robby, après tout ?

Elle rouvrit les paupières juste à temps pour voir son compagnon disparaître derrière la station silencieuse. Oui, disparaître était le mot juste. Quoique le bâtiment fût tout proche et la nuit assez claire, il avait semblé littéralement s'évanouir.

Mary attendit, calme, se demandant si le propriétaire vivait à l'arrière et avait entendu claquer la portière...

Thorn réapparut comme il avait disparu, avec en main un trousseau de clefs cliquetantes dont il tenta d'user sur une pompe, impatient, marmonnant ce qui ressemblait à des jurons en latin.

— Vous m'avez hypnotisée, n'est-ce-pas ? demanda Mary par sa vitre à demi ouverte. Nous étions dans la villa...

— Les affaires que nous étions venus chercher sont sur le siège arrière. Ce maudit appareil ne veut pas... ah !

Un bruit de petit moteur électrique s'éleva faiblement.

Tandis que Thorn commençait à faire le plein, la jeune femme se détourna pour inspecter l'arrière de la Blazer. Il y avait là des cartons à l'aspect familier, entourés de ficelles, dont un qu'elle n'avait pas ouvert depuis Chicago. Il y avait aussi une petite valise cabossée qu'elle avait presque oubliée. Des choses dont elle n'avait pas réellement besoin. L'essentiel de ses affaires se trouvait chez Robby.

— Merci, dit-elle à voix basse, en se retournant vers la fenêtre.

— C'est moi qui devrais vous remercier. Vous m'avez été d'une aide précieuse.

— Comment ?

Il ne répondit pas. Ici, l'altitude était suffisante pour que la nuit fût très fraîche. Mary inspira profondément, en écoutant le chant lointain d'un hibou. Ses pensées étaient prêtes à rejoindre l'oiseau, à s'envoler dans la nuit. Une joie farouche, quoique tranquille, supplantait rapidement sa tristesse.

Quand Thorn eut achevé d'emplir le réservoir, il se mit en devoir, tel un pompiste zélé, de nettoyer le pare-brise à l'aide d'un matériel que nul ne s'était soucié de mettre sous clef. Sa tâche terminée, il repartit vers le bâtiment. Mary le contempla cette fois avec attention. Et cette fois encore, il s'évanouit purement et simplement.

Peu après, sans qu'elle l'eût vu revenir, il ouvrit sa portière pour monter au volant. *Je n'arrive pas à y croire*, songea-t-elle, ravie, comme par l'habileté d'un prestidigitateur.

— Vous y êtes retourné pour reposer les clefs, remarqua-t-elle joyeusement.

— Et pour payer. (Il semblait la gronder affectueusement d'avoir oublié un détail aussi important.) Quoique, bien entendu, pas au tarif exorbitant figurant sur ces panneaux.

— Oh, non, bien sûr.

Était-ce réellement elle, si soucieuse de se montrer agréable ?

Thorn, désormais assis auprès d'elle, portière close, la regardait et ne faisait pas mine de démarrer.

Quelque chose, dans la manière dont il la contemplait, arracha un soupir à la jeune femme, qui s'appuya contre le dossier de son siège.

— Vous aviez raison, dit-elle. Ç'a été très dur de revivre tout cela mais, je ne sais pas pourquoi, j'ai l'impression que mes cauchemars ne me dérangeront plus.

— J'en suis persuadé.

La lune brillait d'un étrange éclat argenté. Il semblait à Mary qu'elle ne l'avait jamais réellement contemplée auparavant. Une nouvelle fois, ce fut elle qui brisa le silence.

— Je crois que quand vous allez m'embrasser, je vais adorer ça.

Thorn haussa le sourcil.

— En ce cas, je dois passer pour un vrai lourdaud de retarder cet instant, mais j'aimerais trouver un endroit plus approprié.

Il tourna la clef de contact.

Son immunité à la peur ne le gardait pas de l'horreur et, l'instant d'après, quand il entendit l'étrange réaction du moteur et sentit les flammes infernales que chassait vers lui le souffle de la bombe dissimulée sous le capot, l'horreur le submergea.

XII

Nous allâmes passer notre nuit de noces — notre matinée de noces, devrais-je dire — à Careggi, la superbe villa que possédaient les Médicis, à quelques kilomètres de Florence. Lorenzo me vanta à satiété cette retraite campagnarde tandis que nous franchissions juste avant l'aube les portes de la cité. Il m'apprit qu'il y avait passé une bonne partie de son enfance.

Je montais mon propre étalon. Helen, à mon côté, chevauchait le jeune et docile palefroi blanc que Lorenzo l'avait suppliée d'accepter comme un cadeau de mariage personnel.

Quand nous atteignîmes Careggi, le soleil commençait de baigner la campagne toscane. Piero, malgré sa goutte, nous attendait dans le parc, assis sur la margelle d'une des grandes fontaines de pierre qui jouxtaient la maison. Il se leva pour nous saluer et nous féliciter, puis nous convia à nous mettre à table — en ce qui me concerne, dans tous les sens modernes du terme. Sous prétexte d'un petit déjeuner de mariage, au cours duquel hommes et femmes furent bien entendu séparés, je subis un interrogatoire très poli, très subtil, entrecoupé d'instants de réelle célébration. Au bout d'une heure, mes hôtes étaient parvenus à tirer de moi plus de renseignements que je n'avais conscience d'en posséder sur les Boccalini et leurs affaires. Quand je n'eus plus rien à leur apprendre et que j'étouffai un bâillement, Piero me présenta ses plus plates excuses pour m'avoir retardé, m'offrit un collier orné de pierreries et un destrier de combat en cadeau de mariage, et m'autorisa à rejoindre mon épouse. Le soleil était désormais haut dans le ciel et la journée déjà chaude.

Les femmes avaient achevé leur petit déjeuner un peu plus tôt. Helen, baignée et parfumée par les dames de la maisonnée, était déjà installée dans une chambre du premier étage qui, me dit-on, servait depuis des années d'appartements nuptiaux aux membres de la famille. On m'y conduisit à mon tour, fort joyeusement.

J'en refermai la porte derrière moi avec un soupir las. Lorsque je me retournai vers le grand lit, j'y découvris mon épouse dormant à poings fermés. Il n'était pas besoin d'y regarder à deux fois pour comprendre qu'il ne s'agissait pas d'une ruse bien féminine mais du résultat naturel de l'épuisement. Je n'avais pas l'intention de l'éveiller. Moi-même, je n'avais pratiquement pas dormi depuis deux jours et, pour le moment, le sommeil m'attirait plus que de quelconques plaisirs sensuels. Malgré cela, après m'être déshabillé et avoir tiré les couvertures, je ne pus m'empêcher de contempler Helen. Les vêtements de nuit étaient encore l'exception plutôt que la règle, si bien que tous les charmes physiques de ma femme se trouvaient révélés. L'élimination de la saleté et des haillons avait mis au jour un certain nombre de meurtrissures m'ayant échappé auparavant, ainsi que des coupures à peine refermées. Le corps, cependant, était jeune et en bonne santé, la silhouette agréable. La sœur du roi allait probablement me donner un plaisir considérable et me porter des fils solides.

Nous recouvrant tous deux, épuisé, je laissai ma tête retomber sur l'oreiller. Toutefois, le jour illuminait le baldaquin finement brodé, au-dessus de moi, une centaine de préoccupations m'assaillaient, et le sommeil refusa de me prendre immédiatement.

Que s'élevât auprès de moi le souffle d'une jeune femme n'avait en soi rien de bien étrange. Ce qui l'était, en revanche, c'était de me dire que non seulement ce souffle-là allait me devenir familier, mais que je ne pourrais jamais l'abandonner à la légère.

À tout le moins, elle ne ronflait pas.

Il était environ midi lorsque j'ouvris les yeux, l'épaule droite un peu engourdie par la pression régulière d'une petite tête couverte de boucles brunes. Un moment me fut nécessaire pour l'identifier avec certitude. La chevelure présentait un aspect très différent depuis qu'elle était lavée, et son odeur, elle aussi, avait changé — en bien. Mes sens qui s'éveillaient lentement perçurent une essence de fleurs de la campagne toscane.

Helen dormait profondément. Elle ne se serrait pas tout à fait contre moi mais avait un bras en travers de ma poitrine. J'eus à nouveau l'impression d'être le rocher sur lequel l'avaient jetée les tempêtes de la vie.

Je dégageai lentement mon bras engourdi, tirai les rideaux du lit et observai la pièce. On y était entré pendant notre sommeil — l'intimité de la chambre à coucher n'était pas jugée aussi importante qu'aujourd'hui, et les tentures entourant le lit, de toute manière, la préservaient. De riches vêtements à la dernière mode avaient été déposés pour nous deux sur deux grands coffres qui faisaient à la fois office de malles et de décoration.

Sur un troisième de ces coffres, était posée la Marie-Madeleine encadrée, appuyée contre le mur. Quand j'en remarquai la présence, je compris que mes maigres possessions avaient été transportées du palais des Médicis jusqu'ici. J'en déduisis que ma femme et moi devions éviter la ville, tant que l'affaire du *palazzo* Boccalini était encore fraîche — ce qui semblait relever du simple bon sens.

Peu après avoir été délogée de mon épaule, Helen remua dans son sommeil, se tournant sur le dos et abaissant la couverture sous son menton. Ses jolies lèvres étaient entrouvertes sur des dents étonnamment saines. Allongé sur le côté, me soutenant la tête d'une main, je la contemplai longuement. Je surpris mon regard à faire la navette entre la jeune femme et Marie-Madeleine. Comme je l'ai signalé, le tableau était encore inachevé, mais seuls des détails de la robe et du décor restaient à peindre. Pour autant que je pus en juger, le visage du sujet atteignait à la perfection absolue. C'était Helen, et pourtant, ce n'était pas elle : il semblait en fait que le vrai visage, près de moi, ne fût pas parvenu à atteindre son idéal.

Que moi, Vlad Drakulya, je fusse en possession de la femme de chair et de sang aussi bien que l'image peinte était un fait. Un fait qui, quand j'y songeais, m'apparaissait de plus en plus important, chargé d'une signification que je ne compris pas immédiatement. Comme les autres hommes du XVe siècle, j'avais souvent tendance à imaginer des présages, des sens cachés, des phénomènes spitituels et surnaturels. Même dans la chaleur torride de la mi-journée.

Helen, cette jeune femme qui faisait à peine la moitié de ma taille et qui avait à peine la moitié de mon âge, bougea à nouveau. Me tournant le dos, elle s'étendit sur le côté, puis recula jusqu'à ce que son flanc satiné m'effleurât, sous la légère couverture. J'oubliai le tableau et me préparai à accomplir le seule acte qui manquait encore pour sceller notre mariage aux yeux de Dieu et des hommes. D'abord à moitié endormie, mon épouse me résista mécaniquement. À mesure qu'elle s'éveillait, toutefois, elle se détendit et donna même bientôt l'impression de prendre du plaisir à la chose.

Dès la fin de la première danse, je relevai nos oreillers et nous restâmes étendus côte à côte, nous contemplant l'un l'autre et regardant le monde, depuis un nid plus douillet que nous n'en avions connu l'un ou l'autre depuis longtemps.

— Mon épouse, méditai-je à haute voix.

Une expression grave parait les yeux sombres plongés dans les miens, et je tentai de deviner ce qu'elle recouvrait.

— Oui.

Il me sembla que cette réponse laconique exprimait la volonté d'Helen d'accepter ce mariage comme point de départ et de voir où il la mènerait. Je me réjouis qu'elle ne semblât pas très bavarde. Sa discrétion diurne et son absence de ronflements nocturnes compteraient pour beaucoup.

Une brise légère agitait les fins rideaux de gaze de notre fenêtre ouverte. J'entendais des jardiniers au travail, non loin de là, qui coupaient des branches, raclaient la terre. Une belle voix mâle entonna un chant en italien. Nous étions au premier étage, à l'abri de tout regard extérieur, mais nous n'en apercevions pas moins beaucoup de verdure. Le parc de Careggi était aussi impressionnant que la maison. M'asseyant dans le lit, j'en écartai encore plus les rideaux et distinguai des allées de gravillon, des massifs floraux et de lointaines pelouses où broutaient des moutons. Je vis également une fontaine constellée de sculptures, cerclée d'anneaux concentriques maçonnés par un maître artisan. Toutes ces merveilles miroitaient dans la chaleur de l'été.

— Ah, fit Helen d'une voix changée.

Elle venait de découvrir le tableau. L'instant d'après, sans pudeur, elle sortait du lit et allait l'inspecter de plus près.

— J'aimerais être réellement ainsi, dit-elle enfin.

— J'estime que l'artiste a parfaitement rendu votre beauté.

Je possédais, on s'en souviendra, une certaine expérience du mariage.

— Non, c'est réellement une merveille. Je n'avais encore jamais eu l'occasion de le voir aussi bien. J'étais toujours du mauvais côté, quand je posais.

— Une merveille, je l'admets. Quel dommage qu'il soit inachevé !

Sans se retourner, Helen chassa mon objection d'un simple geste. Le tableau était effectivement en grande partie complet.

— Ce garçon a reçu l'étincelle divine, dit-elle en italien.

Mes pensées se tournaient vers d'autres sujets. Nous avions des questions importantes à débattre et j'estimais le moment venu.

— Helen ?

La main sur sa hanche nue, tel le *David* de Donatello, elle me rendit son attention en remarquant mon changement de ton, et me scruta avec attention. Lentement, elle revint auprès du lit. Elle prit la main que je lui tendais, puis se figea, manipulant mon anneau — que le temps n'avait pas encore rongé. La jeune femme contempla le bijou, puis la marque blême qu'il avait créée sur mon doigt.

— Vous avez déjà été marié, monseigneur, dit-elle.

— Il me plaît que mon épouse m'appelle Vlad. Particulièrement lorsque nous sommes ainsi en privé. Oui, j'ai déjà été marié. Ma première épouse est morte voici deux ans.

— Je prierai pour son âme.

— Je vous en remercie.

Tôt ou tard, supposais-je, Helen me demanderait pourquoi celle qui l'avait précédée avait sauté du parapet. Même si je ne lui en parlais pas, elle apprendrait cette tragédie par d'autres. Pour le moment, toutefois, je n'en fis pas mention.

— Vous avez des enfants ?

— Je les ai laissés à la garde de ma famille.

Je soupirai. Voilà encore un sujet qui pouvait attendre. La question de mon épouse, toutefois, avait ravivé mon chagrin pour le fils que je chérissais le plus. Un enfant de l'amour, porté par ma concubine favorite. Il chevauchait devant moi, sur ma selle, lorsque j'avais entamé cette ultime et désastreuse retraite devant les Turcs, qui s'était changée en fuite désespérée, avant de s'achever par ma reddition à

Mathias. Au cours de ce fiasco, j'avais perdu l'enfant et, à l'heure où je m'adressais à Helen, je l'estimais mort.

— Il est une question que je désire régler dès maintenant, Helen. J'ai l'intention de vous en parler une fois et de ne plus jamais y revenir. Non, disons les choses autrement : à l'avenir, je ne tolérerai pas que ce sujet soit abordé en ma présence.

Elle voyait bien sûr où je voulais en venir. Sans doute avait-elle su que cela arriverait tôt ou tard. Bien qu'ils demeurassent tournés dans ma direction, ses yeux quittèrent les miens. Son royal menton se releva.

Je poursuivis sur un ton d'homme d'affaires :

— Je fais bien entendu allusion à vos honteuses escapades des dernières années, depuis la rupture de vos fiançailles avec le Sforza. La prostitution et la débauche.

— Prostitution, dites-vous ?

Des étincelles fulgurèrent dans ses yeux, et elle me retira sèchement sa main. Je ne tentai pas de la retenir.

— Si prostitution n'est pas le mot qui convient, répondis-je avec froideur, je vous prie de m'en indiquer un meilleur.

Un instant, je m'attendis presque qu'elle me frappât, mais ce fut finalement la lassitude qui l'emporta : elle se laissa tomber au bord du lit, sans me toucher. Ses boucles sombres me dissimulaient son visage.

— Comme vous le savez, certains hommes m'ont prise de force. Et, oui, j'ai parfois vendu mon corps pour manger, pour survivre. Il m'est aussi arrivé de désirer des hommes. (Elle marqua une pause, toujours sans me regarder.) C'est tout ce que j'ai à dire.

— C'est suffisant. Plus que suffisant, même. Comprenez bien que je ne vous demande ni excuses, ni confession, ni explications sur ce que vous avez pu faire jusqu'à aujourd'hui. Tout cela est terminé, totalement effacé, et je ne vous en ferai jamais grief. (Je repris mon souffle.) Mes exigences ne concernent que votre conduite à venir, qui devra être celle d'une épouse de haute naissance modèle : vertueuse, modeste, obéissante. Au-dessus de tout reproche.

Helen avait assez relevé la tête pour que je visse ses yeux sombres, mais je n'en déchiffrai pas le regard. Elle m'inspecta un long moment sans que je pusse savoir ce qu'elle pensait. Lorsqu'elle parla, ce fut pour poser une question qui me sembla tellement hors de propos qu'elle en devenait insultante.

— Combien de temps envisagez-vous de nous faire demeurer ici, dans cette maison ?

Je l'empoignai par un bras. N'eût-elle pas été la sœur de Mathias que je l'eusse saisie à la gorge.

— M'avez-vous écouté, femme ? Je veux être bien sûr que vous m'avez compris.

Je n'avais pas élevé la voix. Je n'ai jamais éprouvé le besoin de crier.

Helen sursauta et se pencha un peu vers moi pour diminuer la pression qui meurtrissait son avant-bras.

— Oui, monseigneur Vlad, j'ai compris et j'obéirai. J'ai prononcé mes vœux nuptiaux avec sincérité... autant de sincérité que vous.

Quand je la relâchai, elle poussa un soupir, ferma les yeux, et se frotta doucement le bras.

— En ce cas, je me fais un plaisir de répondre à votre question. Je pense que nos hôtes seront ravis de nous héberger ici un ou deux jours. Pendant ce temps, il ne fait aucun doute que d'autres dispositions seront prises. On nous suggérera qu'il nous plairait sans doute de voyager, de quitter les environs de Florence, au moins pour un temps, de crainte que notre présence ici ne devienne connue et embarrassante. La nouvelle de notre union a sans doute déjà été envoyée à votre royal frère — *notre* royal frère, à présent. Peut-être irons-nous à Pise ou à Gênes, et attendrons-nous là de connaître son bon plaisir.

— Mais je croyais... Vous voulez dire que nous ne retournerons peut-être pas en Hongrie ?

— Vous plairait-il de rester en Italie ?

Elle hésita.

— Oui. Oui, ça me plairait.

— Je dirai que c'est là plus qu'une possibilité.

Helen parut soulagée d'entendre cette nouvelle.

Comme je l'avais prédit, nous restâmes les invités d'honneur des Médicis ce jour-là et le suivant. Nous nous reposâmes et fîmes ce que sont censés faire les jeunes mariés de tout temps. Nos hôtes me prièrent de leur montrer quelques bottes d'escrime, pour lesquelles ils me complimentèrent. Nous nous joignîmes à leur conversation, et je crois que je commençai alors vraiment d'en apprécier la richesse. Il y eut aussi des jeux, de la musique, l'audition des poésies de Lorenzo, et d'autres. Lors de notre première soirée à Careggi, j'eus le plaisir de rencontrer la belle Lucrèce, l'épouse dévouée et avisée de Piero — qui paraissait bien trop jeune pour être la mère du sombre Lorenzo, à la barbe clairsemée. On peut toujours admirer sa beauté sur la *Sainte Élisabeth* de Ghirlandaio.

Il me souvient que Lucrèce s'entretint longuement avec Helen, tandis que je communiquais à Lorenzo tout ce que je savais des projets artistiques et culturels de Mathias. Le jeune homme était particulièrement intéressé par la bibliothèque royale. Plus tard, le même soir, je constatai qu'Helen avait pleuré, mais je choisis de ne pas l'accabler de questions. Mari expérimenté ou non, il est possible que j'aie alors commis une grande erreur.

Au matin du troisième jour, comme je m'y étais attendu, mon épouse et moi-même fûmes cordialement invités par nos hôtes à visiter une maison dont ils étaient propriétaires, à Pise — une petite ville assez proche de Florence et sous sa domination politique, donc sous celle des Médicis. On nous enfouit à nouveau sous les présents et on nous fournit une escorte pour le voyage.

La maison ne se révéla être qu'un confortable pavillon. Il ne fait aucun doute qu'elle nous sembla plus petite qu'elle ne l'était en raison de l'opulence du palais d'où nous sortions. Puisqu'il ne s'agissait que d'une étape sur la route de la puissance et de la gloire, je me contentai pourtant de ce modeste confort. Helen paraissait heureuse également. Elle s'était remise de ce qui l'avait fait pleurer et jouait son rôle d'épouse dévouée à mon entière satisfaction.

Quelques semaines plus tard, au début de l'automne — un fort bel automne italien, je me le rappelle —, je reçus enfin un message de Mathias. La bénédiction royale était donnée à notre mariage, assez brièvement et sans chaleur particulière. Le roi passait ensuite aux affaires. Je devais les rejoindre en Bosnie, lui et son armée, dès que possible, point final. Lisant entre les lignes, je compris que la campagne ne se déroulait pas aussi bien qu'on l'avait espéré. En fait, je jugeai probable qu'un désastre militaire de quelque importance se fût produit à l'heure où Mathias écrivait. Les considérations subtiles sur la paix et l'harmonie entre ses officiers ne l'empêchaient plus d'employer un bon général supplémentaire.

J'étais prêt à obéir. Une lune de miel romantique et oisive n'était pas pour me déplaire à l'occasion, mais j'étais avant tout un guerrier. Je procédai immédiatement aux préparatifs de mon départ pour le front lointain, comptant partir dès le lendemain matin. En réponse à une allusion du roi, j'organisai aussi le départ d'Helen, qui retournerait à Florence, sous la garde des Médicis. Elle serait plus tard envoyée à Buda, avec une caravane de marchands, et y demeurerait jusqu'à ce que je pusse l'y rejoindre.

Au matin qui devait voir notre séparation, je fus réveillé par une servante hurlant qu'il se passait quelque chose d'affreux. Helen était déjà partie — mais nullement avec l'escorte que je lui avais espérée. Sur l'oreiller voisin du mien, reposait mon propre poignard, sa lame nue pointée vers ma tête.

XIII

Thorn n'eut d'autre choix que de contempler avec horreur la progression de la vague de feu qui s'élevait le long de la colonne de direction. L'onde de choc de l'explosion fut si intense qu'elle lui brouilla la vue à l'instar d'une épaisse plaque de verre. Il sentit les flammes arriver mais ne put les éviter : même lui ne se déplaçait à une telle vitesse. Ses pouvoirs ne lui permirent pas non plus de changer sa chair en brume assez tôt pour éviter la douleur qui se ruait à sa rencontre. Il doutait cependant que la bombe dût mettre un terme à son existence. Il survivrait, oui, mais il ignorait dans quel état.

Quant à Mary... Incapable de se sauver lui-même, il avait encore moins d'espoir de lui venir en aide. Il n'eut pas même le temps de la regarder une dernière fois, sans parler de seulement tendre le bras pour lui apporter une protection dérisoire.

Le seul parti qui lui restât, il le prit, exerçant toute la force de sa volonté pour devenir intangible. Il procéda aussi vite qu'il le put, mais le changement n'avait pas même débuté que ses pieds et le bas de ses jambes étaient déjà engloutis par la vague de feu. Une fraction de microseconde après que ses yeux lui eurent rapporté ce fait, ses nerfs de vampire lui communiquaient la douleur afférente, rongeant son cerveau comme un acide.

La dissolution de sa forme solide ne commença pas à apaiser la souffrance avant qu'elle n'eût progressé jusqu'au bas de son torse. Quelque chose de dur et de métallique — la colonne de direction — transperça son abdomen tel un javelot, sans le blesser, cherchant sa colonne vertébrale à peine tangible. La dernière vision claire que lui fournirent ses yeux humains fut l'explosion du tableau de bord en imitation noisetier. *Ça n'est pas du vrai bois,* eut-il le temps de songer. *Ça ne peut pas me tuer, même si je ne m'éloigne pas assez vite.* Il eut toutefois disparu avant que les débris ne l'atteignissent.

À dix mètres du véhicule, alors que la première onde de choc se dissipait et que commençaient à jaillir les foyers secondaires, Thorn reprit son apparence humaine. Il reforma son corps aussi vite qu'il le put, malgré la douleur que lui transmettaient ses nerfs recréés, la conscience des graves blessures qu'il avait subies aux jambes. Lorsqu'il était solide, il voyait mieux et disposait de plus de force.

Le toit de la Blazer avait été emporté, tout comme son capot. Des flammes s'élevaient là où ils s'étaient trouvés. L'explosion avait soulevé l'avant du lourd véhicule, qui était en train de retomber. Des débris sifflaient toujours comme de la grenaille aux oreilles de Thorn.

Ce dernier bondit avant que l'épave démolie n'eût retrouvé l'assise de ses pneus enflammés. Son mouvement, entamé sur deux membres, s'acheva sur quatre, près de la voiture. Un second bond de ses pattes de loup le porta au cœur du brasier, protégé par son épaisse fourrure.

Mary avait été éjectée. Ce qui restait d'elle gisait non loin de la Blazer.

Des crocs de loups se refermèrent sur les cheveux de la jeune femme, le col déchiqueté de son chemisier. Elle fut tirée à l'écart, assez loin des flammes pour n'en plus sentir la brûlure.

Elle avait un bras tranché à l'épaule, les deux

jambes cassées, bizarrement tordues, telles celles d'une grande poupée brisée. Ses yeux, cependant, étaient toujours ouverts. Et vivants. Des yeux bleus au regard dur. Des yeux familiers dans un visage dévasté, dont la mâchoire inférieure avait été emportée. De nouveau humain, Thorn s'accroupit au-dessus de Mary. Il devait paraître lui-même à moitié mort, avec ses vêtements en lambeaux, sa peau maculée du noir résidu de l'explosion. Quoiqu'il souffrît toujours atrocement, il savait que ses blessures n'avaient aucune gravité. Elles résultaient du choc et de la fusion de ses vêtements : le cuir de ses chaussures, le coton de sa chemise. Il guérirait vite.

Mary, en revanche...

Au premier regard, il était évident qu'elle ne survivrait pas.

À moins que... On pouvait tenter une manœuvre désespérée.

Thorn ferma les yeux et se concentra pour faire pousser les deux canines de sa mâchoire supérieure. Il se pencha sur la jeune femme, jusqu'à toucher de ses lèvres la chair carbonisée. L'instant d'après, il avait goûté son sang. Alors, se redressant à genoux, il arracha les restes de ses vêtements pour dénuder son torse, et fendit d'un ongle long et acéré sa propre peau noircie. Il souleva ensuite la tête de Mary et la guida vers sa blessure comme on guide un nourrisson vers le sein.

Il tenta désespérément de lui faire boire son sang de vampire, mais avec une mâchoire en moins et son propre sang qui l'étouffait, elle fut incapable d'absorber la substance qui lui eût offert une existence transformée.

Pourtant, il lui fallut de longues minutes pour mourir.

— Qui est-ce, Bill ?

Un soleil ardent brillait sur les hauteurs du Nouveau-Mexique. Judy Southerland suivait Bill Bird sur le chemin jonché d'aiguilles de pin qui menait de son bungalow au bureau du directeur, en passant par l'atelier-salle de classe où Bill enseignait la sculpture et travaillait sur ses propres œuvres.

Il tourna brièvement la tête. Il n'était pas beau, selon les critères de Judy, mais très gentil.

— Ton beau-frère. Pour que tu ne t'inquiètes pas, il a dit que toute la famille allait bien.

— Je vois. Merci.

Judy était sûre que s'il était arrivé quelque chose de grave à son père, à sa mère, à Kate ou à Johnny, elle l'eût senti. Elle avait toujours senti ce genre de choses, même à distance. Soudain, elle se rappela avoir fait un mauvais rêve, pendant la nuit. Malgré ses efforts, elle ne put s'en remémorer le contenu.

Brune et solidement bâtie, vêtue d'un jean et d'une chemise à carreaux, cette jeune fille-là n'avait jamais fait de fugue de sa vie. Elle pénétra dans le chalet abritant le bureau du directeur. L'autre pièce en était pour le moment inoccupée, si bien qu'elle pourrait recevoir dans une certaine intimité ce qui ressemblait à un coup de téléphone important. Les murs, comme dans la plupart des autres bâtiments du camp, étaient faits de demi-troncs épais, découpés avec soin et isolés à l'aide d'un produit brillant au travers duquel ils paraissaient jaunes. Avec de telles parois, on pouvait mener une existence aussi civilisée qu'on le voulait, même au cœur de la montagne. Les éléments de décoration les plus fantaisistes ne paraissaient pas déplacés. Aux murs, des reproductions de Fritz Scholder voisinaient avec les obligatoires tapis navajos.

Judy prit le téléphone, tout en adressant un sourire rassurant à Bill, demeuré sur le pas de la porte.

— Allô ?

Derrière la fenêtre ouverte mais pourvue d'une moustiquaire, en cette chaude fin d'après-midi de printemps, la brise agitait de grands pins.

— Judy ? C'est Joe. Kate et tout le monde vont bien, ce n'est pas la question.

— C'est ce qu'a dit Bill.

— Mais je dois tout de même te parler.

La jeune fille jeta un coup d'œil à sa montre. À Chicago, distant d'un fuseau horaire, c'était le milieu de l'après-midi. Joe appelait pendant ses heures de service : la question devait effectivement être importante, mais Judy n'en devinait pas la nature. Les émotions sinon le contenu exact du cauchemar de la nuit précédente lui revinrent avec force. Elle ne ressentait aucune surprise, comme si, inconsciemment, elle avait déjà su.

— Je pensais bien que ça ne concernait pas la famille, Joe.

— Eh bien, voilà, reprit son beau-frère, dont la voix lointaine était en partie couverte par un bourdonnement sur la ligne. Je viens d'avoir un coup de fil des flics de Phoenix. Une bagnole a été volatilisée par une bombe, la nuit dernière, dans le désert, et au moins une personne a été tuée.

Il ne peut pas être mort. Je l'aurais su immédiatement.

— Je t'écoute.

— Ils essaient de retrouver l'homme qui a loué le véhicule. Il a aussi occupé une chambre d'hôtel, d'où il m'a téléphoné. Je crois que tu vois de qui je veux parler, Judy.

— Supposons que oui.

Bill était toujours sur le pas de la porte. La politesse le poussait sans aucun doute à s'éclipser, mais ce qu'il lisait sur le visage de la jeune fille le contraignait à rester. Dès la fin du coup de téléphone, il allait s'empresser d'offrir son aide.

— Ne sois pas sur la défensive, Judy. J'essaie de te rendre service.

— Je sais, Joe.

— Est-ce que tu l'as vu, depuis que tu es là-bas ? Est-ce que tu as entendu parler de lui ? C'est peut-être très important.

Oui, pour moi.

— Pourquoi ? Il est recherché par la police de Phoenix ?

— Pas au sens où tu l'entends. Du moins, je ne crois pas. On tente simplement de le retrouver, parce que sa bagnole a explosé et que sa passagère a été tuée. Il est possible que ça ait un rapport avec l'affaire Seabright, d'il y a quelques mois. Tu en as entendu parler ?

— Oui. Je suis aussi au courant pour le tableau perdu de Machin Seabright, l'autre jour. On n'a pas encore retrouvé l'avion. Je n'ai eu aucune nouvelle de l'homme auquel tu fais allusion.

— Parfait. Je n'avais pas de raison de croire le contraire. C'était juste une idée, comme ça. Je ne veux pas que tu sois mêlée à tout ça, Judy.

— Je comprends.

Pourquoi était-elle en colère ? Joe ne voulait que son bien.

— Si jamais il te contacte, quelle qu'en soit la raison, est-ce que, pour l'amour du ciel, tu voudras bien me passer un coup de fil ?

— Je pense que je pourrai faire ça.

Elle entendait sa propre voix, froide, agacée. En fait, elle devait être en colère contre elle-même, parce qu'*il* avait des ennuis et qu'elle avait bien failli ne pas s'en apercevoir. Était-il gravement blessé ? Elle n'en savait rien. Un jour, elle avait pu l'aider, alors qu'il était sur le point de mourir, mais à présent... le lien qui les unissait s'était visiblement dissipé, sans qu'elle en eût conscience.

Phoenix ? En cet instant, elle ne ressentait absolument rien qui lui suggérât où *il* se trouvait.

Bill, dehors, l'observait toujours en se trémoussant. Bien. Peut-être aurait-elle besoin d'aide. Elle lui sourit.

— Je n'ai pas dit à Kate que j'allais t'appeler. Et bien entendu, je n'en ai pas parlé à tes parents.

— Bien entendu.

Ses parents et son frère ignoraient le secret que détenaient Joe et Kate : les vampires existaient, et Judy en avait eu un pour amant.

— Je pense juste devoir m'assurer que tu ne sois pas mêlée à tout ça. Étant donné que tu es dans la même région...

— Oh, merde, Joe ! (La jeune fille ne jurait jamais.) Tu es sûr que tu ne veux pas que je lui enfonce un pieu dans le cœur, si jamais j'en ai l'occasion ?

Dès qu'elle eut prononcé ces mots, elle se rappela que Bill écoutait. Il les prendrait toutefois pour une métaphore. Il était si facile à certaines vérités de rester secrètes.

— Oh, nom de Dieu, Judy ! (Joe, lui, avait assez tendance à jurer. Sa voix déformée par la transmission parut soudain très faible.) J'essaie seulement de te protéger. C'est pour ton...

— Il me semble que lui, une fois, il s'est mis dans des ennuis plutôt graves pour nous sauver la mise.

Durant quelques instants, le bourdonnement brouilla la ligne. Joe, quand il reprit la parole, semblait quelque peu troublé.

— Je sais que nous lui devons beaucoup. Après ce qu'il a fait pour Kate et moi, je ne chercherai jamais à lui nuire. Mais Dieu sait à quoi il est mêlé. Je voudrais juste que tu n'en pâtisses pas, ma chérie. La fille qui a été tuée dans sa voiture était probablement en bons termes avec lui, elle aussi, et...

— Merci.

Judy prononça ce mot sur un ton relativement naturel, puis se hâta de raccrocher. Elle souhaita que Joe l'eût entendue et comprît qu'elle lui était reconnaissante de vouloir l'aider. Il ne désirait vraiment que son bien. Pour le moment, toutefois, elle était trop furieuse pour discuter avec lui.

Bill, à la porte, paraissait toujours inquiet. Elle lui sourit une nouvelle fois. Elle n'avait aucune envie d'impliquer qui que ce fût dans une équipée dangereuse. Si nécessaire, toutefois, elle le ferait.

Tandis qu'en elle, l'amour le disputait à la culpabilité, elle ferma les yeux et tenta d'établir le contact. Dès ce premier véritable essai, elle y parvint. Le nommé Thorn était vivant, elle n'en doutait plus.

Quelque part au sud-ouest, à une distance considérable.

Elle l'estima pour le moment endormi. Pourtant, dans le chalet ensoleillé, en percevant sa douleur et sa rage, elle se mit à trembler.

XIV

La servante dont les cris m'avaient réveillé était une femme âgée. Je suppose à présent que son passé, marqué par une tragédie quelconque, l'avait rendue à moitié folle. Elle s'acquittait fort bien de ses tâches ménagères, mais était parfois sujette à des fantasmes surnaturels. Ses cris continuèrent de s'élever, à quelque distance de là, sans que je quittasse mon lit. Je ne sais combien de temps je contemplai ainsi le poignard posé sur l'oreiller et m'en demandai la signification. Je n'avais nul besoin des cris d'orfraie de l'antique augure pour me convaincre qu'un désastre s'était produit.

La seule conclusion logique à laquelle je pus arriver fut qu'Helen avait envisagé de me tuer avant de prendre la fuite — je ne doutais pas qu'elle fût partie —, puis qu'elle avait changé d'avis. Malgré cela, elle avait voulu me faire comprendre qu'elle y avait songé.

En dehors de cette communication cryptique et assez humiliante, je ne découvris aucun message de mon épouse. Il s'avéra que la vieille femme s'était mise à hurler quand un palefrenier lui avait appris la défection de sa maîtresse. Ce garçon, d'une stupidité rare, avait vu partir Helen, une ou deux heures plus tôt, tandis qu'il vaquait à ses tâches matinales. Bien plus tard, il avait rapporté qu'elle s'était éloignée dans les brumes du petit matin, sur son palefroi blanc, un petit ballot accroché derrière sa selle d'amazone. Une silhouette masculine enveloppée dans une cape, montée sur un autre cheval, l'accompagnait.

L'idiot me répéta cette histoire en bégayant, ajoutant qu'il ne lui était pas venu à l'idée de donner l'alarme. Que sa maîtresse décidât de faire une promenade matinale ne signifiait rien pour lui, assura-t-il. En cela, il se trompait : cela signifiait que je pris le temps de lui fendre le nez en deux avant de partir moi-même sur la route pour chercher désespérément la piste de mon épouse.

Il s'avéra qu'il n'y en avait pas. En proie à une rage de plus en plus froide, de plus en plus pure, je galopai dans la direction opposée à celle de Florence, mais ne trouvai pas trace de celle que je cherchais. Aucune des personnes que j'interrogeai au passage n'admit l'avoir vue passer avec son mystérieux amant sans visage, l'inconnu dont avait parlé le palefrenier. Un inconnu qui s'estimerait lui aussi heureux de s'en tirer avec le nez en moins quand je l'aurais rattrapé.

Quant à Helen... Je ne me rappelle pas avoir alors dressé de projet spécifique de vengeance. Il fut cependant heureux pour elle que je ne la retrouvasse pas ce matin-là.

Bien entendu, je pouvais fort bien être parti dans la mauvaise direction, si bien qu'au bout d'une heure, je tournai bride. Il m'en fallut une autre pour rejoindre Pise. J'avais envoyé les serviteurs que je considérais comme les plus sûrs explorer les alentours dans les autres directions. Rentrés avant moi, ils m'annoncèrent en tremblant qu'ils n'avaient rien trouvé. Leurs craintes étaient vaines, car il me suffit de les regarder pour savoir qu'ils avaient réellement essayé.

Que faire ? Épouse enfuie ou non, l'honneur et la sagesse m'interdisaient de remettre, fût-ce d'une demi-journée, mon départ pour la Bosnie. Les ordres du roi étaient clairs et trahissaient le besoin qu'il avait de ma présence.

Je bouclai un bagage léger et achevai mes préparatifs. Je fus assisté dans ces tâches par des domestiques à l'empressement frénétique, lequel avait pour seul effet de leur ôter toute efficacité. Mes serviteurs, dans mon pays natal, avaient aussi eu cette tendance. Chaque fois que je les regardais, que je leur parlais, ils lâchaient ce qu'ils avaient en main, voire se mettaient à trembler au point de ne plus pouvoir faire un nœud. Les pleurs et les gémissements du palefrenier au nez fendu, dérivant des écuries, n'arrangeaient rien. À une ou deux reprises, je fus sur le point d'aller le calmer.

Un rapide inventaire révéla qu'Helen avait abandonné l'essentiel de sa nouvelle garde-robe, y compris des habits que j'avais achetés pour lui être agréable, ainsi que les généreux présents des Médicis. Je déclarai aux serviteurs qu'ils pouvaient se partager ces effets, ce qui tonifia leur moral. Pour autant que je le vis, la fugitive n'avait pas emporté d'argent, ou très peu, ni d'or ou de bijoux de valeur. Il était bien sûr impossible de savoir de quelle richesse disposait son mystérieux compagnon.

Enfin, tandis que j'explorais une dernière fois la maison pour m'assurer que je n'avais plus rien à y faire, mon regard tomba sur le tableau. Ma première impulsion fut de le tailler en pièces à l'aide de mon poignard ensanglanté. Un instant de réflexion, toutefois, prévint cet accès de violence. Je n'envisageais pas d'abandonner mes recherches définitivement. Lorsque je serais à nouveau libre de traquer celle qui s'était vilement servie de moi avant de me déserter quand sa chance avait tourné (ainsi voyais-je les choses à l'époque), un aussi fidèle portrait pourrait m'apporter une aide inappréciable.

Je retardai donc mon départ le temps d'envoyer Marie-Madeleine à Piero, en compagnie d'un message où j'expliquais brièvement à ce dernier ce qui s'était produit et où je lui demandais de conserver l'œuvre jusqu'à ce que je revinsse la prendre ou l'envoyasse chercher. J'y ajoutai une prière : que les Médicis fissent tout leur possible pour retrouver ma femme pendant que j'étais à la guerre, et qu'en cas de succès, ils l'enfermassent dans un couvent sûr pour qu'elle y attendît mon retour. Je partageais en partie la méfiance de mon roi envers les couvents, mais compte tenu de la société où nous vivions, je n'avais pas d'alternative. J'étais en outre gêné d'implorer autant de faveurs, mais une nouvelle fois, je n'avais pas le choix.

Tout cela ne m'occupa guère. Avant midi, quelques heures à peine après la désertion de mon épouse, je chevauchais sur la grand-route, escorté de quelques mercenaires recrutés localement, marmonnant toujours des jurons dans ma moustache.

Ayant l'intention de voyager par voie de terre, je voulais franchir les Alpes avant les premiers flocons. Je désirais éviter les dangers de la navigation dans l'Adriatique à la mauvaise saison. Par ailleurs, je dois admettre que je n'avais alors, et n'ai toujours pas, d'amour particulier pour la mer. Malheureusement pour mes projets, les premières neiges atteignirent les hauts cols en même temps que ma petite troupe. Notre passage y fut en conséquence lent et périlleux.

Avec tous ces retards, je n'atteignis le site des affrontements qu'à la moitié de l'hiver, moment auquel les opérations militaires étaient presque au point mort. Le roi Mathias avait regagné Buda avec l'essentiel de son armée. Dans l'ensemble, la campagne avait mieux servi la cause chrétienne que je ne l'avais supposé. Mohammed II, qui commandait en personne des forces considérables, avait assiégé Yaytsa, une ville fortifiée, au début de la saison des combats, mais l'arrivée providentielle de l'Armée noire, le roi de Hongrie à sa tête, avait vite fait lever le siège. Les historiens, s'il y en a quelques-uns d'avisés parmi mes lecteurs, noteront que la prédilection parfois déraisonnable pour les mercenaires dont feraient preuve les souverains européens durant les décennies suivantes remonte à cette victoire des soldats bien entraînés engagés par Mathias.

J'avais manqué tous les honneurs de la campagne. J'arrivai cependant à temps pour participer à une escarmouche totalement stupide avec une patrouille turque, qui accomplissait comme moi une reconnaissance à cheval dans les montagnes. De cette bataille, je sortis avec ma vie et mon honneur, mon cheval et mon épée, le poignard qu'on avait naguère abandonné sur un oreiller, pointé vers ma tête — et une blessure à la cuisse qui guérirait lentement, m'interdisant toute activité martiale.

Je me reposai au campement jusqu'à me sentir en état de chevaucher, puis partis pour Buda, que j'atteignis après une série de courtes étapes à travers un paysage de plus en plus familier. Je n'avais pas encore été invité à me présenter devant le roi, mais on ne me l'avait pas interdit non plus. En fait, je n'avais eu aucune nouvelle de Mathias depuis mon départ de Pise. Quoique je n'en eusse pas la moindre envie, je jugeai donc nécessaire de lui faire mon rapport personnellement.

Nous étions déjà au début du printemps 1465 quand, toujours à peine capable de tenir debout, je me présentai devant Sa Majesté en son palais. Mathias était plus âgé que dans mon souvenir. Le trône et les Turcs le vieillissaient rapidement. Il me reçut en privé, mais avec une absence de chaleur que je remarquai aussitôt.

— Où est-elle, Drakulya ? Nous avons reçu il y a plusieurs mois la nouvelle que vous l'aviez perdue.

C'était bien entendu moi-même qui la lui avais envoyée.

— Je ne sais pas où elle est, sire.

Je tentai de lui expliquer la situation de mon mieux.

Il me coupa la parole d'un geste.

— Nous voyons que vous avez une blessure qui vous empêche de vous battre. En revanche, vous êtes en état de voyager, sinon vous ne seriez pas ici. En conséquence, retournez en Italie et trouvez-la. Il eût été plus sage de rester là-bas l'année dernière et de régler cette question. Elle est désormais votre épouse et nous vous tenons pour responsable d'elle.

Ainsi sont les rois, et là réside la difficulté de les servir avec loyauté. Fondu enchaîné : une vue de moi galopant follement d'est en ouest à travers les Alpes. Bien entendu, en réalité, les choses n'allèrent pas si vite. Cette fois, le roi n'était pas aussi empressé de me fournir or ou lettres. Il dut cependant bien admettre que, si je retournais là-bas, il valait mieux que je réussisse. Et s'il désirait mon succès, il devait me fournir toute l'aide possible. Lorsqu'il en fut enfin convaincu, ma jambe allait mieux, assez bien pour me permettre d'affronter les montagnes.

Officiellement, j'étais à l'époque toujours prisonnier de la tour de Salomon. En vérité, il y eut des moments où j'eusse été tenté par un retour à ma confortable cellule. Pourtant, au début de l'été 1465, je repris la route de l'Italie. Cette fois, je voyageais comme membre anonyme d'une délégation envoyée par Mathias au nouveau pape, Paul II. Le chef de la troupe, Janus Pannonius, était ce qu'on appellerait aujourd'hui un humaniste. Il était en outre poète. Pannonius et son oncle Janus Vitez soutenaient depuis toujours leurs cousins les Hunyadi. Quelques années plus tard, tous deux se laisseraient convaincre par quelque conspirateur malchanceux de participer à une intrigue révolutionnaire, et Mathias devrait les faire exécuter. En 1465, toutefois, ils possédaient toujours sa faveur.

À cette époque, il avait quelque peu révisé son opinion sur les croisades. Si lui, roi de Hongrie, était de toute façon contraint de passer sa vie à combattre les Turcs, il pouvait aussi bien récupérer toute l'aide possible, aussi mal organisée qu'elle fût. Pannonius et sa délégation se rendaient en fait à Rome pour demander une nouvelle croisade.

Ayant fait ses études en Italie, Pannonius en parlait

fort bien la langue et son aide me fit faire de grands progrès. Durant le voyage, il nous égaya de ses chansons, qui parlaient des difficultés de la politique, des périls de la guerre contre les Turcs et des tragédies personnelles de l'existence. Quand il se mit à évoquer un mari cocu, il semblait inconscient de l'attention que je lui portais, aussi me maîtrisai-je, estimant que mes compagnons ignoraient mon passé. L'un dans l'autre, Pannonius mêlait politique et show-business d'une manière que vous eussiez pu juger moderne si vous aviez entendu et compris son chant. Je n'avais personnellement aucun goût pour l'un ou l'autre de ces arts, et des préoccupations plus personnelles m'agitaient. Quand notre petit groupe atteignit enfin Florence, je m'en séparai discrètement.

La goutte de Piero avait empiré depuis notre dernière rencontre. Le poids de ses responsabilités nouvelles à la tête des entreprises Médicis l'avait vieilli. Pourtant, il m'accueillit plus chaleureusement que ne l'avait fait mon propre suzerain à Buda. Ce fut au cours de ce second voyage que je commençai à tomber amoureux de l'Italie. Le marchand prêta à mes problèmes une oreille compatissante. Oui, il avait ordonné à ses gens de garder partout les yeux et les oreilles ouverts, mais il n'avait hélas rien à m'apprendre au sujet d'Helen. Peut-être était-elle allée très loin, cette fois.

Je ne pouvais que l'approuver, quoique ma femme eût eu naguère un faible pour l'Italie. Il se pouvait que les Médicis fussent cette fois moins pressés de m'aider à la localiser, songeai-je. Je ne pouvais leur en vouloir : ils avaient déjà fait beaucoup, et d'autres projets les occupaient — par exemple gagner leur vie et continuer de gouverner une cité-État complexe dans un monde troublé. Ils devaient estimer que mon mariage était une cause perdue, même si mon épouse était retrouvée, et que Mathias, quoi qu'il arrivât, ne serait guère satisfait.

Piero me prit amicalement par la manche et m'entraîna à travers les salles immenses du *palazzo* Médicis.

— Vous êtes-vous déjà entretenu avec Morsino, ami Ladislao ? Il a peut-être entendu quelque chose qui nous a échappé.

— J'en doute, mais j'irai le voir. Une dernière chose, *signore* Piero, si je puis abuser de votre patience. Vous souvient-il du tableau que je vous fis envoyer de Pise ? Vous serait-il possible de le montrer à vos gens qui partent en voyage de commerce ?

Je demandai cela en partie pour montrer ma détermination. Piero hocha vigoureusement la tête, comme ravi de cette nouvelle requête, bien qu'il n'eût sans doute aucune intention d'y donner suite.

— Le tableau est magnifique et je vous sais gré de me l'avoir prêté. Je l'ai accroché à un endroit où je puis le voir chaque jour.

Me faisant signe de le suivre, il me conduisit dans une pièce où Marie-Madeleine surmontait une cheminée. Nous la contemplâmes tous deux un instant en silence.

— Si vous le désirez, je la ferai transporter dans votre chambre... Vous allez bien entendu demeurer avec nous pendant votre séjour à Florence.

— Merci, *signore* Piero. Le pauvre soldat que je suis est indigne de votre hospitalité et de votre générosité. (Je m'apprêtai à ajouter que je n'avais aucun désir de voir le portrait tous les matins à mon réveil, quand une nouvelle idée, que j'estimai très astucieuse, me vint.) Oui, j'aimerais l'avoir dans ma chambre, quoique je sois sûr de la brièveté de mon séjour.

Pour alimenter mes nouvelles réflexions, je me rendis le jour même à l'atelier de Verrocchio. Cette fois, j'y allai seul — Lorenzo étant pour le moment en voyage d'affaires.

En un an, les lieux avaient changé. Il s'y trouvait au moins une demi-douzaine d'apprentis, occupés à pelleter du sable, à mélanger et à écraser des pigments, à clouer des planches pour en faire une plateforme. Tous suaient et soulevaient de grands nuages de poussière en vaquant aux tâches pénibles qui se cachent derrière les beaux arts de la joaillerie et de la peinture. Aucun de ces jeunes gens ne me reconnut, et ce fut réciproque. L'un d'eux se hâta cependant d'aviser le maître de mon arrivée et revint l'instant d'après pour me conduire dans une autre pièce.

La structure même du bâtiment avait été considérablement modifiée durant les douze derniers mois. L'écurie d'un voisin avait été rachetée, ajoutée au complexe, et on avait bâti de nouvelles pièces. Quoique l'endroit fût bien plus vaste qu'avant, il restait encombré de nouvelles productions : les affaires étaient florissantes.

On me mena dans la pièce où travaillait Verrocchio — une des nouvelles. Le maître, qui n'avait guère changé, ne fut pas enchanté de me voir mais me salua tout de même avec chaleur. *Voilà des ennuis qui arrivent,* proclamait l'expression de son visage poupin. Il était en train de réaliser une statue d'argile dont le modèle, un garçon vigoureux, seulement vêtu d'un tablier de cuir et de quelques vieilles pièces d'armure, se tenait sur une petite estrade, sous une verrière. Je reconnus bientôt en ce dernier celui-là même que j'étais venu voir, changé par une année de croissance rapide.

— Je suppose que vous n'avez eu aucune nouvelle de la Hongroise depuis ma dernière visite, messire Verrocchio, commençai-je.

— Aucune. Enfin, seulement qu'elle...

Verrocchio s'interrompit, gêné.

— Vous voulez dire que vous avez entendu parler de mes déboires conjugaux et de sa nouvelle fuite. (Il acquiesça.) Assurez-vous de me tenir au courant si vous en apprenez plus. Vous savez où me joindre. Toutefois, je suis surtout venu vous parler d'un tableau... et de ce jeune garçon qui l'a peint.

Verrocchio ne fit aucune difficulté pour me laisser engager son modèle et apprenti pendant quelques jours. Il estimait sans doute ses mécènes plus soucieux de m'aider qu'ils ne l'étaient, et je me gardai de le détromper. L'après-midi même, je me retrouvai dans ma petite chambre du *palazzo* Médicis, face à Marie-Madeleine, en compagnie de Leonardo.

— C'est seulement le visage qui m'intéresse. Autant de copies fidèles qu'il vous sera possible d'en réaliser durant le temps que vous travaillerez pour moi. Le tableau est là, et vous devez toujours avoir en tête le visage de la jeune femme, puisqu'elle a longuement posé pour vous.

Le garçon était assez beau mais il y avait dans ses yeux quelque chose de presque inhumain. L'eussé-je rencontré sur un champ de bataille que je l'eusse estimé très dangereux, pour des raisons n'ayant rien à voir avec la taille ou l'habileté aux armes.

— Je pourrais décalquer, si j'avais du papier assez fin, dit-il simplement.

— Je peux vous en obtenir, ou vous donner de l'argent pour en acheter. Il me faut de bons portraits de cette femme. Je veux que quelqu'un ne l'ayant jamais vue auparavant puisse la reconnaître après avoir observé un de vos croquis.

Leonardo épinglait une petite feuille de papier sur le chevalet qu'il avait emporté.

— Je crois que je puis faire cela, oui, pour peu que celui qui regarde ait des yeux pour voir.

Il se mit à dessiner. Ayant appris que, parfois, les bons artisans sont perturbés par un observateur trop attentif, je m'éloignai pour aller jeter un coup d'œil dans la cour, par la fenêtre.

— L'avez-vous jamais revue ? demandai-je, d'un ton aussi neutre que possible.

Je n'avais pas oublié que seuls les conseils de ce jeune artiste m'avaient permis de localiser Helen, la première fois.

— Non, *signore,* répondit-il.

Quelque chose, dans sa voix, me poussa à me retourner vers lui. Il me contemplait à sa manière calculatrice, presque robotisée.

— Mais j'ai revu Perugino, ajouta-t-il.

— Perugino ?

Il me fallut quelques instants pour me rappeler où j'avais déjà entendu ce nom. Oui, Verrocchio l'avait prononcé durant une de mes visites, l'année précédente.

— Perugino était l'apprenti barbu de votre maître, l'été dernier ?

— La dernière fois que je l'ai vu, il s'était rasé.

— Où était-ce ? Et quand ?

— Ici, à Florence, il y a environ six mois. Depuis, j'ai appris qu'il était parti à Rome pour peindre des fresques dans une église. Je ne sais pas laquelle.

Leonardo m'observa encore un instant puis se remit au travail. En me retournant vers la fenêtre, je m'aperçus que ma main serrait la garde de mon poignard au point que mes articulations avaient blanchi et que mon poignet tremblait. Imbécile que j'étais, de ne m'être douté de rien ! Pourtant, je n'arrivais pas à croire que la sœur d'un roi m'eût quitté pour un simple artiste...

Je visualisai le visage du barbu, tel que mes souvenirs me le restituaient. À présent, je me rappelais l'expression qu'il avait eue quand j'avais conduit Helen à l'atelier, juste après l'avoir délivrée — à l'atelier où il l'avait lui-même emmenée pour la première fois. Confuse, stupéfiée, trahissant un étrange mélange d'émotions. J'avais naguère cru comprendre qu'il avait rencontré mon épouse dans une taverne florentine. Mais qu'avait dit Morsino ? *Une jeune femme séduisante, de petite taille... récemment arrivée en compagnie d'une troupe de comédiens ou d'un artiste itinérant...*

Et Mathias, auparavant. Quelque chose à propos d'un artiste. Sa sœur s'était enfuie avec un artiste. Si elle avait pu faire une chose pareille alors qu'elle était fiancée à un Sforza, ne pouvait-elle recommencer en tant qu'épouse d'un Drakulya ?

Une autre image : Perugino lui offrant des fleurs, juste avant la cérémonie du mariage. Qu'avait exprimé Helen, alors ? Pouvais-je me fier à ma mémoire en cette matière ?

Je n'arrivais toujours pas à y croire. Je me détournai à nouveau.

— Leonardo, dis-je d'une voix calme — car même dans mes colères les plus terribles, je conserve mon emprise sur moi-même. Soyez franc. Vous êtes en train de me dire qu'elle s'est enfuie avec Perugino ?

— Ça ne me regarde pas, *signore,* et je n'ai aucune envie d'y être mêlé. Mais oui, je crois que c'est ce qui s'est passé.

— Je vois. Cette question a-t-elle fait l'objet de discussions à l'atelier ?

Il hésita.

— Pas réellement. Pas beaucoup. Je pense que nous avons tous deviné ce qui s'était passé, l'année dernière. Perugino a quitté l'atelier peu après votre départ pour Pise. Mais il n'y avait aucun moyen de vous faire savoir quoi que ce soit et le *signore* Lorenzo n'est pas repassé à l'atelier avant un bon moment.

— Je vois, répétai-je.

Nul ne désirait vraiment être mêlé à tout cela. Je supposai la chose assez naturelle.

Il me sembla soudain que le garçon avait peur de moi, qu'il souhaitait peut-être ne m'avoir rien dit. Il n'en continuait pas moins à dessiner d'une main ferme. Ôtant le papier du chevalet, il en épingla un autre à la place. Il travaillait vite. Plusieurs esquisses préliminaires semblaient déjà terminées.

Je retardai une nouvelle question pour leur jeter un coup d'œil, en ramassai une. Elle montrait les lignes principales du visage de Marie-Madeleine, ces traits angéliques, clef de sa beauté — aussi fidèlement reproduites que je l'avais souhaité.

J'ouvrais une nouvelle fois la bouche quand le coin d'un autre dessin, tout en dessous de la petite pile, attira mon regard. Je m'en emparai. Tout aussi bien exécuté que les autres, il était néanmoins grotesque.

Il s'agissait d'un visage d'homme figé en une expression de rage démente, presque un masque. Il me fallut un certain temps pour comprendre que je tenais en main ma caricature.

XV

La rage décuple les forces, ainsi que, parfois, la ruse et la volonté. Si on sait la canaliser, si on prend le temps de réunir quelques outils, si on possède des yeux qui voient dans le noir quasi absolu, il ne faut parfois que quelques heures pour faire pivoter la porte d'un grand coffre mural, dont la solide serrure n'est alors plus qu'un débris.

Le succès de Thorn fut grandement facilité par sa capacité à travailler alternativement des deux côtés du battant. À présent, les boîtes de films et les cassettes étaient accessibles. C'était un point de départ, et un départ immédiat était devenu nécessaire.

Une visite au compteur avait rétabli l'électricité dans la villa Seabright. Le lendemain de l'explosion de la bombe, Dorlan et sa femme avaient eux aussi quitté les lieux, ce qui était bien pratique.

Le laboratoire enfoui au dernier sous-sol du manoir était équipé d'appareils de projection de toutes sortes, lesquels, après s'être fait copieusement insulter en divers langages médiévaux, se virent enfin persuadés de fonctionner correctement. La projection privée débuta, dépourvue de générique, de bande sonore ou autres subtilités.

La star du film, obèse et nue, entourée d'adolescents des deux sexes tout aussi nus, comme en quelque parodie perverse de pornographie conventionnelle, était à première vue Ellison Seabright. Un examen plus approfondi, toutefois, révélait qu'il n'en était rien. Cet individu monumental, quoique aussi gros qu'Ellison et partageant avec lui de nombreux traits, était encore plus âgé. Seule une couronne de cheveux blancs ornait sa tête massive. De temps à autre, on le voyait jeter un regard vers la caméra, laquelle avait dû filmer la scène par l'un des miroirs sans tain donnant sur le grand bar où se déroulait l'action. Le vieillard savait sans nul doute qu'elle était là. Il avait l'intention, plus tard, de s'observer en action, doublant ainsi son plaisir. Ce n'était pas là le modèle courant du citoyen âgé. Mr. Thorn, qui ne répondait pas non plus aux stéréotypes du troisième âge, ne douta pas de contempler l'image de Delaunay Seabright.

Le coffre forcé recelait une dizaine de films et autant de cassettes vidéo. L'examen rapide de trois, quatre, cinq, six de ces supports ne révéla pas de différence fondamentale quant à leur contenu, sinon que les rôles secondaires étaient chaque fois tenus par de nouveaux acteurs. À une exception. Le même homme mince, au teint sombre, d'environ trente ans, apparaissait plusieurs fois. Les autres étaient tous très jeunes et interchangeables, remplacés régulièrement, telles des fleurs coupées dans un vase.

Après le sixième film, Thorn éteignit le projecteur et demeura assis dans le noir, tentant de réfléchir. Il sentait qu'à l'extérieur, un jour ensoleillé s'était levé, mais ici il n'avait pas à s'en soucier. Son inspection du coffre, bien qu'il l'eût sentie justifiée, ne s'avérait d'aucune utilité. Les tristes secrets enfermés là ne semblaient nullement concerner Mary Rogers, pas plus qu'ils n'expliquaient pourquoi Seabright, ou qui que ce fût d'autre, avait des raisons d'éliminer Thorn. Aucun indice ne soufflait à ce dernier l'identité du coupable, ni l'endroit où commencer ses recherches...

Un bruit ténu s'éleva au-dessus du sol, non loin de la maison. Une voiture venait de s'arrêter.

Quelqu'un venait à la villa.

Ce travail n'exigeait ni rapidité ni discrétion. Ancien majordome-garde-du-corps de la villa, Brandreth en détenait toujours les clefs. Si la police, le F.B.I. ou des journalistes surveillaient les lieux, ce matin-là, il pourrait leur dire qu'il avait été envoyé par Ellison Seabright, vérifier que tout était en ordre. Seabright confirmerait.

Il arrêta sa voiture devant la grille et descendit pour l'ouvrir. En arrivant, il avait remarqué le véhicule garé à quelque distance, de l'autre côté de la route. Quiconque avait choisi un tel poste d'observation ne recherchait pas la subtilité. Brandreth allait entrer, parfait domestique faisant son devoir. Ce ne serait qu'une fois dans la place, et tout à fait sûr d'être seul, qu'il passerait à sa véritable tâche : ouvrir le coffre dissimulé dont lui avait parlé Gliddon...

Quelques heures plus tôt, à l'aube, Brandreth avait retrouvé ce dernier dans une petite ville du nord de l'Arizona, pour recevoir clefs et instructions. Cela fait, il se préparait déjà à quitter la chambre d'hôtel minable quand son chef l'avait rappelé.

— Écoute-moi bien. Si jamais il te venait l'idée de regarder ces films et de t'en servir...

— Je ne ferais jamais une chose pareille, patron.

— ... tu peux tout à fait essayer. Ils ne valent pas un centime. Sinon j'irais les chercher moi-même, bien que je sois censé avoir disparu. C'est juste des trucs qui pourraient attirer des ennuis à quiconque serait trouvé en leur possession, et Seabright n'en veut plus chez lui. Alors tu les récupères et tu les détruis. Totalement.

— D'accord. Je...

— Comment vas-tu faire ?

Avec un soupir intérieur, Brandreth avait appuyé son corps dégingandé contre le chambranle de la porte. Les yeux de Gliddon le rendaient nerveux, ce qu'il tentait de dissimuler en jouant la décontraction.

— Vous voulez que je vous les apporte ?

— Ici ? Non, je n'y serai plus. Il faut que je disparaisse. Contente-toi de les broyer, de les brûler et de disperser les cendres. Ensuite, reste à Phoenix, pour que je puisse te joindre au téléphone. Je risque d'avoir encore du travail pour toi, bientôt. (Comme Brandreth l'interrogeait du regard, son interlocuteur poursuivit :) Non, je ne crois pas qu'il soit nécessaire de bousiller quelqu'un, cette fois-ci. Cela dit, on ne sait jamais.

— Je me suis bien débrouillé, avec la Blazer, hein ?

— Je crois. (Gliddon semblait pensif.) Le seul truc qui m'ennuie, c'est que le type qu'on était censé descendre n'était pas dedans. On n'aurait peut-être pas dû être aussi subtil, se servir d'une bombe à retardement et tout ça.

— C'était votre...

— Mon idée, je sais, compléta Gliddon, d'un ton patient, raisonnable. Je ne voulais pas que ton engin explose dans le garage de l'hôtel, au risque de faire des victimes innocentes. Il y a toujours beaucoup de bruit, dans ces cas-là. C'est de la mauvaise publicité. Mais on est peut-être quand même débarrassé de Thorn : si ça se trouve, il court encore. Et je ne crois pas que notre employeur soit vraiment contrarié qu'on ait fait sauter l'emmerdeuse. Ça lui apprendra à sortir avec des inconnus.

Il avait souri. Brandreth avait ressenti comme un frisson interne. Même si son chef n'était pas aussi fort que lui, et s'il était en outre pédé, il lui faisait peur.

Brandreth, qui jouait calmement son rôle de majordome, venait de déverrouiller la grille lorsqu'il entendit claquer une portière, de l'autre côté de la route. Un homme venait de descendre du véhicule garé là — une sorte d'antique épave — et se dirigeait vers lui d'un pas las, presque hésitant. Ce n'était pas un flic, et sans doute pas un journaliste non plus, quoique rien de précis ne permît d'éliminer l'une ou l'autre possibilité. Il avait de longs cheveux bruns et une barbe mal taillée. On eût dit qu'il n'avait pas dormi de la nuit.

— Je voulais juste savoir s'il y avait quelqu'un à la maison, dit-il après s'être approché.

— La maison est vide, monsieur. (Brandreth était sur ses gardes mais confiant : il mesurait dix centimètres et pesait environ quinze kilos de plus que l'inconnu. En outre, un pistolet était passé à sa ceinture, sous sa veste.) Je fais partie du personnel. Je viens périodiquement pour m'assurer que tout est en ordre.

— Ah, fit son interlocuteur, triste, hébété. (Il tira de sa poche une pipe à large fourneau, puis la rangea.) Je m'appelle Robinson Miller. Mary Rogers était... une amie très chère. Elle a vécu ici, à une époque. Vous l'avez peut-être connue.

— Je vous demande pardon, monsieur ?

— Mary Rogers. La jeune femme qui a été tuée par une bombe, la nuit dernière. Je suis allé à la morgue pour l'identifier, tenter d'arracher quelques renseignements à la police. Vous avez déjà vu quelqu'un dans une morgue ? Quelqu'un qui a été mis en pièces par une bombe ?

Brandreth dut se mordre la joue afin de réprimer un sourire. Pour une coïncidence, c'était une coïncidence. Gliddon allait bien rigoler, quand il apprendrait ça. Quoique...

— Je suis désolé pour vous, monsieur. J'ai entendu cette histoire de bombe à la radio.

— Elle est venue ici hier soir, dans cette villa, vous comprenez ? Avec un certain Thorn, qui avait loué la voiture. Vous étiez au courant ?

— Non, monsieur, je l'ignorais totalement. (Brandreth n'avait plus envie de sourire. Il observait avec attention son interlocuteur désorienté, tout en essayant de réfléchir.) C'est Dorlan, le gardien, qui devait être là.

Robinson Miller ne l'écoutait pas réellement.

— J'ai causé avec les flics, à la morgue, mais je n'ai pas dit grand-chose. Je voulais d'abord tout récapituler. Parce que j'ai une bonne idée sur l'identité des poseurs de bombes. Ce sont les gens qui vivaient ici, la bande de Seabright, qui l'ont tuée. Oh, je ne vous reproche rien : vous êtes un simple employé. Il y avait aussi un certain Gliddon, qui travaillait ici. Il est censé être mort mais il ne l'est pas.

— Vraiment ? s'étonna Brandreth, qui n'eut aucun mal à paraître surpris.

— Non. Thorn nous l'avait dit et ils ont essayé de le tuer. Mary le savait et ils l'ont tuée.

Voilà qui paraissait trop sérieux pour être négligé.

— Vous n'avez pas l'air bien, monsieur. Aimeriez-vous entrer un instant ? Je pourrais vous faire une tasse de café, ou vous servir un verre...

Miller soupira. Il se massa la nuque tout en dodelinant de la tête, en un geste qui trahissait son épuisement.

— C'est gentil de votre part. Si vous êtes sûr qu'ils sont tous partis, je veux bien. Je n'aimerais pas me retrouver tout de suite en face d'eux. Je serais capable de tout.

— Je suis certain qu'il n'y a plus personne. Écoutez : je pourrais peut-être vous dire une ou deux choses sur les Seabright, si ça vous intéresse. Mais je ne veux pas d'ennuis.

Miller parut soudain se réveiller.

— Une ou deux choses ? Comme quoi ?

— Oh, pas à propos de la bombe. Rien de tel. Mais... écoutez, monsieur, rentrez donc votre voiture dans le parc. Garez-vous près de la maison. Il y a eu des problèmes de vandalisme, récemment, dans la région.

— Avec ma bagnole, ça n'a pas d'importance, dit Miller.

Brandreth paraissant sceptique, l'avocat retraversa cependant la route et démarra. Une fois la grille ouverte, les deux véhicules la franchirent, puis Miller attendit dans le sien que le majordome refermât derrière eux. Il le suivit alors jusqu'à la villa, à un endroit invisible depuis la route.

Tout en précédant le visiteur jusqu'à la porte, Brandreth observait les lieux avec attention. La maison semblait parfaitement déserte. Dès qu'il eut ouvert la porte, cependant, il se figea : le plafonnier de l'entrée était allumé, alors qu'il croyait l'électricité coupée. Ma foi, voilà qui lui faciliterait sans doute les choses. En majordome zélé, il éteignit la lumière, puis eut un geste déférent.

— Le bar est au sous-sol, monsieur, si vous désirez un verre.

Le sous-sol était nettement plus intime et Brandreth commençait à se dire qu'une certaine intimité allait se révéler nécessaire.

— On est le matin, mais... bon Dieu, oui ! J'ai envie d'un verre.

L'électricité fonctionnant toujours, Brandreth se dirigea vers l'ascenseur. Une fois son invité installé au bar, il lui servit un scotch avec de la glace puis tenta de joindre Dorlan dans ses quartiers, par l'interphone. Nul ne répondit. Le gardien et sa femme étaient partis, et les chiens avec eux, comme Gliddon l'avait assuré. Fort bien : cette maison était aussi déserte qu'un tombeau.

Brandreth éteignit l'interphone et contempla de l'autre côté du bar Miller, qui ressemblait déjà à un ivrogne solitaire. Il avait bu la moitié de son Scotch.

— Est-ce que j'ai bien compris, monsieur? Vous avez des raisons de croire que Mr. Gliddon est toujours vivant ?

L'avocat leva les yeux, bien qu'il ne semblât réellement ni voir ni entendre Brandreth.

— Elle ne voulait pas abandonner. Elle n'arrêtait pas de harceler Seabright, elle lui a jeté cette saloperie dessus, et ensuite, elle s'est barrée avec Thorn pour mettre au point autre chose. Je ne sais pas quoi, mais... je crois qu'elle n'a jamais vraiment compris à quel point le monde est dangereux.

— Je peux vous servir un autre Scotch, si vous voulez, monsieur.

Robinson Miller contempla son verre pendant un long moment.

— Je ne sais pas, dit-il enfin.

— Excusez-moi, monsieur, il faut juste que je vérifie quelque chose par là.

En attendant que son homme, soûl, bavardât plus spontanément, Brandreth pouvait aussi bien accomplir le travail qui l'avait amené ici. Allumant les lumières sur son passage, il traversa le tunnel blanc et pénétra dans le laboratoire voisin du musée. Là, un panneau mural se détacha, comme Gliddon l'avait prédit, et le petit coffre qu'il recouvrait répondit sans difficulté à la combinaison prévue. Le majordome en annexa le contenu, le referma et s'en retourna vers le bar. Toutes les œuvres d'art de valeur avaient déjà été emportées, bien sûr, et tout avait l'air...

Que faisait ce pied-de-biche près de la porte du laboratoire intérieur? Brandreth fit un détour de quelques pas pour examiner l'outil. Il lui sembla reconnaître celui que conservait le gardien dans sa cabane à outils.

Ayant effectué en son temps un certain nombre de cambriolages, le majordome eut le sentiment que quelque chose de ce type était en cours. La porte du laboratoire était verrouillée, mais il ne lui fallut qu'un instant pour trouver la bonne clef dans son trousseau. L'arme en main, il ouvrit et constata le désastre : un grand coffre mural, dont Gliddon avait vaguement parlé, béant. La porte, forcée, pendait par morceaux au bout de racines métalliques encore scellées dans le béton armé du mur.

Sentant une présence dans son dos, il pivota, le pistolet brandi. Miller approchait, visiblement en toute innocence, car il avait son verre à la main. À la vue du visage de Brandreth et de l'arme à feu, il eut un mouvement de recul et parut pour la première fois s'éveiller tout à fait.

— Vous devez faire partie des..., commença-t-il, avant de se reprendre, maladroitement : Il y a eu un cambriolage...

— Bien raisonné, connard, répliqua Brandreth en levant son automatique.

Il avait été surpris et contrarié alors qu'il croyait maîtriser la situation. Lorsque cela lui arrivait, il avait tendance à s'affoler. L'avocat se détourna, effrayé, en se protégeant la tête. Son adversaire lui abattit le pistolet sur l'avant-bras, lui arrachant un cri de douleur. Un deuxième coup le toucha à la tempe. Il tomba en avant et demeura allongé, gémissant.

— Et maintenant, fils de pute, tu vas me dire...

Brandreth se pencha dans l'intention de remettre sa victime sur ses pieds. Soudain, quelque chose qui évoquait une patte de gorille se referma sur sa propre épaule. Son mouvement fut interrompu, puis tout son corps soulevé dans les airs, comme cela ne lui était pas arrivé depuis son enfance, à l'orphelinat. On le projeta au loin. La pièce tourbillonna autour de lui, puis le mur du fond le gifla, presque assez fort pour lui faire perdre connaissance.

On ne se débarrassait toutefois pas de lui aussi aisément. Tenant toujours son arme, il se releva à genoux et se prépara à l'utiliser sur...

... sur un homme mince, aux vêtements noirs brûlés. Un homme au visage pâle, presque familier, d'un calme de dément. Thorn. Bon Dieu, oui, c'était Thorn. Brandreth lui avait un jour ouvert la porte de la villa, lorsqu'il jouait au majordome. Ce type devait être ceinture noire de judo, pour projeter aussi loin un tel poids... mais le garde du corps disposait du meilleur atout. Comme ses idées se clarifiaient, il sourit, quoique son épaule gauche fût inutilisable et dût commencer à le faire souffrir atrocement d'ici une minute.

La situation et les vêtements de Thorn l'amusaient.

— Putain, vous deviez être juste à côté de la bagnole, remarqua-t-il, avant de faire un geste menaçant avec son arme. Qui d'autre est là-dedans ?

— Personne, répondit calmement le brûlé. Nous sommes tout à fait seuls, tous les trois.

— Vous avez fait sauter le coffre ? J'imagine que vous êtes vous aussi assez doué en la matière.

À l'autre bout de la pièce, Robinson Miller se relevait lentement à quatre pattes. Une goutte de sang échappée à son front tomba sur le tapis. Cette fois, cependant, Brandreth ne serait pas chargé de tout nettoyer.

— Quelle matière ? s'enquit Thorn.

— Les explosions. Moi-même, je suis doué pour ça.

L'expression froide de l'intrus se modifia enfin — ce qui soulagea le majordome, nerveux de voir quelqu'un le regarder ainsi du mauvais côté d'une arme à feu.

— Alors, c'est vous qui avez posé la bombe..., dit Thorn. (Il n'eut pas besoin d'achever : il lut la réponse sur le visage de Brandreth et ajouta d'une voix plus douce :) Voilà qui tombe fort bien.

Il s'avança.

— Tu seras plus heureux mort, espèce de dingue, commenta le dynamiteur avant de tirer.

À deux reprises.

Et de manquer son coup, les deux fois. Comment pouvait-il bien l'avoir raté ? Il tira à nouveau, et...

L'étau, cette fois, se referma sur son bras armé. Il hurla, sentant les os craquer.

Lorsqu'il reprit connaissance, du moins assez pour savoir où il se trouvait, il souhaita s'évanouir à nouveau. Il était assis sur une des chaises du laboratoire, lequel était plongé dans une quasi-obscurité. Devant lui, on avait déroulé un écran. Thorn, non loin de là, s'escrimait avec un projecteur. Derrière, la porte était ouverte sur la petite pièce au lit de camp, qu'occupait Robinson Miller. L'avocat, très pâle, n'était cependant qu'endormi, car sa poitrine se soulevait régulièrement.

Thorn regarda Brandreth du coin de l'œil.

— Qu'y a-t-il sur les films que vous emportiez ? demanda-t-il doucement.

— Je n'en sais rien, je le jure.

— Nous verrons cela bientôt, de toute façon. Que veniez-vous faire ici ?

— Je... je suis le majordome. Je vérifiais que tout allait bien.

Thorn posa la main sur le bras de son prisonnier.

— Il s'agit là d'une demi-vérité inacceptable. Ah ! si crier vous soulage, je vous invite à continuer. Je suis sûr que ceux qui hurlent ici ne sont jamais entendus à l'extérieur.

Quand les sens de Brandreth lui revinrent à nouveau, Thorn était toujours penché au-dessus de lui, mais il se contentait de lui parler doucement, désignant une image figée, sur l'écran.

— C'est Delaunay Seabright, n'est-ce pas ?

— Je...

Brandreth faisait de son mieux pour s'éclaircir la vue. Toujours vautré sur sa chaise, étourdi par le choc, il était trempé d'une sueur glacée. Son bras gauche ne lui obéissait pas et les os du droit lui donnaient l'impression d'être prêts à percer la manche de son manteau. Il n'avait pas envie de savoir si c'était ou non le cas.

— Je ne sais pas, reprit-il d'une voix pitoyable. Je n'ai jamais vu Delaunay. Je le jure devant Dieu. C'est Ellison qui m'a engagé.

— Et Gliddon ?

— Gliddon travaillait déjà pour les Seabright. C'est lui qui me donne mes ordres. Il me transmet ce que... ce que désire Ellison. (Le garde du corps prit une longue inspiration tremblante. Il avait déjà eu très peur de Gliddon, mais il comprenait à présent tout le sens du mot « peur ».) Gliddon est censé être mort, mais il ne l'est pas.

— Bien entendu, répondit Thorn, apaisant. Et c'est lui qui vous a envoyé chercher ces films ?

Brandreth opina. Il sentait un nouvel étourdissement le saisir et s'efforçait de le combattre. S'il s'évanouissait maintenant, on le ranimerait. Mais il ne savait pas comment.

— Et que deviez-vous en faire ?

— Les détruire. Les films et les cassettes. Juste ceux qui se trouvaient dans le petit coffre. Gliddon a dit qu'il y en avait d'autres dans un grand coffre, quelque part, mais ils ne l'intéressaient pas. Je ne sais pas ce que ceux-là ont de si important. Il se passe quelque chose de grave dont je ne suis pas au courant... je ne pose pas de questions. Il faut que vous fassiez quelque chose pour mon bras, sinon je vais m'évanouir.

— Qui vous a aidé à poser la bombe ?

— Je... j'ai tout fait moi-même. Gliddon m'a juste donné l'ordre.

— Pas Ellison Seabright.

— Normalement, ça venait de lui. Je n'en sais rien. Je le vois rarement. Il est censé être à Santa Fe, en ce moment, et pour ce que j'en sais, il y est.

Thorn se tourna vers le projecteur. Brandreth gémit. Dans l'autre pièce, Robinson Miller marmonna quelque chose mais ne s'éveilla pas. L'écran s'assombrit, puis s'illumina à nouveau, sur Delaunay Seabright.

— Ceci constitue notre treizième séance, disait la voix de basse du gros homme, qui s'adressait à la caméra.

Assis dans le laboratoire, vêtu d'un pull à col roulé sous une veste de sport de grand prix, il avait l'air nettement plus intelligent que son frère.

— Treizième séance, en ce 4 avril. Je pense qu'hier, nous avons fait de grands progrès et j'en attends d'autres pour aujourd'hui.

Il y eut à nouveau l'obscurité. Quand la scène se remit en place, deux personnes étaient installées dans le laboratoire. Face à Delaunay et à la caméra cachée, une adolescente aux cheveux bruns, petite et délicate, vêtue d'habits fort sages, occupait un fauteuil confortable. Delaunay était lui aussi tout habillé et il devint vite apparent que tous deux allaient le rester.

La jeune fille, rêveuse, observait un petit objet posé sur le bureau, qui lui projetait une douce lumière intermittente dans les yeux.

— Tu dors, déclarait le vieillard au moment où commença la scène. Tu dors et tu ne te réveilleras pas avant que je ne te l'ordonne. Tu m'entendras à la perfection, et tu obéiras à mes instructions, mais tu ne te réveilleras pas... Helen. Tu dors ?

— Oui, répondit l'adolescente d'une voix calme, lointaine.

Elle avait à présent les yeux fermés.

Delaunay ramena la main de sous son bureau, où elle avait peut-être manipulé la commande des enregistreurs.

— Qui est cette fille ? chuchota Thorn à l'oreille de Brandreth.

— Ça doit être Helen Seabright, celle qui a été tuée. Ça ressemble à ses photos. Moi, je ne l'avais jamais vue.

L'interrogateur se redressa en émettant un léger soupir.

— Durant notre dernier entretien, Helen, reprit Seabright d'un ton apaisant de psychiatre, tu m'as dit que la fois suivante, tu me révélerais pourquoi ce tableau te fascine à ce point.

— Je ne veux pas parler de ça, oncle Del.

Elle avait une voix calme et ferme, celle d'une jeune fille sachant ce qu'elle veut.

— Mais la fois suivante, c'est maintenant, Helen, l'encouragea le vieillard. (Comme il n'obtenait pas de réponse, il reprit :) Je vais passer un marché avec toi, si tu veux. Qu'est-ce que tu penserais de ça ? Je laisserai le portrait à un endroit où tu pourras venir le voir tous les jours. Et en échange... quoi, Helen ?

La jeune fille avait dit quelque chose, à voix très basse.

— Je dis qu'en fait, c'était Annie qui aimait le tableau.

— Oh, oui, bien sûr. Mais tu as le droit de l'aimer aussi.

— Et Annie est morte, à présent.

— Il n'y a plus d'Annie, c'est parfaitement exact. Elle te manque ?

Helen fronça le sourcil.

— Elle n'arrêtait pas de fuguer, poursuivit Seabright sans élever la voix mais avec une grande assurance. Elle n'avait pas de foyer, pas de famille, pas d'amoureux. Elle ne faisait que fuir, encore et toujours. Tu ne crois pas qu'il vaut mieux qu'elle soit morte ?

— Elle ne me manque pas réellement... c'est vrai que c'est mieux... mais parfois...

— Eh oui. Très bien. Comme je te le disais, Helen, je laisserai le tableau à un endroit où tu pourras le voir. En échange, tu... ne t'inquiète pas : je ne te forcerai pas à parler de Marie-Madeleine si tu n'en as pas envie. Seulement d'autres choses, qui te sont arrivées quand tu étais... bien plus jeune. Qu'est-ce que tu penses de ma proposition ?

La jeune fille était troublée. Faisant la moue, elle secoua la tête et murmura quelque chose.

— Nous n'avons pas nécessairement besoin de remonter très loin. Pas tout de suite. Suppose que nous commencions par cette nuit où... comment dire ? Cette nuit où Annie est venue ici pour la première fois ? Ça t'ennuierait ? Oui, je vois que oui. Très bien, très bien. Tu n'as pas à faire quoi que ce soit contre ton gré. Pas pour oncle Del. Tu préférerais peut-être me parler du tableau, en ce cas ? C'est une fascinante vieillerie, n'est-ce pas ?

— Oui. Oh, oui, c'est sûr.

L'agitation d'Helen, qui n'avait cessé de croître, s'apaisa quelque peu.

— Qui l'a peint, ma chérie ? À ton avis ?

Brandreth, surpris de ne pas encore avoir perdu connaissance, entendit un petit son étrange, tout proche. Émis par Thorn.

— Tu vois, expliquait Delaunay Seabright, il y a des gens qui pensent que cette œuvre a pu être exécutée il y a de longues années par un peintre célèbre : Verrocchio. Tu as entendu parler de lui ?

— Oui.

— Ne dis pas ça, ou quoi que ce soit d'autre, pour me faire plaisir. Tu avais réellement entendu parler de Verrocchio avant que je ne prononce son nom ?

— Oui.

Seabright marqua une pause, comme s'il avait espéré que la jeune fille ajoutât quelque chose. Ce ne fut pas le cas.

— D'autres, en revanche, jugent vaguement possible que l'œuvre soit due à un certain garçon qui devait plus tard devenir extrêmement célèbre, continua-t-il. La plupart des autorités estiment qu'il était trop jeune lorsque le tableau a été peint, qu'il n'avait pas encore commencé à travailler dans l'atelier de Verrocchio. Moi, je n'y étais pas et je n'en sais rien, mais j'aimerais beaucoup l'apprendre. Si...

La jeune fille s'effondrait. Seabright se déplaça très vite, malgré sa corpulence. Il la rattrapa et la fit se rasseoir correctement. Helen était devenue blafarde, comme exsangue.

— Bien, chérie, c'est tout pour aujourd'hui. Tu te sens reposée. Tu vas te réveiller bientôt, dès que je te le dirai, et tu seras parfaitement reposée.

Il fallut encore une minute de suggestions et d'encouragements pour que l'adolescente réintégrât son état hypnotique d'origine.

— Je vais te réveiller, Helen. Mais d'abord, viens donc donner à ton oncle Del son baiser du jour.

La jeune fille ouvrit un instant les yeux, puis les referma. Docile, elle se leva et s'avança vers le gros homme pour lui accorder une accolade presque formelle, à la manière d'une parente éloignée. Seabright lui tapota affectueusement le dos d'une main, tandis que l'autre filait vers le bouton de contrôle, sous son bureau. L'écran s'obscurcit.

La sonnerie du téléphone tira du sommeil le lieutenant de police Joe Keogh, qui dormait auprès de Kate. Leur appartement du North Side, sur Lake Shore Drive, ne s'inscrivait pas dans une des tours de grand luxe qui s'élèvent à la hauteur de Michigan Boulevard, mais dans un immeuble plus vieux, de taille modeste, situé un peu plus au nord. Datant de l'époque où on construisait grand, il était muni d'une cheminée et d'un plancher. Joe eût été bien en peine d'en payer seul les traites, sans parler de le meubler et de le décorer comme l'avait fait Kate. Il trouvait très agréable d'avoir épousé une femme riche.

Roulant sur lui-même dans le large waterbed, il décrocha le combiné.

— Allô, qui est à l'appareil ?

Chez lui, par prudence, il délaissait l'entrée en matière directe et efficace dont il se servait au bureau.

— J'ai des renseignements pour vous, Joseph.

Joe fut instantanément attentif. Il alluma la lampe de chevet et jeta un coup d'œil à Kate par-dessus son épaule, pour s'assurer qu'elle dormait toujours. Entre une couverture bleue et un oreiller blanc, il devina une masse familière de cheveux couleur miel et la courbe d'une épaule nue. Dans la profession du lieutenant, les coups de téléphone au milieu de la nuit n'avaient rien d'inhabituel et, en six mois de mariage, Kate s'y était accoutumée : la plupart ne la dérangeaient plus.

Joe s'assit en se passant la main dans les cheveux. Le waterbed, peu propice aux mouvements brusques, remua telle de la gélatine et fit doucement osciller les corps du policier et de son épouse.

— Vous êtes blessé ? demanda-t-il.

— Non, Joseph, rien de grave. Je vous remercie de votre sollicitude.

La voix était identique à elle-même : claire, marquée d'un léger accent d'Europe centrale. Badine. Encore badine, après une bombe, nom de Dieu ! Joe s'aperçut qu'il transpirait. Il repoussa un peu les couvertures.

— Continuez, en ce cas.

— J'aimerais tout d'abord avoir confirmation de ce qu'on m'a dit sur la manière dont la bombe a été posée.

— La bombe, oui, on m'a téléphoné pour m'en parler. Vous étiez près de la voiture quand elle a explosé ?

— J'étais dedans.

— Ah ! (Seigneur !) Et vous êtes... Qui a posé l'engin à votre avis ?

— Je pense disposer à ce sujet d'informations exactes, quoique incomplètes. L'exécutant est un nommé Brandreth. Il agissait sur l'ordre d'un certain Gliddon. Le même, me semble-t-il, dont l'avion est censé s'être écrasé récemment.

— Ah, oui, cette histoire de tableau. Où sont Brandreth et Gliddon, à présent ? Et comment écrivez-vous Brandreth ?

— Gliddon est probablement en Arizona ou au Nouveau-Mexique. Je n'ai pas de renseignements précis. Quant à Brandreth, vous le trouverez dans la villa Seabright, à Phoenix. L'endroit est par ailleurs inoccupé.

— Il est...

— Inutile de vous dépêcher de passer des coups de téléphone ou de vous préoccuper d'écrire son nom. Il ne bougera pas.

— Oh...

— Maintenant, au sujet de la bombe... un instant, Joseph : est-ce que votre téléphone est sûr ?

— Je crois. Les types des Enquêtes internes ne me mettent plus sur écoute, si c'est ce que vous pensez. Depuis votre passage à Chicago, ils ont renoncé. Ils ne veulent même pas savoir à quoi je suis mêlé.

— Alors, parlons de la bombe. Je pense que personne n'aurait pu la poser dans le véhicule entre la dernière utilisation normale du démarreur et l'explosion.

— J'ai une ou deux idées. Il m'arrive de discuter boutique avec un copain du service de déminage. On peut utiliser un détonateur qui ne fonctionne qu'au deuxième ou au troisième démarrage. Ou bien se servir d'une minuterie, qu'on règle sur un temps spécifique ou qui ne tourne que lorsque le moteur est en marche.

— Je vois. Ça confirme ce qu'on m'avait dit. Merci.

Joe regarda à nouveau Kate. Elle n'avait pas bougé, et il jugea probable qu'elle dormît encore.

— La police de Phoenix m'a dit que ça ressemblait à du boulot de professionnel. Votre hôtel avait gardé la trace du coup de fil que vous m'aviez passé au poste. Naturellement, les flics de là-bas n'ont rien eu de plus pressé que de m'appeler.

— Naturellement. Je suppose qu'ils ne vous ont désigné aucun suspect? Est-ce que le nom d'Ellison Seabright a seulement été prononcé?

— Non. Je ne pense pas qu'ils m'auraient communiqué le nom de leurs suspects, même s'ils en avaient eu. Vous croyez qu'il est mêlé à tout ça?

— Gliddon travaille pour la famille Seabright. Ou travaillait. Il y a encore beaucoup de points obscurs, sans parler de questions que je trouve troublantes à titre personnel. Avant de m'opposer à Ellison, je veux avoir une certitude.

— Ce serait préférable.

— Qu'avez-vous dit à la police de Phoenix à mon sujet? demanda avec désinvolture la voix, à l'autre bout du fil.

Kate avait bougé. Désormais tournée vers Joe, elle avait au moins ouvert un œil, et observait son mari pardessus un coin d'oreiller, attendant patiemment de comprendre de quoi il retournait. Peut-être en avait-elle déjà assez entendu pour deviner à qui il parlait.

Sans la quitter du regard, il s'éclaircit la voix.

— Je leur ai dit qu'un nommé Thorn me contactait parfois pour me donner des renseignements. Que je n'avais aucune idée de son vrai nom, de son adresse, ni de l'endroit d'où il m'appelait. Ce n'est pas aussi dingue que ça le paraît. Il y a des indics qui se conduisent comme ça, et ils fournissent parfois des informations utiles. (La ligne demeurant silencieuse, il continua :) Bien sûr, on m'a ensuite demandé pourquoi vous m'aviez téléphoné de Phoenix.

Il marqua une nouvelle pause, pensif. Si jamais il était contraint de choisir entre des ennuis avec la police ou la justice et une inimitié avec l'homme qu'il avait au bout du fil, il savait déjà ce qu'il ferait. La famille de Kate pouvait s'offrir les meilleurs avocats, mais cela ne l'aiderait pas beaucoup si...

— J'ai répondu que vous m'aviez parlé d'une piste possible dans l'affaire du tableau volé, mais que vous ne m'aviez encore rien dit de définitif. J'ai bien fait?

— Mais oui, Joe, tout à fait, assura Thorn, apaisant.

— Évidemment, ils ont très vite découvert qu'il n'y avait pas de ville appelée Oak Tree en Illinois. Votre adresse étant fausse, ils se disent sans doute que le nom de Thorn l'est aussi. Il y a donc des chances pour qu'ils ne sachent pas où vous chercher. Étant donné qu'on n'a pas trouvé votre cadavre dans la voiture, ils estiment que vous n'y étiez pas. Ils pensent peut-être que vous avez posé la bombe vous-même. À ce sujet, il y avait une paire de chaussures d'homme, complètement calcinée, dans le véhicule.

— Ça ne me surprend pas. Celles de Brandreth me vont à peu près.

— La police considère que le cadavre de la jeune femme était du mauvais côté de la Blazer pour qu'elle ait été au volant. Il s'agissait de la Mary Rogers sur laquelle vous me posiez des questions, je suppose que vous le savez. Si c'était une amie à vous, je suis désolé.

Durant un instant, Joe n'entendit que le bourdonnement de la ligne.

— Nous ne nous connaissions pas encore très bien, répondit enfin Thorn, mais nous commencions à nous apprécier. Nous aurions pu devenir de vrais amis. On a peu de vrais amis, même durant une longue vie, et on finit toujours par les perdre. Oui, sa mort me cause du chagrin.

Kate effleura d'un doigt le bras de Joe. Ses lèvres formèrent une question muette : Judy?

Le policier secoua légèrement la tête. Il n'avait encore aucune raison de penser que la jeune fille était impliquée dans quoi que ce fût.

— Et cet O'Grandison dont vous parliez? demanda-t-il. Il est mêlé à tout ça? Aucun de mes contacts ne sait où il se trouve. Personne ne l'a vu depuis un bon moment. Vous avez réussi à le joindre?

— Non. Je n'en sais pas plus sur lui que la dernière fois.

— Très bien. Voulez-vous que je dise aux flics de Phoenix que vous m'avez recontacté ? Que vous accusez Gliddon et ce Brandreth d'avoir posé la bombe ?

Thorn réfléchit un instant avant de répondre.

— Si vous promettez de me révéler en échange la cachette de Gliddon dès que vous la connaîtrez, oui, vous pouvez leur apprendre ça.

— En fait, j'imagine que je n'aurai pas à mentionner Brandreth. Mais je dirai que vous avez rappelé et que vous affirmez Gliddon toujours vivant. Ça va ?

— C'est très bien... Joseph ?

— Quoi ?

— N'ayez pas peur de moi. Je suis un vieil ami de la famille de Kate, qui est désormais la vôtre. Je sais que vous êtes mon ami et que vous êtes bien intentionné. De plus, ce que vous pourriez dire ou taire à la police de Phoenix ou d'ailleurs ne m'importe pas outre mesure. Les ennuis avec la justice ne m'atteignent pas. Veillez bien sur Kate, et sur vous-même.

Avec un cliquètement lointain, la communication fut coupée. Joe avait la vague sensation que ses oreilles le brûlaient, comme s'il avait été pris en flagrant délit de couardise.

Il raccrocha lentement et se tourna vers Kate.

— Je voulais t'en parler. J'ai appelé ta petite sœur, hier, pour lui dire de ne pas se mêler de ça. Je l'ai un peu mise en colère mais je crois qu'elle sait que j'ai raison.

Sa femme sembla tout d'abord sceptique. Puis plus que sceptique.

— Je ne sais pas, Joe. Tu dis que tu l'as mise en colère. Tu as essayé de lui donner des ordres ?

— Je t'en prie : accorde-moi un peu plus de jugeote que ça.

— Et puis même... Elle est grande, maintenant. Peut-être que le simple fait de lui donner des conseils était une erreur.

— Je me suis dit qu'elle avait dû entendre parler de la bombe aux actualités. J'ignore si elle sait qu'il se fait appeler Thorn. En fait, je ne sais absolument pas quand ils se sont vus pour la dernière fois.

— Moi non plus, soupira Kate. C'est peut-être terminé. De toute façon, le camp scolaire est au moins à huit cents kilomètres de Phoenix.

— Je ne crois pas que ce soit terminé pour elle. Cela dit, elle s'est fâchée, mais je ne pense pas qu'elle envisage d'aller en Arizona. En général, elle est tout à fait raisonnable.

Joe s'interrompit en entendant ce qu'il disait d'une jeune fille ayant eu une liaison, même brève, avec un vampire.

Les deux époux échangèrent des propos optimistes et apaisants, les yeux dans les yeux. Du moins Joe tentait-il de rendre leur échange optimiste et sentait-il que Kate en faisait autant.

— On pourra la rappeler demain matin et lui dire qu'on a la certitude qu'il est encore en vie, conclut Joe.

— Elle le sait sans doute, remarqua Kate. S'ils n'ont pas cessé tous rapports, ils doivent avoir au moins conservé ce type de contact.

— Je suppose, oui. Ça fait peur.

Il savait que sa femme connaissait bien mieux que lui le sujet.

— Serre-moi, Joey.

Il s'écarta un instant pour éteindre la lampe de chevet, puis roula à nouveau vers elle. Elle lui pressa le visage sur ses seins nus.

Le téléphone se remit à sonner. Joe, tandis qu'il oscillait sur un matelas emballé pour redécrocher, se surprit à imaginer un scénario parfaitement horrible. Et si Thorn avait été traumatisé par l'explosion, transformé en maniaque téléphonique ? Imaginer cet homme-là devenu fou, arraché à l'état qui, chez lui, passait pour la normalité...

— Allô, qui est à l'appareil ?

L'instant d'après, son étonnement et sa peur changeaient d'objet. À l'autre bout du fil s'élevait la voix d'une inconnue, une voix jeune et — de toutes les incongruités ! — vaguement britannique.

— Je suis bien chez Mr. Joseph Keogh ?

— Lieutenant Keogh, oui, c'est moi. Qui est à l'appareil ?

Cette fois, l'appel ne semblait pas provenir d'une longue distance.

— Je vous demande pardon. Lieutenant de police, bien entendu. Je pense que mon nom ne vous dirait rien. J'aimerais communiquer avec Mr. Jonathan Thorn. Connaîtriez-vous un numéro de téléphone auquel je pourrais le joindre rapidement ?

XVI

Pat O'Grandison s'en retournait vers l'ouest. Parti du nord de l'Indiana, il fit du stop jusqu'à Chicago, puis continua sur la Route 66 — la route Inter-États 55, comme on l'appelait à présent. Son intention était de retrouver Annie, la fille qui lui plaisait vraiment.

Il devait admettre qu'elle lui manquait plus que personne ne lui avait jamais manqué. Ils s'étaient rencontrés... Ne parlons pas de leur première rencontre, mais ils avaient vécu quelques jours ensemble à Chicago, il y avait plusieurs mois. Ensuite, Annie avait disparu, et Pat l'avait crue envolée à jamais, comme toutes les bonnes choses qu'il avait connues. Et brusquement, vlam, bam, voilà qu'elle était ressortie du néant, un soir, à Calumet City, Indiana. Du moins Pat en était-il presque sûr. Pas *absolument* sûr — parce que, le lendemain matin, sa tête lui avait encore joué un tour et que, le surlendemain, il s'était encore réveillé dans une maison de fous.

Il était demeuré plusieurs semaines à l'hôpital psychiatrique, avant d'en être relâché sous couvert de toutes les conneries habituelles : inscription dans un foyer, visites régulières d'un travailleur social, et ainsi de suite. Le même jour, il avait humé l'air et décidé que la belle saison était assez avancée pour permettre de prendre la route. Il était parti vers l'ouest.

Elle lui manquait terriblement. Annie était la seule

fille, la seule personne de sexe féminin, presque la seule personne tout court, pour qui il se rappelait avoir ressenti ce genre de chose. Presque la seule personne pour qui il se rappelait avoir eu de l'affection. Le plus étrange était que, s'il s'entendait généralement assez bien avec femmes et jeunes filles, il n'avait pas pour habitude de rechercher leur compagnie, encore moins de lier son existence à la leur. Comme compagnon, de route ou de lit, il préférait un autre mâle, si possible plus grand et plus fort que lui, dont la présence lui fournissait au moins une illusion de sécurité. La plupart des adolescents étant plus grands et plus forts que lui, cette condition-là n'était pas bien difficile à remplir.

Pourtant, il ne cessait de songer à Annie. Un jour, juste avant d'être emmenée en maison de correction, à Chicago, alors qu'on se préparait à juger Pat, elle lui avait dit que son nom de famille était Chapman. Une bonne partie des gens que rencontrait le garçon se présentaient sous de faux noms, pour diverses raisons, si bien qu'il ne prenait pas tellement les patronymes au sérieux — d'autant qu'il n'avait pas toujours la certitude de connaître le sien. Qu'elle s'appelât ou non Chapman, il était cependant sûr d'apprécier Annie, et il avait besoin d'elle comme jamais il n'avait eu besoin de personne. Totalement féminine, elle n'avait rien d'un garçon manqué mais semblait pourtant capable de le protéger. Bien qu'elle fût petite, pas plus grande que lui, elle possédait une détermination sur laquelle il sentait pouvoir compter. Et même si la protection qu'elle lui offrait n'était pas physique — eh bien, il y en avait peut-être de plus importantes.

Au lit, elle faisait les choses les plus bizarres, les plus déjantées qu'il eût connues. Et il en avait connu beaucoup. L'union de leurs corps lui avait apporté plus de plaisir qu'il n'en avait jamais ressenti avec hommes, femmes ou adolescents des deux sexes. Il songea qu'il ferait peut-être mieux de se convaincre qu'il ne la recherchait qu'à cause de leurs fabuleuses étreintes. Quand il y réfléchissait, il était presque sûr qu'il y avait autre chose — ce qui, sans qu'il sût pourquoi, l'inquiétait.

L'une des raisons qui le poussaient était peut-être le simple fait qu'Annie l'aimât bien. Elle lui avait parlé, était restée avec lui alors qu'elle eût pu choisir de partir avec quelqu'un d'autre, s'était parfois donné du mal pour lui faire plaisir. Rares étaient les gens qui allaient jusque-là. La plupart, quels que fussent leur âge et leur orientation sexuelle, ne l'appréciaient pas très longtemps, une fois franchie la première étape, durant laquelle ils admiraient son charme encore enfantin.

Et voilà donc qu'il faisait du stop à la sortie de Chicago. Combien de fois était-il déjà passé par là ? Il l'ignorait. Sans doute plus de deux, mais il n'avait aucune certitude. À cause de ses crises de folie temporaires, ses souvenirs avaient tendance à se brouiller.

D'un autre côté, ce que vous eussiez pu considérer comme un problème, localiser Annie, ne préoccupait pas excessivement Pat. Il avait à présent une bonne idée de l'endroit où elle se trouvait. Il en ignorait le nom, mais en connaissait l'emplacement : au sud-ouest de Chicago, à une distance notablement plus importante qu'une journée de voiture.

Voilà qui, s'il se permettait d'y réfléchir, lui paraissait aussi assez effrayant. Avoir ce genre d'intuition précise n'était pas normal. Mais de toute façon, bon nombre de choses en lui ne l'étaient pas, il le savait depuis longtemps. Bien des médecins et autres experts avaient trouvé différents mots pour le lui dire. Une anormalité de plus n'avait donc rien de si inquiétant. En outre, son intuition pouvait s'expliquer logiquement. Annie lui avait peut-être annoncé qu'elle partait vers le sud-ouest. S'il était alors défoncé, ivre, à moitié endormi ou un peu dingue, voire le tout à la fois, les paroles de la jeune fille avaient pu ne laisser aucune trace consciente. À un niveau plus profond, toutefois, il avait entendu et mémorisé.

En son premier jour de voyage, à travers l'Illinois

et le Missouri, Pat déclara aux automobilistes qui le prirent en stop qu'il se rendait en Californie. Chaque fois, dès qu'il eut annoncé cette destination, on lui demanda où il habitait — et chaque fois, il répondit qu'il venait de partir de chez lui. Aux interrogateurs plus tenaces, il affirma vivre à Chicago — une grande ville, un bon endroit pour une adresse. Il ne mentionna pas son internement récent dans l'hôpital psychiatrique de l'Indiana, ni aucun de ses précédents séjours en des institutions similaires. Pat savait qu'il était fou, mais il ne l'avait jamais été assez pour l'avouer à un bienfaiteur.

Le soir venu, il s'éloigna de la grand-route. Le printemps était assez avancé pour qu'il ne mourût pas de froid, où qu'il dormît, mais il espérait tout de même trouver un toit. Il s'en sentait capable. Quand on bourlingue assez, on finit par acquérir un sixième sens pour ce genre de chose. On sent si la tâche va être facile ou difficile. Les grillons se mirent à chanter dès le coucher du soleil, si bien qu'on se fût cru en été. Le cœur de l'été était la saison préférée de Pat.

Aux abords de Joplin, Missouri, il passa devant une maison assez isolée, qui paraissait inoccupée. Un coup d'œil alentour et un reniflement rapide le convainquirent qu'il avait peu de chances de trouver meilleure occasion. S'approchant d'une fenêtre latérale, il regarda à l'intérieur. Pas de meubles. Non seulement les lieux étaient inoccupés mais ils semblaient l'être depuis longtemps. Pat brisa un carreau, derrière la maison, et entra.

Il se servit de son sac comme oreiller et se couvrit de sa veste légère. C'était tout ce qu'il pouvait faire pour se tenir chaud. Quant à la nourriture, les dernières personnes qui l'avaient pris en stop lui avaient aussi offert un sandwich — par pitié. Il lui faudrait s'en contenter jusqu'au lendemain. Pat avait l'habitude de manger peu. Bien qu'il fût encore tôt, il s'endormit presque tout de suite, étendu sur le plancher.

Au début, il eut conscience de dormir et de trembler

un peu. Ensuite, il commença à rêver d'Annie. Dans son univers onirique, c'était elle qui dormait, elle aussi allongée sur un plancher — dans ce qui ressemblait à un grenier. Elle portait un sweat-shirt informe et un jean. L'instant d'après, elle ouvrait les yeux, regardait Pat, lui souriait, et il sut qu'elle allait lui tendre les bras, qu'ils allaient faire l'amour. Au lieu de cela, il se réveilla. Depuis qu'il s'était habitué au lit d'hôpital, dormir par terre lui donnait des courbatures. En outre, il commençait à grelotter. Il haussa les épaules : c'était la vie.

En fin de matinée, arrivé en Oklahoma, Pat commença à douter fortement que la Californie fût son but, bien qu'il continuât de l'affirmer lorsqu'on lui posait la question. Tout le monde s'attendait plus ou moins à ce qu'un jeune routard se dirigeât vers la côte. S'il disait se rendre en Arizona ou au Nouveau-Mexique, on trouverait ça bizarre : on se demanderait ce qu'il allait y faire et on poserait plus de questions, on s'interrogerait davantage à son sujet. C'était du moins ce qu'il croyait. En règle générale, moins on pensait à lui, moins on parlait de lui, et plus il était heureux.

Un peu plus tard, il eut aussi la sensation de ne pas vouloir aller en Arizona. Il n'était pas sûr de savoir pourquoi, mais il espérait en tout cas qu'Annie ne s'y trouvait pas.

Certains de ses chauffeurs lui demandaient ce qu'il comptait faire, en Californie. Il répondait qu'il envisageait de trouver du travail dans le cinéma. En général, son interlocuteur se tournait vers lui, avait un petit rire, et devenait aussitôt condescendant — car on voyait bien qu'il ne plaisantait pas. Sa réponse était de fait parfaitement réaliste et sensée. Il eût bel et bien trouvé un tel emploi s'il s'était rendu en Californie. Contrairement à ce que pensaient les gens, il ne songeait bien entendu pas à Hollywood, mais il existait dans d'autres villes des studios où l'on réalisait nombre de films en tout genre. Ces dernières années, Pat en avait fréquenté quelques-uns. En matière de cinéma, c'était un authentique génie — totalement méconnu, souvent au chômage et pratiquement pas payé.

Parfois, ceux qui le prenaient en stop lui demandaient son âge. Cela signifiait qu'il commençait à leur inspirer un quelconque projet, fût-ce à l'état embryonnaire. La réponse de Pat variait selon les cas. S'il estimait que le projet consistait à le remettre entre les mains de la brigade des mineurs, il disait la vérité : à sa connaissance, il avait vingt-deux ans, bien qu'il dût vaincre une certaine réticence pour s'avouer aussi vieux, y compris à lui-même. Si la discussion se prolongeait, il illustrait ses propos d'un permis de conduire portant sa photo.

Dans les cas où le projet ne faisait pas intervenir la police, il lui arrivait souvent de se rajeunir. Pour autant qu'il s'en souvenait, nul n'avait jamais douté qu'il eût seize ans. S'il s'en donnait dix-sept, on croyait encore fréquemment qu'il se vieillissait.

Au camionneur en compagnie de qui il roulait lorsqu'il atteignit Albuquerque, il avait affirmé avoir seize ans.

— Première fois que tu sors de chez toi, hein ? avait répondu le routier.

— Ouais.

— J'ai un sacré bout de chemin à faire. On roulera toute la nuit.

Il avait souri et posé la main sur la cuisse de Pat.

On était encore en début d'après-midi. Le jeune homme avait souri aussi, sans chercher à chasser les doigts qui lui caressaient la jambe. Un peu plus tard, toutefois, devant un restaurant, à la jonction des routes Inter-États 40 et 25, le chauffeur fut surpris et chagriné d'entendre son passager annoncer qu'il descendait pour de bon.

— Hé, qu'est-ce qui te prend ? Je croyais que t'allais en Californie.

Toujours souriant, Pat se laissa glisser à bas de la cabine, sur l'alphalte inondé de soleil. Il s'étira. Des montagnes stériles, dont il n'avait jamais su le nom, quoiqu'il les eût traversées bien des fois dans les deux sens, s'élevaient à quelques kilomètres à l'est. Il avait choisi le bon endroit pour faire ses adieux : un établissement assez fréquenté, entouré par une ville. Le camionneur frustré ne pourrait rien faire, pas même insister trop lourdement.

— Hé, gamin !

Pat s'éloigna sans se retourner. Son intuition au sujet d'Annie venait de se modifier. L'ouest n'était plus la bonne direction. La jeune fille se trouvait à présent quelque part sur sa droite, vers le nord. Toujours trop loin pour qu'il la rejoignît à pied, mais à nettement moins d'une journée de voiture.

Il n'avait jamais emprunté la route Inter-États 25 qui quitte Albuquerque par le nord. Toutes les grandes routes, cependant, se ressemblent : il se sentait chez lui sur n'importe laquelle. En faisant du stop sur la voie d'accès, il jouissait d'un certain soulagement. Non seulement d'avoir abandonné le routier — aux tendances sadiques, lui soufflait son instinct — mais aussi de ne pas devoir se rendre en Arizona, l'État suivant à l'ouest.

Il s'était produit un événement violent, là-bas, à Phoenix. Très violent. Pat ne s'en souvenait pas clairement, mais la puanteur en surnageait toujours parfois dans sa mémoire, telle une chose morte, enterrée trop en surface. Un avertissement : ne pas creuser.

Il arriva au sommet de la voie d'accès et continua son chemin, le pouce tendu, regardant par-dessus son épaule, tandis que plusieurs véhicules le dépassaient. Tel un athlète accompli ou un vieil acteur reprenant un grand succès, il n'avait besoin que d'une partie de son attention pour faire du stop — et pouvait donc employer le reste à se demander ce qu'il ferait quand il aurait retrouvé Annie.

Il savait où la chercher, d'une manière générale qui semblait se préciser à mesure qu'il approchait. En revanche, il ne savait pas ce qu'elle faisait. Peut-être était-elle chez elle, réconciliée avec ses parents, ou dans n'importe quelle autre situation qu'elle n'aurait aucune envie de quitter pour reprendre la route avec lui. Il fallait donc qu'il préparât à son intention quelque proposition alléchante, irrésistible.

Il lui promettrait — quoi d'autre ? — de lui faire faire du cinéma. Toutes les filles en avaient envie, et Annie était assez jolie pour que la proposition fût crédible. En fait, à présent qu'il y songeait...

À présent qu'il y songeait, faire des films avec elle était soudain la seule chose dont il avait vraiment envie.

Il y aurait un moyen, bien sûr. Pourquoi pas ? Oubliant presque de tendre le bras, Pat arpentait le bas-côté d'un pas enthousiaste. Il ne songeait plus aux montagnes, sur sa droite, ni aux rugissements intermittents de la circulation, sur sa gauche. Il allait trouver Annie, ils allaient partir quelque part, faire des films, et tous les éléments de son existence chaotique allaient peut-être se mettre en place, pour une fois...

Il se rappelait une discussion qu'ils avaient eue à Chicago. La jeune fille était fascinée par les anecdotes qu'il racontait à propos des films auxquels il avait collaboré. Elle semblait comprendre qu'il ne se vantait pas. À moins que ça ne se fût pas passé à Chicago. Ils s'étaient trouvés ensemble ailleurs, avant Chicago, il s'en souvenait, à présent. Ou avait-ce été après Chicago ?

Ailleurs. Un endroit auquel il ne voulait pas penser pour le moment. Tout ce qu'il savait, c'était qu'Annie l'aimait bien, et qu'il adorait la manière particulière dont ils faisaient l'amour...

Un film avec elle était certainement une excellente idée, et s'il n'avait pas été fou, il y eût songé avant. Pourrait-il réellement y arriver ? Pourrait-il réellement enfin mettre de l'ordre dans sa vie, au moins sur ce plan-là ? Posée en ces termes, la question l'effrayait un peu.

Il savait que, s'il en avait l'occasion, il pourrait réaliser le film lui-même. Il allait passer prendre Annie et ils iraient quelque part où il trouverait un emploi dans un studio de cinéma. Peut-être ici même, au Nouveau-Mexique. Il y avait fatalement là des gens qui faisaient des films, et certains avaient sans doute entendu parler de lui par leurs collègues de la côte. Quand on est doué, ça finit par se savoir.

Le porno était, pour Pat, le moyen le plus facile d'avoir du travail. Particulièrement quand ses employeurs s'apercevaient qu'il était tout à fait capable de faire également l'acteur. Il était aussi doué devant la caméra que derrière, quoique jouer la comédie ne fût pas réellement ce qu'il aimait. Sa beauté androgyne était très demandée pour les films gays ou de style libre. À une seule chose, il ne touchait pas, et ne toucherait jamais. Lorsqu'il tournait, il souriait comme le fou qu'il lui arrivait d'être, simulait autant que possible les orgasmes, et ne cessait de se réjouir en songeant que, s'il avait été aux commandes, il eût changé les éclairages, les mouvements de caméra et l'ensemble de la mise en scène. Bien entendu, tous ces films, ou presque, se ressemblaient terriblement. Il existait néanmoins un nombre infini de méthodes afin de déguiser cette ressemblance, pour peu que l'on fût compétent. Pat ne doutait jamais de l'être.

On lui avait cependant rarement confié des responsabilités, une vraie chance de faire ses preuves, quoique ses suggestions eussent parfois été suivies par des metteurs en scène, lesquels s'étaient félicités du résultat. Le matériel et le studio avaient toujours appartenu à quelqu'un d'autre. Il n'existait à sa connaissance guère de films qu'il eût entièrement réalisés. Une fois, au Mexique, chez un authentique dément, il s'était vu confier la responsabilité intégrale d'un tournage. Une autre, dans cette villa aux poutres gigantesques, on avait été disposé à le laisser s'occuper de tout, mais...

... il s'était passé quelque chose. Et voilà qu'il se retrouvait à faire du stop sur la route Inter-États 25, en tentant encore une fois de ne plus songer à Phoenix. Aujourd'hui, sans qu'il sût pourquoi, était un bon jour pour s'attaquer à ce problème. Peut-être parce que c'était la première fois qu'il retournait dans le Sud-Ouest depuis...

... quelqu'un l'avait emmené à la villa d'un type bourré de fric, là-bas, en lui promettant qu'il allait faire la fête. Il avait cru comprendre ce que cela signifiait...

Son esprit recula soudain devant une vision sanglante à peine formée. Le souvenir s'évanouit presque aussi vite qu'il était revenu, à la manière d'un rêve mourant. Il ne laissa derrière lui aucune illumination, seulement une vague de peur insensée. Ce que Pat ne supportait pas, c'était la crainte d'avoir été contraint de travailler sur un film « snuff ».

De véritables tortures, de véritables morts sur pellicule. C'eût été là pour lui la profanation suprême, un blasphème auquel il ne voulait prendre aucune part — bien qu'il n'eût su dire exactement ce qui eût été profané...

Ses réflexions lui devenaient un fardeau. Il fut soulagé quand une voiture ralentit enfin pour le prendre. Une Pinto jaune dernier modèle, qui le dépassa et s'arrêta prudemment à quelques mètres de lui. Pat remonta son sac à dos et se mit à trotter. Un homme seul, entre deux âges, au nez chaussé de lunettes à monture d'acier, le regardait approcher par la fenêtre du conducteur. Le type père de famille, à première vue. Dès qu'ils auraient démarré, il commencerait à s'étonner qu'un jeune garçon comme Pat fasse de l'autostop en solitaire : ne savait-il pas que ça pouvait être dangereux ?

— Salut, petit, tu vas à Santa Fe ?

Voilà qui paraissait raisonnable.

— Ouais, dit Pat, en montant en voiture.

Santa Fe était une de ces villes qu'il connaissait de nom, mais où il n'était jamais allé. Il lui semblait cependant qu'elle avait un rapport avec Annie.

La voiture se mit à rouler, quittant précautionneusement le bas-côté pour l'asphalte, prenant de la vitesse.

— Tu as de la famille, là-bas ?

Pat ne répondit pas, comme il le faisait souvent. Regardant par la vitre, il fit mine de ne pas avoir entendu. L'homme se racla la gorge mais ne répéta pas sa question. Il le ferait plus tard. Un panonceau leur apprit qu'ils entraient dans une réserve indienne. Bon Dieu ! De quoi même des Indiens pouvaient-ils bien vivre sur une terre aussi stérile ? De l'élevage des moutons ? Il n'y en avait aucun en vue.

Ils pouvaient y tourner des films, bien sûr. C'était une chose qu'on pouvait faire quasiment n'importe où. Pat visualisa mille danseurs indiens alignés dans la plaine jaune-brun. Dix mille, même, dont la file semblait néanmoins courte dans l'immensité du paysage. Faire passer une caméra juste au-dessus de leur tête, dans un appareil volant à basse altitude... leur dire de ne montrer aucune émotion.

La Pinto filait dans une circulation fluide, franchissant colline après colline. Annie se rapprochait. Dans le lointain, des deux côtés, de nouvelles montagnes s'élevaient. La chaussée, rétrécie, ne semblait plus assez large pour mériter le nom de route Inter-États. Pat n'avait pas fait attention aux panneaux. Le conducteur, après sa première tentative, se révélait étonnamment silencieux. Qui pouvait dire ce qui se passait dans la tête des gens ? Personne. Ce silence, cependant, n'était pas gênant.

Quand ils eurent roulé environ une heure au travers de ce quasi-néant, il arrivèrent au sommet d'une dernière colline, très étendue. Une ville se profilait à quelques kilomètres de là, comme jetée au pied des plus hautes montagnes. Malgré la saison, on distinguait sur les pics ce que Pat estima être de la neige.

Son chauffeur se racla à nouveau la gorge.

— Où veux-tu que je te dépose ?

Le jeune homme se détourna du paysage et changea de position. Annie était toute proche.

— Quelque part au centre-ville, si vous allez par là, ça serait bien.

— La *Plaza* ?

Pat ignorait ce qu'était la *Plaza*.

— Très bien. N'importe où dans ce coin-là.

Vingt minutes plus tard, le conducteur arrêtait la Pinto pour le laisser descendre au milieu d'un petit embouteillage, dans des rues étroites. La lumière oblique de l'après-midi réchauffait des bâtiments bas recouverts de stuc beige, qui rappelaient un peu à Pat des photos de demeures indiennes à flanc de falaise. Et il y avait bien des Indiens, d'authentiques Indiens, qui avaient étendu leurs couvertures sur un trottoir couvert afin d'y étaler les poteries et les bijoux qu'ils vendaient. Au-dessus de leur tête, les extrémités rugueuses de poutres mal taillées dépassaient du bord des toits.

— Merci de m'avoir emmené, dit le jeune homme avec un sourire joyeux, avant refermer la portière.

Il souriait toujours, quoi qu'il arrivât. Peut-être espérait-il qu'ainsi on se souviendrait de lui.

L'homme, maussade, ne répondit pas et s'éloigna.

Annie était toute proche, à présent. Pat pouvait la rejoindre à pied, ou quasiment. Il se mit en route.

Dans sa colossale demeure, au nord de Santa Fe, Ellison Seabright tentait de faire adopter à sa femme la pose qu'il souhaitait, afin de peindre avant que la lumière ne changeât. Ils se trouvaient sur le patio arrière, d'où ils dominaient un paysage spectaculaire, quasi sauvage. Seules quelques maisons étaient visibles, sur les côtés. Stephanie, perchée sur le muret en pierre qui entourait le patio, portait un châle espagnol censé dater du XVIIe siècle. Juste derrière elle, une pente de terre sablonneuse, parsemée de hautes herbes et de genièvre nain, descendait jusqu'au fond d'un ravin sinueux. Bien qu'elle fût dépourvue de clôture, les pieds humains la foulaient rarement. En bas, une frontière imprécise marquait la fin de la propriété de Seabright et le début de la forêt nationale.

La pente opposée du ravin constituait le premier contrefort des montagnes du Sangre de Cristos, qui s'élevaient au nord et à l'est, envahissant le ciel, vêtues de bleu par les sapins, sous leurs sommets enneigés. Presque toutes les terres en vue appartenaient au gouvernement et n'étaient pas peuplées. Les pics dominaient d'environ mille six cents mètres le patio, déjà situé à plus de deux mille mètres d'altitude. En les contemplant, Ellison avait l'impression de retourner un millier d'années en arrière, peut-être même plus.

Il aimait songer aux montagnes, savoir qu'elles étaient là pour servir de sujet à sa peinture lorsqu'il s'y attelait. Manquant de temps de manière chronique, il trouvait rarement celui de délaisser ses affaires pour prendre un pinceau. Aujourd'hui, Stephanie était à la maison, et il disposait de quelques heures de tranquillité.

Son épouse, assise sur la balustrade, avait enfin disposé le châle à la convenance du peintre. Elle sourit au soleil couchant, comme si elle en avait apprécié la chaleur.

— Tu es de bonne humeur, aujourd'hui, commenta Ellison en sortant les couleurs de leur boîte.

— Pourquoi ne le serais-je pas ?

Il y avait bien longtemps que la jeune femme n'avait eu une voix aussi légère.

— Pour rien. Dans l'ensemble, tu es quelqu'un qui a de la chance. (Hormis pour Helen, bien sûr, quelques mois plus tôt, mais si Stephanie commençait à l'oublier, il n'allait pas le lui rappeler.) Cela dit, la semaine dernière, à Phoenix, tu t'inquiétais à cause du soleil, tu disais qu'il vieillissait la peau et qu'il donnait des rides. Tu disais que tu ne voudrais plus poser pour moi dehors.

— Ici, le soleil n'est pas aussi chaud.

— Et j'espère que tu as cessé de t'imaginer des rides.

— Je n'ai pas l'intention d'en avoir. Je sais que quand ça se produit, tu divorces pour trouver une femme plus jeune. Tu l'as déjà fait deux fois. (Elle lui sourit, énigmatique Monna Lisa.) Je croise les jambes ?

— Non, répondit Ellison, feignant la patience, se demandant ce qu'elle lui réservait. La pose est parfaite. Concentrons-nous pour qu'elle le reste.

Sa femme avait changé, ces derniers temps, c'était indéniable. Il avait cru que la mort d'Helen en était seule responsable, mais il y avait autre chose. Ellison parcourut des yeux le grand patio, tout de soleil grenat et d'ombres bleuâtres, qui comprenait plus de meubles qu'une petite maison. Il cherchait son tube de blanc au dioxyde de titane.

— Tu te rends compte que ça faisait presque quatre ans que tu n'avais pas posé pour moi ? reprit-il.

— Vraiment ? Si longtemps que ça ?

— Presque depuis notre mariage.

— Ça ne peut pas faire aussi longtemps.

— Oh, si. Je me rappelle qu'Helen était quasiment une fillette. Elle n'arrêtait pas de rôder pour essayer de voir ce qu'on faisait. À cette époque-là, je te demandais généralement de poser nue.

Le nom d'Helen parut ne produire aucun effet. La jeune femme avait certainement autre chose en tête.

— J'aurais aimé que tu poses nue aujourd'hui aussi. Là, devant les montagnes. Tu sais que j'ai donné leur journée à tous les domestiques.

— Je sais, mais il fait trop froid. Peut-être la prochaine fois.

— Voilà. C'est exactement le sourire que je veux. Garde-le, si tu peux. Juste comme ça.

Ellison se rendit compte qu'il était un peu nerveux. Il y avait bien longtemps, sans doute dans les deux ans, qu'il n'avait pas essayé de peindre. Allait-il seulement en être capable, à présent ?

Il repéra soudain le tube de peinture qu'il cherchait sur une petite tablette de pierre, non loin de l'endroit où il avait installé son chevalet. À présent, il se rappelait l'y avoir posé. Il le ramassa, le manipula un instant puis le laissa retomber dans la boîte à couleurs. Un bâton de graphite à la main, il contempla Stephanie, puis les montagnes, derrière elle, où la lumière changeante faisait tour à tour apparaître et disparaître des plis bleus. Avec une luminosité aussi variable et son manque d'entraînement, la tentative était presque vouée à l'échec.

— Est-ce qu'on va parler de Del, un de ces jours ? interrogea soudain son épouse.

— Qu'y a-t-il à en dire ?

— Nous savons tous les deux qu'il est toujours vivant. Tu n'as pas besoin d'être aussi cachottier avec moi.

— Tu ne crois pas qu'il est plus sage de ne pas trop en parler ?

Ellison décida de ne pas s'occuper du tout du décor, aujourd'hui, de dessiner seulement son modèle.

— Personne ne nous entend. Je me demandais juste à quel point tu étais au courant des... détails. Tu traites des contrats pour son compte. Tu crois que quelqu'un d'autre sait qu'il n'est pas mort ?

— Ce que je crois, c'est qu'il est plus sage de ne pas en parler, même ici. Il pourrait y avoir quelqu'un, là-bas, derrière ces rochers, en train de nous écouter. Les microphones directionnels ont des capacités étonnantes, de nos jours.

Stephanie jeta un coup d'œil au flanc de colline, derrière elle, puis reprit la pose, peu convaincue.

— Quelqu'un ? Qui ça ?

— Tu dois bien avoir une idée de la valeur de ce tableau, ma chérie. Quand une telle somme entre en jeu, ça pique l'intérêt des gens.

— Ellison, je veux bien qu'il y ait une table d'écoute sur notre ligne, mais personne ne se cache dans ces montagnes vingt-quatre heures sur vingt-quatre pour nous surveiller.

— Qu'est-ce que tu en sais ?

Le bruit de la sonnette, qui résonnait dans la fraîcheur de la maison, leur parvint par les portes ouvertes du patio. Ellison soupira, posa son bâton de graphite, s'essuya les mains et alla ouvrir. Se passer de domestiques n'avait pas nécessairement que des avantages. Il s'attendait à découvrir une gamine des environs, avec des gâteaux de Girl Scout à vendre.

Le garçon qui se tenait devant la porte était de petite taille et vêtu d'habits élimés. Ellison ne l'avait jamais vu auparavant, mais un unique regard suffit à lui apprendre que le visiteur ne vendait pas de gâteaux et que sa présence en ces lieux n'était pas fortuite. Ce jeune visage avait quelque chose d'extraordinaire — de plus qu'extraordinaire : de déplacé. Ellison considéra cela comme un signe que son propriétaire savait devant quel seuil il se trouvait.

— Qu'est-ce que c'est ? demanda-t-il.

Contrarié, il avait employé son ton le plus autoritaire, quoiqu'il fût déjà sûr de ne pas se débarrasser aussi aisément du garçon.

Les yeux d'un bleu voilé lui rendirent son regard. La plupart des gens y eussent lu l'innocence. Ellison y vit bien plus que cela, et bien pis.

— Je veux voir Annie, annonça l'arrivant, d'une agréable voix d'adolescent qui paraissait soigneusement mise au point.

Ce nom ne signifiait rien pour le maître des lieux, lequel se contenta de fixer son visiteur, espérant sans trop y croire qu'il allait s'en aller.

— Annie me connaît. Je m'appelle Pat O'Grandison. Je suis un de ses amis. Je sais qu'elle habite ici.

— Il n'y a et il n'y a jamais eu d'Annie dans cette maison.

— Vous êtes son père ? interrogea le garçon, sceptique. Peut-être qu'elle n'est pas là en ce moment, mais elle ne va pas tarder. Elle a fait une fugue, ou quelque chose comme ça ? Si c'est le cas, elle va bientôt revenir.

Ellison entendit un bruit léger derrière lui. Lorsqu'il se retourna, il vit approcher Stephanie. Avec son vieux châle, elle ressemblait à une grande dame espagnole. Elle contempla le visiteur, l'air préoccupé.

— Un ancien petit copain de Del, peut-être ? lui suggéra Ellison. Pourtant, à ma connaissance, il ne les emmenait jamais ici. Je croyais que tout se passait en Arizona, pas sous mon toit.

Elle se contenta de secouer la tête, sans cesser d'examiner le jeune homme.

— Qui êtes-vous ? demanda-t-elle. Que faites-vous ici ?

Le garçon, las, s'accouda d'un bras frêle aux adobes véritables. Il en gratta une d'un ongle noirci, comme s'il s'était demandé de quoi il s'agissait.

— Est-ce que je pourrais avoir un verre d'eau, s'il vous plaît ? Tout va bien. Je connais vraiment Annie.

Il se tourna soudain vers Ellison, lequel, mal à l'aise, eut l'impression qu'il tentait de se rappeler où il avait déjà vu ce gros homme grisonnant.

— Je pense qu'on devrait le laisser rentrer, conseilla Stephanie. Il m'a l'air un peu malade.

— Défoncé, plus sûrement.

— Quelle différence ?

— Oh, très bien, fais-le entrer.

Le visiteur franchit le seuil et, comme au bord de l'épuisement, se laissa tomber sur la première chaise qu'il trouva. Il était petit, blond, vêtu d'un jean usé couvert de poussière et d'un T-shirt uni qui avait été blanc. Un sac à dos kaki atterrit près de sa chaise. Sa main droite détendue en tenait encore une des sangles. Son nez retroussé et ses joues imberbes lui donnaient l'air d'avoir à peine quinze ans, mais Ellison le croyait plus vieux.

Le gros homme, sous différentes facettes, dont l'artistique, considérait ces jeunes traits avec une fascination croissante. C'était certainement un des compagnons de Del. Il avait un visage magnifique et, même en laissant de côté ce qui pouvait être dû à la fatigue, quelque chose de totalement déplacé qui suggérait un but bien précis. Son arrivée annonçait peut-être des ennuis mais elle n'avait rien d'accidentel. Était-ce Del qui l'avait envoyé ?

— Tu étais déjà venu ici ? demanda Seabright.

— Non. (Le garçon hésita.) Mais j'ai l'impression

de vous avoir déjà vu quelque part. (Il surprit le regard d'Ellison et se hâta d'ajouter :) Ça doit être une erreur. Hé, si Annie n'est pas là, pourquoi pas Helen ? Il est possible que nous connaissions la même fille sous des noms différents. Je veux dire que, parfois, quand les gens font des fugues, ils se font appeler autrement.

Ses yeux bleus passaient sans arrêt d'Ellison à Stephanie. Il était impossible de séparer en eux la franchise et la ruse.

Le gros homme regarda sa femme, à la recherche d'un indice, mais elle ne lui apprit rien. Elle se contentait de fixer le visiteur, pensive.

— Il y a eu une Helen qui habitait ici, dit enfin Ellison. Elle est morte.

Le garçon parut réfléchir. Il s'était affaissé sur la chaise au point que sa tête reposait contre le dossier molletonné. La sangle du sac à dos avait échappé à sa main.

Stephanie s'accroupit auprès de lui.

— Helen, si nous parlons bien de la même, était ma fille. Il est vrai qu'elle a fait une fugue, un jour. Et elle est effectivement morte. On en a beaucoup parlé, à l'époque. Tu as dû l'apprendre par les journaux. Ou la télévision.

Le visiteur ouvrit la bouche puis la referma, changeant d'idée.

— J'ignorais qu'elle était morte. Désolé.

— Où crois-tu m'avoir déjà vu ? s'enquit Ellison.

— Je ne sais pas. Peut-être que je me trompe, pour ça aussi. Des fois, j'ai les idées vachement... vachement embrouillées.

Stephanie se redressa. Avec un large sourire, digne d'une infirmière, elle posa la main sur l'épaule du garçon.

— Tu dois avoir faim et soif, dit-elle d'un ton léger. Viens avec moi. On va voir ce qu'on peut trouver. Comment t'appelles-tu ?

— Pat.

Il quitta vivement sa chaise et la suivit à la manière

d'un chiot subjugué par le premier geste bienveillant qu'il eût connu de sa vie.

Quelques instants plus tard, Ellison leur emboîta le pas, demeurant à l'écart. Un coup d'œil dans la cuisine lui montra l'inconnu assis à table, lui tournant le dos, déjà en train de manger quelque chose. Stephanie lui servait un verre de lait. Au fond de la pièce, l'évier abritait la vaisselle sale du déjeuner. Aucun domestique ne reviendrait avant le lendemain matin.

Une fois le vagabond en T-shirt sale lancé dans son repas, les deux époux se retirèrent pour tenir conférence.

— Qu'est-ce que tu en dis ? chuchota la jeune femme.

Ellison l'attira dans la pièce voisine.

— Je n'aime pas ça, répondit-il, mi-chuchotant mi-grognant.

Il s'approcha du sac à dos du garçon, se pencha et l'ouvrit. Une veste légère lui apparut, ainsi que quelques autres vêtements. En dessous gisaient des barres de céréales aux emballages griffés, usés.

Il se releva en grommelant.

— Et je ne sais pas de quoi il retourne, mais je vais faire tout mon possible pour le découvrir.

XVII

Je pourrais à présent vous régaler de toutes les vues, de tous les bruits, de toutes les odeurs de la Rome du xve siècle. Voilà qui serait cependant trompeur en ce qui concerne mon récit. En vérité, lors de ma première visite à Rome, je ne m'intéressai à mon environnement que dans la mesure où il affectait mes recherches. Je commençais à me demander si je n'étais pas victime d'un envoûtement, tant l'image d'Helen, sur le tableau et les dessins, ou dans mon souvenir, dominait mes pensées de manière obsessionnelle. Je désirais certes me venger d'elle et de son amant, mais j'en vins peu à peu à découvrir que je voulais autre chose. Il faudrait plus qu'une simple vengeance, même féroce, pour me satisfaire. Que faudrait-il ? Je l'ignorais, mais j'espérais l'apprendre dès l'instant où je la reverrais.

D'église en église, j'errai tel un pèlerin, à la recherche de Perugino. Je n'avais pas imaginé qu'il y eût tant d'églises à Rome. Je portais à la ceinture le poignard que j'avais retrouvé sur mon oreiller, pointé vers ma tête. Une petite liasse de portraits de la sœur du roi de Hongrie, signés Léonard de Vinci, était pliée dans ma bourse, mais je ne trouvai que trop peu d'endroits où les laisser en m'attendant raisonnablement à ce que cela servît mon dessein.

Le troisième jour de mon enquête à Rome, dans une chapelle, un prêtre m'affirma qu'un artiste nommé

Perugino avait peint là des fresques plusieurs mois auparavant. Il avait toutefois quitté le quartier, et même la ville. Sa maîtresse, s'il en avait eu une, l'avait suivi. Le religieux n'avait jamais vu la moindre femme en sa compagnie, pas même de Hongroise ressemblant à mes esquisses.

Je le remerciai et poursuivis mes recherches dans une taverne voisine. Là, quelques hommes me laissèrent entendre, en se poussant du coude, qu'ils avaient vu mon épouse. Il s'agissait de citadins sophistiqués, de beaux esprits qui s'amusaient aux dépens du barbare amoureux et de sa quête stupide. Visiblement, ils ne comprenaient pas que je cherchais la vengeance et non l'amour. J'en laissai un mort, deux autres blessés, et fus contraint de quitter les lieux. Diplomatie et détection ne sont pas les domaines où je donne le meilleur de moi-même.

Après un autre jour de vaines errances dans Rome, je me rendis au Vatican. Là, je localisai mes anciens compagnons de voyage — la délégation hongroise venue plaider la croisade. En attendant d'être reçus par le Saint-Père, ils avaient pris des appartements non loin de la vieille église Saint-Pierre. À Florence, où je les avais quittés, ils avaient été rejoints par Morsino, l'ambassadeur, qui m'accueillit amicalement. Quand je lui parlai de ma récente bagarre, cependant, il s'assombrit et me conseilla de ne plus demander d'aide officielle dans les villes italiennes. D'après lui, Mathias n'était plus totalement favorable aux recherches. Tant qu'Helen demeurait invisible et ne provoquait plus de scandale public, le roi semblait satisfait. Morsino se disait que cela eût dû me satisfaire également. L'idée générale était de laisser les Helen endormies coucher avec qui elles le voulaient, où elles le voulaient.

Je me hâtai de signaler que j'avais des vues assez différentes sur la question. Le roi m'avait ordonné de la rechercher et j'allais le faire, pour mon propre honneur aussi bien que pour celui du trône. Si l'ambassadeur s'estimait capable d'organiser la chasse à Rome de manière plus discrète et plus efficace que moi, il était le bienvenu. Morsino, préoccupé, finit par acquiescer.

Je demeurai encore deux semaines aux alentours de Saint-Pierre, parfois incapable de rester en place, parfois totalement déprimé. Enfin, les efforts de l'ambassadeur portèrent leurs fruits. Un de ses agents m'amena un témoin, une pauvresse jurant avoir logé près d'un artiste et d'une Hongroise qui vivaient en couple, non loin de l'église où avait travaillé Perugino. Peu avant leur disparition, quelques mois plus tôt, elle les avait entendus parler de Venise.

Je ne m'étendrai guère, dans ces pages, sur les douze mois suivants de mon existence. Ce fut une période durant laquelle je fis des choses dont je ne suis pas fier et qu'il n'est à présent nul besoin de rappeler. Ma jambe étant complètement remise, je pouvais chevaucher et combattre. Les bons soldats, et plus encore les chefs militaires compétents, étaient à l'époque très demandés en Italie, en raison des querelles incessantes entre cités-États et principautés qui ne formaient pas encore une nation. À peine fus-je arrivé à Venise que je signai un engagement avec l'éminent mercenaire Bartolomeo Colleoni. Mes fonds étaient en baisse, et j'espérais conserver assez de liberté de mouvement pour continuer à chercher Helen.

Colleoni était depuis dix ans général en chef des forces armées vénitiennes. Comme la plupart des grands *condottieri* de l'époque, il avait pour but ultime de créer son propre État. Une partie de ses collègues, tel le fondateur de la dynastie Sforza, à Milan, réussirent admirablement dans cette entreprise. Nombre d'autres subirent un échec cuisant. À l'image de Sforza et de Colleoni, cependant, la plupart n'avaient pas grand-chose à perdre en essayant.

Mon nouvel employeur était renommé pour sa vigueur martiale et maritale, malgré son âge avancé ; pour sa férocité (remarquable, même à l'époque) ; pour sa collection de livres rares (quand ils l'étaient tous); et pour ses travaux révolutionnaires dans le domaine de ce qu'on appellerait aujourd'hui l'artillerie. Toutefois, si son nom a traversé les siècles, c'est essentiellement grâce à la statue équestre titanesque que lui consacra Verrocchio et qui se dresse toujours sur une place vénitienne... mais voilà que je digresse.

Quand Colleoni apprit que j'avais récemment séjourné à Florence, il considéra comme acquis que j'y avais aussi été employé en tant que *condottiere*. Qu'eût bien pu y faire d'autre un soldat étranger? Il se mit en devoir de m'arracher tout ce que je savais des capacités militaires florentines. Combien d'hommes y avait-il dans la milice? Les fortifications étaient-elles bien entretenues? Je lui révélai ce que je pus, soit peu de chose, et il prit visiblement mes réticences pour une loyauté digne d'éloges envers mon ancien employeur. Je ne me souciai pas de le détromper.

Durant l'hiver 1466-1467, je commandai donc une compagnie de soldats vénitiens. J'avais sous mes ordres trente lances — une centaine d'hommes, selon les mesures de l'époque. Début 1467, nous menâmes l'enquête sur l'assassinat d'un agent de Colleoni, le maire d'un village dont j'admets avoir oublié le nom — lequel, de toute façon, ne vous dirait probablement rien.

Nous enquêtions à la mode du moment : mes hommes avaient pris une vingtaine d'otages, que nous nous préparions à pendre un par un, tant que ne se présenterait pas quelqu'un sachant quelque chose au sujet du meurtre. Afin de me rendre justice, je devrais peut-être ajouter que le maire avait de toute évidence été un brave homme, pour l'époque, et un bon politicien — peut-être pour toutes les époques. J'estime toujours que ses assassins eussent largement mérité d'être pendus si nous les avions trouvés.

La neige menaçait, et la misère était comme toujours monnaie courante dans la populace.

Un matin, dans une maison qui était mienne tant que

je choisissais de l'occuper, assis à un pupitre ayant sans doute appartenu à quelque érudit, si j'en jugeais par les papiers qui l'encombraient, je tentais de rédiger un rapport destiné à Colleoni. Ceux de mes hommes qui, de temps à autre, jetaient un coup d'œil par la porte ou la fenêtre, attribuaient sûrement mon expression soucieuse à la difficulté de tenir une plume afin de laisser une trace intelligible sur le papier. Hélas, non ! À l'époque, je savais déjà écrire — c'est-à-dire que je traçais de grandes lettres bien lisibles. Des choses plus fondamentales me troublaient. Je me débattais dans des questions de Conscience et de Loi.

Faisant le point de ma dernière année de travail, je m'apercevais qu'elle ne recelait rien de bon. Oh, mes activités étaient légales, bien entendu, ou pouvaient du moins passer pour telles, compte tenu des accords que j'avais avec Colleoni, et lui-même avec Venise. Il existait en outre force coutumes, traditions, traités, serments et ainsi de suite qui établissaient la domination vénitienne sur les pauvres moutons de villageois que j'opprimais.

Tout était légal. Tout. Pourtant, au bout du compte, cela se résumait toujours à approcher le fil d'une lame où un nœud de chanvre du cou d'un pauvre hère. Ma parole avait valeur de loi. La sienne, s'il était en désaccord avec moi, n'en avait aucune.

Comme si moi... moi, Drakulya ! je n'avais été qu'un bandit de grand chemin.

Chez moi, en Valaquie, quand j'en étais le prince, ma parole avait aussi tenu lieu de loi. Mais j'étais alors le souverain légitime, ce qui justifiait bien des choses — n'est-ce pas ?

La porte d'entrée de ma maison d'emprunt s'ouvrit en grinçant, et la lumière blême de l'hiver s'infiltra à l'intérieur. Une ombre un peu floue se projeta sur mes papiers. Ravi de cette interruption, quelle qu'en fût la cause, je levai les yeux.

Pour découvrir Helen.

[illegible] de Locorotondo, assis à son pupitre, avait sans doute appartenu à quelque [illegible], et j'en jugeais par les pièces qui l'encombraient. Je tentais de rédiger un rapport destiné à Guillaume. Ceux de mes lecteurs qui [illegible] par la porte ou la fenêtre, [illegible] sûrement moins à [illegible] à la difficulté de tenir une plume afin de laisser une trace intelligible sur le papier. Hélas, non! L'époque [illegible] — c'est-à-dire que [illegible] de grandes lettres bien lisibles. Des choses plus fondamentales me troublaient. Je me débattais dans des questions de conscience et de foi.

Faisant le point de ma dernière année de travail, je m'apercevais qu'elle ne recelait rien de bien solide; mes enquêtes étaient légales, bien entendu, ou pouvaient du moins passer pour telles, et j'avais tenu des [illegible] que [illegible] avec Contardi et lui-même avec Venise. Il était en quelque sorte [illegible] coutumes, traditions, [illegible], serments et abus de toute sorte qui établissaient la domination vénitienne sur les pauvres paysans et villageois que j'ai connus.

Tout était légal. Tout. Pourtant, au bout du compte, cela se résumait toujours à approcher [illegible] une lame d'un nœud de chanvre du cou d'un pauvre hère qui [illegible] avait [illegible] de [illegible], n'étant en désaccord avec moi, il en avait aucune.

Comme si moi, moi, [illegible] je n'avais été qu'un bandit de grand chemin.

Chez moi, en Valachie, quand j'en étais le prince, la justice avait aussi tenu lieu de loi. [illegible] la justice seulement, ce qui [illegible] ces choses — n'est-ce pas ?

La porte donnant de ma maison [illegible] s'ouvrit en [illegible], et la lumière blême de l'hiver s'insinua à l'intérieur. Une ombre un peu trapue se projeta sur mes papiers. Agacé de cette interruption, quelle qu'en fût la cause, je levai les yeux.

— [illegible] Helias

XVIII

Judy Southerland, dix-huit ans, ne savait pas où elle allait, ce soir-là. Elle savait seulement que celui qui avait été son amant était en grand danger et qu'elle devait lui apporter toute l'aide possible.

Après avoir passé des habits de routard qui conviendraient à la région de Santa Fe, elle se regarda dans le miroir de la coiffeuse en pin qui équipait son bungalow personnel — Astoria était une école extrêmement chère. La détresse qui résonnait si fort en elle, celle de l'homme à qui elle était liée, se lisait-elle sur son visage ? Elle l'ignorait. Tout comme elle ignorait si les efforts qu'elle allait faire pour y répondre seraient d'une quelconque utilité.

Elle n'était même pas sûre que celui qu'elle se sentait contrainte d'aider fût toujours son amant.

Judy l'avait rencontré pour la première fois à Chicago, l'année précédente, en décembre. Leur liaison avait alors débuté. Un autre épisode s'y était ajouté quand la jeune fille avait visité l'Europe avec sa famille, en janvier. Ensuite, après avoir fait l'amour avec un vampire, elle était revenue habiter chez ses parents, lesquels ne soupçonnaient rien, dans la banlieue de Chicago. Là, à sa grande surprise, elle avait repris une existence tout à fait normale, au moins en apparence, pour une fille de son âge. Elle était sortie avec de jeunes hommes qui n'eussent jamais rêvé de boire son sang à même sa gorge et qui, si elle leur avait dit la vérité, l'eussent estimée complètement folle.

Au printemps, elle-même avait connu des moments d'incertitude. N'avait-elle pas tout imaginé ? Ou rêvé ? Ce n'eût guère été étonnant, compte tenu des problèmes bizarres qui accablaient alors sa famille. Chaque fois qu'elle se mettait à douter, cependant, un mot à Kate ou à Joe suffisait à lui assurer que tout avait été réel. Elle comprenait à présent pourquoi les gens qui rencontraient des vampires n'en soufflaient jamais mot.

Le lien à distance s'était établi dès le début de leurs relations, extrêmement fort : dès qu'elle avait envie de contacter son amant, et parfois alors qu'elle n'y songeait pas, elle recevait une impression fort claire de son environnement et de ses émotions. Elle n'avait eu aucun mal à le localiser en Europe, ni lui à la rejoindre. Après cet épisode dans le Vieux Monde, cependant, alors que leurs jours de séparation devenaient semaines, Judy s'était demandé si l'au-revoir qu'il avait prononcé avec tant de légèreté n'avait pas été un adieu. Ils n'avaient pris aucun rendez-vous, et leur lien subconscient s'était effiloché — d'abord de manière imperceptible, mais il s'était ensuite écoulé des journées entières, parfois plusieurs de suite, durant lesquelles son amant n'avait pas seulement été loin des yeux mais aussi loin du cœur. Le contact se manifestait régulièrement, teinté d'une légère aura irréelle, onirique, puis il disparaissait.

L'explosion de la bombe, à plusieurs centaines de kilomètres, avait projeté des ondes de choc bien réelles dans les rêves de Judy, au point de l'éveiller. Elle avait su immédiatement que le vampire était blessé. Pas autant que la fois précédente, lorsqu'elle lui avait sauvé la vie, mais blessé tout de même — et seul. Douloureux, aveuglé par son désir de vengeance, fou de rage à cause d'un vol. Celui d'un objet qu'il convoitait au point que sa seule valeur, aussi grande fût-elle, ne pouvait être en cause.

Apparemment, il n'avait aucune idée de l'endroit où on avait emporté son bien. Judy, qui possédait le don inné et accru par l'expérience de localiser les choses, parvenait à le distinguer quand elle se concentrait. Il s'agissait d'un tableau très ancien, dont le sujet était une femme. Enveloppée de tissu grossier, l'œuvre reposait entre plusieurs morceaux de bois, dans l'obscurité... non loin de Santa Fe.

Si la jeune fille se rendait là-bas, son amant percevrait l'emplacement du tableau grâce à leur lien psychique. Ce dernier ne leur permettant d'échanger ni mots ni pensées construites, Judy ne put, malgré ses efforts, imaginer d'autre moyen de venir en aide au vampire et d'apaiser la peine que lui causait sa détresse.

Le miroir lui renvoyait l'image d'un être tout à fait tangible. Sa gorge pâle n'était plus marquée par la moindre trace de morsures. Les cicatrices avaient toujours été minuscules, discrètes, et elle s'étonna d'ignorer elle-même quel jour elles avaient totalement disparu.

L'hiver précédent, elle avait eu plusieurs fois la certitude que cette liaison aboutirait au résultat contre lequel son amant l'avait souvent mise en garde. Devenir un vampire n'était ni aussi rapide ni aussi simple que voulaient bien le faire croire certains films stupides, mais s'ils échangeaient assez de sang, Judy finirait néanmoins par se transformer. Il ne lui avait jamais donné de détails à propos de ce changement. Son reflet l'avertirait-elle plusieurs jours à l'avance, en devenant peu à peu transparent, ou bien disparaîtrait-il à l'instar d'une ampoule qu'on éteint ? Ensuite, son ombre serait-elle encore visible dans les miroirs, ajoutant une contradiction à cette aberration scientifique ? Judy ne se rappelait pas avoir jamais vu l'ombre du vampire dans une glace... Elle l'avait entendu dire que certains appareils photos, ceux qui n'usaient pas de surfaces réfléchissantes internes pour projeter l'image sur le film, pouvaient enregistrer la sienne. Théoriquement, rien n'empêchait donc qu'on le prît en photo. Il n'aimait toutefois guère cette idée, si bien qu'en pratique, aucun cliché le représentant n'existait.

Judy observa la lettre qu'elle avait posée sur la coiffeuse, contre le miroir. Si tout se passait bien, la jeune fille serait de retour, saine et sauve, avant que quiconque ne pénétrât dans le bungalow et ne lût ses explications. Elle devait cependant admettre qu'il existait une très forte probabilité pour que les choses ne se passent pas si bien que ça.

À qui de droit :

En raison d'un problème personnel de la plus haute importance, je dois quitter l'école pour un petit moment. Je ne serai peut-être absente que quelques heures, voire un jour ou deux. J'écris ceci mardi soir.

Je compte téléphoner au bureau du directeur dans les quarante-huit heures, si je ne suis pas encore rentrée, afin de dire que tout va bien. Je vous supplie de ne pas entamer de recherches avant cela, car je ne serai certainement pas en danger. Si je n'appelle pas dans les deux jours qui viennent, vous pouvez me chercher, mais je crois que ce ne sera pas nécessaire.

Je suis désolée, mais je ne vois pas d'autre moyen de procéder. Si vous estimez absolument nécessaire d'avertir quelqu'un de mon absence, adressez-vous à ma sœur, Mrs. Kate Keogh, et non à mes parents. Son numéro figure dans les fichiers de l'école.

Tout cela n'a rien de terrible, mais c'est nécessaire.

Judy Southerland

À la relecture, son introduction lui parut un peu sinistre. On eût dit celle d'une lettre de suicidé, ou quelque chose comme ça. Elle n'avait cependant pas le temps de recommencer. Le sentiment qu'on avait un besoin urgent de son aide ne cessait de croître et, si elle l'ignorait, elle finirait par se rouler par terre en hurlant.

Elle estima par ailleurs le message satisfaisant. Si elle n'était pas de retour avant que le personnel de l'école ne s'inquiétât, on visiterait son bungalow et on découvrirait la missive. On la lirait sans doute presque aussitôt à Kate ou à Joe, au téléphone, ce qui serait parfait : ils comprendraient la nature du problème, et quand la police serait prévenue, Joe pourrait... Bref, c'était ennuyeux, mais Judy devait vraiment s'en aller.

Elle avait de l'argent, environ deux cents dollars, et des cartes de crédit. De quoi d'autre avait-elle besoin ? Difficile à dire, puisqu'elle ne savait pas réellement où elle allait. En règle générale, de toute façon, l'argent, sous quelque forme que ce fût, permettait de faire face à toutes les situations.

Judy passa un blouson léger, éteignit les lumières, et sortit dans la nuit printanière. Après un instant de débat intérieur, elle ne verrouilla pas sa porte, estimant que cela ferait paraître son absence un peu moins sérieuse, un peu plus temporaire.

L'étape suivante consistait à se faire déposer en ville. Une fois là, elle verrait bien quelle direction l'attirerait.

Lorsqu'elle se dirigea vers le bungalow qui servait à Bill Bird de logement et d'atelier, Judy constata avec un mélange de culpabilité et de soulagement que les lumières en étaient allumées. Le sculpteur parut ravi de la voir, mais étonné qu'elle frappât aussi discrètement à sa porte.

— Je peux faire quelque chose pour toi, Judy ?

— Il est arrivé quelque chose, Bill. Il faut absolument que j'aille en ville tout de suite, et je me demandais si tu pourrais m'emmener.

Il hésita.

— Ah. Tu as signé le registre, au bureau ?

Le règlement contraignait à laisser une signature avant chaque absence. Il stipulait aussi que les sorties en ville devaient autant que possible s'effectuer en groupe.

— Je peux entrer une minute ?

Une fois à l'intérieur d'un bungalow très semblable au sien, elle referma la porte derrière elle. Un grand nu de femme — encore une ébauche — reposait sous une lampe. L'argile en paraissait humide, et Bill s'essuyait les mains sur un chiffon. Il semblait qu'il travaillât de mémoire car aucun modèle n'était en vue.

— Je vais être franche avec toi, Bill. J'ai des raisons de ne pas prévenir le bureau.

— Ah. C'est une affaire privée.

— Oui. Et en fait, je ne sais pas quand je pourrai revenir. Je veux... retrouver quelqu'un en ville, ou dans les environs.

— Ah.

Elle eût aimé qu'il cessât de dire « Ah ».

— Ce n'est pas ce que tu crois. Juste un ami qui a besoin d'aide. Il n'y a rien d'illégal ni d'inavouable là-dessous, mais c'est quand même extrêmement personnel.

Bill ouvrit la bouche mais ne lâcha pas le monosyllabe prévisible. Judy croyait voir tourner les rouages de son cerveau. Avortement? Trafic de drogue? Un copain en train de faire un mauvais trip, voire ayant des problèmes avec la police? Ou bien un fugueur?

— Où dois-tu retrouver cette personne? demanda-t-il.

— Ce n'est pas facile à expliquer. Je suis désolée. Écoute, est-ce que tu peux juste m'emmener en ville? Si tu ne veux pas, je comprendrai et je trouverai un autre moyen. J'admets que tu risques des ennuis si tu contreviens au règlement.

Est-ce que c'est vraiment moi qui suis en train de manipuler quelqu'un comme ça? se demanda Judy. Pour la première fois, elle comprenait comment les alcooliques ou les junkies pouvaient se montrer aussi hypocrites. Le besoin primait tout.

Bill la regardait avec attention.

— Très bien, Judy, je vais t'emmener.

— Merci, Bill. Sérieux : je te suis très reconnaissante. Je ne peux pas te dire à quel point.

Tandis qu'il faisait quelques préparatifs, enfilait un manteau et se disposait à sortir, Judy s'adossa à la porte, tentant de réfléchir.

L'homme qu'elle cherchait s'était dernièrement trouvé dans un grand bassin désertique qui abritait une ville et une imposante masse d'air chaud, presque brûlant — de l'air très pollué. Quoique le lien ne fournît jamais de nom, Judy n'eut aucun mal à reconnaître Phoenix. Elle sentit que Thorn, cependant, ne s'y trouvait plus.

Il se rapprochait, venant du sud-ouest, presque droit sur elle. Il courait, courait à une vitesse incroyable — et sur quatre pattes, un mode de déplacement qu'elle ne lui avait encore jamais connu.

— Qu'est-ce qui ne va pas, Jude ?

La jeune fille ouvrit les yeux et s'écarta de la porte, s'obligeant à sourire.

— Rien... j'ai un peu mal à la tête.

Bill parut sceptique, mais ne sortit pas moins derrière elle. Les pieds de Judy s'enfonçaient dans l'élastique tapis d'aiguilles de pin qui couvrait le chemin forestier. Deux pieds humains chaussés, contrairement à...

Ayant aperçu momentanément le paysage qui entourait Thorn, elle avait cru voir briller un clair de lune ardent, alors qu'ici, ses simples yeux d'humaine n'observaient qu'un pâle croissant.

Les pattes lointaines se rapprochaient rapidement de Santa Fe. Il s'écoulerait encore des heures avant que Judy ne pût rencontrer son amant. Combien, elle n'en avait aucune idée.

Les deux jeunes gens montèrent dans la voiture de Bill, une petite Buick vieille de plusieurs années, et le sculpteur démarra. Alors qu'il tournait la clef de contact, sa passagère connut un instant de panique irraisonnée, la crainte qu'une bombe dissimulée sous le capot n'explosât et ne les changeât tous deux en marmelade. Ce pressentiment fut si intense qu'elle dut se mordre la langue pour ne pas hurler. Bien entendu, rien n'arriva, et la Buick traversa le parking pour rejoindre la grille — laquelle était ouverte, comme tous les jours en début de soirée.

— Où allons-nous exactement ? demanda Bill d'un ton neutre.

La conscience de Judy ne la laissait pas en paix.

— Je ne veux pas te faire avoir des ennuis. Tu devrais peut-être laisser tomber.

— Oh, te conduire en ville, ce n'est pas si grave. Ça tourne un peu le règlement, peut-être, mais... merde, Judy. Toi, tu en as, des ennuis. Il faudrait que je sois aveugle pour ne pas le voir. Je ne sais pas si ça concerne vraiment un de tes amis, ou si c'est toi, l'ami en question, mais je constate que tu as besoin d'aide. Alors, dis-moi où nous allons. En chemin, tu pourras tout me raconter.

— Oh, Bill, tu es merveilleux. (Soudain au bord des larmes, elle lui étreignit le bras, qu'elle trouva étonnamment ferme, musclé.) Le problème, c'est que je ne sais encore rien avec exactitude. Juste que je dois aller là-bas. Peut-être qu'en ville, les choses seront plus claires.

— Qu'est-ce que ça changera ?

— C'est difficile à expliquer.

Voire impossible. Un jour, alors que son frère Johnny se trouvait aux mains de ravisseurs, elle avait vu et parfaitement localisé la maison où il était retenu. Bien sûr, ce jour-là, elle avait été hypnotisée par... Peut-être le problème venait-il de là : aujourd'hui, elle n'était pas hypnotisée.

— Non, je ne crois pas que je veuille te laisser n'importe où. (Ils roulaient à présent sur la route du camp, bordée d'arbres noircis par la nuit.) Dis-moi, Judy : tu as l'intention de quitter l'école pour de bon ou tu comptes vraiment rentrer cette nuit ?

— J'espère que je pourrai rentrer cette nuit, Bill. J'ai laissé un mot, dans mon bungalow, au cas où... mais, seigneur ! j'espère bien être revenue avant que qui que ce soit ne le lise.

Bill quitta des yeux la route obscure le temps de regarder sa compagne. Il poussa un petit sifflement.

— D'accord, c'est visiblement très grave. Je peux te demander ce qu'il y a dans ta lettre ?

— Il y a... Ça se veut juste rassurant. J'essaie de m'arranger pour que mes parents ne découvrent rien... Ne m'en veux pas si je fais des choses un peu dingues. Je sais que je me conduis comme une folle mais je ne le suis pas. Tu t'y connais en matière de pouvoirs psychiques ?

— Psychiques ? Pas vraiment, en fait, mais j'aime à croire que j'ai l'esprit ouvert.

XIX

Helen, vêtue bien plus pauvrement qu'en quittant notre pavillon de Pise, grelottait. Ses haillons, comme ceux de tous les errants, en n'importe quel siècle, étaient maculés par la poussière de la route. Elle semblait plus maigre que dans mon souvenir, et sa chevelure était dans le même état que lorsque je l'avais vue pour la première fois. Mon épouse n'avait par ailleurs que peu changé durant les deux ans qui avaient suivi sa désertion.

Elle se tenait si fort au chambranle de la porte que les articulations de ses doigts blanchissaient, comme s'il lui avait été nécessaire de s'agripper à quelque chose pour se retenir de tourner les talons et de s'enfuir à nouveau.

Ma première réaction ne fut qu'un étrange engourdissement de l'esprit. Très bien. Elle était là. Je chassai d'un signe de tête le soldat qui l'avait escortée. Il sortit et referma la porte.

— Entrez, dis-je stupidement, alors qu'elle était déjà à l'intérieur.

Nous nous fixâmes en silence. Je vis qu'en guise de chaussures, elle s'était enroulé des chiffons autour des pieds. Les bras croisés sous les seins, elle attendait sans bouger, tremblante. Il me sembla lire sur son visage un engourdissement similaire au mien.

— Bien.

Ce fut là ma tentative suivante pour engager la conversation. En vérité, depuis quelques mois, je ne rêvais plus autant de vengeance. Il me semble réellement me rappeler que mon premier sentiment fut un simple soulagement : à présent, nous allions pouvoir régler nos comptes, après quoi je ne serais plus tenu de rester à Venise ni de travailler pour Colleoni.

— Ai-je votre permission de m'asseoir ? demanda Helen.

Je constatai qu'elle vacillait sur ses jambes. Son timbre était sans conteste celui d'un être épuisé ou venant d'être battu, quoiqu'elle ne portât aucune meurtrissure visible. Sa voix avait changé plus que son apparence.

Je fis le geste qu'elle attendait, et elle se laissa tomber sur une chaise en se masquant les yeux.

— Je me remets entre vos mains, dit-elle.

— Je le vois.

— Parce que je suis trop fatiguée pour m'enfuir encore. Trop fatiguée même pour marchander avec vous. J'abandonne, c'est tout.

— Je vois. (En fait, je ne voyais rien du tout. Je méditai quelques instants en silence.) Mais qu'y aurait-il à marchander ? Et pourquoi venir à moi ? Vous êtes encore jeune et séduisante. Vous pourriez trouver quelque protecteur qui vous hébergerait.

Helen ne réagit pas immédiatement. Au bout d'un certain temps, elle se redressa, leva ses yeux rougis.

— Très bien, Vlad. Il est possible que vous ne soyez pas au courant, mais je suis trop fatiguée pour... Alors, je vais tout vous dire. Perugino fait partie de vos otages. Peut-être nous ai-je tous deux condamnés à l'enfer en venant vous voir, je n'en sais rien. Je ne sais plus ce que je dois faire. Je suis trop fatiguée, trop faible et trop affamée pour savoir quoi que ce soit. J'abandonne.

— Ah, Perugino...

Je me calai au fond de ma chaise. Le nom du peintre sonnait étrangement sur mes lèvres. Il y avait bien longtemps que je ne l'avais prononcé. En vérité, je n'avais jamais inspecté les otages, n'en avais qu'aperçu la masse grise à distance. Je suppose que je n'avais pas voulu les regarder avec trop d'attention. On m'avait informé qu'ils étaient parqués, sous bonne garde, dans une grange inutilisée, en face de ma maison d'emprunt. Il y avait de nombreuses granges inutilisées dans le pays, à présent. Je me demande aujourd'hui si j'eusse reconnu Perugino. J'avais quasiment oublié son visage, et il pouvait en outre fort bien avoir changé.

Helen reprit la parole, de cètte voix éteinte qui était désormais sienne.

— Nous n'avons pratiquement pas cessé de bouger. De fuir les soldats, les vôtres et les autres, et de chercher du travail. Comme artisans, comme paysans, n'importe quoi. À Rome, Venise, et même Milan. Là-bas, j'ai aperçu Sforza, par hasard. Nous étions très près l'un de l'autre mais il m'a regardée sans me voir, comme si j'avais été un fantôme. Ensuite, nous sommes revenus à Venise. Et enfin ici. Nous vivions dans le village voisin.

La jeune femme tendit soudain la main pour se retenir à mon pupitre. Elle paraissait sur le point de tomber de sa chaise.

— Vous avez besoin de manger, constatai-je.

Plutôt que d'appeler un serviteur importun, je commençai moi-même à chercher quelque nourriture.

— Oui, à manger, s'il vous plaît. J'ai tellement faim. Ça n'a pas été facile pour moi, de venir ici. (Elle s'interrompit un instant.) Vlad ? Je vous demande juste de le laisser partir.

Je trouvai un peu de pain au fond d'un sac à dos et le lui apportai. C'était du pain noir — et rassis, si mes souvenirs sont bons, car il avait été oublié un certain temps dans le sac. Nous, les soldats, nous étions bien nourris. Helen attaqua le quignon avec un appétit animal. À l'évidence, elle avait encore de bonnes dents. Reprenant ma chaise, je la laissai manger en silence.

Quelque sort que je dusse leur réserver, à elle et à son amant, il ne m'eût servi à rien de la narguer en le lui apprenant si elle s'évanouissait sur mon plancher.

— Ils vont tous être pendus, n'est-ce pas? demanda-t-elle en mastiquant.

— On le dirait bien. Personne ne nous a encore donné les noms des assassins du maire.

— C'est pour ça que vous avez pris des otages? Nous n'étions même pas au courant.

— Bah. Vous attendez-vous réellement que je croie une chose pareille?

— Je veux dire : au village voisin. Celui où Perugino et moi vivions. Les soldats se sont contentés de l'investir et de rassembler tous les hommes qu'ils ont pu trouver.

Je la contemplai avec attention, décidai qu'elle ne mentait pas, et émis un petit claquement de langue dégoûté. À présent que j'y songeais, ce village-ci paraissait effectivement bien petit pour avoir fourni autant d'otages. J'allais devoir prendre quelques mesures disciplinaires pour tenter d'instiller une étincelle d'intelligence dans l'esprit de mes chefs d'escadron.

— Il y a toujours des pendaisons ou des boucheries quelconques, par ici, continua Helen. Je m'étonne que les gens réussissent à faire pousser quoi que ce soit. (Comme je ne répondais pas, elle s'enhardit :) Vous pouvez le laisser partir. S'il n'y a que dix-neuf pendus au lieu de vingt, ça ne fera pas une grosse différence.

Je songeai que la différence ne serait pas non plus bien grande si, au lieu de vingt, il n'y en avait pas du tout. Sinon, bien sûr, pour les vingt en question et leurs familles. Laisser la vie à ces hommes profiterait en outre à la région. Par quelque amère perversité, pourtant, mes paroles ne suivirent pas le même chemin que mes pensées.

— Peut-être vais-je leur rendre service à tous en les faisant pendre dès maintenant, déclarai-je. Si je les laisse partir, ils connaîtront encore quelques années de souffrances dans ce pays oublié de Dieu, puis ils mourront de toute façon. Si je le laissais partir, Perugino serait-il plus ou moins heureux ?

— Je n'en sais rien, Vlad. (Je la crus. À cet instant, elle se mit à pleurer, sanglotant si violemment qu'elle dut cesser de manger.) Je n'en sais rien, mais laissez-le partir ! Je vous en supplie, laissez-le continuer à vivre !

— Vous me demandez toujours de ne pas le pendre ?

— Si vous dites ça comme ça, vous allez sûrement lui faire quelque chose d'encore plus horrible. Oh, je savais que je n'aurais pas dû venir.

Sa faim la poussa à arracher une nouvelle bouchée au morceau de pain. S'étranglant, elle partit d'une quinte de toux. Je me relevai pour emplir un verre d'eau et le lui apporter.

— Supposons — c'est une simple supposition — que je le laisse partir, totalement libre ? Que feriez vous, alors ? Supposons encore qu'on vous laisse le choix.

Helen but, s'étrangla à nouveau, et avala encore une gorgée, retardant le moment de répondre. Plus tard, elle devait me confier qu'à ce point de notre entrevue, elle avait été persuadée que je jouais avec elle, que je la raillais, qu'à tout moment j'allais lui annoncer des horreurs et appeler les bourreaux. Mais je ne jouais pas. J'étais bien moins certain qu'elle de ce qui allait se produire.

Il me semblait qu'en toute justice, j'eusse dû pendre Perugino, qui était sans conteste coupable de quelque chose, et laisser partir les dix-neuf innocents. Si je faisais cela, cependant, les problèmes du coupable seraient terminés — un peintre religieux tel que lui ne manquerait pas de se mettre en paix avec le ciel avant de monter à l'échafaud —, alors que les innocents seraient condamnés à Dieu savait combien d'années de souffrances. Bref, c'était là mon dilemme.

Le lecteur serait-il sceptique ? J'ai toujours eu la réputation d'être sanguinaire. Comment prouver aujourd'hui que je n'ai pas torturé à mort certain individu, en 1467 ? Eh bien, le lecteur lui-même peut-il apporter la preuve de son innocence dans n'importe quel crime commis cette année-là, ou une autre ? Mais, proteste-t-il, en 1467, il n'était pas né. Qu'il le prouve aussi ! répondrai-je. Si j'ai pu vivre aussi longtemps, pourquoi pas lui — ou elle ?

Pardonne-moi, gracieuse Mina. Revivre ces événements me bouleverse plus que je ne l'avais supposé en commençant mon récit.

Posons les choses ainsi. Quoiqu'on rapportât à l'époque que j'avais gouverné mon propre pays avec trop de sévérité, je n'étais jamais allé jusqu'à pendre dix-neuf personnes pas même suspectées d'un crime. Quand j'étais prince, si un de mes officiers m'avait rapporté conduire ainsi une enquête, dépeuplant mes terres de ses paysans industrieux, on eût sans doute peu après observé sa propre carcasse, dans une position plus élevée et plus inconfortable que celle conférée par un échafaud ordinaire.

Quelque chose, sur mon visage, dut inspirer à Helen un espoir nouveau.

— Je sais que j'ai déjà pris un engagement conjugal envers vous, Vlad, et que je l'ai brisé, s'exclama-t-elle soudain. Ce mariage m'avait été imposé et je ne me sentais aucunement liée par lui. Si vous le désirez encore, je prononcerai de nouveaux vœux. Vous pouvez toujours obtenir la position que vous souhaitez — beau-frère d'un puissant monarque. Acceptez de libérer Perugino, et je ne le reverrai plus jamais. Je vous jure sur ce que vous voulez que je serai une épouse fidèle, quoi que vous choisissiez de m'imposer.

Réfléchir me demandait à présent un effort. Je me frottai le visage, soudain las et envahi par une colère proche de l'irritation, celle d'un homme que son épouse ne cesse de harceler.

— Silence, ordonnai-je.

Pour prouver sa docilité nouvelle, Helen abandonna une nouvelle prière avant d'en avoir prononcé le premier mot. Je baissai les yeux sur mon rapport, comme si j'avais eu hâte de le retrouver, comme si l'arrivée de la jeune femme avait interrompu quelque tâche délectable.

— Où avez-vous rencontré Perugino ? interrogeai-je. Je me le suis souvent demandé.

Helen demeura muette quelques instants, tentant de se calmer.

— Au couvent, dit-elle enfin. Je parle du premier, près de Milan. J'y demeurais pendant que mon frère procédait aux dernières formalités de mon mariage avec Sforza. Perugino travaillait dans la chapelle. Il avait été engagé pour peindre des fresques.

— Quel Sforza deviez-vous épouser ?

— Galleazzo Maria lui-même. Les négociations avaient été tenues secrètes. Mathias désirait à tout prix cette alliance avec Milan.

— Ah ! Il n'est guère étonnant que Sa Majesté ait été tellement furieuse quand vous lui avez échappé. Dites-m'en plus. Je suppose que votre fiancé était lui aussi perturbé.

Si la réputation de Galleazzo Maria Sforza pâlit désormais auprès de la mienne, il n'en fut pas toujours ainsi.

— Le mariage a été retardé. Sforza était absent pour une affaire dont on ne m'a jamais dit la nature. J'attendais donc au couvent, le seul endroit convenable pour moi. J'étais consumée par une colère froide contre mon frère, qui sacrifiait ma vie pour raisons politiques. Comme si je n'avais été qu'un soldat à utiliser sur un champ de bataille, selon le bon vouloir de son commandant.

— C'est ainsi durant les batailles. Et dans la vie.

— Pas dans la mienne. Du moins, je le croyais. Avec Perugino, tout a commencé parce que je voulais me venger de Mathias, mais c'est aussi le premier homme que j'aie jamais connu, et c'est devenu... un grand amour. Après notre fuite, nous ne nous sommes plus jamais quittés, sauf par obligation. Nous pensions qu'on nous retrouverait vite, si bien qu'au début, nous avons vécu avec une sorte de... joie sauvage. Vous comprenez ? Faire ce que nous voulions, n'avoir peur de rien. Je voulais créer le scandale partout où je passais, pour me venger de mon frère et du monde.

« Ensuite, c'est... ça a commencé à ne plus être aussi agréable. Je me suis vendue pour acheter à manger quand nous mourions de faim. Et une nouvelle fois pour avoir un abri pendant que Perugino était malade. Quand moi, je l'ai été, il... je ne sais pas ce qu'il a fait, mais il est resté avec moi. À présent, pour lui sauver la vie, je ferai tout ce que vous voudrez.

— Pourquoi avez-vous laissé ce poignard sur mon oreiller ?

Helen ne parut pas comprendre de quoi je parlais. Je tirai l'arme de ma ceinture et la tins par la pointe. La lame était toujours légèrement entamée, à l'endroit où je m'en étais servi pour trancher une chaîne.

— Ce poignard-là.

Enfin, elle se rappela.

— Ça ? C'était pour vous prouver que je ne vous haïssais pas, que vous n'étiez pas mon ennemi. Sinon, je vous aurais tué avant de m'enfuir.

— Je vois. (Je remis l'arme au fourreau.) Et où viviez-vous, ces derniers temps. ?

— Je vous l'ai dit. Au village voisin.

Je n'avais plus qu'une seule question à poser.

— Perugino sait-il que vous êtes venue me voir ?

Helen secoua la tête.

— Je ne vois pas comment il l'aurait appris.

— Je veux lui parler avant de prendre une décision. (Elle ouvrit la bouche mais se tut quand je levai la main.) Je vais le faire amener ici même, tout de suite. Passez dans l'autre pièce et écoutez notre conversation. Si vous tenez à sa vie, demeurez invisible et muette, quoi que vous entendiez, jusqu'à ce que je vous dise d'entrer.

La barbe de Perugino, s'il l'avait bien rasée naguère,

ainsi que l'affirmait Leonardo, avait repoussé — plus longue, marquée de gris. Bien qu'il fût à peine trentenaire, peut-être mon cadet de dix ans, il avait déjà presque un visage de vieil homme. Pourtant, j'étais sûr que je l'eusse reconnu si j'avais examiné de près les otages.

— Je sais qui tu es, Perugino, annonçai-je quand les soldats qui l'avaient escorté nous eurent laissés seuls. Sais-tu qui je suis ?

Je crois sincèrement qu'au début, ce n'était pas le cas. Il tremblait plus que n'avait tremblé Helen et je pense qu'une bonne part de ces frissons était due à la peur.

— Allons. Dans ta situation, tu n'as rien à perdre en l'admettant. Tu sais que nous nous sommes rencontrés à l'atelier de Verrocchio.

Progressivement, l'illumination lui vint. Il me regarda presque en face, puis détourna les yeux. Ses mains étant liées derrière son dos, il avait peine à trouver un refuge dans un geste ou une attitude quelconques.

— Eh bien, parle ! Réponds !

— Oui, *signore,* je crois que je vous reconnais. En fait, j'en suis sûr.

Il s'exprimait d'une voix si basse que j'avais peine à l'entendre, privé de toute énergie — contrairement à Helen, bien qu'elle eût répété à satiété qu'elle abandonnait.

— Bien, dis-je, jovial. J'en suis ravi. Il est donc possible que tu te rappelles aussi mon épouse.

Malgré le froid, Perugino empestait la sueur. La vieille sueur, née de la peur. La puanteur se fit soudain un peu plus acide. Le visage du peintre se fendit d'une imitation de sourire. Il secoua légèrement la tête, ne sachant ce que je voulais de lui, de quels renseignements je disposais, ni ce qu'il devait dire — s'il devait dire quoi que ce fût.

Je tentai de l'imaginer empalé, et puant plus encore. Cette image ne m'inspira que du dégoût. Je soupirai. Il était difficile d'imaginer que l'être qui se tenait devant moi avait été réellement jeune, séduisant, et assez brave pour jouer avec la fiancée de Galleazzo Maria Sforza entre les hauts murs d'un couvent.

— Je ne suis pas d'humeur à badiner, mon brave. Je sais ce qu'il y a eu entre elle et toi. Nous avons aussi pris des femmes en otage, au village voisin, vois-tu, et il se trouve qu'Helen en fait partie.

L'expression de Perugino se modifia à peine. Peut-être les réactions violentes lui étaient-elles désormais étrangères. Ce fut à cet instant que je pris ma décision.

— M'écoutes-tu attentivement, mon jeune artiste ? Colleoni m'a ordonné de pendre trente personnes, afin de faire un exemple. Mes soldats, toutefois, ne savent pas très bien compter. Le total des otages, hommes et femmes compris, se monte à trente et un. Tu me suis ?

Les mensonges me venaient aisément, et ils étaient tout à fait crédibles pour n'importe quel habitant de cette région. Quant à Perugino, je crois que j'eusse pu lui affirmer avoir dans la poche la clef du Paradis et qu'il eût simplement hoché la tête avec ce même sourire d'espoir insensé.

— Écoute-moi encore, peintre en bâtiment. Sache que j'ai juré solennellement — pour des raisons qui sont miennes — de ne faire retomber ma vengeance que sur l'un de vous deux, lequel sera pendu après une punition préliminaire. L'autre sera libéré. La question est : qui dois-je pendre ? La femme adultère ou son séducteur ? Lequel partira librement et lequel souffrira ?

À la réflexion, je pense que je gaspillai mon imagination et qu'il n'entendit ni ne comprit rien à mes paroles, sinon ce simple mot : « libéré ». Dès que je me tus, il tomba à genoux, suppliant.

— Vous me libérerez ? Vous êtes un grand seigneur, sire, un bienheureux. Ma vieille mère vous bénira. Ses prières et les miennes vous accompagneront jusqu'à l'heure de votre mort... je jure de ne plus jamais vous causer le moindre tort. Ma gratitude sera éternelle...

Je ne me rappelle pas la totalité des absurdités qu'il balbutia. Il continua encore et encore, de manière tout à fait répugnante. Je le coupai sèchement.

— Et la femme ? Est-ce que son sort t'intéresse ?

— La femme ? Ah, vous savez mieux que moi ce qui est juste, sire. Je vous jure que je ne la regarderai plus jamais. Je le jure...

Je tins parole. Quelques minutes plus tard, Perugino repassait le seuil de ma maison d'emprunt, ses liens tranchés par mon poignard ébréché. Il avait en main un laissez-passer portant ma signature, et un de mes soldats devait l'accompagner à la sortie du village.

J'entends à nouveau murmurer le brave lecteur. Qu'eût fait le tristement célèbre Dracula si l'homme s'était révélé aussi altruiste que la femme ? Eh bien, je suis persuadé qu'en venant me voir, Helen ne se montrait pas si altruiste que ça. Elle était épuisée, comme elle l'avait dit, et saisissait ce qu'elle considérait comme sa meilleure chance, obéissant à une impulsion presque suicidaire afin d'en finir avec une situation intolérable, fût-ce au prix de la vie. Si Perugino s'était révélé prêt à se sacrifier pour elle — ce qui m'eût étonné —, je l'eusse probablement pris au mot.

Je passai dans l'autre pièce dès le départ du peintre et découvris Helen assise sur mon lit.

— Il n'a plus de courage, murmura-t-elle, les yeux fixés sur mes bottes. S'il en a jamais eu. Il s'est passé tant de choses... À quoi vous attendiez-vous ? (Elle releva les yeux.) Vous allez le tuer tout de même ? Le faire poignarder sur la route ? Si c'est le cas, dites-le-moi maintenant.

J'avais envisagé un tel acte mais y avais renoncé. Compte tenu de la situation locale, je m'attendais que le brouillard de la guerre procédât à cette exécution différée sans le moindre effort de ma part. Nous savons à présent que je me trompais : les tableaux sans vie que

Perugino[1] peignit après 1467, couvrent encore une bonne surface murale dans nombre d'églises italiennes.

— Ce n'est pas le cas, assurai-je. Je ne lui ferai aucun mal, à moins qu'il ne tente de vous revoir. Dans ce cas, je le tuerai, mais seulement pour éliminer un problème, pas pour venger mon honneur. Vous comprenez ?

Helen désirait me faire plaisir, mais je vis qu'elle ne comprenait pas. Elle en était incapable — ou s'en moquait.

— Cet homme-là est déjà mort, lui expliquai-je alors.

1. Connu en France sous le nom « Le Pérugin », ce personnage historique eut pour élève nul autre que Raphaël. *(N.d.T.)*

XX

Pat O'Grandison rêvait encore, et une nouvelle fois d'Annie. Dans ce rêve-là, elle était nue ; ils étaient au lit ensemble, entre des draps de satin. Tout autour d'eux, tableaux et sculptures les observaient. Pat était très excité, mais il y avait encore plus important : le secret qu'Annie se préparait à lui murmurer à l'oreille.

Avant qu'il ne pût en entendre le premier mot, il s'éveilla avec un petit sursaut. Le crépuscule tombait. Le jeune homme ne se rappela pas immédiatement à qui appartenait cette grande maison, ni comment il y était arrivé. Il était allongé pieds nus sur un sofa, dans une chambre inconnue, richement meublée. Son sac à dos, posé sous sa tête, contre l'accoudoir de bois, lui tenait lieu d'oreiller. Il commençait à se souvenir, maintenant.

Une jeune fille brune et frêle le regardait, assise au pied du sofa. Elle portait un jean et un sweat-shirt ample.

— Annie ?

Tout à fait réveillé, Pat se redressa d'un seul coup. Au premier regard, il avait eu la certitude de la reconnaître, d'autant plus qu'il ressentait la présence d'Annie avec force. Dès qu'il put observer son visage, toutefois, il s'aperçut que ce n'était pas elle — quoique ce ne fût pas non plus une inconnue. La méprise s'expliquait : il avait été à moitié endormi, dans la pénombre, et les deux filles, sans conteste, se ressemblaient.

— Je suis Helen, la copine d'Annie. On s'est pas mal vus à Chicago. Tu ne te rappelles pas ?

— Oh, si, bien sûr, purée !

« Purée » était un mot que Pat employait souvent, non par plaisir, mais à cause de son éternelle tentative pour paraître aussi jeune que possible. Parfois, ce besoin l'inquiétait. Il s'en demandait la raison.

Helen lui pressa machinalement un pied, à travers sa chaussette sale, comme si elle avait câliné un jeune enfant. Ses doigts n'étaient pas dépourvus de force.

— Pat ? Tu sais qu'Ellison vient de parler de toi à quelqu'un, au téléphone. Il s'exprimait à demi-mot, mais je suis sûre que le vrai sujet de la conversation, c'était toi.

— Ellison ?

— Mon beau-père. Le propriétaire de cette maison. Le gros qui ressemble beaucoup à Del.

— Del ?

La jeune fille poussa un léger soupir.

— Del est son frère aîné. Tu ne te rappelles rien de cette nuit-là, à Phoenix, hein ? Notre première rencontre ? C'était chez Del...

Pat dégagea ses pieds des quasi-caresses d'Helen et entreprit de se rechausser.

— Je ne serais pas du tout surprise qu'Ellison essaie de se débarrasser de toi cette nuit, continua-t-elle. Sinon, je ne vois pas pourquoi il t'aurait permis de dormir chez lui comme ça. Il n'aime pas les adolescents, contrairement à Del. Il voulait juste demander à son frère ou à Gliddon ce qu'il devait faire de toi. Peut-être qu'ils vont vouloir te faire dire ce que tu sais.

— Bon Dieu ! Je vais foutre le camp.

Pat doutait que sa compagne inventât cette histoire pour s'amuser ou pour le chasser. Quelque chose, dans le regard du gros lard, laissait supposer qu'il ne reculerait pas devant un meurtre. Quoi qu'il en fût, même si Helen avait tout inventé, le jeune homme ne tenait pas à prolonger cette situation.

Pourtant, il ne pouvait pas partir avant d'avoir fait une dernière tentative.

— Dis-moi où est Annie. Je sais qu'elle est dans le coin.

Helen secoua la tête, apparemment contrariée. Elle n'en caressa pas moins la joue de Pat de ses doigts frais. Annie, naguère, l'avait elle aussi touché de cette manière.

— Je sais que tu l'aimais bien et qu'elle t'aimait bien aussi. (Elle marqua une pause, posant sur lui un regard étrange dans la demi-obscurité.) Elle était là-bas, elle aussi. Elle a fait ta connaissance en même temps que moi. Il s'est passé un tas de choses, cette nuit-là.

— Je m'en branle complètement, de ce qui s'est passé. (Pat cassa un de ses lacets en tentant de le nouer. Tant pis... Il se leva.) Où est-elle, maintenant ?

— C'est ce que j'essaie de te dire, renvoya Helen, irritée, en se levant à son tour. (Pat constata que, quoique pieds nus, elle était un peu plus grande qu'Annie.) Ce n'était qu'une fugueuse et sa vie ne valait pas grand-chose. Quoi qu'il en soit, il y a eu une autre mauvaise nuit, à Phoenix, quelques mois après. Celle où Del est supposé avoir été kidnappé. Quelque chose a mal tourné et Annie s'est fait descendre. Presque tout le monde a cru que c'était moi. Tout comme on a cru Del mort. C'est ce qu'il voulait. En fait, il disposait d'un autre cadavre, celui d'un gros vieillard que tout le monde a pris pour le sien après l'explosion du camion. Il avait même trafiqué les dossiers dentaires, au cas où. On peut faire beaucoup de choses quand on a sa fortune. Et...

— Je m'en fous, de tout ça. Je n'y étais pas. Je vais partir.

— Oui, tu as intérêt à quitter cette maison tout de suite. Mais qu'est-ce que tu vas faire ? Traîner ? Tu te feras ramasser.

La manière dont elle avait prononcé ce dernier mot piqua la curiosité de Pat.

— Ramasser ?

— Pas seulement par la police. Écoute, Pat, je vais t'emmener quelque part en voiture, d'accord ? Je sais qu'Annie aurait voulu que je t'aide. Elle parlait souvent de toi, tu sais ? Elle t'aimait beaucoup.

— Vraiment ?

Helen s'éloigna sans répondre. Son sac à dos à la main, Pat la suivit sur la pointe des pieds dans la maison obscure. Ils arrivèrent devant une porte solide, à l'arrière. La jeune fille se pencha pour s'occuper de la serrure.

— Où sont tes parents ? lui chuchota Pat.

— Parfois, j'ai l'impression que ce ne sont pas mes parents, dit-elle sur le même ton. Ils ne sont pas loin. Tais-toi. Voilà ! Il faut que je tienne ça. Sors, toi.

La porte s'ouvrit sur un petit patio. Pat avait visité assez de villas de ce type pour savoir ce qu'était un système d'alarme. Il s'avança doucement. Helen tritura un mécanisme relié au lourd battant, puis referma prudemment ce dernier derrière elle.

Ensuite, elle guida Pat le long de la maison et lui fit escalader un mur de brique, derrière lequel ils trouvèrent l'entrée extérieure du garage. Une nouvelle fois, elle utilisa discrètement ses clefs pour leur ouvrir un passage. Ils pénétrèrent dans un garage obscur et froid. Helen dépassa deux voitures pour en rejoindre une troisième, plus petite, dont elle déverrouilla les portières. Quand le plafonnier s'alluma, Pat constata qu'il montait dans une Subaru, un de ces petits breaks qui, lui semblait-il, disposaient généralement de quatre roues motrices.

Helen s'installa au volant, démarra, et alluma les phares juste à temps pour illuminer le rideau de fer du garage qui s'enroulait afin de dégager la sortie. Soudain, une alarme se mit en route, stridente.

— Maintenant, ils vont commencer à se demander ce qui se passe, commenta la jeune fille d'une voix satisfaite.

La Subaru s'élança dans la nuit.

Elle conduisit Pat dans une direction qui devait les éloigner de la ville, car les routes demeurèrent pentues et couvertes de gravillons. Sans les nombreuses boîtes aux lettres qui s'alignaient sur les bas-côtés, à l'entrée de chemins de terre, on eût pu se croire en pleine campagne. Bien des demeures devaient s'élever dans les environs, juste assez loin de l'axe principal pour être hors de vue. Dans le noir, c'était difficile à dire.

Progressivement, chemins et boîtes aux lettres se raréfièrent puis disparurent totalement. À présent, ils étaient vraiment dans la brousse.

— Où allons-nous ? demanda Pat, intrigué.

Helen ne répondit pas immédiatement.

— Je crois que je veux te montrer quelque chose, lâcha-t-elle enfin.

Le paysage continua de défiler dans la lueur des phares. La circulation, d'abord très fluide, était devenue inexistante. Pat se demanda s'ils ne tournaient pas en rond, si tout cela n'était pas qu'une farce à ses dépens.

— Des fois, j'ai l'impression de traîner sur les routes depuis une centaine d'années, dit-il — pour dire quelque chose.

— Ne parle pas comme ça. C'est une sensation que je connais moi-même très bien.

— Toi ? (Il soupira.) En fait, tu t'es barrée qu'une fois, hein ? À Chicago, avec Annie ? Et maintenant, t'es rentrée chez toi.

La jeune fille alluma l'autoradio. De la musique rock s'en éleva. Presque aussitôt, cependant, elle commença à se dissiper, comme si la voiture s'était éloignée de l'émetteur.

— Oui, une seule fois, confirma enfin Helen.

— Et c'est à ce moment-là qu'on s'est rencontrés ? Exact ?

— Non. (Sa voix était désormais lointaine, un peu effrayante.) Je t'ai dit où nous nous sommes rencontrés. Il est inutile d'essayer d'oublier le passé, Pat.

Tu n'y pourras rien changer. Tu nous as connues toutes les deux, Annie et moi, lors de cette fameuse première nuit, à Phoenix. Oncle Del donnait ce qu'il appelait une fête — et tu étais invité. Je veux dire que Gliddon t'a ramené à la villa, avec quelques autres gosses des rues qu'il avait recrutés Dieu sait où. Il est très doué pour le recrutement. Et il aime aussi ce genre de fêtes.

— Helen ? Et si tu me ramenais en ville ? Je n'aurai pas de problème pour faire du stop.

— Tu as été défoncé tellement tôt que tu ne te souviens sans doute de rien. Ce cher oncle Del et ses fêtes ! Celle-là a été particulièrement ignoble, parce que quelqu'un a été tué. Tu sais qu'on tournait un film, cette nuit-là ? Toi qui aimes tellement le cinéma, je parie que tu pourrais au moins te rappeler ça, si tu faisais un effort.

Pat éprouvait la sensation terrible, indescriptible, qui se manifestait en général aux abords d'une crise de folie. Mais il savait ce qui se passait. Il n'aurait pas la chance de s'en sortir.

— Du moins, la plupart d'entre nous tournaient un film, corrigea Helen, mystérieuse, avant de tourner brutalement dans une route latérale presque invisible. Sur certains, ça ne prenait pas.

La voiture tressauta avec violence. La voie, non goudronnée, était très déformée et visiblement peu fréquentée. Une branche balaya le pare-brise, puis l'arrière de la voiture racla un rocher ou un dos d'âne, entre les ornières. La jeune fille continua de rouler comme si elle n'avait rien entendu. Apparemment, la Subaru n'avait pas subi de dégâts graves.

— Annie était-elle dans le film ? s'enquit Pat.

Sa compagne ne répondit pas.

— Allez, dis-le-moi. Elle n'est pas vraiment morte, je le sais. On est lié, tous les deux.

— Elle est morte ! affirma Helen d'une voix soudain très sèche.

Elle tourna la tête vers lui assez longtemps pour lui faire craindre l'accident. Encore une fois, des branches basses griffèrent le pare-brise. Helen regarda à nouveau devant elle.

— Comment puis-je t'aider si tu continues à dire des choses aussi dingues ? fit-elle avec humeur.

— Désolé, je...

Un panneau indicateur artisanal surgit dans la lumière des phares, assez ancien pour que le bois fût abîmé par les intempéries, le message à la peinture blanche presque illisible. Il disait simplement : PONT ÉCROULÉ.

— Tu es sûre que tu sais où tu vas, Helen ?

La jeune fille passa un autre virage et ralentit quelque peu. Pas à cause du panneau, cependant. Les phares venaient de révéler ce qui parut tout d'abord être une épave : une vieille voiture abandonnée en travers du chemin, comme si elle s'était embourbée au cours d'un demi-tour. Non loin de là, les yeux plissés sous l'assaut lumineux, se tenaient deux jeunes gens : un homme à la barbe sombre et une fille brune. Pat eut la sensation de la reconnaître, elle aussi, bien qu'elle fût de toute évidence trop grande et trop robuste pour être Annie. Son compagnon était encore plus grand. Tous deux, quoique habillés de manière décontractée, portaient des vêtements de bonne qualité.

— On s'arrête ? dit Helen, comme pour elle-même.

La question était de pure forme : compte tenu de l'obstacle et de l'étroitesse de la route, elle n'avait pas le choix. L'instant d'après, elle stoppait auprès du véhicule enlisé. Le barbu, tout en se protégeant les yeux d'une main, s'approcha avec méfiance de la Subaru, côté conducteur. La fille, qui avait fait un pas de côté pour ne plus être aveuglée, regarda par la vitre que Pat venait de descendre. Quand elle découvrit passager et conductrice, elle se détendit un peu.

Helen demeurant muette, ce fut Pat qui prit la parole.

— On peut vous emmener quelque part ?

— Et comment, dit la brune. Je m'appelle Judy Southerland, et voilà Bill Bird. On s'est enlisés.

Le jeune homme, assez détendu lui aussi, regardait Helen, qui avait enfin baissé sa vitre.

— Ce serait vraiment sympa, assura-t-il avec chaleur. J'imagine que c'était un peu idiot d'essayer de passer par là, surtout la nuit. Où vous allez ?

— On se balade, répondit la conductrice, froide, distante. Moi, c'est Helen, et lui Pat. Je voulais lui montrer quelque chose, dans le coin. Ça vous dit de venir avec nous ?

Le nommé Bill ne répondit pas, comme s'il n'avait pas compris. Pat entendit chanter un oiseau nocturne. La lune était plus basse qu'auparavant. On distinguait un million d'étoiles mais, en dehors des phares, pas la moindre lumière due à l'homme.

— Bien sûr, dit Judy. Moi, oui, en tout cas.

Elle interrogea du regard son compagnon, qui haussa les épaules.

— D'accord.

Il fit mine d'ouvrir la portière arrière de la Subaru

— Non, l'arrêta Helen. À partir de là, on marche.

— On marche ? reprirent les trois autres en chœur, abasourdis.

— Ce n'est pas loin. Venez.

Elle éteignit les phares, coupa le moteur, et descendit de voiture, parfaitement calme, très sérieuse. Après quelques pas en direction des collines, elle s'immobilisa pour attendre les autres.

Ils échangèrent des regards interloqués, autant que la lueur des étoiles le leur permit, puis Pat rejoignit Helen, et leurs nouveaux compagnons le suivirent. En file indienne, ils se mirent en route.

Le sol était irrégulier, il n'y avait pas de chemin, mais Helen semblait savoir où elle allait. Pat se rendit compte avec un frisson qu'elle avait encore les pieds nus. Elle était folle à lier... Il se demanda s'il devait chercher l'appui des deux autres, leur demander d'exiger une halte, ou bien se tenir tranquille. Lui-même était fou, il le savait. Comme s'il n'avait pas eu le choix, il se tut et se laissa guider.

À tout le moins, la première colline n'était-elle pas très haute. Bientôt, ils redescendirent de l'autre côté, hors de vue des voitures et de la route, puis entamèrent l'ascension d'une nouvelle éminence, qu'ils se mirent ensuite à contourner.

— Vous croyez qu'on retrouvera le chemin? demanda Judy. Où est-ce qu'on va?

— Tu n'en sais rien? s'étonna Bill.

Helen s'arrêta et se retourna, impassible.

— Il y a une sorte de petite communauté, par là. Ils ont un téléphone. Je sais qu'on ne la voit pas, d'ici, mais c'est juste derrière la colline suivante.

Sa voix paraissait tout à fait raisonnable.

— Ah, fit simplement Judy.

Ils se remirent en route. Pat ne savait plus quelle distance ils avaient parcourue, ni dans quelle direction. Il continuait de suivre les pas silencieux d'Helen. En la découvrant, ce soir-là, il ne l'avait pas estimée défoncée — en général, il s'en apercevait — ni fêlée du bocal, mais il avait à présent la certitude qu'elle n'était pas normale du tout.

Un instant, il s'arrêta, se retourna, presque décidé à exiger la halte.

La jeune fille qui marchait derrière lui, Judy, secoua légèrement la tête et lui fit signe d'avancer. Elle regardait au loin, dans les ténèbres où une masse d'ombres basses dénonçait un bouquet d'arbres. D'une certaine manière, elle savait ce qu'elle faisait.

Il se retourna et se remit en marche, un pied mal tenu par sa chaussure au lacet cassé.

— Voilà, annonça Helen en se retournant l'espace d'une seconde, avant de reprendre sa route.

Une sorte de chemin pentu descendait vers les arbres. Un bruit d'eau courante parvint aux oreilles des promeneurs. Il y avait là une source assez importante.

Lorsqu'ils arrivèrent sous les premiers feuillages, les ténèbres s'épaissirent.

— Où sommes-nous? interrogea Judy.

Pat discernait vaguement des bâtiments, dans la lueur des étoiles filtrée par les arbres.

— Autrefois, c'était une mission, déclara Helen, qui s'arrêta, les yeux fixés droit devant elle.

— Mais tu disais qu'il y avait un téléphone, non ?

— Il y en a un. Un radio-téléphone spécial. Très spécial et très secret, je crois.

— Hein ?

— On va demander à Gliddon la permission de l'utiliser, ajouta Helen, toujours très calme.

— Quoi ? À qui ?

Une nouvelle voix s'éleva — masculine, dure.

— Ne bougez pas ! Restez où vous êtes, tous les quatre.

Un faisceau aveuglant jaillit de part et d'autre des jeunes gens. Dès qu'il recommença à y voir, Pat distingua les cagoules et les fusils de chasse. Il pria ardemment de sombrer sans attendre dans la folie.

XXI

Helen et moi traversions une campagne infectée par la guerre comme par une épidémie. Nous n'avions pas chevauché deux heures sur la route de Florence qu'un petit groupe de bandits nous jaugea, puis nous laissa passer — quoique nous fussions tout à fait seuls. Les soldats de Colleoni étaient restés au village. Avant de partir, j'avais ordonné la libération de tous les otages. J'espérais que certains au moins des paysans auraient assez de jugeote pour abandonner leur maison et s'enfuir avec leur famille sans attendre que mon successeur prît la situation en main et les fît à nouveau rassembler.

La rupture de mon contrat avec Colleoni pesait quelque peu sur ma conscience. Quoique la chose fût fréquente parmi les mercenaires de l'époque, qui n'hésitaient pas à changer de camp, il n'était pas dans mes habitudes de briser à la légère un accord solennel. Je disposais cependant d'un excellent argument pour faire taire mes scrupules : ma loyauté envers Mathias devait primer un pacte temporaire signé pour de l'argent. Par extension, c'était aussi le cas de mon devoir envers la sœur du roi, mon épouse, à présent que je l'avais retrouvée. Quant à ce que me commandait ce devoir, je ne l'avais pas encore décidé, mais ce n'était pas là un problème à régler distraitement, tout en me livrant à quelque folle persécution de la plèbe.

Helen, sur la monture que je lui avais fait donner, chevauchait à mon côté, légèrement en retrait. Les malles trouvées dans ma maison d'emprunt avaient recelé assez d'effets féminins pour lui conférer un air de respectabilité, quoique ses habits parussent ridiculement grands lorsqu'elle descendait de cheval. Durant le voyage, elle parla très peu mais ne me quitta pas des yeux. Je savais qu'elle me croyait en train de mettre au point quelque cruelle vengeance. Ce soir-là, ou le lendemain, j'allais lui servir à dîner le cœur infidèle de Perugino, en sauce. Dès qu'elle en aurait goûté, je lui dévoilerais la vérité en ricanant comme un dément, avant de bondir sur elle pour lui faire subir des tourments qui finiraient par lui ôter la vie.

J'admets que de tels projets dansaient vaguement dans un coin de mon esprit, mais le cœur n'y était pas et ils ne prirent pas corps. Je n'avais aucun désir d'employer de telles ruses. D'un autre côté, mon honneur exigeait que j'inflige à Helen une sévère punition pour s'être enfuie avec un autre homme. Quelle en serait la nature ? Je n'arrivais pas à me décider.

Pendant que je cherchais une solution, il était préférable de gagner la confiance de la jeune femme en faisant mine de lui avoir pardonné. J'allais jouer à l'époux modèle, si bien que lorsque l'heure de la vengeance sonnerait enfin, elle n'en serait que plus douce, plus exquise. Ce délai me permettrait de la préparer avec soin... et je finirais bien par imaginer un projet qui me remplirait d'enthousiasme.

Notre route sinuait parmi des champs d'oliviers vert argenté, des cyprès que l'hiver et la guerre faisaient paraître morts. La neige recouvrait la terre toscane, luxuriante en été. Pourtant, au bout d'une journée de voyage, la contrée cessa de ressembler aux scènes de désolation peintes par Goya sur la fin de sa vie. On recommença à voir des paysans et autres enfants naturels de la terre vaquer à des occupations normales.

— C'est la route de Florence, monseigneur.

Il semblait que je dusse enfin avoir de la conversation.

— Y a-t-il une raison pour laquelle nous ne prendrions pas la route de Florence ?

— Aucune. Je suis prête à suivre monseigneur partout où il le désirera.

Quoique je m'abstinsse de le lui expliquer, j'avais décidé d'aller à Florence car, dans ce pays turbulent, c'était le seul endroit où j'étais sûr d'être bien accueilli. J'apportais des informations détaillées sur les projets d'un ennemi puissant, ainsi qu'un fort bras armé pour aider à les déjouer.

Le trajet nous demanda plusieurs jours. Il n'y avait pas de meules de foin où dormir, mais bon nombre de bâtiments abandonnés. Ma femme y accueillit mes attentions d'époux avec la même grâce que dans un palais. Lors de notre dernière journée de voyage, alors que nous touchions au but, nous passâmes près de Careggi. M'approchant de la grille, je me fis admettre à l'intérieur. La grande villa des Médicis se révéla désertée pendant l'hiver, sinon par quelques domestiques faisant office de gardiens. Certains ouvrirent de grands yeux en voyant ma compagne, ce qui me fit soupçonner que la nouvelle de notre arrivée nous précéderait en ville — quoique nous ne nous accordâmes qu'une brève pause pour nous rafraîchir.

Le palais de la *via* Larga était plus agité que je ne l'avais jamais vu. Pourtant, à nouveau, les chefs de la famille Médicis me souhaitèrent la bienvenue. Ils accueillirent Helen presque sans sourciller : cette maison était habituée aux miracles. Et à nouveau, leur accueil me parut motivé par des raisons différentes. La première fois, il y avait plus d'un an, ils avaient été en grande partie poussés par la curiosité. La seconde, l'été précédent, par la politesse. Cette troisième réception dénonçait l'enthousiasme sans bornes de ceux qui reçoivent des renforts à la veille d'un conflit. Je découvris vite que les projets conquérants de Colleoni étaient déjà connus dans leurs grandes lignes, mais les détails que j'allais fournir se révéleraient inappréciables.

Lorenzo prêta une oreille attentive à ma version des

événements survenus depuis notre dernière rencontre — version selon laquelle Helen et moi avions simplement traversé une querelle d'amoureux ; malgré notre séparation initiale, elle avait vécu avec moi presque en permanence. Il ne fait aucun doute qu'il n'en crût pas un mot, mais il comprit que c'était là l'explication officielle.

Piero ayant rassemblé ses conseillers militaires, nous nous enfermâmes pour qu'ils étudient avec avidité les listes de matériel et les dessins des machines de guerre vénitiennes que je pus coucher sur le papier. L'intérêt porté aux nouvelles armes à feu de Colleoni était intense. Un peu plus tard, tandis que nous nous détendions, le père et le fils me régalèrent du récit de la manière dont, en 1466, Lorenzo avait sauvé Piero d'une tentative d'assassinat, en se montrant plus malin que les spadassins engagés par une famille rivale, les Pitti. Je découvris plus tard que la vengeance des Médicis avait été prompte, précise, sanglante et discrète.

Helen et moi fûmes domiciliés dans une des chambres réservées aux invités. On ne manqua pas d'y accrocher le tableau, comme s'il s'était agi de quelque génie du foyer. Le jour de notre arrivée, le duc d'Urbino arriva au palais. Puisqu'il était disponible et, pour le moment, ennemi de Venise, le Conseil florentin, qui gouvernait la cité selon les directives générales de Piero, l'avait chargé d'organiser la résistance à l'assaut prévisible de Colleoni.

Je respectais la réputation militaire du duc et découvris en lui un être impressionnant, déjà revêtu d'une armure légère, quoique les combats ne dussent, de l'avis général, commencer que plusieurs mois plus tard. En l'écoutant discuter avec nos hôtes, je m'aperçus que lui aussi était un grand collectionneur de livres, ou du moins aspirait à l'être, à la manière des Médicis et du roi Mathias. Il me vint à l'esprit que le monde était en train de se transformer. Désormais, le combat, la prière et la sauvegarde de l'honneur ne suffiraient plus à faire le succès d'un homme. Fort bien, songeai-je, je vais devoir apprendre à réfléchir. J'ai toujours su m'adapter quand cela s'est révélé nécessaire.

Un jour, alors qu'en compagnie d'un groupe d'officiers intéressés par l'artillerie de Colleoni, je faisais mon possible pour dessiner les canons de mémoire, un homme entra dans la pièce où nous nous trouvions et en ressortit presque aussitôt. Je levai la tête juste à temps pour reconnaître le dos d'un des Boccalini.

— Il va y avoir des problèmes, Lorenzo, dis-je un peu plus tard à mon jeune ami.

Lui aussi s'était trouvé là et avait remarqué cette quasi-confrontation.

— Peut-être pas, m'apaisa-t-il. Nous essaierons de les éviter. Bien d'autres que vous ne travaillent pas ensemble du meilleur gré. Pourtant, il faut défendre Florence. Si les Boccalini et les Pitti peuvent œuvrer avec nous, ils vous toléreront aussi.

— Même si nous nous retrouvons face à face ?

Lorenzo plissa son front bronzé, pensif. Il avait déjà l'air d'avoir quarante ans.

— Je suppose, mon ami, que vous prendrez une part active aux combats et partirez très tôt sur le champ de bataille ?

— Oui. Le duc m'a déjà demandé mon aide pour entraîner les nouveaux soldats.

— C'est fort bien, car les Boccalini resteront en ville. En attendant, je n'ai pas besoin de vous conseiller de vous méfier.

Peu après, à cause des Boccalini ou pour quelque autre raison, il nous fut délicatement suggéré, à Helen et à moi-même, d'aller nous installer à Careggi, où étaient déjà accueillis d'autres militaires de haut rang. Le tableau nous accompagna.

Je ne tardai pas à rejoindre un poste militaire avancé. Lorsqu'elle me fit ses adieux, Helen me parut inquiète. Je la laissai derrière moi avec fatalisme, sans demander aux Médicis de l'enfermer dans un couvent ou de la faire surveiller pendant mon absence. Ce qui devait arriver arriverait. Je n'avais pas encore décidé de quelle manière j'allais me venger de ses trahisons passées et à présent... il y avait plus urgent.

Au printemps, menés par le duc lui-même, les mercenaires et les plus vaillants citoyens de Florence rencontrèrent les forces supérieures en nombre de Colleoni dans la ville de Molinella, grossièrement à mi-chemin de Florence et de Venise. Le terrain était marécageux. Les chevaux glissaient et tombaient dans la boue. Une partie des blessés se noya. Le combat que nous livrâmes ne fut certainement pas ce qu'on appelle une grande bataille, à l'image de celles qui ont changé le monde. Durant plusieurs heures, pourtant, nous nous battîmes avec cœur, ce qui n'était pas toujours le cas quand des mercenaires se trouvaient face à face. L'affrontement commença aux environs de midi et se poursuivit, entrecoupé de pauses, jusqu'à la nuit. Les canons de Colleoni servirent fort bien sa cause jusqu'à ce que je réussisse à mener un escadron de cavalerie dans son arrière garde et à m'emparer de la caravane transportant ses réserves de poudre. Après les feux d'artifice résultants, il devint incapable de décimer nos troupes à distance. À la tombée de la nuit, les forces florentines étaient épuisées, mais c'était également le cas des Vénitiens. Il eût été stupide de la part de Colleoni de marcher vers les murailles de notre cité alors que notre armée demeurait face à lui sur le champ de bataille.

Les grands *condottieri* étaient des gens pratiques, qui n'aimaient pas gaspiller des vies pouvant leur être utiles le lendemain. On agita force torches, on hurla de part et d'autre, et une trêve préliminaire fut conclue — quoique la nuit rendît les communications difficiles. À la lueur des feux, le duc et Colleoni s'étreignirent et se congratulèrent mutuellement pour leur survie.

Je craignais une traîtrise, mais ceux qui avaient plus d'expérience que moi de ces guerres de clocher jugeaient cette idée ridicule. Au matin, de fait, les deux armées firent retraite comme convenu.

Quelques jours plus tard, je revins à Careggi. En approchant de la villa, j'eus peine à conserver mon fatalisme. Si mon épouse s'était enfuie à nouveau... il m'était difficile de formuler une pensée cohérente au-delà de ce point, mais je reconnaissais en moi les signes avant-coureurs de la fureur.

À ma grande surprise, Helen accourut à ma rencontre dans la cour qui jouxtait les écuries. Elle m'avait à l'évidence vu arriver depuis les fenêtres de notre chambre, à l'étage — cette fois, on ne nous avait pas donné les appartements nuptiaux.

Elle fut auprès de moi avant que j'eusse mis pied à terre.

— Vous êtes vivant, dit-elle.

Elle avait dans les yeux un regard que je ne lui avais jamais vu.

— Et il vous plaît qu'il en soit ainsi, madame ?

— Si cela me plaît ? répéta-t-elle, comme si elle n'eût pas songé à exprimer ses sentiments en ces termes. Mais je n'ai que vous !

XXII

Le bâtiment en ruine où Judy et ses trois compagnons furent poussés sous la menace d'une arme à feu était à l'évidence très vieux. Derrière la porte pendait un rideau opaque constitué par une bâche en plastique sombre. Une fois cette barrière franchie, les quatre jeunes gens émergèrent en clignant des yeux à la lueur blême d'une lampe Coleman posée sur une table grossière, dans une grande pièce aux murs de brique branlants. Judy reconnut le brun pâle et l'aspect lisse qu'elle avait récemment appris à identifier comme la marque des adobes. Trois lits de camp s'alignaient contre un mur. D'autres bâches, suspendues au plafond, les protégeaient des fuites du toit.

— Asseyez-vous là ! ordonna un des individus armés en désignant le sol de terre battue, au centre de la pièce. Gardez les mains derrière le dos. Ensuite, ne bougez plus.

Les prisonniers obéirent. Un homme passa derrière eux pour leur lier les poignets. Il s'acquitta rapidement de la tâche, comme s'il avait disposé de cordes toutes prêtes pour ce type d'usage et d'une grande expérience en la matière.

Des coups d'œil rapides à droite et à gauche assurèrent à Judy que ses compagnons paraissaient terrifiés. Elle-même ne l'était pas tant que cela : des secours des plus efficaces étaient en route. Elle était sûre qu'à présent, *il* avait au moins vaguement conscience de sa présence en ces lieux, près de l'objet qu'il désirait avec tant de force, et qu'il se précipitait à la rescousse.

Le problème était qu'elle n'avait aucune idée de la distance qu'il lui restait à parcourir ni du temps qu'il lui faudrait pour arriver.

Dès que les quatre prisonniers eurent les mains entravées, le plus grand des hommes masqués, celui qui donnait les ordres, leur commanda de se relever et leur fit vivement les poches à tour de rôle, avec des gestes mécaniques. Il vida en outre le sac à dos de Pat. Du coin de l'œil, Judy constata qu'il ne prenait pas d'argent dans le portefeuille de ce dernier. Il paraissait surtout intéressé par les cartes d'identité, qu'il étudia avant de les remettre en place. Les clefs des voitures de Bill et d'Helen, cependant, disparurent dans sa poche.

Ces rapides recherches terminées, le chef des ravisseurs observa un moment les captifs en silence.

— Tu ferais mieux de sortir la Jeep, Ralph, dit-il soudain. (Il jeta à un de ses hommes les deux trousseaux confisqués.) Il va falloir pas mal d'huile de coude pour faire passer leurs deux bagnoles au-dessus de la colline et les planquer, mais on ne peut pas y couper. Ike ! Donne-lui un coup de main. Je me débrouillerai tout seul.

Les deux autres sortirent de la pièce par une porte latérale donnant dans un couloir. Une minute plus tard, Judy entendit démarrer un moteur, comme si la Jeep dont il avait été question s'était trouvée dans un garage ou une grange attenante. Peu à peu, le bruit du véhicule s'éloigna.

— Asseyez-vous, ordonna le chef des encagoulés.

Les quatre jeunes gens obéirent maladroitement, en raison de leurs mains liées. La lampe Coleman émit un léger sifflement et son intensité augmenta. L'inconnu posa son fusil à bonne distance des prisonniers, contre une pile de caisses qui paraissaient contenir des conserves, où il pourrait le récupérer facilement.

— Bien ! reprit-il. On a deux ou trois choses à se dire avant que je ne puisse vous laisser partir.

Il n'a aucune intention de nous libérer, songea Judy. Ce qui se passait ici, quoi que ce fût, avait un rapport avec le tableau. Ce vieux portrait de femme emballé de tissu grossier. À présent, la jeune fille le savait également protégé par du plastique transparent. Il était toujours glissé entre deux morceaux de bois, dans le noir — à quelques mètres de l'endroit où elle était assise.

Un bruit retentit et Judy ouvrit les yeux en sursaut. Ce n'était qu'une branche de pin agitée par le vent, qui raclait l'antique toit du bâtiment.

En la voyant bouger, le ravisseur avait reporté son attention sur elle. Il se retourna aussitôt vers celle qui s'était présentée sous le nom d'Helen et à qui il s'intéressait visiblement.

— Mon petit doigt me dit que tu t'appelles Helen Seabright, déclara-t-il. Comment ça se fait que tu aies des clefs de bagnole mais pas de permis, pas d'argent, rien d'autre ?

Helen secoua la tête. Judy remarqua qu'elle n'avait plus l'air particulièrement effrayée. Un peu désorientée, mais presque intriguée, comme si elle eût bien aimé apprendre elle-même la réponse à cette question.

— Je vous connais aussi, répondit-elle. Vous êtes Gliddon. Je ne crois pas qu'on m'ait jamais dit votre prénom.

— Tu m'as appelé comme ça, dehors. J'aimerais bien savoir pourquoi. Et je veux aussi savoir ce que tu branles ici en plein milieu de la nuit, à parler de radiotéléphones.

Helen ne parut pas intimidée.

— Je sais que vous en avez un, ici. Dans l'autre pièce, là où il y a le poêle. Je l'ai vu.

Gliddon poussa un petit sifflement sous son masque. Muet, il demeura immobile, à regarder les jeunes gens, jusqu'à ce que ses hommes revinssent de leur mission — ce qui leur demanda presque une heure.

Quand son alarme lui hurla qu'une porte verrouillée, quelque part, venait d'être ouverte, Ellison Seabright, galvanisé, bondit sur ses pieds et se hâta de gagner sa chambre pour étudier la console générale de sécurité et s'armer de son Luger. Stephanie, avec qui il se disputait dans la cuisine, ne fit pour une fois aucun commentaire et le suivit. Elle devait presque courir pour se maintenir à sa hauteur. Quand il avait une bonne raison, il était encore capable de bouger vite.

Haletant, il pénétra dans sa chambre et alluma la lampe qui surmontait la console de sécurité. Le soleil venait de se coucher et la maison s'emplissait de ténèbres. Tout en constatant, grâce aux indications de la console, que l'intrusion s'était produite dans le garage, il tira son arme d'un tiroir de la table de nuit.

Il poussa un grognement à l'adresse de Stephanie et quitta la pièce. Son épouse le suivit. Tous deux savaient qu'il ne pouvait être question d'appeler la police.

Quand Ellison passa la tête dans le garage, il en découvrit le rideau de fer ouvert sur la nuit qui s'épaississait. La Subaru avait disparu.

Le gros homme inspecta les lieux, puis referma le rideau et éteignit les lumières. Il jeta un regard noir à sa femme.

— Toi..., lâcha-t-il, sûr que ce qui s'était produit était sa faute.

Tous deux se rendirent rapidement dans la pièce où ils avaient laissé le garçon endormi. Le jeune visiteur — ou le jeune intrus — n'était plus là non plus.

Ellison alluma le plafonnier.

— Il a piqué la voiture, constata-t-il. (Comme sa femme ne répondait pas, il lui lança un nouveau regard furieux.) Non ?

Stephanie semblait peu convaincue.

— Je ne sais pas. Ce n'est peut-être pas lui.

— Ah non ?

Il prit soudain conscience de l'arme qu'il tenait toujours, bien qu'elle pendît au bout de son bras, le canon pointé vers le tapis. Il n'y avait personne d'autre, ici.

Son épouse paraissait plus pensive que jamais.

— Ou alors il y avait quelqu'un ? articula-t-il. Pourquoi as-tu fait ça, Stef ?

Elle lâcha un soupir où s'exprimaient lassitude et impatience.

— Quoi, Ellison ?

Elle ne lui avait jamais donné de surnom ni de diminutif. Parfois, dans le passé, il l'avait regretté.

— Ne te fais pas plus bête que tu ne l'es. Je ne sais pas pourquoi, mais tu l'as aidé à sortir de la maison...

— J'étais avec toi quand l'alarme s'est déclenchée.

— Et tu t'es arrangée pour lui donner les clefs de la voiture. Tu as peut-être mis en péril des projets importants, des projets que tu ne peux même pas comprendre.

— Que moi, je ne peux même pas comprendre ?

— Ça t'inquiétait tant que ça, que je puisse décider de le faire assassiner ? Ta propre fille a été tuée et tu l'as encaissé.

Aussitôt, le gros homme regretta cette maladresse.

— Je ne l'ai pas aidé, Ellison. Je ne savais pas qu'il allait partir. Je ne voulais pas qu'il s'en aille avant qu'on sache quoi faire de lui. S'il a reçu de l'aide, c'est de quelqu'un d'autre. Et tu n'as pas besoin de faire tant de mystères à propos de vos projets, à toi et à Del, de vendre le tableau en secret et de ramasser une fortune. Del m'en a parlé. Pas la peine non plus de me cacher ton histoire de bombe à retardement. Ça, il n'en était pas tellement satisfait. (Elle s'interrompit, humant l'air.) Mon Dieu !

— Quoi ?

— Tu ne sens pas ?

— Quoi ?

— C'est très ténu mais c'est bien ça. Le parfum d'Helen.

— C'est stupide, Stef. Tu essaies de me distraire. Il n'y avait personne d'autre ici, mais quelqu'un a bien aidé ce gosse à me piquer ma bagnole. Il n'aurait pas pu le faire tout seul. Même s'il avait trouvé les clefs, comment aurait-il pu éviter les autres alarmes ?

— Je n'essaie pas de te distraire, j'essaie de t'expliquer quelque chose. Mais je devrais peut-être laisser Del s'en charger. Bon sang ! Tu n'es vraiment pas au courant de ce qui se passe ?

Cette question laissa un instant Ellison interloqué.

— Qu'est-ce que c'est censé vouloir dire ?

— Tu ne veux pas ranger cette arme ? Il n'y a pas de cambrioleur. Ce serait mieux si Del te racontait tout lui-même. Il y a combien de temps que tu ne lui as pas parlé ?

— Je ne l'ai pas vu depuis le pseudo-enlèvement, et il ne m'a pas contacté depuis plusieurs jours. Je n'aime pas qu'il appelle, même s'il m'assure que notre téléphone n'est pas sur écoute. Qu'est-ce qu'il en sait ?

Stephanie eut un demi-sourire.

— Oh, maintenant, il a les moyens de savoir ce genre de chose.

— C'est exactement ce qu'il dit. Je ne comprends pas ce que ça signifie et ça ne me plaît pas. Il prend trop de risques.

— Est-ce qu'il t'a prévenu qu'il comptait venir ici ce soir ?

Ellison était abasourdi.

— Bien sûr que oui. Je ne savais pas qu'il t'avait mise au courant aussi. Il parle trop. Et voilà encore autre chose : sa venue ici. Quand je lui ai demandé comment il savait que la maison n'était pas surveillée, il s'est contenté de rire. Il n'a même pas voulu en parler.

— Si Del dit que tout va bien, tout va bien, Ellison. Crois-moi.

— Pourquoi ? Tu pourrais répondre à cette simple question ?

— Del, dit Stephanie, d'une voix changée.

Ellison tenta de comprendre ce que signifiait cette réponse avant de réaliser qu'il s'était agi d'un salut. Son épouse regardait derrière lui. Il pivota.

Dans la pénombre de la pièce voisine, juste derrière le seuil, se tenait un homme aussi grand que lui, et presque aussi large. Quoique Ellison n'en distinguât tout d'abord pas le visage, ce visiteur ressemblait bel et bien à Del. À un Del changé, mais à Del tout de même. D'ailleurs, c'était bien de lui, d'écouter ainsi sans dire un mot jusqu'à être découvert.

Ellison s'éclaircit la voix.

— Je ne t'ai pas entendu entrer. Comment es-tu venu ? Comment sais-tu que la maison n'est pas surveillée ? Et si...

L'homme s'avança en pleine lumière, du pas de Del. Et le visage qui apparut était indéniablement celui de Del, mais changé à l'extrême : jeune, fin, débarrassé de ses rides, couronné d'une épaisse tignasse brune.

Il paraissait avoir rajeuni de trente ans depuis leur dernière rencontre. Comment ? Chirurgie esthétique ? Pas seulement. Mais quoi ?

— Del. Tu... tu...

— Ellison, tu, tu, tu, railla une voix rajeunie. Tu tu tu. Es toujours aussi bête. (Del tourna vers Stephanie un sourire moins ironique.) Toutes ces sonneries sur le radio-téléphone m'ont fait penser qu'il y avait quelque chose de grave. Comme je devais venir, de toute façon, j'ai décidé de le faire tout de suite plutôt que de répondre. (Il parlait d'un ton de suprême confiance.) Qu'est-ce qui se passe ?

Stephanie s'avança vers lui et lui prit la main.

— Je suis heureuse que tu sois là. Un gamin est venu ici. Ellison pense que c'était un de ceux que tu... qui se trouvaient à la villa de Phoenix, l'autre fois. Il n'arrêtait pas de demander Annie. Il disait qu'il la savait à la maison et qu'il ne voulait pas s'en aller. Maintenant, il est parti, avec une des voitures.

Un pli léger barra le front de Del, qui jeta un coup d'œil rapide au plafond.

— Est-ce que tu...

— Non, je ne suis pas montée. Je ne sais pas si elle est là ou pas, en ce moment. Et je n'ai pas parlé d'elle à Ellison. J'attendais que tu le fasses.

— Sage décision.

Ellison éleva la voix.

— Quelqu'un aurait-il l'obligeance de m'expliquer ce qui se passe sous mon propre toit ?

— Juste sous ton toit, mon vieux, opina Del.

Son visage rajeuni était réellement étonnant. Ce n'était pas, ça ne pouvait pas être qu'une question de maquillage, ou quoi que ce fût de ce genre. Cette vision réveillait d'authentiques souvenirs. Trente ou quarante ans plus tôt, Del avait bel et bien ressemblé à ça.

— Est-ce que le gamin a dit comment il s'appelait ? demanda-t-il à Stephanie. De quoi avait-il l'air ?

— Petit, blond, très jeune. (Ellison ne se rappelait pas son nom, mais Stephanie si.) Il a prétendu s'appeler Pat O'Grandison, ou quelque chose comme ça.

— Oui, confirma Del. Elle en parlait avant de décider qu'elle était Helen. Je suppose qu'elle s'est enfuie avec lui. Je vais monter jeter un œil.

Sur ces derniers mots, il disparut. Tout simplement. Au beau milieu d'une pièce éclairée. Ellison se rendit compte qu'il tendait les bras tel un somnambule à l'endroit où son frère s'était tenu l'instant d'avant.

Et se tenait à nouveau. Del se matérialisa et chassa le bras d'Ellison comme on chasse un moustique.

— Elle n'est pas au grenier, apprit-il à Stephanie. La terre et tout le reste ont l'air intact. (Sur son front, le pli demeurait, mais il ne paraissait pas perdre confiance.) Donc, ils se sont probablement enfuis ensemble. Comme ils sont tous les deux dingues, il va falloir que je m'informe de leurs faits et gestes.

— Elle portait encore le parfum d'Helen, dit Stephanie.

— Elle est totalement Helen, à présent, dans sa tête. Je ne sais pas comment elle s'explique qu'elle dort dans le grenier toute la journée et que, de temps en temps, la nuit, elle traverse un mur en volant pour aller s'envoyer une pinte de sang. Ce n'est sûrement pas l'idée que se fait Annie de la conduite d'une adolescente vivant chez ses parents, celle que devrait avoir Helen. Elle a peut-être cinq cents ans, je n'en sais rien, mais, à l'intérieur, c'est toujours une petite fille en mal d'amour.

Ellison tituba jusqu'à une chaise et s'y laissa tomber. Contemplant l'arme qu'il tenait en main, il se demanda un instant ce qu'elle y faisait. Il tenta de formuler des questions qui lui feraient du bien, mais cela ne le mena nulle part. Un soupçon horrible naquit soudain en lui : sa femme et son demi-frère conspiraient pour le rendre fou.

Cette étincelle ne s'était pas plus tôt allumée qu'elle se changea en brasier rugissant.

Il releva les yeux, conservant une façade de calme. Il lui semblait tout comprendre.

— Tu n'es pas vraiment Del, annonça-t-il.

Personne ne pouvait réellement perdre trente ou quarante ans. Stephanie avait assassiné son beau-frère et trouvé ce jeune homme qui lui ressemblait. Quelque fils caché, peut-être...

Le jeune Del jeta à Ellison un bref coup d'œil méprisant.

— Je te verrai dans un moment, dit-il à Stephanie. Tu maîtrises la situation ?

Elle s'accrocha impulsivement à lui.

— Ne pars pas encore. Change-moi tout de suite, cette nuit. Tu as dit que tu le ferais, dès que tu aurais toi-même changé. Maintenant ça y est, et je ne veux pas continuer comme ça, avec lui, un jour de plus. Pas une heure, si je peux l'éviter. Tu n'imagines pas ce que c'est. Prends mon sang une dernière fois. Change-moi.

— J'imagine, si, mais comme je le disais, je vais être très occupé. Si elle retourne auprès du tableau, cette nuit, elle va tomber sur Gliddon et ses hommes, qui n'imaginent pas que les vampires puissent exister. Je ne suis pas encore tout à fait prêt à me passer d'eux.

Pour Ellison, la conversation était devenue totalement folle, incompréhensible. Pourtant, il lui suffisait de regarder ses deux compagnons pour savoir ce qui existait entre eux. Ce qui s'était passé entre sa femme, *sa* femme, et ce géant démoniaque.

Ce dernier prit Stephanie par les deux bras et lui donna un baiser léger sur le front.

— Je te changerai, assura-t-il, imitant parfaitement le Del d'autrefois. Toi aussi, tu seras jeune à jamais. Mais tu dois comprendre qu'ensuite, les choses ne seront plus pareilles entre nous. Nous ne ferons plus l'amour. Ça ne marche pas, entre vampires. Nous serons seulement... amis. Alors, je ne veux rien précipiter. Je t'aime telle que tu es.

Stephanie poussa un cri sauvage.

— Tu ne veux plus de moi, je le vois bien. Tu en as assez. Mon Dieu ! Et moi qui t'ai donné ma fille pour tes jeux. Tu nous as eues toutes les deux, tu nous as utilisées. Helen est morte et moi... maintenant, tu veux me laisser avec ce... avec cette boule de graisse obscène...

Ellison, s'il entendit sa voix, n'eut conscience ni de parler ni de bouger. Il leva son arme, et le coup sembla partir de lui-même. Stephanie lui accorda enfin son attention : elle se redressa de toute sa hauteur et posa sur lui des yeux hallucinés, incrédules. Puis elle porta la main au châle espagnol du XVIIe siècle et à la poitrine qu'il recouvrait. L'instant d'après, elle s'effondrait.

Le gros homme tourna le long canon du Luger vers les yeux de Del. Ce dernier, contrarié mais impavide, lui rendait son regard.

— Tu n'as rien appris, hein, vieux ?

Ellison tira. Son frère grimaça de douleur mais il ne tomba pas. La colère et le triomphe se lisaient sur son visage, tandis qu'il s'avançait rapidement vers son adversaire pour l'empoigner de ses mains puissantes. Le Luger parla encore, et encore, sans que Del en fût autrement affecté.

XXIII

Fondu enchaîné : violence.

Quand on a vu un tournoi, on les a tous vus. Cela dit, à moins que vous ne soyez, comme je le suggérais par jeu, aussi âgés que moi, vous n'en avez jamais vu un seul, n'est-ce pas ? Qu'à cela ne tienne.

Des cloches d'église retentissaient dans ma tête, quoique je susse qu'aucune cloche ne sonnait. Des anges flottaient autour de moi en un essaim alarmant ; non pas, comme le veut la légende moderne, à la recherche d'une pointe d'épingle où s'asseoir, mais plutôt rassemblés devant mes yeux, sous mon heaume d'acier — le bien et le mal se disputant mon âme.

J'eus vaguement conscience que des mains douces m'ôtaient mon casque, ce qui ne me clarifia aucunement les idées. Je voyais le *totentantz,* et comme sur une scène, des tableaux tirés du vieux récit français où trois hommes rencontrent leur double, enveloppé dans un linceul.

— Il est mort ? interrogea la voix de ma chère épouse, Helen, désespérée. Il est mort. Je sais qu'il est mort.

Quelqu'un marmonna quelque chose. Si telle était la mort, à tout le moins, je n'en avais pas peur. L'Ange du Seigneur vint voleter auprès de moi, dispersant la nuée de chérubins inférieurs agglutinés devant mes yeux, et il me parla. Ce qu'il me dit, je ne puis encore le révéler.

— Il n'est pas mort, déclara une autre voix, qui n'avait rien d'angélique.

J'étais allongé sur le dos, à l'intérieur d'un pavillon de tournoi en belle étoffe blanche, glorieusement illuminé par un soleil radieux. On m'avait ôté mon armure, et mon corps, enveloppé de drap blanc, presque comme par un linceul, n'était qu'une masse de douleur. Je ne souffrais cependant pas plus qu'il n'était naturel pour un homme ayant été projeté hors de sa selle par l'impact brutal d'une longue perche à l'extrémité acérée, puis probablement piétiné par son cheval. L'Ange du Seigneur se changea en Helen, assise à mon côté, tamponnant d'eau fraîche parfumée la bosse abominable que j'avais sur la tête.

J'en venais à me demander si ladite bosse n'était pas aussi grosse que ma tête elle-même.

— J'ai eu peur pour vous, monseigneur, déclara mon épouse, les yeux inondés de larmes.

Elle tapotait mon front avec une grande délicatesse. Le mouchoir en tissu florentin dont elle se servait était taché de rouge.

— Peur que je ne fusse mort ?

— Oui. Oh, Vlad, vous étiez tellement pâle ! Tellement inerte !

— Sachez donc que je suis vivant.

Je levai mon bras douloureux pour saisir la main d'Helen, dont l'intérêt pour ma bosse devenait plus irritant que profitable. Afin de trouver une raison plus diplomatique à mon geste, je la pressai et la portai à mes lèvres.

— Même si j'avais été mort, les soins d'un tel ange m'eussent ressuscité.

Un être non angélique, derrière Helen, toussota et grimaça à cette remarque. C'était, je m'en rendis compte, un prêtre, sans doute venu m'administrer l'extrême-onction.

— Ne plaisantez pas avec ce genre de chose, protesta ma compagne.

Elle me parut surtout gênée par l'impression que je ne plaisantais pas. C'était le début de l'année 1469. Nous étions alors mariés depuis cinq ans et avions assez vécu ensemble pour bien nous connaître.

— Votre bonne épouse parle sagement, mon fils, me reprocha le prêtre. Vous êtes passé bien près de la mort, aujourd'hui, mais la volonté de Dieu est que vous viviez. Vous devriez savoir qu'un jour, il en sera autrement. La mort nous prendra tous, tôt ou tard.

J'examinai son long visage et ne le trouvai pas à mon goût.

— Non, mon père. N'est-il pas dit quelque part, dans l'Écriture : « Nous ne mourrons pas tous, mais nous serons tous changés » ?

Son visage exprimait avec éloquence tout ce que mon attitude avait d'incorrect. Mais qu'attendre de ces soldats étrangers qui étaient le fléau de l'Italie ?

— Il y est dit aussi que le diable peut citer l'Écriture quand cela sert ses desseins.

Sur ces mots, sentant qu'il n'était plus le bienvenu, l'homme s'inclina et nous laissa.

— Ne vous agitez pas, Vlad. Reposez-vous un peu : je vais prendre soin de vous.

— Je veux m'asseoir. (Pour le moment, toutefois, je me contentai de me soulever sur mes coudes.) Et bientôt, je me lèverai. Je marcherai. Je veux voir la suite du tournoi.

Un rugissement de voix exaltées retentit à l'extérieur, non loin de là. Les pavillons avaient été dressés en ligne, près des tribunes et des lices. Des gémissements et de grands cris s'élevèrent. Un nouveau cavalier venait de vider les étriers.

— Qui m'a désarçonné ? interrogeai-je. Qui m'a porté un coup aussi diabolique ? Je ne me rappelle pas.

— Je ne crois pas avoir vu de qui il s'agissait.

— Bien sûr, Helen. Ce n'est qu'un jeu, n'est-ce pas ? Croyez-vous que je chercherais à me venger ?

La grosse bosse informe qu'était mon crâne me fit d'autant plus mal lorsque je m'assis. À l'évidence, malgré toutes mes visions, je n'étais pas resté inconscient très longtemps. L'intensité du soleil qui tapait sur la tente m'apprit qu'on était encore aux environs de midi. La foule semblait plus fraîche et plus enthousiaste que jamais.

À nouveau, des encouragements et des cris de triomphe, mêlés à d'autres, de déception, retentirent.

— Qui gagne ? me demandai-je à haute voix.

Sans me permettre de songer aux problèmes que je pourrais rencontrer, je me levai et commençai à m'habiller. Helen soupira et me laissa en faire à ma tête.

— Je ne sais pas, dit-elle. On raconte que le grand prix sera attribué à Lorenzo lui-même, quel que soit le résultat des joutes. C'est son mariage que nous célébrons, après tout, même si ce n'est pas un guerrier.

Je grommelai, pensif. Non que j'eusse souhaité les honneurs de la victoire : je ne tenais pas à devenir célèbre. En Italie, on ne me connaissait encore que sous le nom de *signore* Ladislao. Officiellement, j'étais toujours emprisonné en Hongrie par mon beau-frère — et le demeurerais encore sept ans. Sa Majesté Mathias s'inquiétait de la réception qui me serait accordée si elle me conférait une position honorifique. Pour des raisons différentes, elle s'interrogeait aussi sur la réception qui serait réservée à Helen. Dans l'intervalle, je m'étais occupé d'autres choses, parmi lesquelles des missions entreprises pour le compte de Mathias, qui n'ont pas leur place dans cette histoire. J'étais en meilleurs termes que jamais avec les Médicis, qui avaient encore affermi leur emprise sur Florence. Ils n'avaient pas voulu entendre parler de mon absence pendant le tournoi et le mariage.

C'était une une fête monumentale, comme cette région n'en avait peut-être pas connu depuis la Rome antique. Donnant le bras à mon épouse (je dois admettre qu'elle m'aidait à demeurer debout, même si elle s'arrangeait pour donner l'impression que c'était moi qui la soutenais), je sortis de ma tente, laquelle était entourée d'une forêt de champignons multicolores identiques. Je fus aussitôt complimenté de ma prompte récupération par les gentilshommes souriants qui se trouvaient là. Quelques mètres plus loin, des tribunes provisoires accueillaient des milliers de spectateurs. À l'arrière-plan, on distinguait les portes, les fenêtres et les sculptures du palais Médicis, décorées de fleurs, tout comme une bonne partie des autres bâtiments du quartier, ainsi que certains des nombreux clochers de la ville. Le terrain sur lequel se déroulait le tournoi avait abrité quelques mois plus tôt plusieurs bâtiments abandonnés depuis des dizaines d'années en raison d'une épidémie. Sur l'ordre de Piero, tous avaient été abattus, et l'endroit changé en champ clos pour célébrer le mariage de son premier fils à la charmante Clarisse Orsini.

Helen et moi arrivâmes en vue de la tribune d'honneur, où j'aperçus une partie de la délégation Orsini — les futurs beaux-parents de Lorenzo, prêts à fondre leur branche aînée avec la sienne.

— Allons-nous regarder les combats, Vlad ?

— Non, j'ai changé d'avis. Je crois que j'en ai assez vu pour aujourd'hui. (Je l'entraînai dans la direction opposée aux lices.) Je préfère des divertissements plus paisibles.

Nous nous dirigeâmes vers le palais à travers une foule de plus en plus nombreuse, joyeuse, qui me parut assez inhabituelle. Je m'interrogeai à ce sujet jusqu'à me rendre compte qu'elle comprenait fort peu de commerçants. Durant ces jours fériés officiels, nourriture et boisson étaient distribuées gratuitement aux masses. Des musiciens jouaient sur un petit espace vert. Pour le plaisir des badauds, quelques gentilshommes et gentes dames exécutaient une vieille danse française, très digne, la *basse danse.* Voilà qui me rappela un instant le récit français de mon rêve — ou de ma vision.

Helen dut me voir sourire. Chaque fois que je faisais preuve de bonne humeur, elle ne manquait pas d'aborder un sujet qu'elle avait réservé à une telle occasion.

— Vous avez énormément combattu, ces dernières années, Vlad. Dans les petites guerres ou les tournois. Comptez-vous continuer de vous battre à jamais, jusqu'à ce qu'un jour, quand je vous croirai mort, il s'avérera que j'aurai raison ? N'est-il pas temps de laisser les jeunes faire leur part ?

— Parce que je suis vieux ?

— Vous êtes... mûr. Et la vie ne devrait pas être faite que de coups à donner ou à recevoir. D'autre part, Vlad... je vous le dis tout net... le jour où je vous verrai mort, je crois que je deviendrai folle.

Elle avait prononcé cette phrase tout simplement, sans emphase.

— Je suis un soldat.

— Avec votre accord, mon époux, je vais écrire à mon frère. Il pourrait mettre à tout moment un terme à votre emprisonnement fictif, ce qui nous permettrait rentrer chez nous. Je pense avoir apporté la preuve que je puis me conduire décemment. Et vous... rien ne vous empêcherait de redevenir prince de Valaquie. Mathias peut vous le permettre, s'il le désire.

— Il est des raisons politiques pour lesquelles il ne le désire pas. Pas tout de suite, en tout cas. Je crois qu'il refusera votre requête.

— En ce cas, j'attendrai un peu et j'écrirai à nouveau. Vous aimeriez rentrer chez nous ? Un tel changement vous agréerait ?

Je regardai autour de moi. Comme je l'ai écrit, j'étais tombé amoureux de l'Italie. Pourtant, ce n'était pas ma patrie. Je contemplai intensément Helen.

— Il m'agréerait énormément de régner à nouveau en Valaquie, admis-je. Et cette fois, avec vous à mon côté. Mais vous devez savoir que là-bas, les choses ne sont pas *toujours* parfaitement paisibles. Il y a eu plusieurs fois dans notre histoire des périodes de troubles, des invasions, des intrigues meurtrières et des trahisons... (Je ne pus m'empêcher de sourire.) Par la barbe de saint Pierre, vous vous inquiétez pour moi dans les tournois et vous voulez me voir remonter sur ce trône-là ?

Helen était aussi déterminée que bouleversée.

— Je sais qu'il y aurait aussi du danger chez nous. Mais là-bas... comment dire ? Le danger aurait un sens. Vous défendriez votre patrie. C'est à cela que doivent servir les épées, et les canons également.

— Il me semble que vous possédez une conception toute féminine des épées, des canons et de la guerre.

— Et quand cela serait ? Les femmes ont parfois raison. Si la mort vous prenait au service d'une grande cause, d'une juste cause, elle aurait elle aussi un sens. Si vous mouriez ainsi, peut-être ne deviendrais-je pas folle.

Je ne savais que répondre ou que penser.

— Je vous l'ai déjà dit, ma mie : je n'ai nulle intention de me soumettre à la mort sans combat. La vieille faucheuse devra livrer une bataille comme elle n'en a pas connu depuis bien longtemps.

Helen n'avait pas lâché mon bras. Nous continuâmes de fendre la foule joyeuse pour rejoindre le palais. J'avais entendu dire que Leonardo y viendrait dans l'après-midi, pour entretenir de son art ceux que ces choses intéressaient plus que les tournois.

XXIV

Il était plus de minuit quand Gliddon entendit enfin Ike et Ralph ramener la Jeep au garage. Peu après, ses deux séïdes pénétraient dans la pièce où il surveillait toujours les prisonniers. Ils lui décrivirent le break Subaru et la vieille Buick, qu'ils avaient fouillés sans rien trouver d'intéressant. Les véhicules étaient désormais au fond d'une ravine où nul n'irait les chercher, recouverts d'une bâche. Ike affirma que son compagnon et lui avaient pris soin d'effacer leurs traces.

Gliddon écouta, acquiesça, et donna de nouveaux ordres : on allait séparer les quatre prisonniers pour les interroger. Le vieux bâtiment comprenait nombre de pièces, pour le moment inutilisées, et le chef des malfrats préférait étudier quatre histoires différentes plutôt qu'une seule dans sa recherche de la vérité. Il ne pensait pas avoir beaucoup de mal à l'obtenir — du moins à la portion de vérité que détenaient ces gosses. Même lorsqu'ils lui auraient dit ce qu'ils savaient, toutefois, de nombreux problèmes demeureraient.

Depuis qu'il se cachait dans cette immense ruine, Gliddon s'était parfois demandé si les nombreuses petites pièces qui la composaient n'avaient pas été jadis des cellules de moines. Une bonne partie n'était pas même munie de fenêtres. Quand Gliddon regarda dans le réduit au sol de terre battue où Helen avait été emmenée, il constata qu'Ike ou Ralph — dans le cadre de leurs efforts pour combattre le froid et masquer leurs propres lampes — en avaient obstrué la lucarne avec des morceaux de bois et du plastique. Quoi qu'il arrivât, ils ne seraient pas obligés de camper ici plus longtemps, et c'était une bonne chose. D'après ce qu'Ellison lui avait dit au téléphone, la vente secrète du tableau devrait être conclue d'un jour à l'autre.

Gliddon posa sa petite torche électrique par terre, le faisceau dirigé vers la jeune fille. La vieille porte de la pièce était à demi fermée, presque détachée de ses gonds. Il faisait froid, ici, encore plus que dans la grande salle, et il supportait sans mal sa veste. Helen, pourtant, pieds nus et sans manteau, ne tremblait pas. Elle n'était pas tellement effrayée non plus : le regard qu'elle lui lançait recelait un mélange de désorientation et d'arrogance.

Elle est bel et bien défoncée, c'est pas possible autrement, songea Gliddon. Il souhaita qu'elle ne fût pas trop détachée de la réalité pour s'exprimer. La nièce de Del. C'était bien dommage, et le patron allait peut-être en faire toute une histoire, mais les choses étaient allées trop loin pour qu'on se permît de ne pas les descendre, elle et ses trois compagnons. Aider Del à vendre le tableau avait été une idée intéressante. Ce n'était cependant pas le seul choix dont disposait Gliddon. Il n'était pas expert en matière d'art, mais un expert, cela s'engageait — tout comme lui-même avait bien souvent été engagé pour ses propres talents. À présent, il avait la peinture, il avait un avion, et il connaissait deux ou trois personnes, au Mexique, qui seraient ravies de l'accueillir avec son trésor quand il le désirerait. De cette manière, le tableau ne lui rapporterait pas la moitié de sa valeur réelle, mais il en tirerait tout de même un bon bénéfice. Au vu des événements de la nuit, il se demandait si cette solution n'allait pas s'imposer.

Il observa un moment Helen, dont l'expression ne se modifiait pas, ce qui était mauvais signe.

— Très bien, fillette. Toi et tes copains, on peut dire

que vous vous êtes mis dans un drôle de pétrin. C'est vraiment très grave. Tu comprends ? Est-ce que tu m'entends, ou pas ?

De toute évidence, ce n'était pas le cas, car elle paraissait toujours assez gaie.

— Mon oncle Del va être en colère contre vous. Il va me chercher. Il m'aime beaucoup, vous savez, comme si j'étais sa propre fille.

— Ouais, j'en suis sûr. Et de bien d'autres manières, aussi. Ça, je le sais, ma fille. Mais il y a une chose que je ne comprends absolument pas. Je te croyais morte. Tout le monde le croyait. Et maintenant, il s'avère que tu ne l'es pas et que tu te planquais avec oncle Del, et avec maman et beau-papa aussi, je suppose. D'accord. Mais on aurait dû me prévenir que tu étais encore en vie. Je veux dire que je participe à l'expédition depuis le départ : j'ai vraiment cru que c'était toi qui t'étais fait descendre dans le couloir. En tout cas, on a bel et bien descendu quelqu'un.

Gliddon s'interrompit en poussant un léger soupir. L'air stupide de la gamine ne lui laissait pas beaucoup d'espoir d'en tirer grand-chose. Pourrait-il croire ce qu'elle lui dirait, de toute façon ? Il devait néanmoins essayer : il se passait des choses qu'il ignorait. Des choses encore plus secrètes que le faux enlèvement, le faux meurtre et la fausse disparition du tableau. C'était sans aucun doute très important, et les Seabright ne lui en avaient pas parlé.

Une minute ! La gamine venait de comprendre ce qu'il avait dit. Une expression choquée passa sur son visage.

— C'est ma copine Annie, qui a été tuée, murmura-t-elle. Vous ne le saviez pas ?

— J'ai l'impression que tu as un peu changé depuis cette nuit-là, Helen. Lève-toi une minute, que je te regarde.

La jeune fille obéit, docile. Malgré ses mains liées derrière le dos, elle se mit sur ses pieds rapidement, sans difficulté.

— Il me semble que tu es un peu plus grande que la dernière fois. Je te reconnais, mais... tu as changé. Quel âge as-tu ?

Helen renvoya en arrière une chevelure brune entretenue avec soin.

— Quand ça ? Quand m'avez-vous vue, avant ?

— Écoute, fillette, toi aussi tu m'as déjà vu, non ? Tu étais sacrément sûre de mon nom.

— Ça, c'est différent...

— Si tu réussissais à faire fonctionner ton cerveau, tu saurais quand on s'est vus, assura Gliddon d'une voix douce. C'était chez ton cher oncle Del, à Phoenix. Une nuit, il y a organisé une fête un peu spéciale. Ça lui arrivait régulièrement, à ce vieux porc, et j'imagine que ça lui arrive encore. Cette fois, il voulait que tu participes — et comme ta maman avait envie de lui faire plaisir, elle a dit que tu pouvais. Elle, soit il ne l'a pas invitée, soit ça ne la tentait pas. Je me rappelle que je l'ai regretté, parce que ça a l'air d'une sacrée affaire.

Il s'interrompit en se rappelant ce qu'il avait fait à cette même adolescente, la fameuse nuit. Voilà qui n'avait cependant rien à voir avec la question. L'expression qu'elle arborait lui assurait de toute façon qu'elle ne se souvenait de rien.

— Le cadre de notre première rencontre est sans importance, continua-t-il. Tout ce qui compte, c'est qu'on se connaisse. Je veux savoir pourquoi tu es venue ici, cette nuit. Comment savais-tu que j'y étais, que j'avais un radio-téléphone, et tout ça ?

La jeune fille se détendit. Elle comprenait à présent de quoi il parlait.

— Votre téléphone est muni d'une sorte de brouilleur. Ce qui fait que si on écoute pendant que vous parlez à oncle Del, à maman ou à papa, on ne comprend rien.

— Oncle Del, maman et papa Ellison t'ont vraiment raconté bien des choses, hein ? Je me demande pourquoi.

— Oncle Del me parle. Je ne vois plus trop maman,

parce que je dors beaucoup dans le grenier, maintenant. Et papa me croit morte, mais en fait, il s'en fout. Ce n'est que mon beau-père.

Helen eut un petit rire écervelé.

— Je ne suis pas sûr de bien comprendre, remarqua Gliddon. Tu as amené tes amis ici cette nuit pour leur montrer le radio-téléphone, c'est ça ?

— Le seul ami que j'aie amené, c'est Pat. Je ne connais pas les autres. On les a rencontrés par hasard. Et ce que je voulais lui montrer, c'est le tableau.

Gliddon soupira. Plus rien ne pouvait réellement le surprendre.

— Tu peux te rasseoir, si tu veux, Helen. (Toujours aussi docile, elle obtempéra.) Qui t'a dit que le tableau se trouvait ici ? Oncle Del ou ta mère ?

— Oncle Del. Il n'arrête pas de m'en parler.

Les gens prenaient leur pied d'un tas de manières différentes : Gliddon le savait depuis longtemps. Pourtant, il sentait que quelque chose lui échappait encore.

— Ecoute-moi bien, Helen. Je vais te poser une question très importante. Tu veux te sortir de tous ces ennuis, n'est-ce pas ? À combien d'autres personnes as-tu dit que le tableau était ici, et le radio-téléphone, et tout le reste ?

— À personne. (Enfin, les larmes arrivaient dans les yeux de la jeune fille, bien tard.) Juste aux trois autres.

— C'est tout ? Tu es sûre ? Complètement sûre ?

— Oui...

Ce mot se fondit en un sanglot qui résonna à la manière d'une longue note amère de violon.

Gliddon avait envie de la gifler, de la tuer. Toutefois, il conserva son calme : il se montrait rarement brutal, sinon par calcul, et la situation n'exigeait pas la brutalité. Il avait tendance à croire la gamine. Si ce que disaient les trois autres captifs confirmait son histoire, alors ces quatre-là devraient être éliminés — mais ces quatre-là seulement. La vente du tableau telle que Delaunay l'avait mise au point pourrait peut-être se faire.

Il tapota délicatement la tête d'Helen.

— Ne t'inquiète pas, petite. On va arranger tout ça, mais ça va prendre un peu de temps. Je vais être obligé de te laisser les mains attachées un moment, d'accord ?

Helen sanglotait, sans répondre. Peut-être l'interrogerait-il à nouveau quand elle serait un peu revenue à la réalité. Il reprit sa lampe et sortit par la porte démolie, laquelle faillit tomber lorsqu'il la repoussa. Ike, toujours masqué, était assis au bout du couloir tel un gardien de prison, de manière à conserver un œil sur toutes les cellules. Gliddon lui fit un signe de tête, puis pénétra dans la pièce où était enfermé le garçon qu'il se rappelait avoir vu à Phoenix. Un autre « spécial oncle Del ».

Celui-là, visiblement, faisait dans son froc. Assis par terre, dans un angle, tout comme Helen, il s'était détourné pour se cacher le visage contre le mur. Quand Gliddon entra avec sa lampe, le prisonnier jeta un coup d'œil par-dessus son épaule, les paupières quasi fermées.

L'arrivant posa délicatement la torche par terre, puis s'adossa à une paroi, l'air décontracté.

— On a un grave problème, gamin, mais j'ai bon espoir de régler ça sans que personne ne soit blessé. Est-ce que ça te conviendrait ?

Le garçon acquiesça vivement.

— Oh, ouais, purée !

Il avait à l'évidence envie de croire ce qu'il venait d'entendre, mais peut-être n'y parvenait-il pas totalement. Un petit bruit étranglé sortit de sa gorge.

— Ton permis de conduire est au nom de Pat O'Grandison.

Gliddon avait eu le temps de réfléchir à ce nom, qu'il lui semblait avoir déjà entendu, tout à fait comme s'il avait appartenu au gosse de Phoenix.

— Ouais, c'est ça. On n'avait pas de mauvaise intention, en venant. On s'est perdus, c'est tout. Le pont était démoli et une des bagnoles embourbée. La fille a dit qu'elle savait où il y avait un téléphone.

— La fille ?

— Celle avec qui j'étais. Elle m'a juste pris en stop. Je ne voulais pas déranger qui que ce soit.

— Quand tu dis « la fille », tu penses à Helen Seabright.

— Oui, c'est ça. Enfin, c'est ce qu'elle m'a dit.

— Eh bien, mettons Helen Seabright. Je veux tous les détails, alors raconte-moi ce que tu sais. Ton sort dépendra en grande partie de ce que tu me diras. (Gliddon sortit une cigarette et l'alluma à l'aide d'une allumette.) Tu veux une taffe ?

— Ouais, merci.

Il tint la cigarette au garçon, le laissa inhaler profondément la fumée.

— Donc, Helen Seabright t'a pris en stop. C'est-à-dire qu'elle t'a juste ramassé sur le bord de la route ?

Le prisonnier hésita puis décida apparemment de dire la vérité. Super.

— Non. On est partis de chez elle, à Santa Fe. De chez ses parents, je crois. Une sacrément grande maison, purée !

— Et son oncle Del était avec vous, et vous faisiez un peu la fête. Et puis, vous avez décidé d'aller vous balader.

— La fête ? Non. J'étais juste venu à la recherche d'une autre fille.

— Tu aimes les filles ? (Comme son interlocuteur ne répondait pas, Gliddon poursuivit :) Laisse tomber. Comment elle s'appelait, celle que tu cherchais ?

— Annie Chapman. Elle doit toujours s'appeler comme ça, d'ailleurs.

Annie Chapman. Un nom que Gliddon n'était pas près d'oublier. Pas après la nuit d'orgie, à Phoenix, et ce qui s'était produit ensuite. Le grand secret de Del, celui qu'il cachait même à ses collaborateurs les plus proches, pouvait fort bien avoir un rapport avec cette gosse.

— D'accord. Et ensuite ?

— Ensuite... je crois que je me suis endormi sur un

canapé. Quand je me suis réveillé, la fille, Helen, elle était là et elle s'est mise à me parler. Il y avait aussi une femme, dans la maison, et un homme, un vieux, sacrément gros. Je ne sais pas si c'était l'oncle Del dont vous parlez, ou le père d'Helen, ou n'importe qui d'autre.

— Tu ne l'avais jamais vu avant, hein ? (Gliddon ôta sa cagoule.) Et moi ?

Le garçon avait le regard vide. Son cas était désespéré.

— Je ne sais pas. Je ne crois pas. Je n'ai pas bonne mémoire.

— O.K., O.K., c'est normal. Il y a des trucs dont personne ne te demande de te souvenir. Mais quand moi, je veux que tu te rappelles quelque chose, tu fais un effort, non ?

— Ouais, bien sûr, tout ce que vous voulez.

— Alors, est-ce que tu sais qui était ce vieux ? Le gros ?

— Non, vraiment, j'en sais rien.

— D'accord. Et la fille que tu cherchais s'appelait Annie Chapman, c'est ça ?

— Ouais, mais ils m'ont tous dit qu'elle n'était pas là, qu'ils ne la connaissaient pas. Vous la connaissez, vous ? Elle ressemble pas mal à Helen.

La ressemblance avait été assez nette, en effet. L'interrogateur médita un instant. Des sœurs ? Rien ne collait vraiment.

Le gamin semblait avoir tout oublié de l'orgie. Gliddon lui-même avait ramassé Pat et Annie, l'un sur la route, l'autre à l'arrêt de bus. Recruter les participants aux fêtes avait fait partie de son travail, lequel le conduisait également à se joindre aux festivités — Del aimait avoir sous la main un employé de confiance au cas où les choses devenaient délicates, ce qui était souvent le cas. Cette nuit-là, le groupe comprenait Helen, Pat, Annie — et le jeune vagabond musclé qui avait suivi cette dernière dans le musée quand elle s'était éclipsée en dansant. Celui qu'elle avait tué.

Gliddon revoyait la scène : le jeune homme nu, bien charpenté, abattant une maquette de bateau en argent sur la tête d'Annie ; Annie évitant le coup, brutalement sortie de sa contemplation, empoignant son agresseur par un poignet et une cheville, et... et le projetant loin d'elle, si bien que la tête du garçon avait heurté un socle en marbre et que du sang avait giclé sur la moquette blanche. Ce n'était pas le premier combat auquel assistait Gliddon, loin de là, mais il n'en avait encore jamais vu de pareil.

À partir de cet instant, Del avait fait d'Annie sa protégée. Il voulait à l'évidence obtenir d'elle quelque chose de bien particulier. Et à la réflexion, ce quelque chose n'avait peut-être aucun rapport avec la sexualité. On avait très peu revu la jeune femme, par la suite...

La nuit du faux enlèvement, c'était sans doute Annie Chapman qui, affolée, avait couru dans le couloir du premier étage de la villa, refusé de s'arrêter lorsqu'on le lui avait ordonné, et ramassé une volée de chevrotines en pleine tête. Del connaissait l'identité de la morte, mais il n'en avait rien dit. Et la famille l'avait identifiée comme Helen, l'avait fait incinérer.

Pourquoi ?

Sans doute une question d'héritage et de testament. Gliddon ne maîtrisait pas tous les aspects légaux de la succession d'un individu aussi riche que Del. Ce dernier voulait qu'on le croie mort, afin de disparaître tout en conservant la mainmise sur l'essentiel de sa fortune. Son employé le comprenait fort bien : lui-même était en train de réaliser une opération du même type. Toutefois, il était de plus en plus convaincu que d'autres choses importantes se préparaient, et qu'il n'en avait pas été averti. Sinon, peut-être, juste assez pour devenir le dindon de la farce.

Au diable, les Seabright ! Ils étaient en train de combiner une magouille que Gliddon n'apprécierait pas lorsqu'il en découvrirait la nature. Au train où allaient les choses, c'était de plus en plus probable.

Le garçon, assis par terre, le regardait toujours, de plus en plus effrayé. Il avait l'air malade.

— Il faut que j'aille aux toilettes, implora-t-il. S'il vous plaît.

— D'accord, dit Gliddon.

Il se détourna pour passer la tête par la porte de la cellule. Soudain, il se sentit dans la peau d'un maton, ce qui l'amusa.

— Ike ? T'as un client, là. Emmène-le faire un petit tour et ramène-le. Je veux lui recauser plus tard.

À l'autre bout du petit couloir, Judy entendait des murmures, qui se changeaient parfois en exclamations de colère ou de peur. L'implacable malfrat qui les avait capturés — Gliddon, d'après la dénommée Helen — semblait faire sa ronde à la manière d'un médecin dans une clinique bondée, passant de patient en patient.

Pour le moment, au moins, aucun desdits patients ne hurlait.

Judy, pour maîtriser ses craintes, se concentra autant qu'elle le put sur autre chose — sur cette approche précipitée qu'elle seule ressentait. *Il* arrivait, et sa course paraissait inexorable. La jeune fille, cependant, ne savait toujours pas combien de chemin il lui restait à parcourir. Au prix d'un effort colossal, elle tenta de lui communiquer sa peur et le besoin qu'elle avait de son aide. Au bout d'un moment, il lui sembla qu'il avait encore forcé l'allure. Puisqu'ils ne pouvaient échanger le moindre mot, cependant, elle n'en avait pas la certitude. Elle savait juste qu'autour de lui, le paysage demeurait sauvage, désertique. Mais... où étaient passés ses pieds ? Brusquement, elle se rendit compte qu'à présent, il volait.

Un éclat violent, derrière ses paupières closes, la fit sursauter. Ouvrant à demi les yeux, elle découvrit Gliddon qui la contemplait à la lueur d'une lampe de poche. Son visage était plus commun qu'elle ne l'eût imaginé. Il tenait entre deux doigts une cigarette à demi fumée.

— Voyons, si je me rappelle bien ta carte d'identité, tu t'appelles Judy Southerland.

Sa voix n'était pas dépourvue de douceur. Elle eût même pu convenir au médecin qu'avait imaginé la jeune fille.

— C'est ça, répondit-elle d'une voix agréablement ferme. Je crois que vous feriez mieux de me détacher les mains.

— Essaie d'avoir un peu de patience. Je ne t'ai pas demandé de venir ici, tu sais. Qu'est-ce que vous foutiez là, puisqu'on en parle ?

— Je... si je réponds à ça, ça va avoir l'air assez délirant.

— Essaie de me dire la vérité. Ça gagnera du temps et ça évitera des problèmes.

— Je... non, je n'ai rien à vous dire. À part que vous feriez mieux de me laisser partir. Je ne vais pas tarder à recevoir du secours.

L'homme posa sa torche sur le sol avec précaution. Sans changer d'expression, il renvoya le bras en arrière et gifla Judy à la volée. Jamais, de toute sa vie, on ne l'avait frappée aussi fort. À présent, elle comprenait la vieille expression « voir des étoiles ». Elle sentit le goût du sang dans sa bouche. Sa langue était devenue une étrange masse paralysée qui, d'ici un instant, allait la faire souffrir horriblement. Qui commençait déjà.

Elle tenta de remuer la mâchoire et fut un peu surprise d'y parvenir.

— Vous allez regretter ça, articula-t-elle. Alors là, qu'est-ce que vous allez le regretter !

Sa sincérité produisit peut-être un effet temporaire sur Gliddon, qui sembla hésiter, tirant sur sa cigarette. Au bout d'une ou deux secondes, pourtant, il empoigna Judy par les cheveux. Comprenant ce qui allait se passer, la jeune fille poussa un cri aigu.

— Très bien, puisque vous y tenez, je vais vous dire la vérité. Mais ne m'en voulez pas si ça a l'air complètement dingue.

Son tortionnaire la lâcha.

— J'écoute.

— J'ai convaincu Bill de me véhiculer. Ensuite, on

a rencontré les deux autres par hasard. Je n'ai aucune idée de ce qu'ils faisaient par là. Mais notre bagnole était déjà enlisée quand ils sont arrivés.

— Je vois. C'était ton idée, de venir ici, pas celle de Bill ?

— Oui.

— Pourquoi ? C'est juste que tu aimes te balader en pleine nuit ? Sur ce genre de routes ? Si tu veux un endroit peinard pour baiser, tu n'as pas besoin de t'éloigner autant de la ville.

Judy resta muette. Une main se posa sur sa nuque. La cigarette se rapprocha de son visage.

— Attendez ! hurla-t-elle. C'est parce que je vais à l'école Astoria. Dans les collines, de l'autre côté de Santa Fe.

La braise s'immobilisa.

— Très bien. Continue.

Au contact de la main de l'homme sur sa tête, la jeune fille sentit qu'il jouissait de cet interrogatoire.

— Il y a un rapport, attendez. Eh bien... une des filles, là-bas, disait que son frère était venu chasser le daim dans le coin, récemment, et que des gens vivaient là, dans les vieux bâtiments.

Elle s'interrompit. Le regard que lui lançait Gliddon lui coupait toute imagination.

Cette fois, la cigarette alla jusqu'au bout de son chemin et ne se retira pas avant que Judy n'eût hurlé à deux reprises.

— Chasser le daim au printemps, répéta le bourreau.

Il lâcha sa victime et s'adossa de nouveau au mur, la regardant sangloter, pensif.

— Tu sais ce que je vais faire ? reprit-il enfin. Le jeune mec qui te véhiculait. Je ne l'ai pas encore interrogé. Je crois que je vais l'amener ici et causer avec lui. Dès que toi ou lui, vous me raconterez une autre histoire drôle, je lui ferai sauter un œil. J'arrive à le faire juste avec le pouce, comme ça. (Il eut un geste de démonstration.) Ensuite, on reparlera de chasser le daim au printemps, et puis je lui arracherai l'autre œil. Je l'économiserai, j'irai petit à petit.

— Très bien, très bien. On est au courant, pour le tableau. Je veux dire que moi, je le suis. Bill ne sait rien du tout.

Gliddon eut un soupir qui trahissait la colère mais, Judy s'en rendit compte avec un certain soulagement, cette colère n'était pas dirigée contre elle. Il contempla un instant le mur de brique, comme s'il avait regardé dans le lointain.

— Vous participiez tous à une fête avec Del, cette nuit, n'est-ce pas ?

Judy hocha la tête. Elle ne savait pas réellement à quoi elle acquiesçait, seulement que cet acquiescement constituait la réponse qu'on attendait d'elle, la réponse crédible — celle qui, à tout le moins, retarderait une nouvelle explosion de douleur.

— Je m'en doutais. Chez Ellison, à Santa Fe ?

La jeune fille devina la question autant qu'elle l'entendit et hocha à nouveau la tête.

— Je m'en doutais. Et pour une fois, ce vieux salopard s'est défoncé aussi. Il a trop parlé. Une fois, quand je n'étais pas là pour le surveiller... Qui y avait-il d'autre, à part vous quatre ?

Judy réfléchit, espéra, pria.

— Personne.

— Tu sais quoi ? Je crois que tu recommences à mentir.

— Non. Je ne mens pas. Non !

Gliddon poussa un nouveau soupir. Il avait tendance à la croire.

Il adorait faire souffrir les filles, mais il avait d'abord une dernière personne à interroger. Dans l'immédiat, cependant, il comptait faire une pause pour manger un morceau.

Pour Pat, rester seul avec son imagination dans les circonstances présentes était presque aussi dur que d'être tabassé. Presque. Il l'avait été une ou deux fois, et il savait à quel point il avait eu de la chance de s'en tirer en vie et sans handicap permanent. Cette nuit-là, il craignait bien de ne pas s'en tirer du tout. Quand le nommé Ike l'avait tiré de sa cellule, Pat avait craint qu'on ne l'abattît sans autre forme de procès. Cette peur s'étant révélée sans objet, il avait envisagé de séduire son geôlier. Son expérience des situations difficiles, toutefois, lui avait soufflé que cela n'eût servi qu'à envenimer les choses.

De nouveau seul, accroupi et tremblant dans un coin de sa cellule, il imaginait le pire, accueillant presque avec joie les frissons qui le secouaient et le faisaient claquer des dents. S'il avait de la chance, peut-être mourrait-il de froid avant que Gliddon ne s'intéressât de nouveau à lui.

Pat avait l'impression d'avoir toujours su qu'il finirait un jour ainsi. Il eût été inutile d'espérer une autre conclusion. Sa vie avait toujours ressemblé à ça, sinon pour un ou deux épisodes agréables, ici et là. Il lui semblait avoir passé une énorme partie de son existence dans le noir — seul.

Cette fois, il ne le demeura pas longtemps.

Après l'éclat de la torche de Gliddon, puis de celle d'Ike, Pat avait peine à distinguer quoi que ce fût dans la cellule obscure. Dès que ses yeux se furent à nouveau accoutumés à la pénombre, pourtant, il aperçut quelqu'un, juste devant la porte. Il eût juré que celle-ci ne s'était pas rouverte, mais...

C'était Helen. Elle avait les mains libres et lui lançait un regard de triomphe, telle une petite fille qui vient de gagner une partie de cache-cache. Il en fut tellement soulagé qu'un instant, il se crut sur le point de s'évanouir.

La jeune fille se posa un doigt sur les lèvres — comme s'il avait eu besoin d'une telle recommandation pour conserver le silence. Avec un sourire mutin, elle s'approcha de lui et s'accroupit.

— Je les ai bien eus, chuchota-t-elle. Comme je pleurais, ils ont cru que j'étais triste.

Pat eût voulu qu'elle se mît aussitôt au travail sur ses liens, mais elle demeura immobile.

— Ils ne vont pas être contents, ajouta-t-elle. J'ai déjà libéré Bill.

Elle contemplait son compagnon avec tendresse, comme Annie, naguère, mais ne faisait rien de constructif.

— Aide-moi à me libérer, Helen, implora enfin Pat avec un tranquille désespoir.

— Dans un instant. D'abord, je veux t'embrasser.

— Pas maintenant, pas...

Elle se pencha vers lui et le bâillonna de ses lèvres fraîches. Il en reconnut le contact avant même qu'elles ne quittent sa bouche pour descendre sur sa gorge.

— *Annie!*

Il n'avait pas élevé la voix, mais son chuchotement recelait autant de stupéfaction qu'un cri.

— Chut, chéri, chut, murmura la jeune fille à son oreille.

Ses cheveux bruns lui caressaient le visage. Seule, Annie l'avait mordu, réellement mordu, en faisant l'amour. Et à présent, il sentait de nouveau ses dents.

Ce n'était pas de la douleur, mais tout comme avec Annie, une dizaine de fois auparavant, c'en avait l'intensité. Jamais il n'avait ressenti pareille chose, avec qui que ce fût... cela dépassait, et de manière inimaginable, tout ce qu'il avait connu en matière de sexe.

Pat ne put s'empêcher de gémir, oubliant ses mains entravées et même la menace de mort qui pesait sur lui. Il fut incapable de deviner combien de temps cela dura. Il ne l'avait jamais pu. Il sut seulement que cela se termina, et qu'au moment où Annie cessait d'embrasser sa gorge, le lâchait, il se remit à frissonner, plus fort qu'auparavant. Continuer à vivre dans de telles conditions n'était plus possible. Un changement quelconque devait se produire dans les plus brefs délais. Il se sentait tellement faible qu'il se demanda s'il n'était pas en train de mourir. Cette idée ne lui inspirait aucune crainte.

Horriblement mal à l'aise, plus épuisé, plus glacé que jamais, il n'avait cependant plus peur. Les briques, dans son dos, lui paraissaient douces et friables.

— Ne me laisse pas, Annie.

Tant qu'elle resterait avec lui, il ne lui demanderait même pas comment elle faisait pour ressembler à ce point à Helen.

— Toi, tu peux m'appeler Annie, répondit-elle de sa voix douce. Tu en as le droit. (Elle se redressa ; malgré l'obscurité, il la voyait un peu mieux qu'avant.) Pauvre Pat. Dans quel état tu es ! Mais tout va aller bien. Annie sait ce qui est bon pour toi.

— Annie.

— Tu peux aussi m'appeler Helen. Je me suis appelée Helen, autrefois... il y a bien longtemps.

Croisant les bras, elle empoigna son sweat-shirt à la taille et, d'un geste rapide, le fit passer par dessus sa tête. Son torse nu était mince et blafard dans la pénombre.

— Aide moi, Annie... sors-moi d'ici...

— Ne t'évanouis pas maintenant, Pat. Tiens bon, chéri. Là...

Elle fit alors quelque chose de très étrange. Annie n'avait jamais rien fait de tel auparavant. Elle souleva de la main gauche un de ses seins menus et promena juste en dessous l'ongle de son index droit. Un petit trait sombre apparut sur sa peau pâle. La jeune fille se pencha et approcha la blessure du visage de son compagnon.

— Tiens, chéri. Ça va t'aider. Énormément.

Il comprit ce qu'on attendait de lui. Au bout d'un instant, cela ne lui parut même plus étrange, et ses lèvres s'entrouvrirent, avides.

Un peu plus tard, quand le coup de fusil résonna, à l'autre bout du bâtiment, Pat ne l'entendit pas.

XXV

Quand il entendit les coups de feu et les cris, Gliddon jura, cracha des fragments de sandwich, et courut récupérer son fusil là où il l'avait laissé, contre les caisses de nourriture. Ralph, qui arrivait de l'autre bout du bâtiment, lui rapporta que le dernier prisonnier, Bill Bird, s'était libéré. Ike l'avait vu franchir une porte à la dérobée, les mains libres, puis se mettre à courir. Il lui avait tiré dessus en vain, puis s'était lancé à sa poursuite.

— Attrapez-le ! grimaça Gliddon en poussant Ralph vers la porte.

— Il va peut-être nous faire le coup de revenir. Par exemple pour piquer la Jeep.

— Je ne demande que ça. Ramenez-le !

Ralph partit en courant.

Gliddon prit une profonde inspiration puis la relâcha. Très bien. Il en était de toute façon presque arrivé à la conclusion qu'il devrait se tirer de cette mélasse tout seul, et probablement cette nuit même, avant l'aube. À ce stade, tout ce qui éloignait ses hommes, les empêchait de formuler la moindre objection, pouvait fort bien se révéler bénéfique.

Il partit au trot vers le hangar de l'avion, diamétralement opposé à celui qui abritait la Jeep. Valait-il mieux commencer par descendre les prisonniers restants ? Non : chaque chose en son temps. Il semblait de toute façon probable qu'au moins un témoin allait s'en tirer. Autant s'assurer d'abord du tableau et de l'avion.

Ike, Ralph et lui avaient astucieusement bâti le hangar, qui jouxtait l'extrémité nord de la maison, à l'aide de vieilles planches, afin qu'il n'attirât pas l'attention, vu du ciel. Gliddon en ouvrit les larges portes. La portion de route abandonnée qui servait de piste était vaguement visible dans la nuit sans lune. Torche en main — il n'était plus temps de s'inquiéter d'un peu de lumière —, le malfrat se dirigea vers le fond de la construction, où il avait dissimulé la peinture emballée au milieu d'un tas de planches pourries, percées çà et là de clous rouillés.

À peine entré, il s'immobilisa. Le faisceau de sa lampe lui révélait une frêle jeune fille — Helen — penchée au-dessus de la cachette. Elle avait les mains libres et ne portait plus que son jean.

— Bon Dieu ! Ils sont tous dehors, fit-il à haute voix.

Et n'importe lequel pouvait au moins l'accuser d'enlèvement.

— Ne pointez pas cette arme sur moi, avertit la fille en se redressant, une main sur la hanche.

Elle posa l'autre sur la table qu'il avait apportée là pour servir d'établi, lorsque ses hommes et lui avaient réparé le moteur de l'avion.

Gliddon demeura un instant interdit, frappé par le visage d'Helen, soudain changé. Et sa voix... À force de fréquenter des dingues divers et variés, peut-être était-il lui-même en train de le devenir.

— Ne..., reprenait-elle quand il pressa la détente.

Au même instant, la table fut projetée en direction du tireur. Comme si la jeune fille l'avait jetée, quoiqu'une adolescente eût certainement été incapable de...

La décharge de chevrotines frappa le meuble et en pulvérisa le mince plateau, lequel, bien entendu, ne suffit pas à sauver Helen. Pas à une telle distance. Elle s'effondra. Gliddon dirigea le faisceau de la torche vers le cadavre sanglant, puis il posa la lampe afin de se masser l'avant-bras. Même quand on est pourvu d'une bonne poigne, il n'est pas conseillé d'utiliser un fusil calibre 12. d'une seule main. À tout le moins, il ne s'était pas cassé de doigt, mais il s'en était tordu un contre le pontet au moment du recul.

Il posa également son arme. Une minute de fouilles dans le tas de bois lui fut nécessaire pour en extraire le tableau, lourd et encombrant, dans sa caisse et ses enveloppes protectrices spéciales. En grognant, il le porta jusqu'au Cessna, ouvrit la soute et l'y fit pénétrer. Il y tenait tout juste. Les Seabright avaient dû prévoir la chose au moment où ils avaient acheté l'avion. Ils étaient rarement pris en défaut, on devait leur reconnaître ça. Voilà pourquoi Gliddon ne voulait pas épouser leurs projets jusqu'au bout en sachant qu'on lui en avait caché des détails importants.

Il rechargea son fusil de chasse : il se fiait toujours aux deux canons de cette arme simple. Deux coups suffisaient quand on savait à quel moment les tirer, et pour peu qu'on pût les placer au bon endroit. Il ne lui restait qu'à regagner la maison pour finir les deux témoins qui s'y trouvaient encore. Au passage, il jeta un coup d'œil à Helen. Il lui sembla qu'elle avait remué. Si c'était le cas, elle ne valait tout de même pas le gaspillage d'une autre cartouche, mais il vérifierait en revenant.

Il allait de surprise en surprise, cette nuit-là. Lorsqu'il entra dans la pièce où il avait laissé le petit voyou, Pat, il se rendit compte que ce dernier paraissait déjà trépassé : allongé sur le dos, immobile, les mains liées sous lui, les yeux grands ouverts, figés, et du sang autour de ses lèvres entrouvertes. Près de lui gisait le sweat-shirt d'Helen. Décidé à s'assurer de la mort du jeune homme, Gliddon s'accroupit et posa la main sur un front déjà froid. Il ne perçut aucun battement sous la chemise et, tapotant un œil du bout d'un doigt, n'obtint pas de clignement réflexe. Là aussi, il était inutile de gaspiller une cartouche.

Le temps pressait, Gliddon en était de plus en plus persuadé. Restait à s'assurer que la dernière prisonnière, la nommée Judy, se trouvait toujours là où elle était censée être.

Elle y était bel et bien, quoiqu'elle fût en train d'essayer d'ouvrir sa porte. Vivante, entravée et en proie à une terreur qui faisait plaisir à voir. Découvrir enfin quelqu'un qui se conduisait comme on était en droit de s'y attendre avait quelque chose de rassurant.

Gliddon eût aimé s'amuser un peu avec elle, mais il n'en avait tout bonnement pas le temps. Il posa sa torche et leva son arme en souriant.

— Fais de beaux rêves...

Un bruit ténu s'éleva derrière lui. Les nerfs à fleur de peau, il fit volte-face.

La petite brune au torse sanglant s'était relevée au mépris de sa blessure béante et l'avait suivi. Dans la faible luminosité, la plaie évoquait à présent plus du tissu cicatriciel qu'un hamburger. Les yeux de Gliddon avaient dû lui jouer un tour, un peu plus tôt : en fin de compte, le plateau de la table l'avait sauvée. Temporairement.

— Gliddon, Gliddon.

Elle ne paraissait pas même souffrir. Sa voix de gamine était gentiment chargée de reproche, et il constata qu'elle souriait.

Il n'eût vraisemblablement pas craqué si elle avait hurlé, si elle l'avait attaqué ou si elle avait imploré sa pitié. En revanche, il était pour le moment incapable de supporter la réalité qu'on lui imposait. Il déchargea ses deux canons au visage d'Helen, dont les cheveux furent balayés par le souffle des coups de feu, mais dont la chair demeura intacte. Derrière elle, un profond cratère se creusa dans le mur, tandis que s'élevait un étouffant nuage de poussière de brique. La jeune fille demeura immobile, souriante, indemne.

Gliddon lâcha le fusil vide et s'empara à nouveau de sa torche, tout en tirant son pistolet. Le faisceau lumineux lui montra le doux sourire un peu désorienté d'Helen, à travers la poussière qui se déposait. La grande cicatrice rouge qui lui traversait le ventre, paraissait presque superficielle, telle une vieille brûlure ou une éraflure presque guérie.

— Vous ne devriez pas faire ça. Oncle Del va être très en colère contre vous. Il m'aime. Je suis sa nièce. Il dit que je suis comme sa petite-fille.

Gliddon avait cessé de réfléchir : il pressa la détente. Les balles percutèrent les parois derrière l'impossible apparition, projetant alentour des fragments de bois et de brique.

Et il y avait autre chose, alentour, sur la droite du tireur. Il sentit une autre présence, aperçut une autre silhouette qui commençait à se matérialiser. Tournant les talons, il se mit à courir d'instinct en direction du hangar à avion.

Judy, en observant la nouvelle apparition, faillit perdre la maîtrise d'elle-même. Son soulagement était proche de l'hystérie.

— Vous êtes là, vous êtes là, Dieu merci, j'étais...

Elle n'acheva pas sa phrase. Le vampire qui se dessinait sous ses yeux n'était pas celui qu'elle attendait. C'était un individu puissamment bâti, qui avait l'air assez jeune — mais elle savait à quel point cela pouvait être trompeur —, et qu'elle n'avait jamais vu auparavant.

Il la contemplait d'un regard curieux.

— Pour qui me prenais-tu ? demanda-t-il d'une voix de basse.

Avant qu'elle ne pût répondre, une autre voix retentit dans la nuit, à l'extérieur.

— Ike ! Gliddon ! Au secours !

Judy se recroquevilla sur elle-même, soudain saisie d'une vision intérieure : des dents blanches, maculées de sang frais. Les secours qu'elle attendait venaient d'arriver.

Gliddon se précipita dans la cabine du Cessna. Le

moteur était froid mais l'avion néanmoins prêt à voler. Il allait réussir. Bonjour, le Mexique.

Il manœuvra le démarreur électrique. Le moteur partit au quart de tour... puis toussa et s'éteignit. Il essaya à nouveau. La silhouette pâle d'Helen le suivait, se dirigeait vers l'appareil. Quand le silence revint, après sa deuxième tentative de démarrage, le fuyard l'entendit qui appelait doucement.

D'un instant à l'autre, à présent, il allait se réveiller. Mais non : cette fois, le moteur se mit en route et ne s'éteignit pas. Relâchant les freins, Gliddon s'empara de la manette des gaz et se mit à rouler vers les portes.

La forme fine de la jeune fille en jean, bleu et blanc, s'avança comme un somnambule sur le chemin de l'avion. Gliddon vit la catastrophe arriver, mais il n'eut pas même le temps d'en saisir tous les détails. Il eut cependant la nette impression qu'à cet instant, quelqu'un d'autre se trouvait dans le hangar. Un homme très pâle, vêtu de noir, qui se tenait près d'Helen et tendait les bras vers elle.

Gliddon tenta de freiner — trop tard : à la violence du choc, il comprit que l'hélice de bois avait été faussée, sinon mise en pièces. L'appareil frémit sous l'impact, et le moteur mourut dans une grande toux. Le pilote avait ouvert la portière et sauté à bas de la cabine presque avant que le Cessna n'eût cessé de rouler. Quelque chose gisait sur le sol, mais il ne prit pas le temps de regarder de quoi il s'agissait. S'il y avait réellement eu deux personnes devant l'hélice, cette dernière avait dû les hacher menu.

Avec une hâte désespérée, il ouvrit la soute à la volée, en sortit l'encombrant paquet, et se mit à courir. Il trébuchait, peinait sous le poids du tableau, mais il rejoignit néanmoins l'autre grange, où se trouvait la Jeep. Il coinça son trésor sur la banquette arrière, puis se jeta au volant et démarra avec un rugissement.

La voiture bondit dans les ténèbres pour s'engager sur une route qui serpentait parmi les rochers à peine visibles des collines. Gliddon plongea droit dans une ravine vertigineuse que, malgré les quatre roues motrices, il lui fallut de longues minutes pour franchir — au pas. Au fond, un petit ruisseau murmurait, presque invisible. La nuit était par ailleurs silencieuse : pour l'instant, nul ne le poursuivait. Les pneus soulevèrent un peu d'eau, puis la Jeep escalada la pente opposée et retrouva enfin la vieille route, non loin de l'endroit où avaient été dissimulées les voitures des gamins. Encore quelques kilomètres avant la route Inter-États. Ensuite, Gliddon obliquerait vers le sud. Il avait une ou deux idées sur l'endroit où il lui serait possible de voler un autre avion.

Il estima raisonnable d'allumer ses phares, qui éclairèrent aussitôt une silhouette solitaire, à quelque distance de là. Elle suivait la même direction que le fuyard, mais quoique petite et frêle, celle-là portait une chemise et avait les cheveux clairs. Comme la Jeep la rattrapait, elle se retourna. Les yeux pâles ne clignèrent pas sous l'assaut des phares. Abasourdi, Gliddon reconnut les traits enfantins, l'air désorienté et la bouche sanglante de Pat O'Grandison.

Il commençait cependant à retrouver son sang-froid, à se croire de nouveau de taille à affronter le monde. Si les événements de la nuit ne l'avaient pas encore abattu, il survivrait à n'importe quoi.

Chercher à achever quelqu'un rapidement en lui roulant dessus, sur cette route sinueuse et défoncée, qui n'autorisait qu'une vitesse limitée, n'eût pas été très commode. Particulièrement en une nuit où les gens qu'on croyait morts ne cessaient de se relever.

Le garçon regarda calmement la Jeep arriver et tendit le pouce. Pourquoi pas, après tout ? Gliddon constata que Pat avait même réussi à retrouver et à remplir le sac à dos vidé durant la fouille.

Il arrêta la Jeep, tout en cherchant son pistolet. Rien. Il avait dû le perdre. C'était sans importance : il existait d'autres méthodes. Toutefois, il n'avait aucune envie de s'arrêter pour commettre un meurtre avant d'avoir parcouru encore quelques kilomètres.

— Je t'emmène, petit ? demanda-t-il en arrivant à la hauteur du garçon. Grimpe.

L'adolescent ne parut pas même le reconnaître.

— Merci, dit-il en s'installant, décontracté, comme s'il avait été pris en stop en plein après-midi, sur la route Inter-États.

Il se défit de son sac à dos et le posa à ses pieds, après s'être rendu compte que l'arrière était encombré par un gigantesque paquet.

— Je vais en Californie.

— Moi aussi, affirma le conducteur en redémarrant.

Les pneus crissèrent dans une ornière, raclèrent le flanc d'un rocher. Gliddon ne voulait pas vendre la peau de l'ours, mais il lui semblait bien que la chance commençait à tourner dans le bon sens.

Durant les semaines qui s'étaient écoulées depuis qu'il avait réussi à convaincre la jeune fille de le transformer en vampire, Delaunay Seabright s'était délecté, entre autres choses, de l'acuité nouvelle de ses sens. Il avait découvert qu'ils demeuraient tout à fait aiguisés lorsqu'il prenait forme humaine. En conséquence, ce fut ainsi qu'il pénétra dans le hangar. Là, il y avait bien plus de lumière que ses yeux n'en nécessitaient à présent. Une lampe de poche abandonnée sur le sol de terre battue projetait un éclat électrique parsemé d'ombres.

Le Cessna s'était immobilisé juste derrière les portes. La soute ouverte, une pale d'hélice brisée, il ne semblait plus en état de voler, mais Seabright ne s'en préoccupa pas. Juste devant l'avion, la silhouette d'un homme mince, vêtu de noir, lui apparut de profil. Un genou en terre, tête baissée, l'inconnu fixait le sol. Seabright ne vit tout d'abord pas son visage, seulement ses mains blanches et osseuses, qui remuaient la poussière.

Le gros homme continua d'avancer, pas à pas, mais l'autre ne leva pas les yeux, alors qu'il eût déjà dû sentir sa présence. Avec un léger choc, Del comprit qu'on avait conscience de son entrée dans le garage, mais qu'on s'en moquait.

Il avança encore. À présent, il lui semblait comprendre ce qu'était son visiteur — sinon qui il était. Depuis quelque temps, déjà, il savait quasiment inévitable une rencontre avec un ou plusieurs des « anciens », ainsi qu'il les appelait. Il lui avait fallu des années d'études de l'histoire antique et des sciences occultes pour se convaincre de la réalité des vampires, et pour reconnaître en la nommée Annie, quoiqu'un peu tard, ce que les vieux livres appelaient un *nosferatu.* Il ignorait totalement à quoi ressembleraient les autres quand il les rencontrerait — s'il les rencontrait. Ils n'étaient certainement pas tous fous, comme elle. Au fond de lui, Seabright estimait qu'ils ne seraient sans doute guère différents des vivants — et qu'il pourrait s'entendre avec la majorité d'entre eux une fois qu'il aurait compris comment ils fonctionnaient.

Décidé à ne pas se laisser ignorer, il avança encore d'un pas. Il allait d'abord s'assurer que ses propres qualités étaient reconnues, puis...

L'intrus leva enfin la tête. Seabright qui, depuis des semaines, s'estimait totalement imperméable à la peur, se surprit à reculer. Le visage était pâle et mince. En surface, il ne trahissait rien de bien terrible, quoiqu'il fût marqué des éclats de bois projetés par le terrible impact de l'hélice contre un autre corps, désormais invisible. D'une petite blessure au front, un filet de sang noir coulait dans un œil, qu'il quittait telles des larmes. Le gros homme recula encore et encore, jusqu'à se retrouver adossé au mur de brique. Jamais il n'eût cru aussi difficile de seulement se trouver en présence d'un Ancien.

Ce dernier se redressa lentement. Il n'était pas aussi grand que Seabright, mais, à quelques mètres de distance, il semblait le dominer de haut.

— Je suis arrivé une seconde trop tard, dit-il d'une voix douce, en un anglais parfait, à peine marqué d'un léger accent. Une seconde, et elle est morte. Elle n'est déjà plus que poussière. C'est ainsi que nous partons, nous, les anciens.

Seabright exerça un effort colossal sur lui-même pour se décoller du mur et s'exprimer hardiment.

— Qui est mort ? De qui parlez-vous ?

— Vous êtes Delaunay Seabright, reprit l'inconnu, et vous vous êtes servi d'elle.

— Vous êtes Thorn, comprit soudain le gros homme. Pas étonnant que vous... j'ai entendu parler de cette bombe. Pas étonnant que vous en ayez réchappé.

Se contraignant à regarder son interlocuteur dans les yeux, il se trouva stupéfié. Étaient-ce là des larmes qui se mêlaient au sang, sur ces joues presque émaciées ?

— Elle est morte, répéta Thorn.

— Ecoutez, j'en suis désolé. Vraiment. Nous étions amants, tous les deux. Mais elle était un peu dingue, et ce n'est pas ma faute si...

Une main invisible géante se referma sur Seabright. Soulevé de terre, il fut propulsé contre le mur de brique, où il se râpa la peau et les vêtements. La même force étrangla ses gémissements dans sa gorge. Il tenta frénétiquement de changer de forme, de se fondre à la brume ou au néant pour s'échapper, mais sa propre puissance, qu'il croyait avoir presque maîtrisée, n'était rien auprès de celle qui le maintenait.

Delaunay Seabright voulut frapper l'homme en noir, mais il ne le voyait plus. L'étau l'aveuglait, lui broyait les côtes. Ses coudes, pressés contre ses flancs, se disloquèrent, et il fut même incapable de crier. Toujours prisonnier de sa forme solide, il se sentit propulsé dans l'air par ce qui lui sembla être la force d'une locomotive. On lui permit d'ouvrir les yeux juste à temps pour voir l'antique charpente du bâtiment se ruer à sa rencontre.

Rien n'empêchait Judy Southerland de hurler, aussi hurlait-elle à pleins poumons. Elle savait que le sauveur si longtemps attendu se trouvait non loin de là, mais il n'était pas venu à elle. Bien qu'elle n'eût aucune idée de la nature de l'événement, il s'était produit quelque chose de terrible, qui l'avait plongé dans une rage folle. Des bruits violents, aussi choquants que l'explosion d'une bombe, s'élevaient à l'autre bout du bâtiment — et Judy, les mains toujours liées, ne pouvait sortir de sa cellule, ne pouvait rien faire du tout.

Soudain, les secours se manifestèrent sous une forme étonnante. Une femme que Judy n'avait encore jamais vue, d'allure jeune, quoique vêtue d'une sorte de robe de grand-mère à col montant, se penchait au-dessus d'elle. Il y eut un bruit sec, et la corde tomba des poignets de la jeune fille.

— Tu dois être Judy, dit l'arrivante.

Elle ressemblait énormément à quelqu'un que Judy connaissait. À dire la vérité, elle ressemblait à l'image que Judy voyait chaque jour dans son miroir. À quelque distance de là retentit un cri perçant, évoquant les souffrances d'un grand prédateur.

— Il en fait du bruit, hein ? Il faut que j'aille le rejoindre, mais avant, je veux te dire un petit mot. Tu ne peux pas comprendre ce qui lui est arrivé, cette nuit. Moi, je comprends un peu et je dois aller auprès de lui. Toi, reste ici tranquillement et n'essaie pas de lui parler tout de suite.

— Gliddon ! (C'était là une autre voix, une voix d'homme suraiguë, qui hurlait.) Il m'a eu, Gliddon. Au secours, nom de Dieu !

— Je..., balbutia Judy. Il était...

— Il était ton amant, oui, je sais. Il a été le mien aussi, et de la même manière, il y a bien des années. À ce sujet, je m'appelle Mina. Nous nous reverrons peut-être un jour, mais peut-être pas. Dans tous les cas, je te souhaite d'être heureuse. À présent, il faut que j'aille faire mon possible. Dans cet état-là, il est très dangereux.

La femme, ou la vision, avait disparu. Non, ç'avait été plus qu'une vision, car Judy était libre : la corde avait été tranchée comme un simple fil ; la porte de la cellule — qu'elle avait tenté de forcer en vain —, était désormais entrouverte. La jeune fille la poussa faiblement, puis s'arrêta, les yeux fermés. Son lien avec son ancien amant, éprouvé par un fardeau dont elle ne l'eût jamais imaginé porteur, s'était brisé. Annihilé.

Où bien avait-il été délibérément rompu, comme par des ciseaux de couturière ?

Elle s'en moquait. Elle avait les mains libres, l'esprit libre — et pour le moment, elle n'en demandait pas plus.

Elle rouvrit soudain les yeux et poussa un nouveau cri. De grands bourdonnements résonnaient au-dessus de la maison. Un instant, des images de monstres s'imposèrent à elle, puis un faisceau de lumière crue jaillit à l'extérieur, et le bon sens reprit le dessus. La lumière se déplaçait avec les bourdonnements, cherchant un endroit propice à l'atterrissage d'un hélicoptère.

Gliddon avait enfin rejoint une route plus importante : un chemin de terre aplani, à deux voies, qui pouvait passer dans cette brousse pour une route d'État. Il regarda à droite et à gauche : personne. Après un instant de réflexion, il passa la marche arrière. Il avait repéré peu de temps auparavant un embranchement, qu'il prit, allant assez loin pour avoir la certitude d'être invisible de l'axe principal, même de jour.

Arrêtant la Jeep, il se tourna en souriant vers son jeune passager.

— J'ai peur que tu n'ailles pas plus loin, mon garçon.

— Je vais en Californie, répéta Pat d'une voix éteinte.

Il gratta les traces de sang séché autour de ses lèvres, regarda ses doigts, puis en porta un à la bouche. On eût dit qu'il cherchait à se rappeler quelque chose.

— Bien sûr, et moi, je travaille à Hollywood. Sors de là, je vais te faire faire du cinéma.

— Je vais faire des films, là-bas. J'habite Chicago.

Le jeune homme descendit de voiture, docile. Comme Gliddon l'imitait de son côté, un souvenir lui revint.

— Eh, gamin, tu sais que t'étais vachement doué, l'autre nuit, à Phœnix ? Plus que n'importe laquelle des filles. J'aurais bien voulu qu'on se quitte bons amis, comme on s'était trouvés. (Il contourna le véhicule, passant dans les faisceaux des phares, puis posa la main sur l'épaule de Pat.) J'aurais aimé qu'on s'amuse un peu, mais je suis pressé.

Décidé à épargner le doigt blessé de sa main droite, Gliddon renvoya le bras gauche en arrière et, en spécialiste, assena de toutes ses forces une manchette sur la nuque de son compagnon.

Il poussa un hurlement, aveuglé par le choc et la douleur. Il lui avait semblé frapper un solide poteau de bois.

Avant qu'il ne pût reprendre ses esprits, Pat l'empoigna par le bras. Malgré ses efforts, il ne parvint pas à se dégager.

— Purée, vous avez le doigt qui saigne, dit le jeune homme.

Sa voix trahissait quelque chose qui ne ressemblait ni à de la pitié ni, surtout, à de la peur. Quoi que ce pût être, cela poussa Gliddon à l'observer attentivement, puis à tenter une nouvelle fois de se libérer. Quand il vit le sang autour des lèvres enfantines. Quand il les vit se retrousser en un sourire joyeux. Quand il vit combien avaient changé les dents qu'elles recouvraient.

ÉPILOGUE

On avait fait venir Joe Keogh en avion à Albuquerque, où les agents du F.B.I. chargés de l'affaire du tableau volé avaient établi leur quartier général. Ils voulaient l'interroger au sujet de Thorn, tirer un certain nombre de choses au clair. Leur conversation durait encore — ils faisaient des heures supplémentaires — quand tomba un rapport consacré à un jeune homme en plein délire, William Bird, lequel prétendait qu'une certaine Judy Southerland et lui-même avaient été capturés par des hommes armés masqués, dans les collines.

Par bonheur, des hélicoptères étaient disponibles, et Joe n'eut pas à parler de Thorn — ou à éviter d'en parler — plus longtemps ce soir-là.

Il passa la fin de la nuit et le début de la matinée à tenter de tout comprendre, puis s'accorda quelques heures de sommeil dans un hôtel. Le soir, il reprit l'avion pour Chicago. Judy l'accompagnait.

La jeune fille, assise près du hublot, somnolait. Joe, à son côté, occupait le siège du milieu, tandis que celui de droite était vide, tout comme ceux qui s'étendaient de l'autre côté de l'allée. Le haut dossier des sièges, des ombres éparses et un calme contagieux, très approprié à l'heure avancée, isolaient le policier des autres passagers dispersés dans l'appareil.

Brusquement, le siège à sa droite ne fut plus inoccupé. Un instant, il se demanda s'il n'avait pas somnolé, donnant ainsi à l'arrivante l'occasion de s'installer sans qu'il s'en rendît compte, puis il comprit.

C'était une jeune femme brune souriante, vêtue d'une robe à col montant, qui lui souriait. Elle était très séduisante, et il remarqua aussitôt sa ressemblance avec Judy. Jetant un bref coup d'œil à cette dernière, il constata qu'elle dormait profondément.

— Je crois vous avoir parlé une fois au téléphone, miss, observa-t-il.

— Mrs. Harker. (Elle avait la voix douce et charmeuse, légèrement britannique.) Mais appelez-moi Mina, je vous en prie. Vlad m'a beaucoup parlé de vous et j'ai l'impression que nous sommes amis. Étant donné que nous prenions le même avion, j'ai tenu à vous saluer. Et peut-être aussi à vous rassurer sur un ou deux points en rapport avec les derniers événements — des événements bien bouleversants.

Une hôtesse de passage parut vaguement surprise de découvrir là une passagère qu'elle ne se rappelait pas avoir vu monter dans l'appareil, mais elle avait déjà bien d'autres préoccupations — et il n'y avait aucun mal à laisser une jeune femme à l'abord agréable, ne demandant rien à personne, discuter avec un jeune homme. Rien d'inquiétant là-dedans. Joe commençait à comprendre comment l'existence des vampires demeurait secrète.

— Je suis ravi que vous parliez de me rassurer, déclara-t-il. Le gamin, Pat O'Grandison, n'a toujours pas été retrouvé, pas plus que le tableau. Ni Mr. Thorn, bien sûr. Sinon, il y a des cadavres un peu partout : dans la villa, dans la Jeep, dans le hangar et les ruines.

— Oui, soupira Mina. C'est vraiment terrible.

Elle contempla ses ongles, comme eût pu le faire n'importe quelle femme. Joe remarqua qu'ils étaient manucurés et assez courts. Ils n'évoquaient en aucun cas des griffes, du moins pas pour le moment.

— Je ne crois pas que l'enquête sur le tableau donne grand-chose, ajouta-t-elle.

— Ah, non ?

— J'ai le sentiment que son véritable propriétaire l'a déjà mis en sécurité.

— Oh... (Joe se retourna à nouveau vers Judy, qui n'avait pas bougé.) D'après elle, il est devenu complètement dingue, sur la fin. Elle dit qu'elle a eu de la chance que vous arriviez. Je me demandais...

Mina sourit à nouveau.

— Vlad va venir vous parler lui-même, assura-t-elle. Saluez Kate de ma part. Si vous estimez que c'est sage.

Elle disparut. Son siège ne demeura vide qu'un instant.

Joe ne put s'empêcher de frémir. Si Thorn remarqua son léger mouvement de recul, il n'en laissa rien paraître.

— Merci de votre soutien, Joe, dit-il en lui tapotant le bras.

Le policier tenta de se détendre.

— De rien. Euh... Mina m'a dit qu'il était inutile de chercher le tableau.

— Avec votre sens de la justice, vous devriez vous réjouir du fait que, pour la première fois depuis des siècles, il se trouve entre les mains de son légitime propriétaire.

Joe n'eût pas besoin de demander de qui il s'agissait. Il songea soudain que la peinture, maquillée d'une manière ou d'une autre, se trouvait peut-être dans la soute de l'avion. Il n'allait pas poser la question.

— Il y a une chose dont j'aimerais vous parler, Joseph. Le jeune homme qui a disparu, Pat O'Grandison.

— Ah ! Vous êtes toujours en chasse ?

— Il me semble percevoir une certaine désapprobation dans cette remarque.

Thorn tendit doucement la main vers Judy et effleura d'un doigt la brûlure de cigarette, sur sa joue, sa lèvre gonflée. Profondément endormie, elle ne réagit pas.

— En fait, je crois que cette chasse-là n'aurait rien pour vous déplaire. Le garçon ne m'a fait aucun mal : je ne cherche pas à me venger.

— Désolé. Quoi, alors ?

— C'est un... un fugueur. Techniquement, ce n'est plus un enfant, mais ce n'est pas non plus un adulte responsable. En fait, il est par intermittence complètement fou.

— Si j'ai bien compris, il l'a toujours été. Et il y en a des centaines de milliers d'autres comme lui en liberté. Alors qu'est-ce que...

— Vous ne comprenez pas, Joseph. Rappelez-vous le cadavre du nommé Gliddon.

Joe en avait entendu parler. D'après la police de l'État, l'employé de Seabright avait été à moitié dévoré par un animal sauvage.

— Oh, je croyais que c'était... Je ne vous l'aurais d'ailleurs pas reproché après ce que...

— Oh, je l'aurais tué, sans aucun doute. Mais j'aurais considéré son sang comme de la charogne. Pas ce garçon. C'est un *nosferatu,* à présent. Ou plutôt, il se trouve dans un état intermédiaire grotesque, qui pourrait bien persister indéfiniment. Et il est quelque part, en train de faire du stop. Si je m'inquiétais du bien-être de la populace de cette grande nation, j'aurais hâte qu'on le retrouve. Bien sûr, comme vous dites, il y en a des milliers d'autres...

— Quoi ?

— Oh, pas des vampires déments, pas tous, mais parfois tout aussi dangereux. Pour eux-mêmes, sinon pour...

La phrase demeura en suspens. En contemplant le visage pâle de son compagnon, Joe se rendit compte qu'il était à la torture.

— Comme elle, continua enfin Thorn, dans un murmure. Elle a dû l'être pendant des siècles. Peut-être depuis le jour où, m'ayant vu tomber sous les épées des traîtres, elle m'a cru mort. Elle a erré sur les chemins. Cherché un nouveau foyer, des contacts humains... dans, ainsi que je le disais, une sorte d'état intermédiaire. Ces gens-là sont capables de se nourrir comme les humains normaux, d'affronter le soleil en face et de dormir n'importe où. Mais ils ne peuvent trouver le véritable repos, où que ce soit. Ils sont fous, ce sont des proscrits des deux mondes, et je ne sais combien il en est aujourd'hui à la surface de la Terre. Il leur arrive trop de choses pour qu'ils conservent leur raison. Il m'en est arrivé trop, à moi aussi, mais j'étais... très fort. Oui, très fort.

Impulsivement, Joe étreignit le bras de l'homme, de l'être humain, qui occupait le siège voisin du sien. Thorn le regarda dans les yeux.

— En tout cas, c'était elle. (Il marqua une pause.) J'en suis presque sûr.

POSTFACE

DE L'HISTOIRE AU ROMAN : VIE ET NON-MORT DU ROI DES VAMPIRES

par Jacques Goimard.

Bram Stoker publie *Dracula* en 1897. Contrairement à ses prédécesseurs romantiques, il s'est soigneusement documenté sur les vampires, et les écrivains qui aujourd'hui cultivent le même thème ne manquent pas de retrouver ses traces en lisant les folkloristes et les historiens. Et quand ils s'aperçoivent que Stoker a été désinformé, ils peuvent même désigner le coupable : Arminius Vambery, professeur à l'Université de Budapest, que l'écrivain a connu en 1890 à Londres où il était en mission.

Il est vrai qu'un romancier est libre d'utiliser ses dossiers selon ses besoins. C'est ce que fait aujourd'hui Fred Saberhagen en revisitant le mythe. C'est ce qu'a fait, sans l'ombre d'un doute, l'auteur de *Dracula.* Mais il a, par ailleurs, cru écrire un roman réaliste sur la Transylvanie et s'il est loin du compte, le sinistre Arminius y est pour beaucoup : une étude comparée du roman et de ses sources (ou de ce que lesdites sources ont fini par livrer aux spécialistes) nous aidera peut-être à y voir plus clair.

I. *En Valachie : Vlad III, vaillant voïvode et vainqueur du dragon*

La Valachie est séparée de la Transylvanie par les Carpathes — une chaîne moins haute (2 500 m) que ne le laissent croire les descriptions gothiques de Bram Stoker —, où les pâtres roumains viennent passer l'été avec leurs moutons. Pour hiverner, ils redescendent au nord (en Transylvanie) ou au sud (en Valachie) et trouvent là le *plaï*, le piémont forestier où, dès l'Antiquité, s'est accrochée l'agriculture. En continuant vers le Danube, on trouve la prairie, longtemps fréquentée par les éleveurs de chevaux nomades.

La prairie a longtemps été le biotope des envahisseurs. Les derniers en date, les Mongols (1240-1241), ont laissé un si mauvais souvenir que les rois de Hongrie encouragèrent leurs sujets roumains des Carpathes à coloniser la Valachie, mais cette marche-frontière, séparée du très catholique royaume par son rite orthodoxe, ne fut pas longue à faire sécession (1359), ce qui entraîna les Hongrois à traiter en hérétiques les Roumains de Transylvanie (1366).

C'est sous le règne du voïvode Mircea l'Ancien (1386-1418) que de nouveaux conquérants, les Ottomans, arrivent du sud et annexent la Bulgarie (1393-1396). Du coup Mircea paie tribut au roi de Hongrie et lui envoie en otage son fils Vlad II (1395) : une croisade en effet se forme en Occident. Malheureusement pour Mircea, elle est écrasée par les Ottomans à Nicopolis (1396) et l'on ne sait trop ce qui serait arrivé aux Valaques si les conquérants venus du sud n'avaient été pris à revers et n'avaient mis vingt ans à reconstituer leur empire. En 1417, Mircea leur paya tribut ; il mourut peu après.

La charge de voïvode était héréditaire mais élective : les boyards choisissaient, dans la famille des Basarab, le prince qui leur convenait. La Hongrie soutenait Vlad II, que le roi avait accueilli, croit-on, dans l'Ordre militaire du Dragon (Societas draconistarum), fondé par lui en 1408, et dont l'emblème figurait un dragon (= le diable) terrassé par la croix. Il avait sans doute épousé une Hongroise catholique, ce qui ne pouvait pas lui rendre les Valaques favorables. Un autre fils de Mircea, Dan, candidat des Ottomans, eut le dessus ; le parti des Dan (les Daneşti) s'installa au pouvoir. Vlad reçut d'eux le surnom, à la fois métonymique et diffamatoire, de Dracul (le Dragon, c'est-à-dire le Diable) ; ses partisans, les Draculeşti, attendirent leur tour.

À ce stade, il y avait des orthodoxes (au nord) sous la coupe des Hongrois catholiques et d'autres (au sud) sous la coupe des Ottomans musulmans. Les Valaques auraient pu, en principe, jouer une politique de bascule : ils avaient longtemps été des gens de l'entre-deux qui se tapissent dans leurs montagnes au passage des invasions et qui, le danger passé, reprennent pied dans les collines, puis dans les plaines ; efficaces dans la défensive (grâce au relief) et aptes à jouer des conflits entre deux conquérants. Malheureusement la monarchie élective s'opposait à toute stratégie unifiée : il n'y avait que deux variétés de Basarab, les protégés des Hongrois et les protégés des Ottomans.

Pendant que les Daneşti se succèdent au pouvoir, Vlad Dracul s'installe à Sighişoara (Schässburg), une ville saxonne de la Transylvanie voisine, pour y guetter sa chance. C'est là que naît en 1431 son fils Vlad III, aussitôt surnommé Draculèa (le « petit diable » ou le « petit du diable ») et modèle historique de Dracula.

Enfin sonne l'heure marquée par le destin : en 1436, Vlad II Dracul monte sur le trône de Valachie... pour être détrôné en 1442, contraint de faire la paix avec les Ottomans et de leur livrer en otages deux de ses fils, Vlad III Dracula (onze ans) et Radu le Bel (un peu plus jeune).

Tout le monde en Occident comprend alors — comme en 1395 — que la chute de Constantinople est la prochaine étape ; une croisade se rassemble sous la conduite du roi de Hongrie, mais celui-ci est battu et tué à Varna (1444). Son successeur est mineur; Janos Hunyadi (Jancu de Hunedoara), voïvode de Transylvanie, est élu capitaine général du royaume. Il règle ses comptes avec Vlad II (1447) et le remplace par Vladislav II, de la lignée des Daneşti, qu'il emmène à sa suite en campagne en Serbie. Du coup le sultan confie des troupes à Dracula qui, à l'âge de dix-sept ans, s'installe sur le trône de Moldavie pour deux mois. Hunyadi est battu à la seconde bataille de Kossovo (1448) mais n'oublie pas, dans sa retraite, de restaurer Vladislav. Alors se produit un revirement mal expliqué : Dracula se réfugie non chez les Ottomans mais en Moldavie, puis en Hongrie, chez Hunyadi — l'homme qui avait causé la mort de son père, le chef militaire de la croisade, le Transylvain catholique devenu plus hongrois que les Hongrois.

Tout cela se produit dans un climat tragique : les Ottomans prennent Constantinople en 1453, assiègent Belgrade en 1456. Hunyadi sauve cette forteresse, qui pendant soixante-dix ans protégera la Hongrie des envahisseurs, mais meurt de la peste aussitôt après. Au même moment, Dracula, âgé de vingt-cinq ans, reprend le pouvoir en Valachie; il y apparaîtra un peu comme l'exécuteur testamentaire de Hunyadi, renforçant le pouvoir central pour préparer la croisade (1456-1462).

Les choses évoluent tout autrement en Hongrie. Le parti de la croisade paraît d'abord l'emporter avec l'élection de Mathias Corvin, fils cadet de Hunyadi, comme roi (1458-1490), puis avec l'élection à Rome du pape Pie II (1458-1464). On croit revenue l'époque où la maison d'Anjou, alliée du pape contre l'empereur, avait gouverné la Hongrie (1308-1382). Mais la papauté est partagée entre deux croisades : contre les Ottomans ou contre les Hussites, qui tiennent Prague depuis 1420 ? Quant au roi Mathias, il avait d'abord besoin de légitimer son pouvoir en se faisant couronner, et la couronne de Hongrie, malencontreusement, se trouvait aux mains de l'empereur. Celui-ci la rendit contre 80 000 florins (1463) et les mauvaises langues assurent que les 40 000 florins envoyés par Pie II pour la croisade (1464) servirent secrètement à éteindre quelques dettes criardes occasionnées par le traité avec l'empereur.

Rappelons à ce propos que la politique étrangère de Mathias, comme avant lui celle des Angevins, se développe contre les magnats, toujours soucieux de conserver leurs privilèges sans faire la guerre à l'étranger ni en payer les frais. En revanche, les villes saxonnes de Transylvanie et de Haute Hongrie (Slovaquie) produisaient, entre autres métaux, de l'argent et de l'or (peut-être les deux tiers de la production mondiale d'or au XVe siècle) ; les créanciers de Mathias devaient bien se trouver par là. Ces villes n'avaient aucune raison de ménager Dracula : d'abord, il savait que l'argent est le nerf de la croisade et devenait un voisin gênant ; ensuite, elles avaient chacune son prétendant, membre de la famille régnante : il y avait un Dan à Kronstadt (Brasov), un Vlad IV à Hermannstadt (Sibiu) et un Basarab III à Schässburg (Sighişoara), le lieu de naissance de Dracula.

Se lancer dans une politique musclée dans ces conditions, c'était rêver. C'est pourtant cette partie que joua Dracula, sévissant à la fois contre les marchands saxons, contre les boyards liés aux prétendants et contre le sultan, qui ne reçut pas son tribut en 1461. Il programma la conquête de la Valachie pour 1462, franchit le Danube à la tête de son armée et se heurta à une résistance fortement pensée. D'abord, la terre brûlée, qui, appliquée à la prairie, était sans doute moins douloureuse aux Valaques d'alors qu'on ne l'imagine aujourd'hui. Ensuite, l'obligation pour l'adversaire de s'éparpiller pour chercher des vivres, au point que l'armée d'invasion, trop nombreuse, était d'autant plus menacée par les francs-tireurs valaques. Pas de prisonniers : on coupait les têtes. À son arrivée à la capitale, l'armée ottomane (ou ce qu'il en restait) trouva une ville ouverte, évacuée par ses habitants mais peuplée de crânes plantés sur des pals.

Le sultan vit ses hommes démoralisés et ordonna la retraite. Dracula s'introduisit la nuit dans son camp pour l'exécuter mais se trompa de tente et assassina à sa place un de ses pachas. Dans le tumulte, il parvint à s'éclipser tandis que les soldats ottomans s'entr'égorgeaient jusqu'au lever du soleil.

Le triomphe de Dracula a peut-être été exagéré par les chroniqueurs roumains, mais l'Occident n'en entendit pas parler. Mathias Corvin, arrivant à la tête de ses troupes après la campagne, écouta si bien les récriminations des villes saxonnes qu'il fit capturer le voïvode, qui resta jusqu'en 1475 dans les prisons hongroises. Radu le Bel, laissé sur place par le sultan, en profita pour s'installer sur le trône. Les Ottomans avaient gagné la guerre.

Le roi Mathias devait quelques explications au pape Pie II. Il affirma qu'il avait intercepté une lettre de Dracula proposant son alliance au sultan. D'ailleurs, il n'avait pas exécuté le traître. Était-ce vraiment convaincant ? Dès 1463, on recopiait dans les villes saxonnes un libelle, l'*Histoire du prince Dracula*, où celui-ci était accusé des pires forfaits et de collusion avec le diable. En sorte que son surnom se trouvait justifié une seconde fois.

Mathias n'y gagna même pas d'être dispensé de croisade. Pas tout à fait. En 1463, les Ottomans s'emparèrent de la Bosnie. Mathias la reconquit, la reperdit. Finalement, il s'en tint là et construisit une ligne de fortifications le long de la frontière. Il voulait avoir les mains libres pour se consacrer à ce qui s'intéressait vraiment : la Bohême et surtout l'Empire.

Une fois encore, les Ottomans frappèrent sur un autre front : la Crimée. Étienne le Grand, voïvode de Moldavie, se sentit menacé. Mathias transféra Dracula en Transylvanie (1475) et lui confia une petite armée (1476) qui d'ailleurs arriva trop tard — comme celle de Mathias quatorze ans avant — pour empêcher la défaite du voïvode. Le roi de Hongrie, reconnaissant, laissa son général d'un jour reconquérir la Valachie. C'était un piège, que les prétendants exploitèrent ; le sultan reçut bientôt la tête de Dracula.

Le terrible prince ne fut pas vraiment oublié. C'est peut-être à lui que pensait Étienne de Moldavie en édifiant l'église Saint-Georges de Voroneţ (1488), où l'archange affronte le dragon. Et l'*Histoire du prince Dracula*, traduite en russe, devint le destin exemplaire d'un modèle d'Ivan III, capable de tout pour faire régner l'ordre dans son pays. Dans cette version, le voïvode n'avait plus qu'un travers : allié de la Hongrie, il s'était fait catholique !

II. *En Serbie : quand l'Occident découvre les morts-vivants*

L'histoire de Dracula, telle qu'elle vient d'être résumée, ne se prête à aucun prolongement fantastique ; on y trouvera tout au plus la matière d'un film gore, si l'on prend le poème saxon au pied de la lettre. En revanche, le folklore vampirique est traditionnel en Roumanie et dans d'autres terres de l'entre-deux comme la Serbie. Il est venu à la connaissance de l'Occident dans des circonstances que nous essaierons de préciser à la suite d'Antoine Faivre, en nous demandant notamment où situer la coupure entre l'Orient et l'Occident.

Les Ottomans ont écrasé la Hongrie en 1526, assiégé Vienne en 1529, réduit la Transylvanie à l'état de principauté vassale, comme la Valachie et la Moldavie. Les Habsbourg, héritant le titre de roi de Hongrie (pauvre Mathias !), ont mesuré à leurs dépens que les Ottomans savaient tirer parti de la tolérance religieuse pour laisser prospérer — en Hongrie et en Transylvanie — le luthéranisme, le calvinisme et même l'unitarisme. La leçon ne fut pas perdue : quand un nouvel échec du sultan devant Vienne (1683) donna le signal de la contre-offensive chrétienne, les Habsbourg avaient déjà appliqué aux Ruthènes (1649) le principe de l'uniatisme, par lequel les évêques orthodoxes acceptent le rattachement à Rome tout en conservant le rite oriental. La tolérance entraîna une contre-tolérance de sens opposé.

Parallèlement la guerre suit son cours : les impériaux prennent Budapest (1686), battent les Ottomans à Mohacs (1687) et prennent Belgrade (1688). Puis la France ouvre un second front à l'ouest et les Habsbourg doivent y envoyer le gros de leurs forces (1689-1697) ; les Ottomans en profitent pour contre-attaquer, reprennent Belgrade (1689) et restent menaçants jusqu'à ce que l'armée impériale, libérée de la pression française, remporte une victoire décisive à Zenta (1697) et oblige les Ottomans à signer la paix à Karlovitz (1699).

L'article du *Mercure de France* analysé par Antoine Faivre et présentant pour la première fois les vampires au public français mérite d'être situé dans ce contexte (1693-1694). L'empereur vient d'annexer la Transylvanie (1691) et de proposer l'union avec Rome aux évêques orthodoxes de ce pays (1692). Plaisante union que celle d'un pays où les morts ne meurent pas et saignent les mercenaires des Habsbourg ! Les soldats français, qui vont peut-être affronter les survivants, auront intérêt à vérifier que les guerriers morts au combat ne se relèvent pas, et plutôt deux fois qu'une !

La guerre suivante (1701-1713) voit Louis XIV soutenir en Hongrie la révolte de François Racokzy (1703-1711), mais cette fois le Grand Roi est l'allié de l'Espagne et le sultan n'intervient pas. Il a tort : à peine l'empereur a-t-il les mains libres qu'il attaque (1716), reprend Belgrade (1717) et, à la paix de Passarowitz, annexe la Serbie du Nord (1718), la région où, comme le souligne Antoine Faivre, auront lieu les premières vraies enquêtes sur le vampirisme (1725, 1732). À la dernière passe d'armes (1735-1739), l'Empire est l'allié de la Russie contre les Ottomans appuyés par la France et la Suède. La paix de Belgrade consacre l'échec des Habsbourg en pays orthodoxe : l'empereur rend la Serbie au sultan et les cas de vampirisme étudiés par les médecins se raréfient.

Les Slaves suscitent alors dans les pays germaniques une réaction d'attraction-répulsion : l'empereur encourage l'uniatisme en Transylvanie mais laisse les Serbes fuyant le retour des Ottomans (1689) s'établir dans la Hongrie du Sud, où ils replient leur patriarcat (qui reçoit autorité sur les Roumains de Transylvanie ayant rejeté l'union) et reçoivent des terres qu'ils exploitent moyennant le service militaire; ces hommes des « Confins » finiront par représenter une bonne partie des troupes impériales si l'on y inclut les Croates catholiques. On comprend pourquoi la plupart des rapports sur le vampirisme ont été rédigés par des médecins militaires.

Le point de vue des cadres de l'Empire sur les orthodoxes est finalement voisin de l'article du *Mercure de France* : en Occident, il y a un Dieu digne de ce nom et des hommes dignes de ce nom; par-delà la plaine de Hongrie commence le pays des schismatiques, qui ont renié la loi du pape et en ont été punis par le vrai Dieu qui les a laissés tomber sous la coupe des musulmans; moyennant quoi ils sont voués à la demi-vie des esclaves, qui se prolonge dans la demi-mort des vampires. On peut en faire des demi-soldats, à la rigueur les laisser pratiquer leurs rites infâmes pourvu qu'ils rentrent dans le giron de la Sainte Église catholique, mais c'est tout. Barbares ils sont, barbares ils resteront jusqu'aux réformes de Joseph II, qui en feront (au moins juridiquement) des hommes à part entière.

Cet état d'esprit « colonial », qui tend à substituer l'image du zombie à celle du vampire, s'impose dans une époque de bouleversements, marquée par de grandes guerres, des purifications ethniques, des massacres, des déplacements de populations, des famines, des épidémies frappant à la fois les troupeaux et les hommes. Il a dû y avoir beaucoup de charniers pleins de cadavres encore frais, dont certains portaient une marque bleue. Qui avait bien pu causer ce malheur? Les désorceleurs du Bocage, étudiés par Jeanne Favret, cherchaient un voisin malintentionné; gageons que les désorceleurs serbes ont dû plus d'une fois chercher le vampire. L'armée a peut-être été appelée en dernier ressort, à moins qu'elle ne soit venue d'elle-même : il fallait assurer aux indigènes les bienfaits de la civilisation.

Rappelons à ce propos quelques caractères du vampirisme traditionnel. Dans les croyances populaires, les « strigoi » sont des morts qui sortent de leur tombe et rien de plus. On devient vampire parce qu'on est né bâtard, ou qu'on a été sorcier, ou qu'on est mal mort et mal enterré; un orthodoxe qui se marie hors de sa religion est manifestement en danger (au point de vue orthodoxe) de revenir après sa mort.

Le folklore distingue plusieurs variétés de vampires selon le mode d'alimentation : certains se contentent de sucer l'âme de la victime, qui meurt de consomption; d'autres boivent son sang, mangent son cœur ou son foie; certains vont jusqu'au cannibalisme intégral. Puis le vampire finit par acquérir (par le souffle ou par le sang, ou par la chair humaine) la quantité d'âme nécessaire à sa seconde vie; dès lors, il se consente d'attaquer les animaux domestiques; finalement, il en vient à manger de la bouillie de maïs comme tout le monde; il va vivre dans un autre pays, prend une seconde femme et lui fait des petits vampires. Sa nouvelle vie durera jusqu'à la fin du monde.

Cet exposé sommaire suffit à caractériser la vampirologie de Bram Stoker : elle est très documentée, très riche en détails et par là même plus proche de la science folklorique de son temps que ne l'étaient ses précurseurs littéraires; par contre, elle est victime d'une synthèse hâtive (disons : pré-ethnologique) où tous les vampires de la tradition — et le diable sait qu'il y en a ! — se superposent pour dessiner une silhouette unique. Le Dracula post-stokérien, cet « être déchiré qui est certes contraint de se nourrir de sang humain mais qui n'en est pas pour autant un monstre » (Jean Marigny), est souvent plus proche de la tradition et parfois mieux informé que Stoker lui-même.

III. *En Transylvanie : les vampires découvrent la civilisation*

En tout cas, Bram Stoker s'est informé. Il n'a pas fait le voyage de Transylvanie, mais il a consulté les cartes et les indicateurs de chemins de fer et de lignes de navigation : les érudits d'aujourd'hui sont d'accord là-dessus. Un choix quasi vernien qui implique l'éloge des moyens de transport modernes et, par soustraction, un jugement sévère sur ces contrées arriérées que sont alors la Moldavie et surtout la Transylvanie. Voilà pourquoi, peut-être, aucun personnage du roman ne passe par la Valachie : il aurait bien fallu mentionner l'Orient-Express, inauguré en 1883, et qui, sur son premier parcours, passait par Bucarest et Constanţa (la fin du trajet se faisant alors en bateau).

Sur ce point, l'information livrée au lecteur n'est pas fausse, mais elle est biaisée. Il y a d'autres exemples : Bistriţa, ville saxonne, est présentée comme une région de peuplement hongrois (celle-ci est en réalité située au sud) ; Dracula lui-même apparaît comme un pur Magyar ; ses serviteurs sont des Tziganes, ce qui est plausible, et des Slovaques, ce qui l'est moins. On s'étonne de l'absence totale des Roumains, qui peuplent la plus grande partie de la région, et des Ruthènes, qui habitent juste au nord de Bistriţa. Arminius Vambery serait-il un fantaisiste ? S'agissant d'un universitaire, on n'ose y croire ; le fond de l'affaire, c'est qu'il est hongrois et vraisemblablement protestant tandis que les Roumains et les Ruthènes sont orthodoxes. Leur ralliement au pape, vieux de deux cents ans, n'a pas suffi à leur donner droit de cité dans la ténébreuse thébaïde du professeur Arminius.

Que le lecteur nous pardonne d'élargir une fois de plus l'horizon. La Hongrie (Transylvanie comprise) est gouvernée par ses magnats, c'est-à-dire ses grands propriétaires; déjà membres de la Diète quand les électeurs étaient regroupés en ordres, ils le sont restés avec le suffrage censitaire. Leur idéal de gouvernement est le régime aristocratique de l'Angleterre du XVIIIe siècle; ils admettent la liberté de culte (certains d'entre eux sont protestants) mais veillent à la magyarisation de l'enseignement. Stoker peut accepter l'idée que Dracula soit l'*empereur* des vampires (la reine Victoria a bien été proclamée impératrice des Indes en 1877) mais les Hongrois ne veulent connaître que le *roi* François-Joseph.

Reprenons notre zoom arrière. Les Habsbourg, depuis 1739, ont arrêté leur progression vers le Sud. Les Russes, protecteurs des orthodoxes, ont repris le flambeau. Les puissances navales méditerranéennes (Angleterre, France) ont d'abord hésité devant cette lutte libératrice, puis elles se sont persuadées que le tsar allait mettre la main sur Constantinople et ont donné deux coups d'arrêt successifs (1854-1855, 1877-1878) à son expansion balkanique; la seconde fois, elles ont eu l'appui de l'Allemagne et de l'Autriche-Hongrie. Plus tard, la tendance s'est inversée : l'Allemagne est devenue trop puissante, la France et l'Angleterre se sont retrouvées alliées des Russes. Mais en 1897, rien n'était joué; un universitaire hongrois pouvait encore persuader un écrivain anglais que les deux aristocraties, voisines par la culture, pouvaient se rencontrer sur un projet politique unique : contenir l'expansionnisme slave, russe et orthodoxe; exporter dans les contrées barbares de Transylvanie et d'Irlande (terre natale de Stoker) la civilisation industrielle et ses chemins de fer.

En Transylvanie, les choses pouvaient sembler faciles : les Ottomans n'avaient jamais chassé les magnats du pouvoir ; les zones de peuplement magyarophone poussaient des pseudopodes jusque dans les montagnes ; même les roumanophones n'étaient illettrés qu'à 40 % (contre 80 % dans la Roumanie indépendante). Cette région de mines, pépinière de dissidences et de non-conformismes, paraissait civilisable ; d'ailleurs elle demandait l'autonomie dans une Double Monarchie fédérale plutôt que le rattachement à la nation arriérée qui la bordait à l'est.

Cette nation, qui n'est jamais nommée dans le roman de Stoker, c'est le vrai problème. L'auteur anglais a-t-il laissé subsister dans sa documentation une brèche aussi large ? On en doutera d'autant plus que l'épisode du juif de Galaţi révèle à l'improviste une culture historique plus étendue qu'on ne croyait. Stoker savait que les juifs roumains, auxquels on avait longtemps refusé le droit de cité, étaient surtout nombreux en Moldavie ; il prête à son personnage un art de gagner de l'argent et un sérieux qui aujourd'hui paraissent friser l'antisémitisme mais qui, pour des victoriens, frisaient surtout le compliment ; quant aux Hongrois, soucieux de réussir au moins la magyarisation de leurs juifs, ils ne pouvaient qu'approuver le portrait d'une minorité avide d'occidentalisation.

Ce que Stoker ne dit pas et ne sait probablement pas, c'est que les juifs qui gagnaient leur vie, dans le nord de la Moldavie, louaient les terres des grands propriétaires et les sous-louaient à des paysans pauvres. Cette région allait être secouée en 1907 par une grande révolte où un antisémitisme violent — et populaire — s'étala au grand jour. Et la grande émigration commença.

Ce qui est le moins hongrois dans le roman, c'est la grande idée de Dracula, si souvent incomprise : s'installer à Londres, capitale économique du monde civilisé, pour préparer l'essaimage des vampires. Ce n'est pas clairement dit et on peut supposer que le comte, en bon magnat hongrois, est abonné aux journaux anglais et qu'il veut seulement se frotter à une... vie plus diversifiée que les trois dames qui lui tiennent compagnie depuis quelques siècles. Mais de tous les traits qui pourraient le rapprocher de Verne, il y en a un que Stoker ne retient pas : celui d'auteur de boulevard. En revanche, le moment historique est celui où les Occidentaux, dans leur expansion coloniale, commencent à redouter qu'au mouvement des marchandises s'ajoute celui des prolétariats barbares ; et Dracula préfigure les immigrants qui viennent peupler nos banlieues. C'est là un changement culturel de grand avenir, nous le savons bien ; et s'il n'est pas énoncé explicitement, il est figuré dans un contexte historique favorable. Le péril jaune était à l'ordre du jour ; et après tout, les ancêtres supposés de Dracula venaient de l'Altaï.

IV. *Le pal et la morsure*

La Roumanie traditionnelle a développé une civilisation du bois. De bois étaient faits les maisons, les églises, les meubles et la plupart des ustensiles domestiques. Les premières armes furent peut-être le bâton du berger, la fourche du paysan, le feu, la torche et quelques instruments d'origine pareillement biologique : les mains qui étranglent, les crocs qui égorgent etc. Parmi les armes défensives, on citera les petits conifères plantés devant la maison, les sculptures sur bois à fonction magique et la terre brûlée, si brillamment utilisée contre les Ottomans par le Dracula historique.

Parmi les moyens de lutte contre les vampires, la tradition connaît bien le pieu en bois de chêne, d'if ou de frêne qu'on enfonce dans le cœur (variante : le fondement) du sujet. C'est suffisant dans les cas les plus bénins. Si c'est grave, il faut éventrer le non-mort, le faire bouillir dans du vin, brûler le cœur et le foie à feu vif et boire de l'eau mêlée aux cendres (ou respirer la fumée du feu) puis démembrer le reste et le brûler sur un feu de paille. Ensuite, on replace les vêtements dans la tombe, on referme, on replace la croix portant le nom du décédé : son âme vivra en paix. D'ailleurs, l'ensemble de ces pratiques s'appelle *réparation*.

Revenons au Dracula des historiens. Tout jeune, il est emmené chez les Ottomans comme otage et forcément bien traité : on n'abîme pas un otage. Mais rien n'empêche de le terroriser. On sait que chez les Ottomans le supplice du pal était le mode normal d'exécution des condamnés à mort. Chez le petit Vlad, s'il assista à ce spectacle, il dut y avoir une double horreur : celle de la chose elle-même ; celle du destin qui condamnait le supplicié, privé de sépulture, à devenir vampire et à s'en retourner chez lui, par les longs chemins des Balkans, pour manger la chair et/ou boire le sang de ses proches. Quelle efficacité ! On ne se débarrassait pas seulement d'un ennemi, mais de toute sa famille. Quand Vlad III se hissa sur... le trône, il ne manqua pas d'appliquer ce traitement à ses ennemis — y compris, nous l'avons vu, aux Ottomans.

Avouons-le : dans la phénoménologie des supplices, nous n'en sommes quant à nous qu'aux balbutiements. Étrangler un condamné ou lui couper le cou, c'est l'empêcher d'expirer : son âme est retenue prisonnière du corps et elle n'est pas contente. Le percer par le fondement, c'est aggraver l'assassinat par l'injure : le bourreau semble admettre que l'âme du condamné ne pourrait sortir que par là. Une âme traitée de la sorte est non seulement refoulée, mais... disons-le : éclaboussée.

L'homme qui avait si mauvaise réputation dans la Hongrie de Mathias n'a peut-être pas commis tous les forfaits que lui attribue le poème saxon, mais ce texte, opportunément réédité, atteint une telle pureté dans l'expression du fantasme que l'historien est forcé d'en tirer des conclusions sur son image littéraire, sinon sur sa personnalité historique. Un vampire de ce genre est plus qu'un simple mort mécontent : il n'a pas peur de mourir, il tue, et, tout au... fond de lui, il tue les tueurs qu'il admire. Il est du *bois* dont on fait les chefs — et non les traîtres insignifiants comme son père et son frère cadet.

On peut se demander si le vampire suce, saigne ou engloutit : c'est une question légitime. Elle n'appelle pas forcément la même réponse selon qu'on étudie les vampires du folklore, les maudits romantiques ou le Dracula partiellement renfolkloré de Stoker. Nous avons préféré nous appesantir sur les petits pieux qui percent les cœurs (ou les têtes de Turcs) et les grands pieux qui percent les derrières, sans nous appesantir sur la croix qui réunit l'un et l'autre — et qui, chez Stoker, est si puissante qu'elle pourrait faire flamber les vampires imprudents et force les autres à reculer. Dracula connaît l'amour-mort, il sait ce que c'est; quant à Lucy et à Mina, elles ont bien l'air de s'en douter un peu.

V. *Le couple infernal*

> Quoi de plus normal que d'assister en famille à une représentation du *Faust* de Gounod ?
>
> Jacques Finné.

Dans le *Dracula* de Stoker, le réseau des personnages se construit facilement : il y a un agresseur (Dracula), des victimes (surtout Lucy et Mina) et des vaillants sauveteurs (Van Helsing flanqué de ses acolytes). Notons le dédoublement de la fonction victime (il y a celle qui succombe et celle qui multiplie les précautions) et le quintuplement de la fonction sauveteur, qui tourne à l'armée en campagne (il y a celui qui aura Mina, celui qui n'aura pas Lucy, celui qui meurt au combat, celui qui monte le piège et son adjoint). L'agresseur focalise les regards par sa quasi-unicité; pourtant, si nous admettons — avec la plupart des commentateurs — que *Dracula* est un roman gothique, le vampire n'est pas le personnage principal, pas plus d'ailleurs que Van Helsing ; tout est conçu pour nous faire partager le point de vue des victimes qui découvrent Dracula tour à tour et sans le regard desquelles le pathétique érotisme du prince des vampires n'aurait pas pu fonctionner. L'immense postérité du livre a déplacé la question ; en fait, il s'agit d'un roman de la victime pimenté de saveurs nouvelles — en 1897 — et fortement.

Certains estiment que Van Helsing est un personnage manqué. Dracula appellerait les mêmes commentaires, et pour les mêmes raisons : le vampire se définit par une liste de pouvoirs qui sont autant de scènes à faire et le désagréable docteur dispose d'une liste de remèdes qui sont autant de scènes à défaire, puisqu'ils annulent les pouvoirs du non-mort et le mettent en danger. De là cette stratégie littéraire si décriée, et qui tient en deux règles : 1° Dracula ne doit pas utiliser tous ses pouvoirs à la fois, il ne doit pas gagner tout de suite ; 2° Van Helsing, qui connaît l'efficacité de son armement, doit arriver toujours trop tard, comme jadis Mathias de Hongrie. Le suspense n'existe que par la violence émotionnelle, le vécu effrayé des victimes.

Van Helsing et Dracula sont des doubles inversés : deux personnages masculins hors d'âge, têtus, sûrs d'eux, intransigeants ; des étrangers venus de l'est, habitués à se faire obéir au doigt et à l'œil dans leur château ou leur Université gothique ; des joueurs qui manipulent les autres personnages sur l'échiquier en inspirant tantôt leurs sentiments, tantôt leurs actes. Des joueurs de deuxième catégorie certes, et qui n'intéressent le lecteur que dans la mesure où les victimes sont là, pauvres chairs palpitantes. Bram Stoker n'est pas Conan Doyle, il ne sait pas vraiment conduire un scénario d'enquête ; son sens du sacré s'exprime entièrement dans la double passion de Lucy et de Mina.

Jacques Finné a raison d'évoquer le frère de Marguerite brandissant le symbole divin devant Méphistophélès dans le *Faust* de Gounod : Van Helsing et

Dracula sont des duellistes, et le curieux docteur transforme le crucifix en arme destinée à faire éprouver au vampire tous les tourments de l'enfer. Une scène qui, si l'on oublie nos considérations sur le pal et la morsure, laisserait presque supposer que les anges sont les démons des démons, et que le champion du bien est voué à gagner parce qu'il est plus doué que le représentant du mal ; il n'y a pas de différence de potentiel éthique entre le bien et le mal, et le spectacle qui nous est offert ressemble en effet au *Faust* de Gounod, ou plutôt à une entrée de cirque.

Mais qui alors serait l'auguste ? Et qui serait le clown blanc ? À première vue, on serait tenté de croire que Dracula a tous les attributs du clown blanc, à commencer par la distinction et la blancheur cadavérique ; quant à Van Helsing, il a une tendance manifeste à se prendre les pieds dans tous les obstacles qui se présentent et il ne lui manque que de recevoir un coup de pied du vampire au derrière.

On peut estimer que les deux personnages échangent leurs fonctions dans le retournement final. Raisonnement trop facile : Van Helsing a beau jeu d'agir alors que Dracula est immobilisé dans son cercueil. On peut d'ailleurs se demander comment le roi de la gaffe a pu réussir une pareille embuscade (Fred Saberhagen, dans *Les Confessions de Dracula*, tire adroitement parti de cette invraisemblance) : quand les chasseurs de vampires se sont divisés en trois groupes, à Galaţi, il s'agissait seulement de ne pas laisser au gibier l'occasion de fuir entre les mailles du filet. Qui a bien pu venir en aide à l'insipide docteur ? Aux yeux de l'écrivain, il paraît clair que la série des coïncidences a un organisateur : le maître de nos destinées. Il s'agissait de ne pas laisser Dracula rentrer chez lui.

Et voici que l'intervention divine transforme *in extremis* l'entrée de clown en tragédie. Dieu est d'autant plus grand qu'il a donné la victoire à un loser. Mais le vrai personnage, tragique, c'est Dracula : un vampire de bonne famille, bien de sa personne, promis à l'immortalité dans son désert, mais il a commis la *hamartia*, l'erreur et la faute : il a délaissé ses montagnes, il est parti pour l'Angleterre — pays peu propice aux immigrants — et, malgré toutes ses qualités, il n'a pas su échapper au châtiment final. Quant à Van Helsing, on peut du même coup le juger comme Figaro : *Pas si bête, finalement, pas si bête !*

BIBLIOGRAPHIE

I

Matei Cazacu, *L'Histoire du prince Dracula : présentation, édition critique, traduction et commentaire*, Genève, Droz, 1996.

Jean Favier (dir.), *XIVe et XVe siècles : crises et genèses*, P.U.F., coll. « Peuples et civilisations », 1996.

Robert Mantran (dir.), *Histoire de l'Empire ottoman*, Fayard, 1989.

II

Antoine Faivre et Jean Marigny (dir.), *Colloque de Cerisy : les vampires*, Albin Michel, coll. « Cahiers de l'Hermétisme », 1993.

Adrien Cremene, *Mythologie du vampire en Roumanie*, Monaco, Rocher, 1981.

Ioanna Andreesco et Mihaela Bacou, *Mourir à l'ombre des Carpathes*, Payot, 1986.

Lucian Blaga, *Trilogie de la culture*, trad. fr., Librairie du savoir, 1995.

III

Catherine Durandin, *Histoire des Roumains*, Fayard, 1995.

Jean Bérenger, *Histoire de l'Empire des Habsbourg*, Fayard, 1990.

IV

Nouvelle Revue de psychanalyse, nº 9 : « Le dehors et le dedans. »
Daniel SIBONY, *Les Trois monothéismes*, Seuil, 1992.
Denise LACHAUD, *L'Enfer du devoir*, Denoël, 1995.

V

Bram STOKER, *Dracula*, trad. J. Finné, Pocket, 1992.

Achevé d'imprimer en février 1997
sur les presses de l'Imprimerie Bussière
à Saint-Amand (Cher)

POCKET - 12, avenue d'Italie - 75627 Paris Cedex 13
Tél. : 01-44-16-05-00

— N° d'imp. 404. —
Dépôt légal : mars 1997.

Imprimé en France